鲁　山　县
优秀文艺成果丛书
郭伟宁　主编

鲁山散文精选

郭伟宁 叶剑秀 / 主编

LUSHAN
SANWEN JINGXUAN

中国文联出版社

图书在版编目（CIP）数据

鲁山散文精选 / 郭伟宁，叶剑秀主编. -- 北京 : 中国文联出版社，2024. 7. --（鲁山县优秀文艺成果丛书 / 郭伟宁主编）. -- ISBN 978-7-5190-5547-9

Ⅰ. I267

中国国家版本馆 CIP 数据核字第 20248DN957 号

主　　编　郭伟宁 叶剑秀
丛书主编　郭伟宁
责任编辑　王素珍
责任校对　秀点校对
装帧设计　王熙元

出版发行　中国文联出版社有限公司
社　　址　北京市朝阳区农展馆南里 10 号　　邮编　100125
电　　话　010-85923025（发行部）　　010-85923091（总编室）
经　　销　全国新华书店等
印　　刷　三河市龙大印装有限公司

开　　本　880 毫米 × 1230 毫米　1/32
印　　张　15.75
字　　数　297 千字
版　　次　2024 年 7 月第 1 版第 1 次印刷
定　　价　68.00 元

鲁山县优秀文艺成果丛书由鲁山县文联组织编写

鲁山县优秀文艺成果丛书编委会

总 序

鲁山物华天宝、人杰地灵，是一方神奇的土地。

它历史悠久，文化底蕴深厚。“鲁”之地名，最远可以追溯至夏代。西周初，鲁山为周公封地，史称西鲁。这里秦汉年间置鲁阳县，后曾置广州、荆州、鲁州，唐贞观元年（627）置鲁山县。鲁山是世界刘姓发祥地，境内有楚长城、汉代冶铁遗址、唐代鲁山花瓷瓷窑遗址和唐代大书法家颜真卿撰文并书丹的元次山碑等。鲁山还是中国墨子文化之乡、中国牛郎织女文化之乡、中国温泉之乡、中国长寿之乡、中华名窑花瓷之乡、中国屈原文化传承基地。

这片热土，文脉绵长。先秦时期墨家学派创始人墨子、唐代著名文学家元结、清代中州硕儒张宗泰、中原一步踏入中国新文学殿堂第一人徐玉诺，都来自这片热土的温润与滋养。

进入新时期，鲁山文学艺术事业蓬勃发展。依照中共鲁山县委《关于繁荣发展社会主义文艺的实施意见》，县文联组织带领全县广大文学艺术工作者，致力于创作无愧于时代、无愧于人民的优秀文学作品，创作了大量有筋骨、有道德、有温度的文艺作品，书写和记录人民的伟大实践、时代的进步要求，彰显了信仰之美、崇高之美，弘扬中国精神、凝聚中国力量，成绩可喜可贺。

县文联组织专家学者，选取近年来优秀文艺作品作为“鲁山县优秀文艺成果丛书”结集出版。希望此举能够进一步激励全县文艺家创作更多精品力作，助推社会主义文艺事业繁荣发展，为建设生态文化美丽富强新鲁山贡献文艺力量。

刘鹏

2021 年 11 月 9 日

目　录

尧山……………………………王剑冰 001

鲁山绸……………………………王剑冰 006

烈焰之花……………………………杨海蒂 011

这一道揽锅菜……………………………乔　叶 015

好大一部书……………………………曲令敏 020

大地上的河流……………………………叶剑秀 033

大地上的传说……………………………叶剑秀 046

在鲁山……………………………廖华歌 067

家乡忆旧……………………………潘民中 073

石磨山的一家……………………………禹本愚 080

霍庄的云雾……………………………刘全新 088

七夕之美……………………………袁占才 092

香囊之香……………………………袁占才 097

有月亮的晚上……………………………王连明 101

骨头换针……………………………李冬霞 104

鲁山的那些山……………………………磊　子 107

故乡的花瓷……………………………赵　敏 112

深秋忆爷爷……………………………潘　磊 121

深山古刹阿婆寨……………………………杨永磊 126

一条河与一座城……翟红果 132
树　帖……赵大民 137
大柴沟的黄楝树……赵大民 140
沙河探源……王新民 144
享受春天……李学乾 148
水墨尧山……张振营 152
能饮一杯无……杨伟利 159
音乐县令元德秀……乔书明 167
经典社楼……鲁厚之 172
马哥的脊梁……张怀发 178
忆　旧……尹崇智 190
小城聚弈……王培中 195
土桥　古井　皂荚树……石随欣 202
古风新景小山村……杜光松 209
青条岭下元子陵……杨西仓 213
琴台善政元德秀……王　剑 219
沉静的土地……李人庆 225
清洁明亮思敬时……郭伟宁 229
七夕守望……尹红岩 233
梨岭飘香奏春曲……王晓静 237
峨眉山的滑竿……李健伟 248
墨公山上话墨子……赵光耀 262
钟灵毓秀鲁峰山……邢春瑜 267
怀念父亲……张暸原 272

织女情，人间爱……………………………王　利 278
游百瀑峡…………………………………石　磊 282
忘记不了的黄土黄………………………郭祥昭 284
行走在白山黑水之间……………………林旷德 287
窗外的风景………………………………陈玉山 292
溪边风物已春分…………………………胡　晓 296
鲁山揽锅菜………………………………朱华科 299
莲菜坑……………………………………李文宾 303
乔迁之喜…………………………………杨　娥 309
荷塘遐思…………………………………赵　黎 314
壮观琴台阁………………………………杨书欣 318
洗　澡……………………………………高长见 322
老街上那眼辘轳井………………………黄　鑫 327
家乡那条无名河…………………………贾　坤 330
读书随想录………………………………韩君健 333
妻子的手术………………………………胡同一 338
记忆里的那条小河………………………李文宾 344
我的父亲母亲……………………………赵红霞 356
偶遇花园沟………………………………李保泰 360
梦里的飞雨落花…………………………王　军 364
秋　月……………………………………贺其炜 368
素心活……………………………………雷小军 371
湖　畔……………………………………冯一牧 376
沙河风情…………………………………贾　坤 378

梦忆荷塘 .... 杨向阳 382
色香味全端午节.. 张仁义 385
父　亲.. 李冠华 389
勤俭质朴的潘庄女人.. 刘铁僧 396
父亲是我的旗帜.. 李　淮 400
我的故乡半坡羊.. 杨朝山 413
根　魂.. 杨松山 418
我生活在花园里.. 黄兴旗 422
北后街奇特老者.. 陈双印 427
采蘑菇.. 郝天明 432
我爱尧山红杜鹃.. 王朋续 434
五里繁花九梨情.. 石玉磊 438
美丽“三汤”我的家.. 张其龙 446
悠悠槐树情.. 安彦瑾 453
童　趣 .... 张小才 456
春　蕾.. 康　平 461
守　望 .... 马　凌 465
夏至日长情亦长.. 孙红梅 471
我和我的老师.. 李玲哲 474
端午的水.. 汪玉泓 479
又见栀子花开.. 南　红 482
夜游鲁山中心公园.. 王朋朋 485
步行记.. 李晓周 489

尧 山

王剑冰

一

人们历来视牛为祥物，用它负重，用它伴农，用它镇邪。中原大地横卧伏牛一山，可谓卧得雄浑浩阔，蔚为壮观。尧山位于八百里伏牛脊顶，更是拔山盖世，气薄云天。

夏代，刘累在山上祭尧时，阳光也像今天这样绚烂，绚烂的阳光顺着烟霞冉冉上升，带动整座山也在升腾。山上的叶片，红花般次第打开。大雁正在飞过，百兽欢鸣。欢鸣的还有千瀑万珠，汇成滍水翻涌。一时间日月同辉，天地澄明。是的，那就是尧山隆重的命名。

登尧山，如读一部大书，你能读出远海的浑黄，读出浑黄中的裂变与碰撞，读出伏牛的最后一次回响。你看到一个族群站起身来，那个叫尧的人，立于天界神情凝重，他派羿去射日，派鲧去治水，他让一切变得有条有理，而后悄然退隐。

气象宏大的尧山，成为最好的象征！

进入尧山，就进入心灵的圣域。尧不知以后，所以退到以后之外；尧山不知喧嚣，所以站在喧嚣之外。尧不存在傲慢与偏见，尧山亦然。都是大彻大悟，超绝于尘，昂然于天。

一座山，难怪有人喜欢，尧之后人在这里寻根问祖，墨家子弟在这里访古探幽，郦道元在这里效法施政，梅尧臣在这里赋诗抒情。

二

在尧山的语境中，总是会悟到修为与造化。从高处看，或就是一座奇妙的盆景。尧心内的山水风云，丘壑松涛，全集中于此。盆景里有树，树会变成风，想怎么吹就怎么吹。山石变成浪，扑腾无限远。有些树长在山尖上，拔石而起。石供养着树，树升华着石。一棵树，竟扭成了“寿”字的不老松。

悬崖绝壁是尧山的特产，好不容易攀上这道崖，对面还有一道崖悬在那里。

转过来，又一声惊叹，气宇轩昂的柱石如将军列阵。这样一群将军，哪一个出来单挑，都能在伏牛山中称雄。站立最高的，莫不是尧与他的侍从？

十万朵云在天空飞过，一些撞在山上，撞成破棉乱絮。霞从石缝拉丝出来，将棉絮缠绕。前面又是什么云？一股脑儿栽下断壁，变作百丈仙瀑。那么多的瀑，太白来，不知该对哪一处感叹。

溪水聚成大山的深情。黑龙潭、白龙潭、百尺潭，潭潭清明，白云在其间浣纱，青峰在其间塑型。

山势分出无数层，像一弯弯眉影，每一弯的明暗都不同。秋沿着峭壁透迤铺展，像谁喊了声，一下子全红了。每一片叶子都激情灵动。那是一只手对另一只手的拍击，一颗心对另一颗心的感应。其间还有柿子、山楂，晃着酸甜的红灯笼。

山口处，风笛劲吹，箫管悠扬。断崖上一座桥，一个人不敢独行。

飞云栈道，落叶如羽。有人把喊叫扔进山谷，又被山谷抛回来。笑声投进去，却被山溪带跑了。

偶尔有雨落下，滴滴笔墨，把叶子的细节，描得更清。山道上，女子打开的伞，也像一枚叶片。一枚枚摇动的叶片，摇动了尧山的风情。

尧山的底色是多层次的。大片的高山杜鹃，5 月底前开红花，5 月之后开紫花，现在叶子在发挥作用。尧山人说，还有洋槐，你 4 月里来，漫山遍野地白。

翻过那座山，看到苍莽的楚长城，长城同山一起，成为一方水土的屏障。长城下一条蜿蜒小路，可达洛阳。小路周围是茂盛的柞树林，一代代的蚕，在青葱岁月，吐出鲁绸的繁华经典，谁说古老的丝绸之路，不是由此铺展？还有鲁山花瓷，以这山脚的水土烧制，成为帝王府中倾心的迷恋。

小路翻过远处的隘口看不到了。一场雪，等在隘口之外。墨子必是那个时候走来，对应着一片银白，对应出一片泛光的思想。

哪里响起钟声，佛泉寺还是文殊寺？钟声响了数千年，数千年的银杏还在往上长，宏亢的音声里，金黄的叶片漫天飘扬。

多少年前，人们在这飘扬中发现了激涌的泉林，一百多公里温泉带，升高了尧山的幸福指数。

三

登上玉皇顶，千山涌怀，万壑赴野。金角碧檐的尧祠，烘托于一片云海中。

不知道尧是否也说着乡音，但墨子一定乡音浓重，他沉郁而好听的声音八方回荡。回荡着尧山全部的深阔与奥秘。一座山，已经不是单纯的地理概念，它成为精神的某种指向，从这个指向上，能看到人类的整体世界。

雨停了，云团在四处狂奔，阳光从云间喷射出来，秋山瞬间喷上一层彩釉。阳光射入河水，射出五色的叶片与群鸟的翅膀。

尧山的庄严与亲切并存，豪放与柔情并蓄。它属于中原，也属于世界。

偷了城里的时间，到这山上游走，如从尘世到仙域，游走出阵阵惊艳与觉醒，释放下种种沉迷与负重。下山时，脚步变得轻盈，意识却变得虚蒙，以为是谁施了法术，将尘身掏空，变成了一缕清纯干净的魂灵。

[原载《人民日报》(海外版)2022 年 5 月 18 日]

鲁山绸

王剑冰

一

尧山下有一片柞树林，不高，却葱茏。不仔细看，不会发现其中的秘密。最早发现的，是生活在鲁山的古人，柞树上竟然有一只只白色的天虫，慢慢蠕动。多少天后，它们在枝叶间缠绕银丝，做成一个个椭圆形小茧。细细长长的银丝，在阳光下泛着七彩的光芒。古人将这些光芒收纳起来，变幻出美好生活的愿望。

中国是世界上最早养蚕和制造丝绸的国家。提起丝绸，很多人都会想到秀丽的南方，却不知在中原，还有一种色泽鲜丽、丝缕匀称、柔而坚实的“鲁山绸”。传承千年的鲁山绸就是得益于这漫山遍野的柞树。鲁山地处豫西南，属于南北气候过渡区，地质运动衍生出特有的地下温泉带，温泉上面南沉北升，形成百里长的断续阳坡，十分适宜柞树生长。《汉书》说鲁阳尧山“滍水所出”。美丽的滍水两岸，已经搞不清是先有了人，还是先有了蚕。反正人与蚕在此和谐相处，编织成如滍水样精美柔滑的锦绣。发现和创造是民族进步的不竭动力。从柞蚕放养到织造是一个复杂的过程，蒸茧、缫丝、打纬、牵经、织绸、炼染……融合了几千年手工艺沉淀的经验。鲜艳而强烈的色彩，是在一次次实践中，以天然的石质和植物浸染而成。我们无法阻挡这来自大自然的色彩，它们与日月争辉，映射着生活所有的美好与向往。

多少年的尝试中，他们还发现，野蚕丝加上草药，会生出一种芳香，不仅可以助眠，还可以抑菌。这些草药有红花、龙脑香、迷迭香、黄芪、艾绒、崖柏和蚕沙。看着这些五颜六色的物种，觉得瞬间与某种灵犀接通。

张玉霞站在一台木制脚踏缫丝机前，动作娴熟地从热气蒸腾的水里取出一个个柞蚕茧，拉出丝头，把它们并入手上数条蚕丝中。张玉霞说，别看这蚕丝细，却有一两千米长，要合成一根丝线，需要十几条蚕丝拧在一起。

蚕丝是集轻柔、细微为一体的动物蛋白纤维，素有“人体皮肤”的美誉，由对生命的美学追求及艺术的奇妙认知，人类利用其铺展出一条辉映千载的“丝绸之路”。

二

走进院子，竟然看到了一部织机，老旧的木架子，散发着时光透出的气息。有的地方尚有滑磨的痕迹，我不知道它经历了多少年，它安静地守在那里，让人肃然起敬。

人称“巧媳妇”的李霞坐了上去，织布机顿然鲜活起来，幻觉般的梭子勾住了人们的目光。她的手蝶一样舞动，根根丝线抽拉成梦中的感觉。我就此知道，这是迄今无法被机器复制与取代的技艺，由此被列入非物质文化遗产。

灿烂的中华文化中，凝聚着鲁山绸的精髓。一条丝锦挂在织机的旁边，说是目前所见最老的丝织品，更是不敢触摸，只将目光停驻其上。似能感到清纯而美丽的眼睛、鲜活而灵巧的心灵在上边跳荡，还似嗅到一种沉郁的芬芳，弥散在丝丝经纬间。抬眼中，绿色的柞叶及白色的精灵，渲染了大地山川。

丝绸文化已有两千多年的历史。据说鲁山绸在周代已为王侯所用，西汉时期，张骞第二次出使西域便携鲁山绸为礼品。东汉光武帝刘秀建都洛阳后，曾积极倡导发展柞蚕生产。到了唐代，鲁山绸更为宫中珍品。近百年前，在美国旧金山举办的万国博览会上，鲁山绸荣获金奖，被誉为“仙女织”。这或也成为“牛郎织女之乡”的前因之一。

尧山山系间有一条路蜿蜒而去，人说此路通往洛阳。我在楚长城上往下望，也望见了这条隐于沟壑间的路。据说当年鲁山产的丝绸，便是由这条路到洛阳，再经西安直达西域。或走水路往东，进入苏杭甚至更远。

三

走过一条热闹的老街，老街上到处都是卖牛羊肉的摊贩。当地人说，早先这里是一个“骡马号”，里面多是来鲁山运丝绸的马队和驼队。每天都有运送丝绸的驼马由这里出发，踏上艰辛的万里丝路。围绕着骡马号的各色商铺从早到晚，喧闹非凡。多少年过去，还能见到当时的影子。据记载，清光绪年间，鲁山县城就有织机四千多台，年产柞绸两千多万匹，长期经营购销业务的丝绸行有二百多家，沿街商户不可尽数。柔软的丝绸，硬是把遥远的东西方商贸扯在了一起，那神奇的东方文化，简直让一条路充满迷想与渴盼。

鲁山绸织作技艺的传承人潘大增说：“‘一季蚕，半年粮。’这个谚语鲁山人都知道，也都积极上手，火热时，光是俺们四棵树乡就有近五十家丝行在运营，外地客商长期坐庄收购。”

鲁山绸在一架巨大的纺织机上，这是一架勤劳的、智慧的民族之机，讲述的是丝绸故事，传达的是中国价值。机器的响声日夜不息，丝绸在铺展，我们看不到它的远端，但是我们能感觉出它的云蒸霞蔚，它的五彩绚烂。

滢水闪烁，柞树的叶芽开始泛绿，一丛丛的柞树，几乎成了古化石。鲁山有柞树一百二十万亩，可利用养蚕的有八十万亩。在这些柞树上，总是会放养一条条白色的柞蚕。

微风发散着湿润的气息，又一个春天来到了。

（原载《中国艺术报》2022 年 4 月 18 日）

烈焰之花

杨海蒂

鲁山是座平凡质朴的小城，跟中原其他县城并无多大区别。当然，在鲁山文士乡贤眼里，家乡之好举世无双：千年古县，文化大县，全国生态魅力县；仓颉故乡，墨子故里，牛郎织女“故土”；花瓷之都，名窑之乡，更是了不得……

花瓷？这个动人的名称，惭愧我孤陋寡闻，从未听说过。

在鲁山花瓷博物馆，第一次见识到花瓷的真容。一下紧紧抓住我目光的是一件腰鼓：黑、白、蓝，简单三色，却散发着神秘的气息，挑动着复杂的审美情绪；器型稳重又曲线流畅，唯美又大气；漆黑的底釉，宛如黑色肥亮的绸缎，发出深沉的光芒，明快又含蓄；乳白的面釉，如云絮飘浮流动，令人赏心悦目；蓝色的斑块，色彩清冷而饱满，如宝石般璀璨耀眼。古朴典雅的造型，清新脱俗的图案，简素瑰丽的色彩，将雄浑与精致、华贵与野逸、绚烂与清雅有机地融为一体，力感、美感、动感，最朴素又最惊艳，达到高深莫测的艺术境界。

“花瓷”全称花釉瓷器，在古籍中专指黑地、乳白、蓝斑的瓷器。

花瓷满堂，琳琅满目，我爱极了它们的色彩，也无比喜欢它们的图案：有的像一片片树叶，有的似一簇簇浪花，有的若鲜花绽放，有的如火焰跳荡，还有旭日东升、晚霞夕照、雨后彩虹——率意不羁之美，“如天花乱坠，不可捉摸”。花瓷，这朵陶瓷奇葩，绚丽到令人炫目。

至少一千四百多年前，这样绝美的色彩和奇妙的图案就在鲁山出现了。

赋予这种颜色和图案的，是前所未有的神奇窑变艺术。陶瓷是泥与火的艺术，泥土在烈焰中淬炼，华丽蜕变成三色花瓷。也就是说，鲁山花瓷的“花”，具有壮烈之美：在高温烧制过程中，由色釉经窑变自然形成，它们浑然天成、巧夺天工、自然生动、意蕴无穷、大放异彩。

鲁山花瓷开创瓷器窑变之先河，终结了中国瓷器“南青北白”单一釉色的历史，在陶瓷界独树一帜。这是革命性的改变，具有“划时代”意义，是唐代制瓷业的伟大成就，在中国陶瓷史上占有重要地位，诚如陶瓷鉴赏家马未都所言:“鲁山花瓷在中国陶瓷史上意义非常重大。”

唐代是鲁山花瓷发展的鼎盛时期，从朝廷到民间，鼓、盘、碗等应有尽有，雅俗共赏。西安大明宫遗址发掘出的鲁山花瓷，来自“贡窑”鲁山段店窑。

据唐人南卓著《羯鼓录》书中记载，玄宗与宰相君臣闲谈，论及羯鼓哪家强，玄宗大赞“不是青州石末，即是鲁山花瓷”，可见鲁山花瓷羯鼓在他心目中的地位。从此，在古玩界，“花瓷”专指“唐明皇命名的鲁山花瓷”。

羯鼓即腰鼓，由西域传入中原，在声色浮华的盛唐时期，是唐玄宗李隆基最喜爱的乐器。鲁山花瓷羯鼓，在唐代礼乐祭祀中必不可少，首创“梨园”的唐明皇精通音乐，嗜击鼓，尤爱鲁山花瓷羯鼓。

宋代人编撰的古代文言纪实小说《太平广记》，则记载着唐玄宗击羯鼓催花开的故事：“明皇好羯鼓，尝遇二月初……即命取羯鼓，临轩击一曲，名曰《春光好》。”击鼓欲使杏花早开，玄宗真不愧是违背时令命牡丹“花须连夜放”的武则天之“贤孙”。

武则天对鲁山花瓷的喜爱不遑多让，民间口口相传的“先有段店，后有神垕”，既与女皇驾幸段店视察有关，也一语道出鲁山花瓷与禹州钧瓷的渊源。鲁山花瓷对宋代钧窑、汝窑影响非常大，陶瓷专家将其视为宋钧的前身，名之以“唐代钧瓷”（简称“唐钧”）。概而言之，鲁山花瓷乃“钧瓷之鼻祖、汝瓷之先祖”。

遗迹遍布的段店古瓷窑，而今成为“国家重点文物保护单位”。历史的劲风吹过，留下满地苍凉：烧窑残留的匣钵、七零八落的瓷片，在废墟中堆积数米高。遥想当年，段店方圆几公里“窑火照天红，窑烟遮蔽日”，心底涌起一种深刻的悲凉感。俯首拾取几片花瓷，用手摩挲，它们立刻再现光华，依旧闪耀着中原文明的光芒。

透过这些遗留的残片，依稀拼凑出鲁山花瓷的历史：始于夏朝盛于唐朝，战争频仍的宋、辽、金时期，段店窑烈焰仍炽；兵荒马乱的元代，段店窑虽式微，也还烟火不熄；大明王朝，依然窑火不断；直至晚清，繁华落尽。

鲁山花瓷是中国传统陶瓷界中的瑰宝，中国博物馆之首的国家博物馆、世界四大博物馆之一的大英博物馆，都有收藏。珍藏在故宫博物院的唐代黑釉斑瓷羯鼓（即鲁山段店所产的花瓷腰鼓），更是传世唐钧中的精品，被定为“禁止出境展览”的国宝级文物。复原古老的鲁山花瓷烧制工艺难度极高，但勤劳智慧的鲁山人做到了，鲁山花瓷烧造技艺被列入国家级非物质文化遗产项目，鲁山花瓷“非遗扶贫工坊”正在造福千家万户。

（原载《中国艺术报》2022 年 10 月 28 日）

这一道揽锅菜

乔　叶

算起来其实到鲁山没几回，有点儿纳罕的是总觉得来了很多次，想了想缘由，大概是跟叶剑秀联系比较多的缘故。因跟他联系得多，听他说起鲁山也多，在意念中就觉得鲁山很熟了。

叶剑秀是鲁山县作协主席，乍一看就是最平朴的中原汉子，说起话来是浓浓的乡音，但认识久了，就会发现他有剑气，也内秀，为人处世简洁明快，同时又细心周全，和他打交道，心里总是格外踏实和温暖。鲁山最有名的吃食就是揽锅菜。郑州很多店面打着鲁山揽锅菜的招牌，可不论多正宗，到底也不如鲁山本土正宗。因此，第一次到鲁山时，我跟叶剑秀表达了这个诉求，他答应着却没带我们去外面吃，而是买来送到了酒店里。后来聊起，他说做揽锅菜的大多是小店，他觉得带我们吃小店非待客之道，唉。

这个冬日，与几位师友又来鲁山。下了高铁，在去酒店的路上，向阳老师就向叶剑秀预订了翌日早上的羊杂汤，说早餐就想喝羊杂汤。那就喝呗。用叶剑秀的话说，这不值什么。约了清晨七点大堂集合，众人皆按时至，却单缺了向阳老师。我便到总台打房间电话，她接起电话，却是睡意蒙眬道："七点了？"我说："七点十分啦，都等你呢。"她连忙答应着说很快下来。果然十分钟之内就下来了。对于她这端庄女子来说，可以想象是如何手忙脚乱的。她不好意思地说："睡得太香了。"嗯，同意。我也睡得很香，若不是为了羊杂汤的香，就一定要贪恋这酣眠的香了。我们两个河南女子，回到故乡，就是这样惬意吧。

羊杂汤满满一大碗，果然鲜美。馒头免费，每人吃了一大个。简短的会议后便先到梁洼镇鹁鸽吴村。一条大浪河穿村而过，河畔有鹁鸽崖，因崖壁洞穴内有很多鹁鸽而得名。房子多是民国时期建筑，青石墙，青瓦顶，因古色古香的韵味完整保留，这个村子已经入选了中国传统古村。冬日暖阳下，站在高处，近处层层叠叠的屋顶，远处碧蓝清澈的河流，仿佛是一帧巨幅风景照，耳边似乎隐隐响起"一条大河波浪宽，风吹稻花香两岸"的歌声来。

在辛集乡徐玉诺故居，我们流连了许久。大门右墙上方镌刻着南丁先生的手迹，"徐玉诺故居"几个大字遒劲有力。南丁先生是向阳老师的父亲，是几代河南作家都很敬爱的前辈。小院坐西朝东，堂屋坐西朝东，这个朝向可以在第一时间沐浴到朝阳。我喜欢。想来这最新鲜的阳光徐玉诺先生应该也是喜欢的吧。屋子是黄泥墙，小木窗。室内一副正在收拾的家常模样，依着西南角落居然还放着一架完整的织布机。也不知道徐玉诺先生的母亲有没有用过这织布机，有没有用织出的布为他做过衣裳？园子里还种着菜，香菜、笨菠菜、蒜苗等，一片片碧色茵茵。徐玉诺先生在世时，这地里也是种着这些菜吧？

徐玉诺早在1921年年初以小说《良心》进入五四文学革命史，后来的诗集《将来之花园》被闻一多认为或可与《繁星》比肩。但这些对他而言都不足挂齿。不受名利羁绊，宛若闲云野鹤，南丁先生称誉他为自然之子，还特撰写长文《自然之子徐玉诺》，如此描述1950年他初识的徐玉诺:“鹤发童颜的徐玉诺，白须飘飘的徐玉诺，腰板直溜的徐玉诺，脚步矫健的徐玉诺，于那年的春天从他的家乡鲁山县来省城开封参加各界人民代表大会，在会上作了如何种红薯的大会发言……”写徐玉诺一年四季枕着一块砖睡觉，而他的薪资大都捐赠给了生活有困难的民间艺人。1958年春天，徐玉诺病逝，归葬故里，就在徐家营的凤凰山下。家乡的小学现在叫玉诺小学。想来徐玉诺先生泉下有知，也是会欢喜的吧。

走出徐玉诺故居回首时发现，大门对联的横批是“怀瑾握瑜”。瑾瑜皆美玉。徐玉诺先生自己固然是怀瑾握瑜，鲁山有了他不也是怀瑾握瑜？

接下来的行程里，我们到鲁山花瓷艺术馆品鉴了一番花瓷，又到县农特产品展销中心一站式了解了一下鲁山的其他特产：仙女织的丝绸，张良镇的蔬菜，赵村镇的温泉，辛集的葡萄，瓦屋的香菇，仓头乡的花生、红薯和艾草，背孜乡的林果，汇源街道的大棚食用菌，下汤镇的温泉——凡含汤名之地必定有温泉。还有什么呢？纯红薯粉条、蒲公英茶、香梨……“鲁山真是啥都有。”听着我们的感叹，鲁山的朋友们以朴实的笑容应答。

看着看着，就想起叶剑秀的散文集《怀念爱》里的篇章来。在《怀念爱》里他如数家珍地详叙着鲁山。我给他写过一段简评，其中写道：“他最柔软的情绪充分地流溢在了他的散文里。散文集所写内容，基本上两大主题：向内的故乡和向外的远方。故乡纪事又分小故乡和大故乡。小故乡是生养他的村庄，有古桥水井，有各色美食，有淳朴人情。大故乡就是鲁山了，鲁山的人文掌故、历史渊源、特色花瓷等等。……读他的散文如阅画卷，精思巧构的大小画幅容纳着丰富的心灵景致，可思、可叹、可赏。”——整个儿鲁山，这七山一水二分田的鲁山，又何尝不是一篇大散文呢。

看着看着，又想起第一次到鲁山时吃的那一道揽锅菜来。揽锅菜本是杂烩菜，菜的内容包括且不限于：软硬适中的油焖豆腐、以剔骨猪肉为馅料的油炸丸子和油炸酥肉，这些需要“过油”的菜亦取“越过越有”之意。另有本地上乘的红薯粉条、蕨菜和各种时令青菜，调料则是优质的豆瓣酱、老抽、花椒、胡椒等，再加配白芷、肉桂、陈皮、砂仁等中草药文火慢熬，熬到时辰终成佳肴。——整个儿鲁山，这七山一水二分田的鲁山，是否也恰如一道风味绝佳的揽锅菜呢？作为墨子、仓颉和徐玉诺的故里，同时还是官方认证过的牛郎织女文化之乡、屈原文化传承基地、温泉之乡、长寿之乡、名窑之乡……鲁山这一口文化巨锅，揽尽了这些菜，熬出来的滋味，又怎一个浓郁了得？

（原载《中国社会报》2022 年 1 月 24 日）

好大一部书

曲令敏

大秦岭滚滚滔滔1600多公里，到河南，生出中国第三条河——淮河，一路东流归大海，将中华季候版图切分南北。800里伏牛山是它的东端，海拔2153.1米的尧山，又在伏牛山以东，是即将收势止步的大秦岭轰然荡起的一座高峰。自从5000多年前与人类素面相逢，尧山这部人文大书，为我们留下了多少意蕴深厚、品读不尽的辉煌册页。

人类踪迹远　尧山祖脉长

古尧山因尧之裔孙刘累筑尧祠而得名，总面积268平方公里。1958年，鲁山县国营林场伐木队开进这座人迹罕至的神秘山谷，见山巅有一石柱像人，随口呼之石人山。

20世纪80年代你去尧山，感受到的是原始蛮荒的惊悚，50多平方公里只有一个头顶挽着发髻的范半仙，山柴煮山泉，与苍岩老林为伴。90年代你去尧山，丛峰层岭都有了新的名号，岁古不知年的松、杉、藤萝和杜鹃，撩起幽秘的面纱与游人相见。2000年之后，随着旅游开发不断加速，尧山4000多种植物、近300种动物的物种景观，日益清朗，终被数以千万计的游览者认知。层层波荡的“锯齿岭”地貌，冠古木，戴藤萝，栖霞吟风；更有众多的石峰、石柱、石针、石蛋散落其间，蛙鸣虎啸、龟伏将走，形成了气势磅礴的燕山期地质景观；地处暴雨中心，95%的森林覆盖率又造就了它山高水长，潭瀑交叠的水文奇观。2002年5月，这一片奇山丽水被国务院审定为国家重点风景名胜区；2003年7月又被评为AAAA级旅游区。从此，这片山水就以它雨烟青湿、涧壑松鸣，春花秋叶泼墨成画的娴静柔丽，和丛峰竞秀、岩瓣如花的峻拔旷丽，就不能不随着游人的镜头走向全国，走向世界。

2008年12月10日，根据国务院《地名管理条例》，将闻名海内外的风景名胜区石人山复名为尧山。尧舜文化是属于全人类的宝贵遗产，时任河南省委书记、人大常委会主任的徐光春，亲笔题写了“河南尧山”四个大字。重要依据是上古的地理名著《山海经》，此山那时就被称为“大尧之山……”尔后汉代班固的《汉书·地理志》、张衡的《两都赋》、许慎的《说文解字》、北魏郦道元的《水经注》……一直到清代的《水道提纲》，都有滍水即尧水，源出鲁山县西境之尧山的记载。如果向历史更深处追寻，公元前21世纪至16世纪之间，尧的裔孙刘累曾为夏王孔甲养雌雄两条龙。有一天雌龙死了，他“烹以奉夏后。夏后佳其味，继而再求”。刘累怕夏王治他的罪，就带着家人从偃师缑氏逃到了鲁县，隐姓埋名，在滍水和波水也就是沙河与荡泽河交汇处的山丘上筑宅隐居。现今赵村乡小李庄和窄沟渠所在的地方，刘累迁来之前就有了村落。人们引水种稻，结网捕鱼，上山打猎，生动了这方山水。刘累很快就得知，茫茫苍苍的大山里有一座最高最壮美，于是决定在山上建一座尧祠敬奉先祖。大山有幸，拥有了五帝之一的先贤尧之祠，从此也就姓了尧。

据潘民中考证，这座建造最早的尧祠，位于伏牛山东段，《左传》《史记》等典籍中均有记载。尧祠自夏代创建后，历经重修，成为规制雄伟的建筑群。有三间山门，主楼为歇山挑檐、高起六丈的五凤楼，意取尧和他的四大贤臣为人中之凤。还有一座八丈高的广运殿，面阔九间，进深六间，树堆云积，宏伟壮观。殿内供有尧帝和侍者的塑像。廊檐回环处，还有一眼古水井名尧井，井上是一座六角飞檐的尧井亭。

尧祠最终毁于4000年光阴的消磨，刘累曾经居住过的邱公城尚有迹可循。刘家初来鲁县时，改姓丘（后避孔子讳变通为邱）。昭平台水库大坝合龙前，沙河与荡泽河交相冲积而成的一片平阔绿洲上，有座高大的土丘，人称邱公城。30万平方米的遗址，出土有龙山文化和二里头文化遗物。土丘东北角有古墓，墓前竖一通四五尺高的石碑，上面刻着“豢龙故里吾臣刘累之墓”。邱公城北面一公里，隔着荡泽河遥遥相望的耿集镇，旧名竹峪寨，西寨门上也有一块“豢龙故里”的门额，默默诉说着这位御龙氏虽经沧桑却不曾消散的生平信息。水库大坝合龙后，邱公城荡入万顷碧波，成为浮岛。2000 年 4 月，鲁山县有关部门在大坝北端的昭平台山上重修刘累墓，并兴建了刘累祠和世界刘氏纪念馆。祠堂前 1 万多平方米的广场，面朝烟波浩渺的湖水，年年杨柳依依的旺春三月，这里都要举行刘氏宗亲联谊会，届时，世界各地的刘姓子孙会聚一堂，归宗认祖，交流着亲情也交流着世界各地的商贸信息。

墨子留书在　青山木叶香

景区管理处所在的西竹园村，岔向西南有道 20 多公里长的峡谷，名相家沟。这道沟比别处开阔，沟中多土岭，还有大片湿地，翠竹成林，苇丛摇曳，水田旱地阡陌相连。沟中有相姓人家的旧宅，人称相家老庄。相家祖先是墨子的弟子，当年，这位布衣草鞋的平民圣人，时常来到这里，一住数月。他一边为弟子开课授业，一边研读经史，著书立说。墨子来这里，除了山清水幽好读书之外，还应该有个更现实的缘由，那就是解除衣食之忧。

早在公元前3000年左右，沙河流域就有人类渔猎耕织。笔者在沿岸采访时，上汤自然村72岁的村民徐惠固和小尔城自然村74岁的退休教师黄国庆都说起过墨子。这位墨学始祖出生在尧山脚下的庆云乡（原庆云乡辖有赵村和二郎庙），墨家有个莲花池，池水发黑，墨家后人因此改姓黑。墨子老年时隐居在鲁山县熊背乡黑隐寺，那里的黑姓人家都是他的后人，至今有“掉土沟”地名，是为墨字去土成黑的纪念。赵村还有一通刻有“墨翟故里”的古碑，民国汤恩伯的部队在这里驻防时，拆去砌在了上汤温泉浴池底下。

墨子姓墨名翟，出生于贫苦的木匠之家。旷荡的山水，苦难的民生，古老中原丰厚的文化积淀造就了他。他所创立的墨家学说，与儒学并称“显学”，是人类文化史上一座具有标示意义的里程碑。墨子所处的战国时代，烽烟四起，战祸频仍，民不聊生。身为平民的布衣书生，他在自己的学说中倡导和平、反对战争，主张节用、节葬、尚贤、尚同。他学富五车却自称“鄙人”，终生与农桑工肆之人为伍，以一介山野木匠的卑微，集思想家、哲学家、战略家、科学家为一身，他的道德与学问高山仰止，他的学说至今被典藏于世界各地。在他的故乡尧山，墨子教人用橡壳、青泥坑丝染布的事迹被编成歌谣：“披头发，大脸堂，橡壳眼，高鼻梁。一身黑衣明晃晃，皂角大刀别腰上。赤巴脚，奔走忙，肩上挎个万宝囊。野鸡翎，发里藏，天下污浊一扫光。”谣曲里，肤色黧黑的墨子，就如同邻家兄长一样亲切如昨，声息相闻。

铃铎含风鸣古寺

佛教传入中国已有2000年，而起源于中国的道教，也有1700多年的历史了。尧山地处中原，不但是炎黄文明的发祥地，佛教与道教也借这片幽山净水作道场，自古以来，无山不寺，无峰不庙。

位于四棵树乡的文殊寺，因为建在俺窟沱山上，曾经叫俺窟沱文殊庵。这座庵寺建于何年已不可考，到20世纪40年代，寺院被毁，只剩下几间低矮的西殿。今天人们看到的文殊寺，5间正殿、3间西殿、3间东殿，还有两个亭子，是1995年重修的。寺中5棵枝冠如云的银杏树，最细的树围5米，最粗的树围6.9米，人称“树王”，已经在这里生长了3000多年。按照常识，有寺才会有树，这几棵银杏树应该是文殊寺的绿色年表。据传，当年嵩山修建中岳庙时，建造者要伐文殊寺的银杏树做匾额，百姓不忍心，就向墨子求助。墨子和鲁班商量后，想出一个两全其美的办法：在最粗的那棵银杏树干上取一块“中心板”，不伤树皮，树就不会死。幸有先贤的保全，“树王”身上只留下一道长1.7米、宽0.8米的空隙，安然生长到如今。

文殊寺与尧山主峰玉皇顶遥遥相望，其间方圆百里，是六羊山通天河景区。通天河瀑潭相接，水大，树老，山幽，是一处道教圣地。关于山名，有个神话传说：当年建造祖师殿时，天柱峰悬崖壁立，无路可攀，祖师爷就派六只神羊一夜之间把砖瓦木料全部运上了山顶。为了纪念神羊免除修庙人劳苦的功德，人们就把天柱峰所在的这片大山叫作六羊山。

魏晋南北朝时，烽烟四起，杀戮遍野，人们心中悲苦，魂无所系，纷纷把目光转向想象中的彼岸与来生。统治者为了各自政权的巩固，就借宗教信仰安抚百姓。正此时，佛教从印度传入，寺院庙宇在很短时间内就遍布全国各地。雄奇一方、秀拔中原的尧山，自然成了寺院众多的一方佛教圣地。

相传贞观初年，有天夜里唐太宗梦见佛祖立于中州玉枕山下，为婆娑汤池众生遍洒甘露，醒后将梦中所见画成图，命人前往寻觅。最终在鲁县城的乱汤，也就是现在的下汤，找到了与图中地貌相吻合的地场。李世民身为马上得天下的皇帝，感念那些曾为他浴血奋战的阵亡将士，就下旨在这里修建寺院，超度亡灵。到了开元年间，佛教密宗传入，这里遂成为密宗道场。

1300 多年过去，密宗失传，古寺毁废不闻。到了 2002 年，汝州市天瑞集团投资 2.8 亿元人民币，历时 5 年，重建成佛泉寺景区。有资料显示，景区占地 11700 亩，佛像身高108米，莲花宝座高20米，金刚座高25米，须弥座高55米，总计高达208米。佛身用黄铜、紫铜2700吨、黄金600公斤，造型庄严、气势独特，为佛界之最。围绕金佛，在金刚宝座、莲花宝座近万平方米的空间内，还有“五方五佛”数万尊护法菩萨、金刚、罗汉、天女等精美造像。悬挂在龙首峰上的吉祥钟楼里的青铜大钟，重116吨，高8.108米，最大钟径5.118米，已得到吉尼斯世界纪录的认证。2007年年底，以佛泉寺为终点的郑尧高速公路全线贯通。

佛泉寺2008年9月29日开光。是日，中国佛教协会会长一诚长老、台湾佛教光山开山宗长星云大师、香港佛教联合会会长觉光长老等108位高僧云集于此。日本、澳大利亚、韩国、法国、印度等国家的佛教徒千里迢迢来参加这一佛教界的盛典，佛泉寺的声名也由此得以远扬。

温泉出关山

漫长的燕山运动，造就了尧山溪壑跌宕的瑰丽地貌。岩板交错，在尧山脚下生成了一道50多公里深的大裂谷，不但为沙河提供了奔流而出的河床，还造就了上汤、中汤、下汤、碱场等温泉。这奇异的汤泉，早在商代就已经吸引着皇家与商客百姓来此沐浴。人们把温泉称作汤，就起源于商代专供沐浴的“汤盘”。不但在中国，当今被称为温泉之国的日本，也把众多温泉称为“汤”。

说到尧山的汤泉文化，不能不提到一个人，那就是《水经注》的作者郦道元。公元 499 年，北魏孝文帝南征时死在军中，太子恪匆匆赶到鲁阳接了帝位。次年，郦道元被派到这里代理郡太守。这位伟大的地理学家在鲁阳任职期间，徒步勘察了滍水、北汝河等水系，还将荡泽河、连沟河、应河等大大小小的支流连同地理形貌、山川胜迹悉数写进了《水经注》。书中对滍水沿岸的温泉也有详细的描述：“滍水又东径胡木山，东流又会温泉口，水出北山阜，炎势奇毒。疴疾之徒，无能澡其冲漂。救痒者咸去汤十许步别池，然后可入。汤侧有石铭云：皇女汤，可以疗万疾者也。”想这尧山滍水，绵绵脉脉数千载，向北翻过木札岭关，就是十三朝古都洛阳，驿道绕滍水，商旅仕子南来北往，除了诗人词客留踪之外，张衡、郦道元这样集文史与科学于一身的大家巨擘，更为尧山留下了不可多得的宝贵遗产。

2010 年 3 月 12 日，笔者在上汤温泉景区看到，玉枕山大佛脚下的沙河南岸，两个五星级白金酒店和一高一低的佛手合拢着的会展中心正在兴建。3 个椭圆形透着天光的建筑群构成的温泉理疗中心已具雏形。日涌量 3294.96 吨、含有多种微量元素的上汤温泉，即将成为集山水文化、佛教文化、汤泉文化于一体的国家级旅游区。

郦道元曾经提到的皇女汤就在下汤镇。20 世纪 80 年代，下汤还是一个沉寂在农耕年月里的乡间小集镇。随着尧山旅游业的兴起，这里是来往于景区的必经之地，商代就已闻名朝阁的皇女汤，就成为得天独厚的旅游资源。自然而然，土墙柴瓦的农耕小镇，很快就成了休闲度假、温泉疗养的重镇。先后建成有下汤温泉度假村、皇姑浴中州国际温泉酒店和山水园林式的玉京温泉度假酒店。与下汤镇一水之隔的昭平湖景区，也引来碱场温泉水，建起了一处面积近 2 万平方米的昭平湖森林温泉度假村。

青山不墨千秋画

宋朝诗人梅尧臣游尧山，曾留下一首脍炙人口的《鲁山山行》:“适与野情惬，千山高复低。好峰随处改，幽径独行迷。霜落熊升树，林空鹿饮溪。人家在何许，云外一声鸡。”明白如话的诗句不仅图影绘声地道出了这片山野迷人的形貌，还为后人特写下了熊升树、鹿饮溪的生动画面。

1985 年 11 月，老同学李静宜从张家界归来，笔者邀她游石人山，她说:“石人山再好也比不上张家界吧？”万万没有料到，正值枫叶流丹的季节，那山就像绘画大师的调色板，黄栌、红枫、漆树、乌桕，五颜六色，莹然欲滴，美得让人屏息静气，找不到一个当得起的词句来形容。进山无路，跟着水走，也不知摔了多少跤，迷人的山色让人连痛都忘了。李静宜一路走一路惊呼:“太棒了！太棒了！没想到河南还藏有这么好看的山！”

下午 3 点多，一行人爬到土地垭，当晚就住在范半仙刚刚搭起的简易客房里。人迹罕至，原始蛮荒的神秘雾一样弥漫在山际林间。到夜间，瀑声如暴雨倾泻，松鼠在油毛毡屋顶上走来走去，我们被久违的惊悚包围着，一星烛火亮到明，度过了一个无眠之夜。

那时登顶无路，石峭树野，难爬难攀。一路上行，“李白醉酒”“一支蜡”“王母轿”“凤凰台”，都已有了名号。一行人抠着岩缝、拽着藤条，披荆斩棘，过老虎笼、上好汉坡，处处水声盈耳，就在极顶处巨大的蛤蟆石下，也有泉水细流涓涓。红桦、白桦、青松，叫不上名的蔓草，茂生旺长，绿色的生命气息，沁人心脾。大大小小的岩石，被四指厚的苔蕨覆盖，一按一个坑。绕过传说中曾为刘秀指路，并且打开千丈崖，为这位后来的汉光武帝取天书的石人峰，好大一片冷杉林出现在眼前！合抱不住的树干上裹着厚厚的苔衣，绿莹莹的蕨藓缠满枝丫，抱团成环，随风摇曳，令人叹为观止。

2007 年暑假，笔者陪同美籍华人沈祎琴重游石人山，乘缆车到西观景台，再沿青龙背穿过白牛城从滑道下来，零距离接触了层峦竞秀、独岩成峰的奇观，那些生长在岩隙石崖上的千年古松，在翻滚着的云海里时隐时现，浮岛一样的山峦被它们装点得如同仙境。沈先生由衷赞叹：比美国的黄石公园还美！最让她感念的是青龙背上三五成群的古松，它们都围着竹制的树裙，凡是裸露的树根，也全都罩着保护板。沈祎琴不停地说：“太好了！太好了！能这样爱惜，石人山美景就不会消失。”

2007年11月5日，鲁山县森林公安分局的干警查获了一辆过境的篷车，上面竟然装有32只国家重点保护的野生动物，其中5只是国家一级保护动物金雕，还有7只是国家二级保护动物草原雕。由于长途颠簸，这些珍禽十分虚弱，有些还受了重伤。经过河南省野生动物救护中心半个多月的医治，到11月22日，有15只被放归山林。2008年3月27日，获救的珍禽全部康复，被护送到石人山景区山门前，在人们依依不舍的注视下没入苍山深林之中。当时在场的河南省野生动物救护中心主任刘占军说：“这次放生地之所以选择鲁山县石人山自然保护区，是考虑到石人山自然保护区有充沛的水源和茂密的森林，非常适合这些动物的生存。”

2008年，笔者在对沙河流域的系列采访中，不断得到栖息在这片山地里的动物的讯息。有艾叶豹、山猫、大蟒蛇和凶猛的山枭等。站在尧山玉皇极顶放眼四望，层峦叠嶂，群峰涌动。六羊山、十八垛、龙潭峡、好运谷、画眉谷，已是游人如织；还有梅花沟、稻谷田、茶壶嘴儿、卧羊坪、白草垛、骑马岭、蚕坡、辣菜尖山等，一个个都是通往历史深处的驿道路口。除了圣人贤达，这片河山大好，更得气于凡常民间灶火柴米的质实，也更有赖于方方面面对国家环保法规和政策细致入微的贯彻落实……

一本堪称经典的好书，总能吸引古今中外无数人读了又读。而一座堪称经典的好山，是宇宙造化的大手笔写在天地间的一部大书，更让人百看不厌，每次认读，都有不同的收获。

尧山，就是这样一部大自然与人类共同造就的不朽经典！

大地上的河流

叶剑秀

一

大地上的河流千姿百态。一条河是流域内所有生灵的栖息地，大地则是河流的家园。河流为大地流淌，大地为河流悲欢。

河流与大山的关系暧昧不清。是河流选择了大山，还是大山生养了河流，这就像鸡生蛋还是蛋生鸡一样，永远是个无解的命题，仿佛也没有破解的意义。或许是风和云的鼓动，也许是林与树的怂恿，甚或是上帝的旨意，大山和河流早就结下了不解之缘，相互依附，又若即若离。河无山则枯，山无水则荒。起初河流可能固执地认为，是天上云做的雨成就了它的永恒，自己的命运是上天的恩赐，流淌于大地之上，是对万物生灵的滋养和救赎，自己应该拥有崇高的地位，理应受到万物的供奉和敬仰，所有的荣耀和辉煌仿佛与其他无关，于是养成了狂放不羁的粗野性格，浮躁而虚妄。宽厚的大地和包容的大山看不惯河流的骄横，常常发出警示和愤怨：不是我们的容纳和谅恕，哪有你的流光溢彩。离开我们这个载体和平台，你即刻骨瘦如柴、气若游丝，哪还能欢腾起来。大山和大地似一位宽厚的兄长或严厉的慈父，以自己的方式开始对河流加以管教和训诫，约束了河流的恣意妄为。比如春天只供应温饱的口粮，冬天只给予稀薄的营养。河流终于明白它是离不开大山和大地的。河流躲在丛林里深刻反省，终于收敛了放浪的性情，自觉地安分起来。河流在大山深处淬炼修行，大彻大悟以后，仿若度过了青春躁动期，蝶变成一位天生丽质的村姑。迎春花开的时候，河流以全新的姿态走出深山，到大地上一亮相，显现出含蓄的俊美，身段里掩藏着凹凸的情致和魅力，流动中不失坚毅和矜持，走过春秋冬夏，在光阴的磨砺中一天天成熟起来。

河流与大地和大山注定了难舍难弃的共同命运，润泽一方，护佑苍生是它们追求的终极愿望。河流与生俱来的性情，不可能中庸，更不可能待在原始家庭静享安逸，她的梦想是远方的大海，她要到外面的世界去闯一闯。于是河流与大山和大地商议，诉说了自己的愿想。大山的属性是厚重和沉稳，固不能移，稍微一动就坍塌崩裂，自毁家园，只好默许河流出外闯荡。大地依然保持着宽容和大度，不置可否，沉默不语。默语即是认可，河流与大地似乎有了契约，大山在家园留守，河流出外追梦，大地负责送她一程。河流对这样的分工十分满意，对大山和大地的释怀和宽厚屈首礼谢。某年开春的一天，河流俨然一位侠义女子，一声召唤，携涧溪细流，纳沟壑伙伴，聚百川之众，一路吵嚷，喧嚣出山，朝着那个心驰神往的蔚蓝方向，欢唱而去。

河流东逝去，一走不复返，大山和大地明白这个朴素的道理。大地说长期把清泉细涓留在身边，她们永远也难成为河流，只有让她融汇众多支流，才能丰盈身架，浑厚壮阔起来。大山充满自信，河流的根脉在大山，终归是放飞的风筝，线头的一端始终在自己手里握着。乾坤朗朗，苍生维艰，需要她去抚慰和拯救，即便她偶有顽劣和撒泼，只要善行天下，福荫一方，哪怕是终生分离，那也是至高至美的相思相望。这大概就是大山的境界。

河流的出行，是否带着家国情怀，是否带着高尚的情操和神圣的使命，无从考究。但有一点河流是明白的，无论流淌多远，也割不断与大山和大地的深情厚谊。即便她梦想成真，身心融入大海，故土的深情希冀和殷殷期盼，将会成为她永远的牵系，一旦背弃和辜负，大山必将断了她的血液，她将会在干涸的河床上枯竭生命，灵魂在大地的拷问下，终将无情风干，化为一缕烟雾。

河流把自己的基因种子和衍生的子孙留在故土，让她们前赴后继，流淌不息，或许这就是她为家园留下的最后眷恋和深切怀念。

日升日落，昼夜更替，风从大地上年复一年地流动，河水从大地上日复一日地流淌，人类在大地上耕耘收获，大自然生成的四季法则，需要万物遵循，谁也不敢轻易相违和疏离。

二

一条古老的大河流淌千百年，承载着无数苍生美好的记忆，成为一方热土上的母亲河。关于母亲河的概念和定义，不同地域和不同环境生存的人，有着不同的认知和诠释。黄河是中华民族的母亲河，华夏儿女毋庸置疑地达成一致的认同，而在芸芸众生的心里，家乡那条流经岁月的河，才是他们心中的母亲河。

故乡有条母亲河。这条河流古称滍水，因河床富含河沙，俗称沙河，发源于豫西鲁山县西部伏牛山脉的尧山，流经三市五县，河长三百余公里，流域面积一万二千多平方公里，汇颍河，入淮河，终归大海。就这么一条不大不小的河流，与流域内的生灵相伴相随，春夏的吵吵闹闹，秋冬的依赖温存，流过沧桑，流过悲喜，恩恩怨怨地走过了无数个苦寒和温暖的日子，日子的惨淡和明媚，都与这条河流密切相连。

滍水从遥远的洪荒走来，虽名气不大，却有着高贵的身世，祖上也是有着显赫名望的。

据传，早在黄帝时期，有一个强大的部落应龙氏，由东夷族的雁氏和炎帝族的句龙氏结合而成。应龙氏帮助黄帝一族打败了居住在河南鲁山的蚩尤氏，定居于鲁山县之应乡，在滍水中游的北岸新建都城。滍水的“滍”字，是为弘扬应龙氏族祖先帮助黄帝打败蚩尤的荣耀，而把倚居的河流命名为滍水。

滍水是淮河的一大支流。北魏时期著名的地理学家、文学家，鲁阳（鲁山史称鲁阳）郡太守郦道元赋予滍水更为详尽的注解，让这条名不见经传的河流载入史册。

郦道元（约470—527），字善长，北魏范阳郡涿县（今河北省涿州市）人，北魏平东将军、青州刺史、永宁侯郦范之子。郦道元出生于官宦世家，先后在平城（北魏前期的首都，在今山西省大同市）和洛阳（北魏都城于493年南迁至此）担任过骑都尉、太傅掾、书侍御史、御史中尉和北中郎将等中央官职。

郦道元任鲁阳郡太守时，年届不惑，正为撰写一部地理学巨著搜集资料。他发现，从东汉班固所著《汉书·地理志》到西晋张华《博物志》对滍水源头的记载，纷繁不一，出入甚大。郦道元即利用在此地为官之便，进行一番实地考察。此时，正遇北魏朝廷明令各地太守详绘所辖区域山川地图上报中央，郦道元带领随员，沿滍河溯源而上，踏上了探寻滍水源头的艰辛路程。当时的豫西山区森林密布，人烟稀少，野兽出没，荒无路径。郦道元不畏艰险，在深山老林中穿行，在峡谷绝壁上攀爬，风餐露宿，沿途详细探查了滍水流向、支流水口、地形地貌、植被林木及历史遗迹等，终于探清滍水正源始发尧山之巅。

郦道元在《水经注》卷三十一篇中开首曰：“（滍）水出南阳鲁阳县西之尧山。”那时鲁阳县属南阳府管辖。

《水经注》是郦道元花费巨大心血写成的我国古代地理学名著，最完整、准确地记载了滍水的发源和流向，滍水流经地区的山岳、丘陵、陂泽，重要的关亭、古城、水利设施、河道变迁等，对古书中的记载也有引用和更正。

一部《水经注》成就了滍水的前世今生，历史文献的佐证，加冕了滍水的华丽身世，使其在广袤的平原大地上，身披着《水经注》的霞光余晖，自由张扬地奔腾不息。

三

来自大山深处的滍水迂回流转，以它特有的灵性，孕育了一方水土的文明胚胎和历史符号，在鲁山这块充满诗情画意的沃土上，留下太多丰厚的史籍宝典和人物传奇。

翻开遗存的泛黄竹简，穿过时光的隧道，一帧帧记忆的历史碎片，复原出活灵活现的画面，真实地呈现眼前。

周武王十一年（前 1046），周公长子伯禽就封于滍水上游的鲁阳，鲁阳为鲁国国都，史称西鲁。周成王时，东夷部族叛乱，周公东征，伯禽再封于奄（今山东曲阜）为鲁公，鲁国国都由鲁阳迁于奄，史称东鲁。

滍水出尧山顺势而下，与其同行的是一条看不见的地下河流，那便是尧山脚下自然形成的百里温泉带。鲁山的温泉资源十分丰沛，有上汤、中汤、下汤、温汤、神汤五大温泉群，温泉水质俱佳，清澈柔滑，水温奇高，出水温度常年保持在63摄氏度，富含多种矿物质和微量元素，且无色无味，对健体美肤、祛病疗疾颇具功效。北魏地理学家郦道元在他的《水经注·滍水》篇中称鲁山温泉“可疗万疾”。

滍水的温润，哺育出鲁山历史上的墨子、元结、牛皋、徐玉诺等圣贤英才，在历史文明的进程中发出一道道亮光，照耀古今，启迪后人。

鲁山地质奇特，山区地貌土薄石厚，但有了滍水的氤氲滋润，便有了物华天宝。西部山区遍山葱郁，柞树茂盛。成墩如灌木者，叶芽鲜嫩，最宜放养柞蚕，素有“柞蚕之乡”的美誉。蚕吐丝，丝织锦绸。鲁山柞蚕丝织成的绸子，柔韧性优于桑蚕丝绸。其色泽柔和、丝缕匀称、绸面密实，冠以鲁山丝绸之名，盛传久远，自古至今，驰名天下，现为省级非物质文化遗产。

滍水的神奇，滋养了神奇的土地，和土成泥，泥制陶件，陶生瓷器，成就了举世闻名的盛大品牌——鲁山花瓷。

鲁山花瓷，特指河南鲁山所产的一种黑地、乳白蓝斑的花釉瓷器，是我国目前发现最早的高温窑变釉瓷器，距今有1400年的历史，英语中China（中国）的原意就是瓷器。鲁山花瓷，色釉流动并相互浸染，呈现出“入窑一色，出窑万彩”的神奇窑变艺术，其花釉胎如坚石，釉质细润，蓝如宝石，云絮飘动，风格厚重奔放，浑然天成，观之赏心悦目，整个器物表现出鲜明厚重的特色，史称鲁山花瓷，又曰“唐钧”，是集观赏性和实用性于一身的珍品。

鲁山花瓷带着滍水的神韵，声誉响彻华夏九州，经世流传千年，被业内学士冠之为“钧之源，汝之母，瓷之祖”，当之无愧也。古瓷窑段店遗址，2006年5月被国务院公布为第六批国家级文物保护单位。

四

追溯当年，滍水出山，挣脱大山的束缚和禁锢，洒脱奔放，随意舒松着筋骨，放眼打量沿途的人文风景，一切都是生疏和新鲜的。错落有致的房舍、村庄，农人在春耕播种，牛羊在悠闲地啃草，斑驳多彩的花朵飘溢着芬芳花香，蝴蝶翻飞，鸟儿鸣唱，所到之处，滍水受到了前所未有的拥戴和颂扬。这种荣耀之感和精神享受，是一次从未有过的惬意体验，这条路无疑是铺满鲜花和掌声的星光大道，后悔蜗居深山太久，早该游离偏远闭塞的山野之地，怒放封存千年的璀璨光芒。

滥水轻松翻越堰坝田埂，野草丛林被瞬间淹没，遗留的城堡和坚固的石头屈从让道，飞禽野兽惊恐地蹦跳着张望，一个个场景，一幅幅画面，河流更加坚信柔韧的力量，冲锋和奔腾，任我独行，无以阻挡。

河流一泻而下，冲开一条属于自己的坦途通道，毫不吝啬地释放能量。河水如同大地多余的汁液，一路洋洋洒洒，滋养了两岸的生灵，这或许是上天的普惠旨意。农人取水浇灌秧苗，解干旱之急，保稼禾丰产。飞鸟野兽踱步河边畅饮，体大的动物干脆置身河中，得到足够的内需之后，嘶鸣几声感谢之类的哑语，抖动着翅膀或是摇头晃脑地满意而去。

滥水阻隔了村与村交往的便利，智慧的村民用木桩和木板架起了木桥，不远处就有一座。在滥水看来，这一座座木桥，犹如河道上的亮丽风景，仿佛是人类给予它精美的装扮和富贵的服饰。河水里开始有了木船，不管是逆流载物、顺流放排，还是横渡穿行，仿佛都在给河流的躯体按摩。捕鱼的小船缓缓驶过，竹篙轻点，渔网撒落，便有了鱼儿的游动和跳跃，这感觉极似挠痒痒，让河流酥麻与沉醉。

滥水在最高礼仪的傲娇中开始迷失自我。

滥水曾经的劣迹斑斑，那是不堪回首的灰色往事，被岁月记录在案。河流的膨胀和狂妄是从某个夏天开始的，它不再满足于万物的膜拜和生灵的崇敬，变得越发异常起来，冷不丁就露出了可恶的面目，任性地搞起恶作剧，竟然拿着万物生命开起残忍的玩笑。河流大约与一小撮雷电和风雨有过密谋，借助电闪雷鸣的天威，暴雨倾泻，山洪突发，裹石挟浪，汹涌而下。在那个风雨暴戾的季节，河道里浊浪翻滚，转瞬间冲垮堤岸，祸害一方。幸存的生灵探出惊恐的目光，无可奈何地观望，激流肆虐的河面上漂浮着一团团树木、庄稼，一具具人畜的尸体被贪婪的漩涡淹没……河水似一群凶残猛兽，吞噬万物，摧毁庄田和房舍，所过之处，萧杀一片，哀鸿遍野。

河水像一群发泄完兽欲的土匪，带着极大的满足扬长而去，却把剽悍凶残的本性留给了受虐的大地。自此，朴实善良和无穷力量的人们，不再被河水虚表的温柔迷惑，时时处处做出本能的防范和抵御，开始谋划驯服这匹脱缰的野马。

人们面对水患的恐怖，觉醒了治水的意识。自古至今，多少代人与洪水搏斗不止，在极其简陋的条件下，劈山填沟，手推肩扛，筑堤建坝，截流分洪，一次次失败，一次次重新开始。

时光流转到20世纪50年代，政府一声号令，要在滍水上游建造水库。以鲁山为中心的周边九个县近十万民工，投入了火热的施工现场。经过三年苦战，建成了控制流域面积一千五百万平方公里、总库容七亿多立方米的昭平湖水库。这是一座以防洪、灌溉为主，结合发电、供水、养殖、旅游等综合利用的大型水利工程。

千年遗患的滍水被驯服，俯首为苍生民众效力。河流不仅属于大山，也属于生养它的大地，终归走不出人类智慧的方舟。

五

滍水被岁月褪去原始的野性和锐气，在人类的驯服和管教下，再也踢腾不起花样来，只得虔诚地忏悔和赎罪，似一头倔强的老牛，咀嚼着日子的清苦，听从人类的安排和使唤，以洗心革面的姿态，祈愿天地和万物生灵的饶恕。

万物自有难以抗拒的宿命。滍水的灵魂皈依和野性的洗涤，安妥了万物的繁茂和人间的兴旺。滍水两岸，出现了万顷良田。一湾碧水缓缓流动，周围芳草绿茵，树木葱郁。河道里野鸭戏水，白鸥飞翔，河滩的草丛中，牛羊隐现，晚霞铺满滍水，渔舟唱晚的诗意和浪漫，弥散大地，在身临其境中享受安居乐业的自在和安然。

似乎，万物生存的魔咒极易陷入历史循环的周期律。上天的有意布局，或是人类故意的报复，几年间，一幕荒诞的悲剧悄然上演。

利益，扭曲着灵魂本真的意义。人们欲望的目光盯上了湛水丰满的玉体，用尽极其下流的手段，开始了疯狂的施暴和摧残。

湛水河床蕴藏着优质丰富的河沙资源，极似湛水光柔玉脂的躯体，引来了无数人的觊觎、占有与欺凌，催生着野蛮的蔓延，驱动着愚昧的疯长。失去理智的豪横土绅开始蹂躏早已从良的湛水河道。从开始的偷偷摸摸，到后来的明目张胆，投机钻营者舞起了疯狂的魔棒。湛水上下百里，机器轰鸣，沙船夜歌，挖河床，掘堤岸，砍树木，毁良田。20 世纪 60 年代，为防风固沙，两岸人民用勤劳的双手栽种的柳树和槐树，连片成林，顷刻消失殆尽，农田被无情地侵蚀和占有，河床上布满了隐形的陷阱，残害着无数的生命。

湛水河道的衣衫被扯开，袒胸露乳，受尽屈辱，悲凄流泪。河道扭曲，到处坑洼不平，一片满目疮痍。

苍凉的月光下，郦道元先生手捧《水经注》，老泪纵横：湛水，不再有唐诗宋词的余韵，天不可负也。

一位牧羊的老人，落寞地坐在荒滩上，眼前吞吐的烟雾模糊了视线，发出一声声叹息和诘问：几年间就成了这个样子，难道就没人敢管吗？

母亲河在哭泣。

水质污染，不可供人畜正常饮用，无数健康的生命受到侵害，为何屡禁不止？湛水发出了厉声呐喊，民众爆发的呼唤响彻大地：惩治邪恶，救救母亲河。

道法自然。天意难违，民意不可欺。神明的正义之剑高悬，声势浩大的依法治理摧枯拉朽，利欲熏心者无处逃遁。清障疏浚，抚慰创伤，代价虽然沉重，但终归是疗愈了母亲河的遍体鳞伤。

重新打造，擦亮名片，这是新一代执政人的胆略和勇气。清水绿岸，生态宜居，滍水综合治理逐步升级。水畔有城，城中有林，林下有园，园内有景。转眼几年过去，站在滍水河畔，眺望滨河美景，仿佛再次穿行绵延不绝的伏牛山，洇染《水经注》的余韵，聆听滍水汤汤的轻缓抒情，那便是从前和未来的美好了。

一条河从故园大地流过，虽不雄浑壮阔，却始终流淌在心田，流淌在无数的梦境里，每次的凝望和对话，都让人感伤和心动。

大地上的河流和大地上的万物苍生，有着极其相似的生存原理，沉寂和孕育，静美和冲动，在四季轮回里演绎着“三十年河东，三十年河西”的悲欢故事。

一条河流是一部深邃复杂的宗教，是一部曼妙唯美的哲学。潜心地阅读，理智地回望，冷峻地审视，我们仿若寻到了河流与大地生灵融合的密码，剔除欲望和征服，摒弃轻狂和任性，只有相互敬畏，彼此善待，才能拥有共生共荣的信念和携手前行的方向。

（原载《作家》2022年第12期）

大地上的传说

叶剑秀

一

大地上的传说，大都来自天上。一开始从万物生灵的诉求中滋生出来，而后借助于上天的七神八仙，呈现一个故事的雏形，把最初的脉络依附于大地上的一座山或某一事物，完成人神合一、天地共情的对话。故事的框架起初极其简略，内容也通俗易懂，主旨是教化苍生弃恶从善，因果福报，表达一种美好的向往和夙愿。

一个传说在大地上的成熟和延续，不是一个人的成就，要靠民间集体的想象和智慧总结，经过在大地上几千年的丰富和无数人的完善，才能流传下来。传说故事往往情节引人入胜，甚或夹杂一些鬼神的荒诞，塞进一些悲情的元素，编织一段男女情事，才能植入人心。漏洞百出时，归结到传说上，似乎也就无法计较了，难以圆满时，完全可以用神话的万能跳闪过去，记住故事的梗概和核心内容，便是传说故事的旨意。

大地上的传说在民间枝叶繁茂，从农耕时代传承至今，人人都能说上几段，虽然未必都能汲取其中的精华，却能悟出人生的哲理。

二

醉心于大地上的传说，是近几年的事。

先前，身边琐琐碎碎的稠密故事，像故乡小河的流水，不经意间从日复一日的光阴里流散了。故乡在豫西的鲁山县，村后有一座不大的山，却从未感受到它的神奇，山上有一个美丽的传说，自小就能复述故事的大概，却从未当作经典收藏。

在书海的典籍里与故乡的露峰山相遇，眼前不觉一亮，瞬间血脉偾张起来。极似中学时一位心仪的姑娘亭立面前，既紧张又兴奋，既熟悉又陌生。

北魏鲁阳太守、著名地理学家郦道元，在其传世之作《水经注》中对露峰山有过精辟的描述："其山平地介立，不连冈以成高；峻石孤峙，不托势以自远。四面壁绝，极能灵举，远望亭亭，状若单楹插霄矣。"

明代诗人蒋希周对露峰山真实而形象地赞叹："平原突起一青峦，对峙郊东壮鲁观。峭拔长空连众岳，秀通远汉俯尘寰。瑞云渺渺仙居远，幽涧潺潺水鸟欢。飞步一登咨顾望，乾坤只在两眸间。”

宋代诗人梅尧臣的《鲁山山行》，对露峰山美轮美奂的描述，成为千秋经典：“适与野情惬，千山高复低。好峰随处改，幽径独行迷。霜落熊升树，林空鹿饮溪。人家在何许，云外一声鸡。”

于是，开始做梦，梦境里变成一只展翅的大鸟，在天空中俯瞰故乡，寻找露峰山原始的样态和魔幻般的身世。

雄伟壮观的伏牛山，像一条蜿蜒盘旋的巨龙，自西向东绵延起伏 800 里，舞动到鲁山县缓缓而止，倏然又在县城东十八里甩出一座突兀山峰，犹如伏牛山尾部一个圆满的句号，这便是露峰山，海拔 350 米，为鲁山古代八大景之首。

一座奇异而灵秀的山，必有委婉凄美的传说。

在缤纷落叶的季节，孤身踏上露峰山。年少时，不知多少次在这座山上疯跑和嬉闹，记忆却停滞在天高地阔的青涩年华。如今的探求和寻觅，仿佛是岁月的催促，自觉去找补一些不该有的遗漏和缺憾。

站在一块巨大的裸石上，正面观望露峰山，极像一只展翅的凤凰，垂首低望，阅览沙河，又恰似一尊忠诚可爱的塑像，护佑着一方平安。

我与传说中的织女相遇了，倏忽间的幻觉？真真切切地近在眼前，衣袂飘飘，楚楚动人，我恍惚听到了她呼吸的气息。

她似乎知道我的来意，省去初识的礼数，落落大方地坐下来，朱唇微启，语如丝竹，似翻动泛黄的书页，娓娓朗读一章古书的序或跋。

当年天宫白牛违犯天规，独自下凡，祸乱人间，王母娘娘差天兵天将与白牛激战于鲁山尧山。天宫九女难耐天庭寂寞，欲往人间观看母亲与白牛决战，以寻求刺激和乐趣。怎奈天规甚严，九女不敢越天庭一步，思来想去，就私差随身侍女驾云下凡，观看伏牛大战场景，待侍女回宫转述，共享人间美景和酣战快乐。那侍女侍奉九女多年，与九女感情甚笃，深知主人迷恋人间，便不顾繁多禁忌，化作一只凤凰飞临石人山巅。侍女被尧山胜过天堂的美景陶醉，为鏖战的激烈场景所撼，正看得如醉如痴之时，不小心被厮战中迸溅的石块击中左翼。侍女顿感身心俱痛，急速振翅奋飞，欲回天宫，终因伤势过重，几经盘旋翻转，最终跌落在鲁山县城东，化石成峰，永留人间。故此，露峰山又有凤凰坡之称。

九女引领我来到一条幽静的山沟。人行谷底，瑞气升腾，飘然欲仙，大声吆喝，可听到“嗡嗡”的天外之声和悠悠绵长的和鸣回音。

或许是思念侍女之情，或许是为人间美景所诱，以后的日子里，九女时常驾临露峰山上观赏散心，游玩洗浴。谁也说不清当时的九女在寻觅什么，更无人知晓她心里在思求什么。直到有一天，九女与青年牛郎第一次邂逅，便诞生了一个千古绝唱的神话传说。

三

“山不在高，有仙则灵。”正是天仙九女与牛郎的爱情故事发祥于此，露峰山才享有盛名，也名正言顺地被中国民协命名为“牛郎故里”。

牛郎与织女这个荡气回肠的爱情神话，古老而久远，在中原大地流传甚广，主题和枝蔓情节大体相同，版本也基本一致，无论男女老少，都能随口说来。但牛郎故里究竟在何处？众说纷纭，争论不休。如果把这个故事归结为神话传说的属性上，多少个说法都合乎情理。

坐在露峰山的草地上，翻阅随身携带的古籍文献，仿佛透过时间的隧道，飞越历史的天空，衔接天地，追回到虚幻缥缈的远古时代，再现那段动人传说中的优美画面……

远古洪荒的天穹下，艳阳泼光，轻风吹拂。苍翠葱郁的露峰山，祥云笼罩，云蒸霞蔚。山上栎树橡林，草丛茂密，野花绽放。偶见有小兽出没，不时有野兔欢跳，林声轻语，流溪叮咚……山下碧野万顷，阡陌纵横，农人劳作，小鸟飞啾。田野里飘荡着古老悠扬的田园牧歌，一派农耕繁忙的景象……

凝神中，忽有一老人放羊路过，急忙招呼老人坐下，伴着秋风攀谈起来。老人说，他住在露峰山偏西南方向的山脚下，村落不大，名曰孙义村。老人扬手指过去：村上人多为孙姓，都是牛郎孙小义的后代。

我有些惊愕。

老人翘动着下巴，稠密的胡须里流淌出故事的原生韵味。

很久以前，村上住着一户孙姓人家，父母早亡，留下哥哥孙守仁，嫂嫂马氏，弟弟孙守义一起生活。

马氏为人刁钻、狠毒，嫌弃憨厚的弟弟是家庭的拖累，常常设法刁难于他。

弟弟孙守义，乳名小义，忠厚朴实，为人善良，终日上山放牛，与牛为伴，人称“牛郎”。

那年秋天的一天，嫂嫂马氏让牛郎赶着家中的九头牛上山，放言不赶回来十头牛就不让牛郎回家。

牛郎无奈，只好赶着牛上山。

正是秋高草肥的季节，九头肥壮的黄牛啃饱吃足，在秋阳下欢快地追逐嬉闹。忧伤的牛郎坐在一旁的石头上，抱头哀叹，想想嫂嫂的无情，不禁怅然泪下。

夕阳西沉，落日荒野，哪里找得一头牛来？如果找不来一头牛，便有家不能归。可怜无辜的牛郎被逼到了孤独无助的境地……

正在这时，一位银发飘须、仙风道骨的老人，来到牛郎面前，微笑着对他说道:“你的遭遇我已知晓，不必伤心。在西大平坡的顶上，有一头病倒的老牛，你去喂养它，等老牛的病养好以后，你就可以赶着它回家向嫂嫂交差了。”老人说完，便飘然而去。

老人说的西大平坡，就是凤凰坡右翅的顶端，至今还叫这个名字。牛郎对这里再熟悉不过了，经过一番耐心的寻找，终于找到了那头卧地残喘的病牛。

牛郎看到老牛病得厉害，就赶忙打来一捆嫩草，精心照料。以后的几天里，牛郎不辞劳苦，全心护理老牛，白天为老牛喂草喂水，晚上与老牛相依为命。终于有一天，老牛伤病痊愈，欢蹦乱跳地与牛郎回到了山下的家。

牛郎有所不知，那老牛就是天上的金牛星。相传，盘古开天辟地以后，地上没有五谷，人类无以生存。天上的金牛大仙为救助人类，偷天仓之五谷，遍撒人间，后被玉帝发现，被贬凡界。金牛仙在露峰山生活数载，福荫民众无数，知道牛郎境遇，便起扶危救难之心，装病对牛郎的人品和诚意进行测验。正是牛郎的真诚和善良感动了金牛，才愿意相助他渡过难关。

牛郎赶着十头牛回家，嫂嫂马氏又惊又喜。没过多久，嫂嫂仍然不改本性，多次设法加害牛郎，都被老牛从中相救，化险为夷。最终嫂嫂恼羞成怒，以分家为名，独占家中全部财产，只给牛郎那头老牛，把牛郎赶出家门。

从此，牛郎便无家可归，只好到露峰山上与老牛一起艰难度日。

牛郎和老牛在荒地上披荆斩棘，开荒种地，在山洞里栖居。

四

拾级而上，前面就是牛郎洞了。

这里曾是牛郎居住的山洞。清嘉庆《鲁山县志》关于牛郎洞的记载:“……北壁穴宽数围，不测其深。风吼若雷，寒气逼人。”

牛郎洞位于露峰山南半腰偏高处的山崖上，主体由棕红色花岗岩构成，自然石体叠压成层，洞形呈椭圆状，内有小洞，连环相通，至今尚存。

牛郎洞口东南朝向，洞前矗立一石板，状如石碑，高近两米，宽一米盈余，厚半米，呈九十度垂直立起，似是专为护卫山洞而立身，故传说是为牛郎挡风遮雨的影壁墙。

牛郎洞四周葱茏，祥云笼罩，洞内含蓄深邃，蕴含神秘，洞前草坪宽敞，日光流莹，攀上丈余高的影壁石，可阅山前无尽的绮丽景色。如今遗存的牛郎洞，洞口高、宽仅有四米余，洞深有六米余，仅能容纳数十人，影壁石只剩半体，且遍体鳞伤，再也寻觅不到当年深奥空灵的踪影，给后人留下了无限的悲哀和深深的遗憾。

躬身进入牛郎洞内，洞内的石壁上忽有回音袅袅，犹如一幅壁画浮现面前。

牛郎和老牛相伴厮守，日子虽然过得清苦而寂寞，倒也悠然自得。

一日，牛郎苦闷，叹曰：“无家室妻小，何为人乎！”

老牛心解其意，心领神会。

一年过去，又是一个艳阳高照的日子。

那时候，九女依然经常到露峰山上洗澡。

冥冥指引中，朝着那个神秘的地方追寻过去。

九女洗澡的地方在露峰山西北方向，环境偏僻静谧，由南向北、由上而下，自成一沟，名曰九女潭沟。顺溪流下行，满沟尽是褐色的石块，沟底是浅浅的流水，沟两岸草丛茂密，野酸枣挂满枝头，晶莹透红，犹见壮美。沟的中间地带，有一个直径约 4 米的小池，周围被天然石块包围，池内贮存一泓碧水，这便是传说中九女洗澡时的洗衣池。距洗衣池的下方百米远，沟底地势突然下跌，上下落差 6 米之多，形成一个水潭，这就是九女洗澡的九女潭。

九女潭原来水深丈余，面积约 30 平方米。20 世纪 70 年代，九女潭被人为暴毁，至今已经面目全非，潭边仅存一些零乱的石块，再也觅不到当年幽静而富有诗意的印记，实乃可悲可叹。

九女潭北侧不远处有几间庙宇，其中一处是九女灵霄殿，当地村民称作九女娘娘庙。庙前立有一石碑，碑名为

“南天门银河九女星之神位”，碑文是“清水一潭天地间，古今美谈成世传。南天九女下凡界，沐浴清风不等闲。牛女相会通灵地，代代八方朝圣贤。天鼓急催八女归，银河九姑佑民安”。自古至今，这里成为人们祭拜九女或祈福求愿的场所。

思绪飘向那个遥远的夏天。

九女偕诸位姐姐再次下凡露峰山洗浴。仙女们把脱下来的衣服在洗衣池里洗涤后，撒在草丛上晾晒，而后一个个抱臂掩身，嬉笑着跳入下面的潭水里。

一时九女潭内欢声笑语、热闹异常。

九女的一身红衣，在草丛里十分鲜艳醒目。

那艳波涌动的景象被远处的老牛看得真切，他忽来灵机，何不成人之美，撮合一桩天地姻缘？于是便开口对牛郎说:“眼前有一桩好事，你在这里等着，待我把那洗澡的九女引逗过来，你主动上前和她搭话，这九女就能成为你的妻子。”

牛郎见老牛开口说话，又惊又奇，正要问个究竟，那老牛眨眼间不见了踪影。

仙女们正在潭水中嬉戏打闹，突然见一头老牛来到洗衣池旁，衔起九女的红衣撒腿就跑。众仙女一阵惊嘘哗然，怎奈赤身裸体，一时不知如何是好。

九女急忙跳出水潭，顺手折来一束花草，闭目使了法术，化作薄纱裹体，冲那老牛奔撵过去。

老牛跑到牛郎跟前，把九女的衣服塞到他的怀里，转眼不知去向。

九女正追得匆忙，忽见一年轻后生抱着自己的衣服站在面前，赶忙止住脚步，娇羞地拂袖掩面，低头站在那里。

九女是天仙，天仙自有天姿，恰是初浴之后，犹如出水芙蓉，一袭薄衣轻纱，一副红装容颜，使得满山野花顷刻羞闭，自叹不如。

牛郎被眼前的佳人仙容惊呆，直看得心旌摇荡，竟不知如何上前搭话。

九女遮面窥望，只见眼前的后生面相俊朗，忠厚善良，不觉心起涟漪。

在那个漫天飞晕的午后，旷野的山风微微地吹着，四目传情，心跳互动，天仙九女和年轻牛郎的真情相遇，铸成了人世间一个永恒的话题。

接下来的事，如同顺水行舟，心仪交融，据说当时是九女完全占据着主动。在一问一答的对话中，九女知道了牛郎的身世和不幸，遂起同情怜悯之心，更加坚定了陪伴牛郎的痴情信念。

就在那一刻，忽听天鼓擂动，召唤着众仙女速速回宫。众位姐姐听到天鼓声响，唯恐错过回宫时机，等不及九妹回转，只好坐云先行走了。

夕阳落下，暮色渐深。九女和牛郎说得亲热，居然没有听到天鼓作响，等到暮霭弥漫，已经失去回天良机，只得留了下来。

后来，九女和牛郎婚配，住进牛郎洞里，生儿育女，日子过得美满幸福。

五

故事讲到这里终止，不免有些落俗，好戏总是在后面。

有一句俗语：天上一日，地上十年。这是说天上和人间的时间概念反差甚大。照这样说，九女在天宫只是丢失一天。想想也是，如果九女在天宫丢失时间太长，王母娘娘不可能不知道，恐怕早就把她召回天上去了。正是这一天，化作人间的十年，九女才为牛郎生养了一双活泼可爱的儿女，才有了合乎情理、意味深长的人间传奇。

九女和牛郎共同生活的日子里，看到露峰山上漫山遍野的栎树林，就托天上的大仙弄来一批天虫放养，然后抽丝织布。九女的手很巧，能织出云彩一般美丽的绸缎，以后人们就把九女叫作“织女”。

织女不但自己织布，还把那些天虫分给山下的村民。村民们不知道那些天虫是什么，有识字的人把天虫记载下来。因为当时的书写习惯是上下竖写，或许是两个字的距离写得近了，或许是谁看走了眼，把“天虫”念成了“蚕”。直到现在，我们还称那些天虫为“蚕”。

织女在露峰山上植树造林，扩大养蚕规模。传说现在露峰山上的橡林栎丛，都是当年织女亲手所栽。

织女鼓励村民们种树养蚕，经常到山下教姑娘们剥茧抽丝，传授织布技巧，深受村民的爱戴。

附近村庄的村妇跟着织女学会了织布技术，纷纷在自己家里安装织机。那时的露峰山下，一天到晚，银梭不息，机杼声声，家家户户忙碌，人人编织着五彩缤纷的美好憧憬和希望。

露峰山周围的女子有心灵手巧的美誉，传承延续至今。

那时候露峰山周围呈现出男耕女织的繁荣景象。耕得其粮，粮可做食，食可饱腹。织得其布，布可温体御寒。那时候没有侵略和战争，人们没有政治抱负和理想观念，民得温饱，也许就是追求生活的至高境界了。

后来纺丝织绸的热潮普及整个鲁山地域，鲁山人就有了盛产丝绸的传统工艺。鲁山生产的丝绸，得天仙织女传道，冠名“仙女织”，面料上乘，做工精美，质地柔绵，声名远扬，曾经获得过世界万国博览会金奖。据史料记载，鲁山的“仙女织”丝绸，在20世纪二三十年代达到辉煌，曾经畅销全国，享誉海内外。到20世纪40年代，鲁山丝绸在国内外市场一度脱销，社会绅士名流，海外商界华侨，若能得到一件正宗的仙女织丝绸，顿感身价倍增，无比荣耀。

六

故事的逆向反转，往往具有摄人心魄的魔力。

转眼一双儿女已有七八岁了。不幸也就是在这个时候突然降临。

王母娘娘在琼宫不见了九女的身影，召来女儿们询问，八位仙女不敢隐瞒，只得说出实情。王母娘娘听后，大发雷霆。前年有七女私自下凡，与那董永结合，触犯天庭戒律。现在又有九女不轨，私通人间，与那牛郎结婚生子，真是犯上作乱，有辱天尊。王母娘娘勃然大怒，即刻唤来天兵天将，迅速去凡界捉拿九女回宫问罪。

最先有不祥预感的是终日勤恳耕耘的老牛。

早在一个月前，老牛突然对牛郎说："我本是天上的金牛星，因触犯天规，被贬到凡界改过。我在人间生活几年，享受到了人世的美好。近日我感到身体不适，恐怕不能侍奉你和孩子们了。我死后，你把我的皮剥下来，若遭遇不幸，披上我的皮就能飞上天去。"

牛郎把老牛的话说给织女听，夫妻俩感到疑惑不解。

几天后，老牛真的死了。

牛郎和织女悲痛欲绝。而后按照老牛的遗嘱，把老牛的皮剥下来保存。

牛郎和织女带着一双儿女，把老牛的尸骨安葬在露峰山西大平坡的朝阳宝地，让这位留恋凡界、舍弃仙境的辛勤耕耘者长眠于人间。

老牛的墓冢向后人昭示着一种精神和美德，当年遗迹清晰可辨。斗转星移数千年，历经沧桑变换，风雨剥蚀，如今已找不见老牛坟茔的模样和具体位置了。

因当年与牛郎终日相伴的老牛是头黄牛，故此，露峰山周围的村民家家户户喜爱喂养黄牛，少则几头，多则几十头，这个习惯一直延续下来，甚至仍然保留着“牛死埋葬”的习俗。

该来的还是来了。那一年农历的七月七日，露峰山上突然乌云翻滚，狂风大作，悲剧发生了。

牛郎和织女炽烈真诚的爱情，在那一天的那一刻，终于无可奈何地走到了缘分的尽头。

众天将在织女头顶上传旨下诏，不停地大声吆喝催促。

织女知道天命难违。如果不肯从命，定是一场厮杀和混战，难免伤害和连累牛郎与儿女，结果更为惨痛。为了心爱的牛郎和骨肉儿女，织女选择了亲情诀别。

在生死离别的那一瞬间，织女泪如纷雨，肝肠欲裂，对着悲伤万分的牛郎千般叮嘱，对着恸哭不止的儿女万般抚慰，极尽了一个贤妻良母的最终慈爱，而后嘶哑地呼唤着牛郎和儿女的名字，飘然而去了。

牛郎拉扯着一双儿女在山野中撕肝裂肺地号啕着、疯跑着……

情急中，牛郎想起了老牛的话，急忙找来牛皮，披在身上，用箩筐挑起两个儿女，飞身向天上追去。

王母娘娘看到天兵天将把九女带回天宫，正要发火怒斥，忽见后面尾随三人，便知是牛郎和儿女们追来。王母娘娘唯恐九女和牛郎藕断丝连，日后再生祸端，急忙拔出头上的发簪，迅速画下一道波浪汹涌的天河，把牛郎无情地阻挡在天河的另一端。

自此，牛郎和织女隔河相望，不能重逢团圆。

后来，王母娘娘被牛郎的忠贞不渝和儿女们的真情感动，发下慈悲，同意牛郎和儿女们留在天上，并答应每年农历的七月七日，允许牛郎和织女见上一面。

牛郎带着一双儿女在天上苦心等待，日久成形，化为星座。

现在，我们在晴朗的夜晚，尤其在皓月当空的秋夜，可以清楚地看到天上那条繁星璀璨的天河，宛如飘带，银光闪烁，因此也称银河。银河两边，有两颗醒目闪亮的星座，那就是织女星和牵牛星。牵牛星的两旁，有两颗小星，那便是牛郎和织女的一双儿女。

“牵牛为夫，织女为妇，牵牛织女之星各处一旁，七月七日仍得一会。”这是三国的曹植把牛郎织女最早称为夫妇的文字记载，以后才逐渐演绎成牛郎织女七夕相会的民间故事。

牵牛星，是天上唯一一个以鲁山县牧牛农民命名的星座。这是当地人的自豪，更是大地的骄傲。

七

织女在凡界生活期间，惠泽乡邻，恩及飞禽，因此，每年七月七日这天，天下的喜鹊自发组织，衔上树枝，从不同的方向纷纷飞向天空，到天上的银河搭建鹊桥，让牛郎和织女在鹊桥上相会，倾诉思念之痛，情表别离衷肠。这便是七夕节的来历，也称七桥节、七巧节、乞巧节。

七夕节那天晚上，姑娘们相约来到花前月下，仰望星空，虔诚祈祷，遥祝织女和牛郎倾心相会，乞求织女心意传道，赐授技艺。据传，姑娘们如若心诚，即可得到天技，一生能像织女那样心灵手巧，并能得到忠贞爱情和如意郎君。因此，七夕节也有乞巧节之说。

相传，七夕那天晚上，无论男女老少，藏在葡萄架下，屏住呼吸，心如止水，回想当年牛郎织女的恩爱生活，追忆他们的悲欢离合，仿佛可以看到他们相会聚首的身影，似乎还能隐约听到他们无限眷恋、无尽思念的呢喃情语。

每年此时，露峰山附近的村民们，谁也不会无故错过这个绝好时机。瓜果飘香的秋夜里，乡野家园的青藤下，人们三五成群，相约相随，老少相扶，悄悄躲进葡萄架或丝棚下，犹入亦真亦幻的梦境，神情专注地去聆听那遥远的幸福之音。

儿时被这个习俗诱惑，盼到那一天，暮色刚刚合拢，便和伙伴们早早躲进葡萄架下，静心去捕捉那美妙的瞬间。常常等到夜半，困乏难耐之时，才真切地听到一种声音，急忙打起精神，侧耳细品，原来只是一阵风声雨声。用手抹一把脸上的倦意，露珠和雨点早已挂满了额头。折腾半宿什么也没听来，顿觉有些失落，只好再盼来年。

尽管这个古老习俗有些荒诞甚至滑稽，奇怪的是，等到来年这一天，家乡很多人和那些懵懂少年一样，那天晚上依然执着，似乎要去履行一种神圣的职责，或者去完成一次庄严的使命，自觉地再次去固守那个虚无缥缈的传说，以期得到心中积存已久的某种期盼和希冀。过去如此，现在更是如此。

为什么要在葡萄架下倾听牛郎和织女的卿卿情话？不得而知。至少可以说明当时露峰山下的村民喜爱种植葡萄，并有大片的葡萄地。如今这里的村民仍然保持着种植葡萄的习惯，露峰山周围村庄，现有近万亩的葡萄基地，足以佐证和阐释种植葡萄与牛郎织女传说的悠久渊源。

八

牛郎和织女的爱情故事，是我国古代四大民间爱情神话之一，比起孟姜女哭长城、梁山伯与祝英台、白蛇传的传说相对久远，最后都是以悲剧告终，给后人们留下的是深深的痛惜和无尽的哀叹。尤其在牛郎故里的鲁山县，人们心中的感伤更加强烈。

牛郎带着一双儿女追寻织女上天后，居住在孙义村的孙氏族人，为缅怀先祖牛郎，修建了孙氏祠堂，同称牛郎祠。

牛郎祠堂位于孙义村子中央，共三间，古典式建筑，砖瓦土木结构。始建何年，已无从考证，据村里人讲，他们人老几辈谁也说不清祠堂的修建年代。牛郎祠里原来塑有牛郎塑像，旁边画有织女“勤织”的彩绘，孙氏族人常到这里祭拜供奉，香火不断，历代不衰。后来牛郎祠被村小学占用，现已闲置，遗址完好。

孙义村是一个行政村，现有 1100 口人，有近千人姓孙，他们毫不忌讳地认定牛郎就是孙氏的祖先。

最令孙氏后人荣耀和自豪的是露峰山顶的牛郎织女庙。

露峰山顶建有瑞云观，宋代建造的玄武塔，高耸入云，恢宏壮观，一直留存完好。山顶建有真武大殿庙院，牛郎织女庙就在院内。

牛郎织女庙是普通的三间房舍，门前书写着“厚天高地 堪叹古今情不尽；痴男怨女 渴盼早日成亲眷”的楹联，庙内到处充溢着浪漫温馨的田园情调。走近观望，牛郎织女一家四口的塑像上，只见牛郎模样忠厚，神情喜悦，头戴斗笠，青衣短褂，一手牵牛，一手持鞭，喜盈盈地看着牛背上的织女和两个儿女。再看织女，红衣绿裤，倚坐黄牛背上，神态安详，眉目传情，顾盼牛郎。小女儿依偎织女怀前撒娇，顽皮男孩站立背后，扶母探父，天真无邪。这组形神逼真的初耕或是牧归的全家乐群像，真实再现了一幅和谐幸福的美妙画面，令人回味和惊羡。

一位孙姓的年长道姑，慈祥地端坐在神像前，不停地向前来祈祷拜谒的人，讲述牛郎织女先前的造化和功德，述说后人对牛郎织女的怀念情结和祭祀笃诚，尤在每年七夕那天，香火鼎旺，鲜花堆放，男女香客蜂拥而至，络绎不绝，盛况空前。

踏遍露峰山和附近的村庄，随意做一番实地考察和探究，这里的遗迹遗风、祠堂墓碑、经典传说、民间风俗，对牛郎和织女的故事就发生在露峰山上，令人深信不疑。

九

七夕节是美好爱情的象征，源于牛郎织女的神话传说，最早始见于《诗经》,《史记》《汉书》中均有记载。随着华夏灿烂文化的弘扬光大，各个艺术门类的勃发兴起，后经历代文人修饰、民间传颂，牛郎织女的神话传说，不断得到丰富、提炼和升华，构成了中华民族独特的七夕文化，形成了中国传统的民俗节日，几千年传承和延续下来，备受国民的敬仰和尊崇。

“七月七日长生殿，夜半无人私语时。在天愿作比翼鸟，在地愿为连理枝。”唐代诗人白居易在其传世之作《长恨歌》里，写出了对牛郎织女七夕相会的忧伤和哀怨，表述了对忠贞爱情的信仰和意念。

“纤云弄巧，飞星传恨，银汉迢迢暗度。金风玉露一相逢，便胜却人间无数。柔情似水，佳期如梦，忍顾鹊桥归路。两情若是久长时，又岂在朝朝暮暮。”宋代词人秦少游的一首《鹊桥仙》，如行云流水，洒脱练达，把牛郎织女的两情相悦描述得如此的唯美飘逸。

牛郎织女神话传说的文化内涵，在鲁山县这块充满灵性、富有童话般的土地上，根深蒂固。在世世代代久居这里的村民心里，打上了深刻的烙印，积久成俗，盛传不衰。

大地上的传说古老而凄美，从杳渺的天空飘来，最终实落到大地的沃土里，似多情的四季风，在大地上吹拂、流动，润物无声。牛郎织女如若在天有知，这里早已不再是日出劳作、牧牛晚归的农耕方式，昔日男耕女织、无忧温饱的生活向往，早已不再是人类追求的至高境界。

天地之间，云诺风吟。天下苍生，人人都是传说。仿佛有了美丽的传说陪伴，大地和苍生才富有情趣和韵致。

在鲁山

廖华歌

一

当灵魂与这片浩瀚神奇的土地相遇，我有些恍惚地问自己：怎么回事啊？仿佛这一刻全世界的嘈杂，都因感受到鲁山深秋茂盛四溢的活力而震惊得默不作声。

暖阳下的微风只剩下一丝丝的喘息，鸟儿以春日的鸣叫让关于时间的故事情节弥漫着无意识。空阔安宁的田野提示曾经的丰收与沉思的静寂，我来不及多想，一颗心便醉得有些摇晃不定……

与我居住的这个城市不足三百里的鲁山，却因了我漫不经心的无知，我和它一直疏陌至今。现在，我默然而歉意地跟它说：“我来了，尽管太晚太晚。”

一枚尚未金黄到极致的银杏叶片擦着车窗飞旋而过，这可否理解为是对我的应答？一叶一世界，这个世界复杂神秘得令我用一生的猜测和想象也难达其意。我摇下窗玻璃，大口呼吸着争相涌进来的新鲜空气，骤然似有青草、水浪、繁花、笛音、鸟语、琴声由远而近一些些奔来……

清芬蕴积温馨舒适的拥围，使我心无旁骛，只执念在苍茫人海中，让所有的意义都能在有意义中延伸。

二

厚重的历史文化、人文景观、风俗民情和美丽的自然风光，令我脚下的每一步都充满古意今韵。

这儿是尧山所在地。尧山，具有华山之险，峨眉之俊，张家界之美，黄山之秀，拥有世界第一大佛和大钟。

这儿是我们文字鼻祖仓颉的故里。具有六千多年历史一脉至今的汉字，是世界上最古老最优美的文字之一，也是世界上使用人口最多、流传范围最大的一种文字。仓颉造字让先人的科学文化等，得以延续传承与发扬，此乃功莫大焉！倏然，秋天长出火焰，晴空雁阵和鸣，对仓颉对汉字深深的敬畏感压弯了所有花木的枝头。

这儿亦是“平民圣人”墨子的故里。在人类历史上，墨子代表了一个时代的高度。他那“兼爱”“非攻”，那“志不强者智不达；言不信者行不果”“有能则举之，无能则下之。举公义，辟私怨，此若言之谓也”“民有三患：饥者不得食，寒者不得衣，劳者不得息”的思想，一直为后人所推举。墨子在哲学、教育、科学、逻辑、军事防御工具等领域，都有杰出的贡献，他的学术观念跟我们今天的文学创作观念几乎一样。

叶落无声。时间一下子被拉直了，我左脚刚刚踏入历史的幽暗，稠密的阳光便将其急急拉回纷繁的现实。

三

怀着一颗虔诚敬仰之心，在宁静肃穆的午后，我们来到吴镜堂烈士故居瞻拜。

吴镜堂——这位中共豫西地区地下组织创建及领导者的故居，就在城北的鹁鸽吴村。

初听此村名，我愣了一下，默念两遍仍有些不自信地问同行的当地文友，有没有念错呀？文友肯定没错后笑言，因明朝山西洪洞县吴姓人家迁此，又因穿村而过的大浪河南岸有一处鹁鸽崖，故建村得名。

轻轻推门而入，简朴的院落和房舍，与我想象中的样子非常吻合。如此普通的农家小院，却孕生出了一位非同寻常的革命志士，望着绿树繁花，望着碧清如玉蜿蜒流向远方的河水，望着广袤无际的原野，我恍然了悟，更加深味出大道至简、大音稀声、大巧若拙、大爱无言的至理……

走在远近闻名多为明清建筑的石头村，别样的感受中，那古老坚硬的石墙，碎石铺就的小路，斗折蛇行的长长石巷，无不令人叹为观止。虽未见到撑着油纸伞的丁香一样的姑娘，但吴镜堂的事迹已弥漫浸润了这儿的每一处土地，成为古村落永恒的骄傲和自豪。

时光仿佛忽然有了一个明确的批注，被自己重新定义的事物，哪怕站在风雨霜雪的荒野，也能感知阳光下千山万壑树树花开，倾听到光束穿过雨幕雪原一路奔来的匆遽跫音。

四

我无意涉笔鲁山花瓷，因为那是需要专业人士去作的大文章，可当我的目光抚过那一件件、与近代著名画家张大千的泼墨山水有异曲同工之妙的花釉瓷制品时，我还是被成于汉、盛于唐、距今已有四千多年历史的鲁山花瓷深深震撼和感动！

据载，唐玄宗李隆基，颇具音乐天赋。他通音律，嗜击鼓，尤爱鲁山花瓷（即花鼓，唐曰羯鼓），常与宰相论鼓事曰:“不是青州石末，即是鲁山花瓷。”这种花鼓为圆筒，两头大，细腰中空，通体黑釉，淡蓝乳白斑花均匀布于全器，实为花瓷珍品，中华陶瓷之瑰宝。

擅长作曲亲演羯鼓的唐玄宗，亲作《霓裳羽衣曲》《小破阵乐》《秋风高》等百余首乐曲，羯鼓之声透空碎远，鼓声之悦无与伦比。据说，他谱写有名的羯鼓独奏曲《春光好》，于内庭演奏时，原本含苞待放的杏花，居然悉数盛开，清芬远溢……

我们一行人，争相与院内一只特大的观赏花鼓留影。猛然间，那战胜时间和空间、融入现代人审美趣味的乐音，从遥远的岁月深处激越响亮地向我走来，走来，一种优美、浑厚、恢宏、庄严之声仿佛将世间所有紧闭的门扉全都打开……缤纷多彩的花朵直铺向天际，修补疗救着大地的创痛，风将一个丰收的秋天吹过来，醉意朦胧中，深感这花瓷鼓乐催开的不单单是芳心犹卷的杏花，而是千红万紫的无边春原。

五

万没料到，此行最想拜望徐玉诺故居，却因堵车而未能如愿。

是天意要留下遗憾让下次专程再来吗？

徐玉诺，这位“从民间来”的诗人，还在中国新文学发轫之初，就创作了大量的诗歌、小说、杂文、短剧等，新诗集《将来之花园》为其代表作，也因之奠定了先生在中国诗歌史上的重要地位。

鲁迅曾说:“徐玉诺的名字我很熟，但好像没有见过他。”彼时，在鲁迅所代表的抗争文学和沈从文所代表的现实回避之间，诗人徐玉诺为我们提供了另外一种负重与隐忍的文学形象。

徐玉诺是我们河南人的骄傲，也是我们中国的骄傲！他坚持倡导“信爱和平”，高喊“真正的诗人，预先吹出：朦胧的火星中的明朗的知识”。

面对先生故居的方向，我默然而崇敬地向他行注目礼。蓦地，目光触到不远处一大片缀满枝头漫了一整个土坡的格桑花，它们在暖阳下，争相叙说着深红、橘红、酒红、绯红、玫红、粉红等的幸福花语。心猛地一动，顿然想起藏族有个美丽的传说，不管是谁，只要找到了八瓣格桑花，就找到了幸福。

此刻，幸福正在一寸寸地抚摸着我们，泥土芬芳中，世界重新恢复生动。成吨的目光高高举起，先生《将来之花园》的诗句纷纷涌上心头，响彻远方:“我坐在轻松松的草原里，/慢慢地把破布一般折叠着的梦开展;/这就是我的工作呵！/我细细心心地把我心中/更美丽、更新鲜、更适合于我们的花纹，/织在上边;/预备着……后来……/这就是小孩子们的花园！”

家乡忆旧

潘民中

家乡马庄地处豫西山地东麓丘陵区，坐落在一个南北长约六里，东西宽约二里的长方形小盆地的北端。村东、西各有一条南北走向的高岗，俗称“东岭”“西岭”。在《县志》中东岭叫交界岭，岭脊是鲁山县与宝丰县的边界线，岭东属宝丰，岭西属鲁山；西岭叫元和岭，岭西是漫流村的地界。东岭北起大荆山，南段折而向东，隆起为舒山，俗称叶营山，因山北脚有村叶营而得名。舒山东为应山，应都故城滍阳就在应山东麓。西岭北端是一个名叫柴家坡的低矮山丘，再北是高出许多的辛庄东坡。西岭南端凹下后再隆起为锅底山，锅底山形似一口硕大无比的铁锅翻扣在那里，横堵在盆地的南沿，《县志》上称谓“釜山”。大荆山与辛庄东坡之间有郭岭相连，它们都是由青条岭余脉峙山东延形成的，是盆地的北沿。马庄周围的地形像一顶轿子，东西两岭是两根轿杆，南锅底山和北坡像一前一后两个抬轿的轿夫，马庄就像乘轿的人，面南端坐在轿子里。

在郭岭前，大荆山与辛庄东坡之间的山坳里，层层叠叠的红色片状岩绝壁下有一眼山泉如碗口大，长年不息，水质清澈，饮之甘甜，俗称北大泉，《县志》上叫马家泉。遇上干旱，村里水塘干涸，井水混浊，村民们不仅要到这里洗衣，而且还挑泉水回家食用。小时跟在母亲的身后曾多次到过北大泉。母亲洗衣，我戏水玩耍。洗净的衣服搭在一尘不染的石壁上，经太阳一晒，霎时就干了，我帮母亲叠起放在篮子里。马家泉水经山涧由北而南，淙淙潺潺，形成一条小溪，从马庄村东流过。马庄以南地势逐渐低洼，俗称“南湖”，《县志》上的名字很别致，叫“潦北湖”。这个湖泊在清朝乾隆年间以前是长年有水的。乾隆以后，人们在釜山东端与交界岭南端之间的凹口处开挖了一条退水渠叫羊石渠，把湖水引向南流，经羊石村西，排入滍水，滍水今天叫沙河。此后，潦北湖成了一个季节湖。每年汛期到来，天降大雨，山洪暴发，羊石渠排泄不及，这时潦北湖才真正成了湖。1956 年 7 月发大水，六七岁的我打热闹，站在南寨门外，目睹过水天一色、烟波浩渺、汪洋一片的盛观。到了冬春天，南湖则是一片良田，麦苗绿油油的，生机盎然。因此，清嘉庆《鲁山县志》上记载：潦北湖“干旱为沃壤，雨霖则积水，停泓遥望，若鉴湖焉”。

因年复一年汛期山洪把北部坡岗上的动物粪便、草末和表层土大量带到湖里沉积下来，所以南湖田地非常肥沃。每逢春暖花开，麦苗返青，麦垄间生长一种俗称“小蒜”

的植物，样子像小葱像韭芽，细筒状的叶子长长的，根部呈白色，下面有一个小球。半天可以薅上一篮，回家包成水饺，特别鲜美好吃。小蒜的根茎也是随山洪从山上来到湖里的。山坡上长的小蒜，因土壤瘠薄，缺乏水分，吃起来很柴，味道苦辣。南湖里的小蒜，却因土壤肥沃，水分充足，长得嫩而粗壮，味道清香微辛，很好吃。每年春光明媚时节，村里的小孩们总要结伙成队，兴高采烈地到南湖薅小蒜。在我儿时的记忆里，这也是最美好的一页，吃南湖小蒜饺子是幼年的一种享受，至今难以忘怀。20 世纪 70 年代以来，天变了地变了。因降雨量减少，加上羊石渠的拓宽挖深，排水速度加快，就是汛期，南湖也不再会积水，南湖小蒜也逐渐绝了迹。

马庄村边有一条古道，沟通宝丰、鲁山。村东北东岭脊上有一棵老皂角树，皂角树下地名“红石关”，是古道上的一处要隘。村西南西岭之上有一条可容牛车通过的古路沟。这条古道北经宝丰、汝州，北通洛阳；南过鲁山、南召，南抵南阳。在秦以前名“夏路”，是汉水流域的楚国通往华夏族居住的河洛盆地所必经。秦汉魏晋时期叫“荆洛古道”。古道穿越鲁山、南召间伏牛山地，经过三个险要的山垭，所以南北朝唐宋时期又称“三垭道”。史书上取同音字写作“三鸦路”，民间传说北魏孝文帝元宏当年南征，初走这条道，遇三只乌鸦在空中领路，才得以顺利通过，因以为名。元、明、清三代以北京为国都，荆洛古道自洛阳往北延伸，走太行山东麓北上，到北京；从江陵朝南延伸，一直通往西南边陲云南、贵州。这条道成为南通云贵，北达幽燕的南北大道。家乡马庄是这条古道由北而南进入鲁山县境第一村。

3000年间，来往奔走于这条道上的不仅有肩挑背扛的货郎商贩，而且有坐轿乘车忙着朝觐、赴任的达官显宦，还有皇帝出巡前呼后拥的銮驾金辇。东汉末年董卓乱国，长沙太守孙坚率部北上，经南阳到鲁阳，走这条道进军洛阳，大败董卓，为孙策、孙权兄弟鼎立一方奠定了基业。西晋末年天下大乱，年仅13岁的荀灌娘鞭催战马，从南阳走这条道抵达襄城，搬取救兵，解父亲之围，成为中国历史上名扬千古的巾帼英雄。公元499年，北魏孝文帝元宏走这条道南征马圈（今邓州东北）。他的太子元恪从洛阳走这条道到鲁阳即位登基，承继皇业。明清时代走这条道赴北京会试的湖广、云贵举子更是车水马龙，前仆后继。马庄也因为在这条古道之上，才落得个没有一家马姓住户。马庄本来叫马家庄，是马姓聚居的村子。明朝末年李闯王造反，与官军在豫西周旋，这条道成了军事要道，马庄的百姓能逃得动的都逃走了，剩下老弱残疾无力自保，遭了殃。北坡上有一个很大的坟冢，叫马家坟，据说里边埋了百十具马姓村民的尸骨。从此之后，马庄再也没有一家马姓住户。

20世纪30年代，初修鲁（山）宝（丰）公路时所取路线为出宝丰往南，经小店，走马街，在湖里王翻交界岭，沿锅底山北山脚，过元和岭南端凹口，西至辛集。1958年改线，从小店折向西南，过红石关，经马庄、漫流，直插辛集，取道直角三角形的斜边，缩短了路程，同时也避开了旧线锅底山北麓汛期积水影响车辆通行的麻烦。目前，这条公路已经成为省道郑（州）南（阳）西线，往来奔跑的大小车辆络绎不绝。20世纪70年代修筑焦（作）枝（江）铁路，从洛阳南下湖北枝江，也基本上是沿着荆洛古道定线。铁路穿越交界岭、元和岭，走马庄村北而过。焦枝铁路北通大同，南达柳州，是与京广线平行的南北铁路大动脉。

马庄村北坡自西向东还蜿蜒着昭平台水库北干渠，从干渠引出的支渠，东西两岭各有一条，顺岭而南，形成自流灌溉系统。近些年来，马庄小盆地旱能浇，涝能排，旱涝保收。马庄人既不愁旱，也不愁涝。乡亲们虽说仍不怎么富足，但温饱还是有余的。南水北调中线工程，又从村南自西向东经过。大自然造化，马庄自古及今都是一块得天独厚的风水宝地。

马庄这个伏牛东麓普普通通的小村庄，历史却相当悠久。20世纪50年代末60年代初的三年困难时期过后，实行“三自一包”分田到户，我家在旧房基内掏红薯窖，挖到3米深的地下，竟发现了一处灶窝，土是烧红了的，里面还有燃烧过的草木灰。这显然是先民留下的遗迹，被不断变迁的历史叠压在了下边。虽然村子建在盆地的北端，地势比南湖高出许多，但一代又一代先人们还是用土逐渐堆起了一个高出地面丈余的平台，在上面建房居住。直到今天，村中央那一块三十丈见方的高台地仍清晰可见。

马庄原有一个五十丈见方的石砌寨垣。墙基宽五尺，墙身高两丈，墙顶宽三尺，四角建有四个敌楼，村上人把它叫作“炮楼”。大寨门设在南寨垣东半段正中，称“南寨门”。为了进出方便，西寨垣正中开了个小门，叫“西小门”。寨墙通体用做工细致的大大小小长方体石条砌筑，很稳固，很结实。石材是从村西北西岭以西张家坡、樊家坡上采集的。听我父亲说，打（建）寨那一年他 14 岁，已经能顶半个劳力出工干活了。我父亲生于 1919 年，14 岁那一年应是 1933 年。“盛世修志，乱世筑墙。”当时的豫西兵荒马乱，不平稳。打寨是为了防御兵匪骚扰，尽管靠它也解决不了多大的问题，但有一道寨墙总比没有好。那时村上只有百十口人，百十口人干这样一项大工程，真够不容易的。为了求生存，为了保平安，齐心合力硬是干下来了，寨子筑成已是 1942 年。小时从西小门进进出出，印象很深刻。西小门正对着我家大车门。我家大车门外五丈远处竖立一通石碑，顶部尖尖的像小山，正面刻着“泰山石敢当”五个大字。寨垣毁于 1958 年。这一年要在樊家坡西河上修建一座水库，把寨垣上的石条拆下来运到那里派用场。毁起来比建时要快得多，眨眼间好端端的寨垣说没就没了。

如今村上人口已经超千。寨外东西南北四面都盖上了成片的房子，寨墙的基址也很难寻觅了。20 世纪 80 年代村落规划，上边要求每个村庄都必须重新规划，千篇一律的南北大街，东西胡同，宅院成排，整齐划一。如此一倒腾，完全破坏了数百年来自然形成的马庄寨内街道与民宅呈“回”字形分布的格局。每家宅基都要重新划批，拆旧建新必须上线。几年来家庭有经济实力的已拆掉老房，上线建起新宅，而生活拮据眼下尚无力挪动的，老房仍旧巍然屹立。整个村庄旧布局被打破，新布局未成形，搞得面目全非，七零八落。

马庄的寨垣如果不毁，“回”字形民宅分布不破坏，保留到今天，加上村中央的进士院，村西的进士坊，肯定能成为鲁山东大门之内第一处独具特色的人文景观，吸引来往过客驻足。

石磨山的一家

禹本愚

石磨山的山沟是一道很深很深的山沟。初进山的人要是嘴贵，懒得问路，就像钻进磨道圈一样，转呀，转呀，转不出来。石磨山的山顶常年雾气腾腾，滚动着闷雷，轰轰隆隆，老远都能听见。常言说："石磨山，磨白云，早听晴，晚听阴。"这话很灵，傍晚时分，石磨声一响，日头就沉了下去，山风就吹了过来，很快就下起毛毛细雨。

山沟里有一座几十户人的村子。村上的姑娘们个个秀灵灵的，都似雨后蚕坡上的枫树那样葱嫩。老人和孩子也和风细雨地相处，轻言慢语地说话，吃的粗茶淡饭，住的石头房子，上千年来，赵钱孙李……房院相接，以邻为家亲。

老年人说，石磨山磨过金也磨过银，可是谁也没有经验过那富日月。从前年秋后，石磨山的小片地，小蚕林、小果园、小泉眼……标上各家各户的名字，石磨山真是出现神话中的事——磨金磨银了。金的是黄灿灿的小米，家家都罐囤满流；银的是白花花的茧子，户户都缫丝扯絮。

石磨山这盘磨显灵了——成了活宝山！

但是并非人人如意，村西头姓李的一家正在这兴头上，老明婶的孩子新结婚不久突然得病死了。婆媳俩从坟上回来，一进门就抱在一起痛哭。村上人都担忧：这一家是坍台了。左邻右舍免不了常来串串门，嘘寒问暖，表表大伙的心意。

媳妇叫话话，是山沟里百里挑一的好闺女，她刚过 24 周岁，瘦瘦的身材，红扑扑的脸蛋儿，像一朵高挺挺水灵灵的蘑菇。从过门后，跟着丈夫国胜打里跑外，眼一分嘴一分手一分。她割小谷子，两只手一齐摆动，又快又巧，“唰唰唰”地只听响，轻轻飘飘就把男人甩在身后，连汗都不出；她煮茧缫丝，身挨着锅灶，脚踩着轮子踏板，手在滚烫的水皮上抽着茧子的丝线，用舌头和牙齿挽接线头，一个月明夜就是一斤生丝；她走路，两腿快快火火，不听脚步响，像扫过街口的透山风。婆婆把她当作自已亲闺女，疼着她，捧着她。她也孝敬婆婆，端菜端饭，说话也不大声儿。她和国胜更是恩恩爱爱，上工下工，形影不离。老人家做好饭，一顿顿都站在街口，等着两个宝贝心肝回来，瞅了一遍又一遍，生怕丢了似的。山里的小两口儿不会亲亲昵昵说情话，那脆脆和和的笑声就是这院里最和谐的语言。

这以后，这一家丢了个亲人，笑声没有了，日子仍照常过着。老明婶和话话半月都没说话，吞着眼泪过活，好像一说话就会触动对方，引起天大的悲伤。

冬天来了，石磨山的雷声不响了。话话喝罢汤又坐到缫丝锅旁，生火缫丝。院子大门没有关，风很凉。话话说：“娘，把门关上吧！”老明婶正坐在堂屋发愣，突然蹦出一句：“国……国胜还没有回来。”一句话不亚于寒霜雷霆，把话话震呆了，她疯一般地奔向堂屋，伏到婆婆的怀里大哭起来。

婆婆这才清醒过来，泪滴像断线的珠子一样往下落。她是想儿子想迷了。过了好大一会儿，她撩起衣角蘸蘸老眼，又给话话擦擦脸，捧着她的脸蛋儿，从喉咙深处说：“孩子……你走吧！”“走？”话话吃惊地站了起来。“你年纪轻轻的，往后的日子还长……”

话话这才听懂了婆婆的话，望着贤良的婆婆，斩钉截铁地说：“娘，你就是我的亲娘，我一辈子守着你！”

婆婆是个懂事体的人，不便多讲，泪也不敢再流了，她哪里舍得让话话离开呀！话话咬着嘴唇也不敢哭了，鼻子一酸一酸地给婆婆铺床叠被。

这一夜，话话手里的丝头断了又断，心里像塞团乱麻。坐到后半夜，想到后半夜，只缫了二两丝。旧历年快到了，老明婶害了热病，又发烧又说胡话。话话端药捧茶，日夜侍奉在床头。老明婶不停地呢喃着：“国胜……国胜……你往哪去？话话在……在这儿哩。”半夜，她支撑着身子坐起来，从枕头里摸出十几块钱递给话话说：“要……要过年了，你去扯……批件花布衫，再给国胜扯……扯一件；听，队里唱戏了，你，你俩去看戏吧，啊？”

窗外起风了，风很大，枝在“哗啦哗啦”地响，冬天的风为什么这样厉害？话话扶着婆婆滚烫的身子，战栗着，心往下沉着。婆婆多么好啊，她多么爱自己的儿子！她更百倍千倍地爱她这个媳妇！

在话话痴心照料下，老明婶奇迹般地活下来了。人哪，将心比心，从此，婆媳俩的命运就像母女俩一样更紧紧地依偎在一起了。

话话看着婆婆脸上的笑容增多了，她自己变得黄蜡蜡的脸色又红润起来，更加花枝招展了。

善良的老人家，心是慈善的。她有自己的心计。

一天，她对话话说：“闺女，我总有一天要把你嫁出去。”

“真的？”话话以为是说笑话，眨着长睫毛说，“我到哪儿，就把娘带到哪儿。”

“孩子，”婆婆笑着，“我老了，不当累赘。队长说，你要走，就五保我。”

话话也不在意，仍嘻嘻哈哈：“你别想女大不当留，我就是能留，能当老闺女。”

“我这娘可吃罪不起。你嫁出去了，常回来看我就是了。”

“好，我就走。”话话红着脸撒娇，“娘，我去锄麦子。”

巷道里留下一连串笑声。

话话下工回来，却发现婆婆没有在门口接她。大门虚掩着，上屋传来说话声。话话把锄放在墙角，侧身到屋檐下细听。

婆婆对那客人说："给俺闺女瞅个媒茬吧，下半辈子我就有这点心事，给她找个好对象，娶过去，我心里才安生。"

"没听说你有个闺女……"

"就是话话那妮子，你说能不是亲的？亲骨肉一样亲哩！"

"听她娘家说，她不愿走。"

"我也是她娘，我得替她当这个家……"

"唉，可怜见的，这孩子！"

"这孩子的心底跟模样一样好，实话给你说，哪家娶去了，算积了好德啦！"

话话听着，咬着嘴唇，不让落泪。婆婆真像她的亲娘一样惦挂着她的切身事。头一次提国胜家这门亲，娘家亲娘说的就是这话呀！

她扑闪扑闪了眼睛，睫毛上挑出了几颗晶莹的泪珠，连忙抹了抹，进厨房盛饭去了。她拿起勺子，把热饭倒到了手上。心里翻三倒四地想："看来婆婆不会让我一辈子守寡的，她下了决心了，要尽她老人对儿女的一片情意……我可怎么办？我不能撇开她呀……"

这一夜，她辗转不眠，直到天明。

柳条泛青了，清明节到了，石磨山的石磨又转动了，那惊蛰的雷声隐隐约约传来，像是从地底下发出的。

这是国胜夭亡的第二年，老明婶一早就挽着篮子上坟去了。她没有约话话一道去，怕勾起媳妇的哀伤。

老明婶坐在儿子的坟头，哭了好大一阵儿，又拢了几把土，还是不舍得离去，又蹲下来，声声啜泣着。忽然，有人搀扶她的胳膊，抬头一看，是话话，眼睛红红的，身后还站着一个年轻轻的小伙子，白布衫在风里摆动着。

“你是谁？是谁家的孩子？”老明婶迷离着泪眼问。

“娘，是咱家的孩子。”话话说。

“是国胜？我的儿……”老明婶拉着小伙子的手哭起来。

“我是二强……”憨厚的二强讷讷地说。

话话连忙扯二强的衣后襟。

二强上前扯着老明婶说：“娘，从今以后，你就是我的亲娘，我就是您的儿子，你就把我当成国胜吧！”

老明婶又失声痛哭起来，哭了一阵儿，站起身，两眼直勾勾地打量二强，脸上慢慢泛出一丝笑意。她明白了：为侍候她，话话把女婿找来了。

话话掏出小手帕，擦了擦眼睛，对二强说：“对着国胜，你就说说心里话吧！”

二强垂下头，对着坟里的人说：“国胜哥，给你表个态，你只管放心，我会对得起咱娘，对得起话话的……”

春风在坟顶打起旋旋，旋起一片枯草。村上人看见两个孩子搀着老人回了村，几个老头背地里掉了泪。

老明婶每当吃饭时刻，就站在街口，等小两口儿回来。有时候，地里的活儿赶得紧，或者蚕坡上活儿忙，二强和话话回来得晚，老明婶站酸了腿，看酸了眼，也不肯回去。开头，她望着山路上出现两个影子，总当成国胜和话话两口子。迎上去一看，是二强和话话，不免心里难过，掉几滴泪。日子久了，左一个叫娘的，右一个叫娘的，叫得老明婶心里甜丝丝的，真把二强当成国胜了。

老明婶到底是上了岁数，有时心不在焉叫错名字。

“国胜，劈劈柴火。”

“娘，我就来。”二强答应着，就抡开膀子，“噼噼啪啪”干起来。

“国胜……呃，二强，帮我拧拧衣裳。”

“行，我洗洗手。”

“孩子，再添件褂子出门，别着凉了。”

“娘，记住了。”

人心不是铁打的，是暖和和的肉，热乎乎的血！

二强也在尽着国胜的本分。大队收山茧、生丝、山货，常在有线广播上公布各家的款数。有时，各责任田评比、分良种，也通过小广播匣吆喝。小山村的规矩是喊叫男劳力的名字，男劳力代表着这一家。二强和话话早商量过了，二强跑到大队交涉，说：“俺一家之主是俺娘，往后分啥公布啥，就提俺娘的名字。”

你听广播里响了。

“大旺家，交生丝十斤，二等，三十块……”

“老明婶家，交生丝十三斤，一等，四十五块半……”

广播音一落，二强就催促：“娘，快去领钱吧！”

老明婶喜得合不上嘴，揣上二强给她新刻的印，乐颠颠地出门去了。

这一家跟石磨山的各家小户一样，富了，旺了。为什么富得这么容易，旺得这样快？

老头们常在坡地里叼着烟袋，望着石磨山顶急旋的白云，唠叨着："靠天时，靠地利，靠人和……"

夏秋之交，石磨山的沟沟岔岔里，狼尾巴大的谷穗，各种各样的山果，闪亮的山丝，晒满了大堰、崖头、石头缝。话话肚里十个月的果实也成熟了，胎儿在"隆隆"的雪声中有力地蠕动着，很快呱呱坠地了。

奶奶给小孙女包起来，换上她早准备好的小红衣衫。话话依着床头喘息着，由于紧张、兴奋和害羞，脸颊红得像山上的枫树叶。

话话撩撩汗渍渍的刘海儿，轻声问："叫个啥名字？"

二强说："让她奶给她起名字！"

奶奶正搂抱着小孙女，连声不迭地哄着："乖乖，好，好……"

二强和话话几乎同时喊出来："行，就叫她'好好'！"

好好，多响亮的名字，多美好的祝愿！

霍庄的云雾

刘全新

在海拔千米的高山之处，云雾的出现常常是司空见惯的。而霍庄的海拔高度正是在千米之处，云雾，便成了村里的常客，不仅可以远观，还可以置身其中，嗅其清气，沾其微露，体感其润。那霏微之爽，可不是简单地弄个“一二三”就能说得清、道得明的哟。

今天清晨，我又去爬山。东方天际里的一抹晨曦，唤醒了连绵无际的山岭，茂密的山林，开始显现它的青、它的绿，它生命的活力——万木青翠，浪波千层，漫山碧绿，恣意纵横。啊，绿色，那是大地生命的象征。登高一望，千山披绿，万岭翠染，千里烟波，雄风浩荡，这情景足以让人心生惬意了。可上天那“宝盒”里，宝贝多多，它总有使不完的手段，让人们惊奇，让人们慨叹。大概那神秘的云雾，就是上天的神秘手段之一。大山里，一旦云雾出场，山会变个模样，人会神情激荡。

山雾相伴，道法自然。可霍庄的云雾，好像“情更浓”“意更切”，在秋雨连绵的时节里，它的出镜率更高、更勤。每天清晨，那白纱云样的“精灵”，在山涧里、在林海中、在谷壑处、在山头上，团团簇簇，缥缥缈缈，萦萦索索，朦朦胧胧，像花儿一样开放，有的羞羞答答，有的大大方方，千姿百态，让你左顾右盼，让你目不暇接，让你惊呼大自然竟能如此地鬼斧神工，雕琢出如此的梦幻之境，让你慨叹天之神力，人所不能及啊。

我站在半山之中，欣赏那云雾的生成与变化，看它怎样用婀娜的身躯，把巍巍的雄山变得温文尔雅，变得朦胧多情。

清晨的云雾，别有仙姿。开始，它们仅像是一条柔柔的丝带，轻轻的薄烟，往往是零星的，绵软的，微起于山涧，悄升于峰谷。乍一看，苍茫的林海中，悄然开出了白白的“雾花”，一朵朵、一簇簇，大有“天女散花”之壮景。庄严的大山，有了“雾花”，那可就变了模样喽。这一刻的大山，是美妙的，是生动的，当然，好像也温柔起来了。那袅袅薄雾，或缓缓柔飘，绵绵延伸；或静而雅致，脉脉含情。看来，大山的情感也是丰富的，且看它放低了姿态，任由缠绵的云雾轻轻地抚摸，默默地依偎，静静地守候，好一段“天长地久”之情，让人心生怜悯。

这就是云雾的魅力。真一个“浮云不共此山齐，山霭苍苍望转迷”啊，那“雾花”开在了山涧里，却可以把看“花”之人的魂魄勾到了梦幻里，让人或沉静，或飞扬，或张开想象的翅膀，在梦萦里流连……你看，宋代女词人李清照就是这样一个“雾痴”:“天接云涛连晓雾，星河欲转千帆舞，仿佛梦魂归帝所，闻天语，殷勤问我归何处。”结果，她被“云涛之雾”带了节奏，竟刹不住车:“风休住，篷舟吹取三山去！”好个浪漫的才女呀，竟要乘着仙雾漫游到蓬莱仙阁处，一去不回头哟。李清照这“雾梦”，入得可真是不浅哟，她是不是要“一梦三千年，作得好诗篇”呀？唉，这等千载词苑中盛开的女儿之花，她要是“想入非非”，谁个又能拦得住哟。人生如梦，梦如人生，或飘飘乎羽化登仙，或挥挥手地覆天翻，大概都可以借“云雾之梦”挥洒一番吧。

云山雾罩里，伏牛共此奇。正当人们醉眼看此景时，那云雾不知怎的长起了精神，它们牵起了手，它们搭起了讪，它们纵情飘忽，走谷穿壑，在恣意流动中连接在了一起，终于形成了磅礴万里的云涛，连天接地，覆盖林海，犹波涛汹涌，浩浩汤汤；犹万马奔腾，气吞山河；啊，群山成为一体，大地顿失江河。此壮势，让人情不自禁地生发喃喃之声:“江山如此多娇！”

莫不是云雾懂得“不积跬步，无以至千里；不积小流，无以成江海”之道理吗？

莫不是云雾深谙“兄弟同心，其利断金；同心之言，其臭如兰”之警世格言的深意吗？

是的，云雾的智慧是大自然赋予的，它用千年万年的经历告诉人们：世上的每一个个体都是弱小的，可它们一旦联合起来，便会形成撼天地、泣鬼神的力量。

山路弯弯，我在蹒跚。不知不觉中，雾散了，霍庄的山水，又展露出一片新的天地：万山昂首，万木盈绿，鸟儿歌唱，虫儿放声。一个充满活力的高山村落，又开始了它生动的一天。

云雾仙去，青山依旧。我漫不经心地爬到任家垭处的垭口之上，沐天露之清净，纳地气之清新，看万木之青翠，赏云霞之缤纷。但我心依然期待，期待明天云雾的生出，期待它的绮丽惊艳、变幻莫测，期待它的一泻千里、从容飞渡。

七夕之美

袁占才

七夕之美，美在文化。传统节日，古风濡染，我常想，民间四大爱情传说，牛郎织女何以居首？概孟姜女太惨，梁祝太悲，白蛇传太妖，三者书生味太浓吧？！而牛女之爱，场面宏阔，景色瑰丽，内涵饱满，意蕴悠长。虽有伤感之韵，不乏缺憾之美。一年365天，有364天眺望相思，唯到七夕，乃得一会儿，岂不令人扼腕？然今人视角，信息畅游，海角天涯，虽不厮磨，等同相守。所以民谚：“天上银河宽，难隔心相连；七夕来相会，幸福满人间。”胜却人间无数，悲的成分少了。人们恋的，是驾理想之舟，乘浪漫之羽，荡心里涟漪，驰出的无穷想象；叹的，是织女飞梭传恨，空寂难耐，一朝下凡，爱上牛郎，任凭母亲阻挠，甘与天庭决裂，争得一年一会。这样的爱情，天崩地裂，在平庸世俗、离合速闪的当下，给人的冲击力太大了。

织女抛弃门第观念，追求贞爱，历经苦难，最后禽鸟相助，争得一年一度，金风玉露。凄婉悲剧之源，母命也。

由是，王母遭伐。今之父母吸取教训，婚姻多凭儿女自主。讲究门第、棒打鸳鸯者，已不多见。

七夕之美，历经演变。其最初萌芽，可溯远古。《诗经》里，诸多篇什，爱情奔放热烈、大胆直白，唯《小雅·大东》中，牵牛织女，位居高天，崇为星神，现一种朦胧之美。彼时，爱的胚胎已经孕育。爱的种子，一旦生根，萦绕心间，蔓延葳蕤，势不可当。这就有了古乐府诗《迢迢牵牛星》。“盈盈一水间，脉脉不得语。”牵牛织女的离分，原是被银河阻隔。然织女终日弄机，泣涕如雨，备受压抑，何来“天女”之尊？“牵牛织女遥相望，尔独何辜限河梁。”这种遭际，令人心酸。即便其为豪门之女，让她爱情美满，这是首要的。嫁给谁？冲破封建桎梏，嫁与穷汉，最合大众心理。这才有了秦汉雏形，唐宋完备，花开一朵，千年不败。

由是，七夕之美愈加凸显。

我看过不同地域的传说，那语言，露珠似的清亮。例如鲁山的，说老牛做媒，“老牛说：‘牛郎啊，你老大不小了，也该成个家啦！好媳妇送上门来了。今儿夜里，天上九个仙女，要到西山莲花池洗澡，有个穿红衣的，最聪明、最勤快、最漂亮，你按我说的办，保准，她能成你媳妇。’老牛知道，天仙们要下凡了，赶快拉着牛郎，跨青龙涧，穿水帘洞，登凤凰岭，停到莲池旁。牛郎藏身树林，向潭池望，一望，他呆住了：只见九位仙女，若天鹅云雁，飘然而下，环池回旋，轻歌曼舞，脱衣入水。”

再如南阳的，花开般的鲜活：“老黄牛从嘴里吐出个茶豆，朝牛郎点点头。牛郎把茶豆种在门前，第二天出土了，第三天拖秧了，牛郎搭个梯子，没几天，把架拖满了。老黄牛说：‘意儿（牛郎）啊，你藏到豆架下，能看到天上的姑娘们，天上的姑娘也能看见你。谁要是偷看你七晚，她就想做你的妻子。’……第一天，一个仙女临走，偷偷看了他一眼。第二天，奓着胆子看牛郎。第三天，望着牛郎微微笑。第四天，向着牛郎点点头。第五天，端着一盆蚕。第六天，偷出一架织布机。第七天，拿着织布梭子，向牛郎招招手。一个在天上，一个在地下，眉来眼去七晚上，一个盼着下凡来，一个盼着快来娶。七月七那天，从天上飞来只喜鹊，落在老黄牛的头上，喳喳叫着：‘织女差我来，叫你快去娶，快去娶，快去娶。’”

二者情节有异，口承不同，却草蛇灰线，不外盗衣结缘、男耕女织、担子追妻、鹊桥相会。事实上，这个传说，全国各地都有，连台湾也有。河北邢台有凌波湖、牛郎庄、九天银河，山西和顺有金牛洞、喜鹊山、天河池，山东沂源有牛郎庙、织女洞、牛郎庄，湖北郧西有天河口、娘娘山、天池庵，南阳有牛郎庄、织女村、汉画像石……鲁山遗存更多。各地信誓旦旦、言之凿凿，都说是发祥地、原生地。众口不一，移栽嫁接，产生流变，美美与共。

七夕之美，美在人仙结合，牲禽为媒。织女巧笑顾盼，她携带天虫，来到人间，授人蚕丝技艺，为人间御寒。她身为天女，高贵典雅，不惜下嫁，始终不渝。传说故事中，有龙女妖女，灯女鱼女，幻化人形，与书生成亲的，哪及天仙织女？而牛郎，一贫如洗，唯诚实良善。他是普天之下穷苦人的化身。最应称道的，是牛与喜鹊。老牛说话，开口三次；老牛做媒，盗衣结缘；老牛老死，牛皮披身，牛郎追妻。农耕文明，牛是主角。牛、牛郎、牵牛星，一道轨迹：牛崇拜也。而喜鹊，联袂高飞，其声喳喳，婉转动听，颇具灵性。灵能报喜，民间谓喜鸟也。七夕前后，喜鹊换羽，尾巴蜕秃，减少飞翔，田间少见踪影，人都以为，它是飞到天上，为牛女搭桥去了。

两种宠物，一耕畜，一喜禽，媒伐功用，不可替代。天地间万物，都在撮合二人成亲，可见，他们的爱情与婚姻乃人心所向。

七夕之美，美在讲述环境。夏秋之交，虫鸣唧唧。仰望星空，思绪满怀。院中纳凉，稚儿绕膝。手摇蒲扇，母祖开口，一指牛郎织女星，说的就是城东的鲁峰山，讲的就是牛郎织女的故事。故事一波三折，其中幻想太多，悬念太多，熔铸了母祖的渴望。个中哀怨，人间别离，儿孙太小，并不理解，儿孙只羡织女之巧，只慕牛郎有福，只恨王母心狠，只奇老牛说话，只叹鹊飞桥渡。待到经年别恨，爱不轻诺，体悟到韵味，这才心香一瓣，缥缈瑶台。

承传有空间，有时间场景，方代代不息也。

七夕之美，更在乞巧。过节，需要仪式感。葡萄架下的望空偷听，虚妄不实；七夕乞巧，浸润匠心，至美也。传统礼教，尚勤黜懒，尚巧黜笨，手不巧，则心不灵。由是，乞巧风俗，应运而生。谁最巧？飞梭织女也。南北朝时有卜巧，是穿七孔针。七个针孔，谁穿得快，谁就得巧。唐宋诸朝，民间用丢巧针验巧。盛一碗水，暴晒日下，取绣花针，投入碗中，针浮水面，看水底针影，若物似兽，谓巧也。我国南方，延为一针一线，同时穿引，穿得快者，就算是乞到了灵巧。今之女子，读书识字，鲜做女红，灵不仅在手，于是，又作简化：七夕之夜，庭院里，摆上瓜果，仰望星空，焚香礼拜，双手合十，默念心事，脸红心跳，乞求织女，赐赏聪慧，惠予美貌，传授至巧。

试问满大街的美女，有谁，未乞过巧呢？

定位七夕，说是爱情节、爱侣节、情人节、乞巧节、女儿节，似都不妥。然而，不能否定，它的确是关乎爱情的一个重大节日。近年，中原鲁山，围绕“七夕，不止有爱”，先后演化，举办婚庆博览、万人相亲、集体婚礼、葡萄采摘、山歌对唱、舞蹈比赛、七夕讲堂，推波助澜，挖掘内涵，升华主题，使这一千古绝唱丝缕不绝，善莫大焉。

香囊之香

袁占才

节日盈香，端午为最。斯时，田麦溢香，油馍飘香，身上散香，空气弥香。妇女们撇开麦忙，引线穿针，赶绣香囊，赐予稚儿。南国北疆，端午，献祭于一人；香囊，赋端午以灵魂。

香囊，内充香料之囊，俗名香包、香袋，雅称香缨、佩帏。古语："以缨佩之者，谓缨上有香物也。"没底之囊为橐，囊空以纳器物者谓荷包。然追溯香囊最早之名，却是叫容臭。汉《礼记》载："男女未冠笄者……衿缨，皆佩容臭。"臭，气味也，引为香物；容臭，容香之物。彼时，这形容之饰，未成年人、士大夫，皆已佩戴。后世香囊，即其遗制。拿到现在，香臭对立，似是解释不通的。

中国香之为用，源远流长。一用祭祀：《诗经》"其香始升"，《九歌》"浴兰汤兮沐芳"。悦神祈福也。二用为药：《荆楚岁时记》"是日采艾为人形，悬于户上，可禳毒气"。驱秽避毒也。三用礼仪：汉代宫廷，大臣上朝，需佩香囊。逢年过节，皇帝赐赏，亦多香物。唐宋诗词中，每有“香车宝马、珠帘翠幕”之描绘。四用爱情：《诗经》中，男女相会，赠以芍药，秦观《满庭芳》“香囊暗解，罗带轻分”，是以香传情。古代没有香水，要使身体散香，斗室生香，其形制，或以香涂身，或佩以携带，或焚以熏之。春秋战国时，以羊皮缝缀的佩囊，用途更广；马王堆汉墓中，以桑蚕丝所制的熏囊，千年不腐；陕西出土的唐代香囊，镏金镂空，蔚为奇观。

如此美好之物，当然是要入诗文的。《孔雀东南飞》曰：“红罗复斗帐，四角垂香囊。”魏晋《定情诗》说：“何以致叩叩？香囊系肘后。”明代戏剧《香囊记》，围绕一枚香囊展开。《金瓶梅》里，金莲与小厮私通，赠锦囊于小厮，被西门庆发现，西门庆发怒，打小厮，鞭金莲，两人死也未认。《红楼梦》中，傻大姐于园内石上，偶捡一枚绣春囊，上面图案，男女裸抱。这颗“炸弹”，引得大观园里，惑谗抄检，风暴骤起：司棋被赶，晴雯被撵，芳官被逐。树摇根动，荣府开始由乐生悲，由盛而衰。更奇者，唐代鲁山县令皇甫枚，作传奇小说集《三水小牍》，受鲁迅赞赏。鲁迅率先对皇甫枚和《三水小牍》的成书年代、著录情况进行考证，是鲁迅开启了近代皇甫枚研究的先河。《三水小牍》中有一篇《却要》，被称之为是启迪曹雪芹《红楼梦》第十二回“王熙凤毒设相思局”的创作模版；另一篇《飞烟传》写一对男女，两情相悦，女赠男以“连蝉锦香囊”。男子接到“连蝉锦香囊”后，芬馥盈怀，翘恋弥切，忧抑之极，憔悴那堪。这很类似于玄宗仓皇西狩，马嵬坡六军不发，无奈之下，贵妃被缢。其后，西京收复，玄宗将其遗体移葬，但看白骨一架，唯胸前所佩香囊完好。睹物思人，骊歌宛在，蛾眉婉转，此恨绵绵。盖太真所戴之香囊，为冰蚕丝织成，内装防腐避瘟之香料也。

香囊并非屈原发明，却与屈子密不可分。在我们心中，他的形象，长歌啸吟，忧思满怀，形容枯槁。其实错了。这位峨冠美男，自喻“香草美人”，日日打扮精致；他剪荷做衣，拼莲成裳；他身披香芷，佩饰缤纷。连女人，也嫉其容颜，何来萎靡？据考，《楚辞》中，涉及植物107种，香草香木34种，关乎香语，不胜枚举。他变着花样，衣也芳香，食也芳香，住也芳香；他佩香戴草，到哪里，都流光溢彩，芳香阵阵，堪为“香仙”“香神”。汨罗江畔，屈子一跃，跃得国人心酸，纷纷为之致祭。而最好的祭念，莫如佩香戴囊，以其生前爱物招魂，赓续馨香。由此，作为端午之重要载体，香囊，便成为国人的香结，其衍生的神圣仪式感，所蕴含的优雅之美，无可比拟。屈子之前，香囊高贵，唯诗书簪缨族配享，屈子之后，方下嫁布衣平民。民谚：“戴个香草袋，不怕五毒害。”“端午香，无灾殃。”“五月五，是端阳，插艾叶，佩香囊，保俺中个状元郎。”这一时令，天气渐热，蛇蝎蚊蝇，出来害人，佩戴香囊，可清香驱虫，避瘟防病。而囊中容物，几经变化，从禳解灾异，祈求平安，再到营造氛围，传递信使，芳香之药草可遴选者，岂二三十种哉？

香囊之巧，巧在丝线，巧在色泽，巧在绣制，巧在纹饰。举凡动物植物，飞禽走兽，嵌镶翠点，各类图案，各种寓意，何止万千。连年鱼、双戏蝶、并蒂莲，爱之象征；蜘蛛、龙凤、麒麟，喜之隐喻；石榴、葫芦、蝙蝠，福之通合。小儿喜生肖，情人爱花鸟。什么蛇盘兔、鱼戏莲、猴吃桃；什么金鸡卧牡丹、狮子滚绣球、螃蟹闹睡莲，两两相配，或示男女结合，或含定情繁衍，你馈我赠，无不洋溢出生命的激情。农耕时代，女子们多足不出户，情感长期压抑，无奈，借玲珑之囊，暗吐心曲，把对美的追求、爱的期盼，悉入针下。所谓的女红，心灵手巧，由此体现。

寄香于囊，情丝袅袅。如今，虽是审美多元，但人们对香囊的喜爱依然不减。君不见，端午未至，山城街上，有两个风景格外招眼：一是卖槲叶的；二是卖香囊的。槲叶可包槲坠，类于苇叶包粽。槲坠与香囊，皆端午必备之食品。卖香囊的，多妪女，手推三轮，游走叫卖。那香囊，悬挂在竹竿上，琳琅满目，迎风摇摆，须臾，被姑娘媳妇围住，节日的色彩和气氛，就鲜艳热烈起来。可惜，这些香囊多是机制，少了手绣的拙美，淡了民俗的技艺。女子解放，不再守家，或学或工，风情万种，懒拿针线了。精于手绣，如吾妻者，倒成了非物质文化遗产传承人，每年端午前，不计工本，讨来各色花布，买来各种香料，挑灯夜绣，赠予友人，以助节日之美好。

有月亮的晚上

王连明

窗外传来叽叽喳喳的说话声。我故意大声问："谁呀？"只听得一阵哄笑声。我知道，这是我的学生们叫我去学校的。我拿起书走出屋子。

我们这里是山地，学生居住分散，到学校要翻山、穿林、过河，走不少的路。所以，学生们晚上都是在家里学习的。但是，学生几次向我提出，晚上要到学校做功课，并提出了许多理由：家里没通电，一盏油灯一家人争着用；家里人口多、太吵；等等。总之，好像不到学校就无法完成功课似的。见我还是不同意，学生就提出了折中的办法：没有月亮的晚上在家做功课，有月亮的晚上就到学校来。我仍不同意。其实，我是想利用晚上的时间，静下心来读读写写。可是，到了有月亮的晚上，就有一群群学生来我家里。他们问我在家干啥，我说看书。他们就说，"那咱们一起去学校吧，你看书，我们做功课，那多好！"于是，我的心动了，腋下夹两本书，和孩子们一起踏着月色去学校。

深秋之时，夜凉如水，真有点儿“霏霏凉露沾衣”的感觉。圆圆的月亮挂在树梢上，看上去湿漉漉的，仿佛刚刚在清水里洗过一样。小河里波光粼粼，好像涌动着一河月亮。我们沿着长满杨柳的河堤走着，时而走进树影里，时而走在月光下，这恰似走在“晚凉天净月华开”的意境之中。孩子们簇拥着我，蹦蹦跳跳，书包里的文具盒叮当作响。他们大声嚷，高声笑，全然没有了平时课堂上的拘谨。偶尔还有人“啊——嗬”地喊一嗓子，肆意挥洒着心中的快乐。

一路欢乐一路歌，到了学校走进教室后，学生们的言行马上收敛了。见我坐在桌前翻开书，他们便不再说笑，一个个轻手轻脚地坐到位子上。一阵翻动文具的响声之后，教室里便渐渐安静下来。孩子们开始做功课了，有的头发从耳边垂下，遮住了半边脸；有的眉头微皱，一本正经的样子；有的歪着头，拿起橡皮，用夸张的动作擦本子，那天真、幼稚、淳朴的神情很是悦目。

看了一会儿书，我站起来在教室里巡视。有的学生写得很快，字却不工整，不用批评他，只要走到他身边停一下，他写字的速度就骤然放慢，字也马上变得规规矩矩。谁也没说一句话，但又分明是进行了一次“对话”。

月光下，夜风悄然潜入教室，窗外的大叶杨不时发出“沙啦啦”的响声。学生说得不错，我看书，他们做功课，大家无言地相互守着，这样的确很好。

我是不会让学生待太久的，否则，他们的家长会惦记。只要功课一做完，我就赶他们回家。孩子们说：“你不走，我们也不走。”我说：“你们先走吧，可以一边走，一边唱歌，我坐在教室里听你们唱，等听不到你们的歌声时，我再走。”大家快活地答应了。他们一出校门就唱起来，而且故意大声唱。我想，孩子们一定是笑着唱的吧？山村的夜晚很宁静，那歌声夹带着稚气的童声，显得极为清亮，传得很远很远。清脆的歌声不时惊起此起彼伏的狗叫，于是，寂静的夜一下子被搅乱了，喧闹起来，生动起来。

听着孩子们的歌声，我能准确地判断出哪几个学生朝哪个方向分路了，进了哪道沟，上了哪条岭……歌声渐远渐弱。终于完全消失，狗也不叫了。夜又重归宁静。这时，只有明亮的月光默默地照着山野、村庄。

有月亮的晚上，真美！

骨头换针

李冬霞

腊月二十六，煮了一大锅的猪排骨、猪头骨、猪腿骨。

“妈，骨头扔哪儿？”正在啃着热骨头的儿子忽然叫道。

“别乱扔，存起来换针。”我看到儿子手中的大骨头，心血来潮地逗他。

“什么是换针？”儿子迷惑了。

“就是用啃完的骨头换针，换家家户户做针线活用的小钢针。”我一本正经地回答。

“真的？还能换什么？”儿子认真地问。

“还能换好多东西，吃的东西和玩的东西都能换。等过完春节，就会有小货郎拉着车子或者担着挑子走街串户，边走边吆喝‘骨头换针、换线、换筷子、换糖豆……’”思绪回到了不同的童年时代，我对这个小家伙仍一本正经。

“那不扔了，赶快存起来，等货郎来了我换遥控赛车。”儿子认真了。

“你妈逗你呢，那是我们小时候的事，三十年前的事了，现在早没有了。”老公看儿子挺认真，忙打圆场。

“唉，要是还能换东西该多好。”儿子有点遗憾，便接着问，“现在的骨头还能干什么？”

“什么也不能干，有狗了喂狗，没狗了当作垃圾扔掉。”老公解释：“可我们小的时候，骨头都很有用。那时候家里都很穷，什么东西都没有，一年也就春节能吃上一顿肉，吃剩的骨头还能换东西。那时，孩子们过完春节后，最高兴的一件事便是攒了骨头换糖豆，一边存下自家的骨头，一边到街上也能捡来骨头，等春节过完，货郎的吆喝声便会此起彼伏，有小孩儿的家庭，大都是孩子们兜了骨头换糖豆、换弹球，没有小孩儿的家庭，就换针、换线、换筷子、换碗、换盘子。”

“你们小时候还挺好的，剩骨头就能换东西。”儿子有点羡慕。

“你们才更好呢，要什么买什么，要什么有什么，真是身在福中不知福啊！”我反驳。

“才不是呢！我想要一个大遥控赛车，你就是不给我买。”儿子抗议。

“唉，赛车你都不知道玩坏多少辆了。其实，大的小的都一样，你要的大赛车 300 多块呢，我不是没有那么多钱嘛。”很无奈，如今的儿童玩具层出不穷，你永远都难赶上潮流，难赶上儿童的需求。

“你知道我们小时候换的东西都是多少钱的吗？”老公

想解和，“大针一分钱一个，小针是一分钱两个，弹球三分钱一个，糖豆一分钱三个……不过，那时候我们即使换了一个糖豆，都会高兴很长时间，很久都不会忘记……”

“那时候，不仅骨头能换东西，头发也能换。因为春节过后不久，骨头就收完了，平时老百姓是不吃肉的，就没有了骨头。但头发是整年都有的，家里只要有女性，就能收起来头发，或者早上梳头时把掉的头发攒起来的，或者自己修剪的，只是头发没有骨头值钱，大多都是用来换针了。所以，正月以后的货郎吆喝声便多是‘收头发换针、换线、换筷子、换糖豆……’”回想往事，历历在目，我似乎又听到了那一声声熟悉的吆喝，似乎又看见了一个小姑娘拿了几根骨头或者一撮头发，满怀期待地等着货郎的叫卖，满脸激奋地翻着货郎的挑担，口中弥漫了糖豆的香甜……

“妈，不啃骨头了，想吃糖豆。”儿子显然听得入了戏，很现实地提议。

是啊，吃糖吧，想吃糖就吃糖，想吃多少就吃多少，想吃什么口味的就吃什么口味的，再也不用拿骨头去换了……

儿子开始在糖果袋中翻了起来……

“妈，你买的糖果平时都吃过了，还有没有别的？”儿子没有达到愿望。

还有没有别的？我不知道，可能还是记忆中的糖豆最甜吧，可能在儿子的记忆中永远不会有最甜的糖豆吧，可能现在的儿童永远都在寻找那颗最甜的糖豆吧……

鲁山的那些山

磊　子

鲁山从远古奔来，如一头莽撞的野牛，在一望无际的淮海大平原边上被天神牢牢按住，长啸一声，再也动弹不得。开始了一段与千里大平原相依相偎的漫长岁月。从此以后，鲁山的这片山就宛如大平原旁边的邻家少女，亭亭玉立，风情万种，兀自妖娆，常常撩拨得大平原上的人们魂不守舍、朝思暮想、心向往之。

鲁山的那些山总是绿汪汪的，远一层近一层，深深浅浅，淡妆浓抹，流彩溢光，触目皆是，仿佛伸手一抓，就能抓出一大把的绿汁来，散发出一股子生猛的草鲜味儿。这些莽莽苍苍的大山，山高林密，绿云如盖，沟壑纵横，乱石奔涌，早些年间曾是绿林好汉们神出鬼没、逃离尘嚣之地，现如今弹指一变，再施粉黛，俨然成了都市里那些活得不耐烦的户外驴友们的天下。

话说那一天是个雨后初晴的日子，早上还是个乌云沉沉的样子，有些凉凉的风像深闺里的幽怨一样冷冷地刮着。

一行人来到鲁山四棵树乡代坪村附近的迷沟时，多日不见的太阳却好似戍边归来的将士一般踉跄而至，清清白白地照在挂满昨夜晶晶莹泪水的叶片上，爱意缠绵，闪耀着惊喜而零乱的光芒。我们在密密匝匝的丛林中左转右绕，穿梭前行，稍不留神，就会撞落一身的水湿。爬过了高高低低的一段陡坡，恍惚间就来到了一条乱石翻滚的深沟里，这大约就是传说中的迷沟吧。

沟里青翠弥漫，乱石翻滚，如千军万马汹涌而来，一些浅浅的溪水，若有若无，夹杂其间，闪闪烁烁，欲语还休，似是不胜娇羞的样子，潺潺而去。沿沟边羊肠小路左行右绕，翻山越涧，迤逦而行，感觉到空山寂寂，大野森森，细流无声，暗凉四起，心神舒泰，浑身通透。行进途中，忽觉甜意氤氲，无意间发现沟两边错落生长的那些桑树正是挂满桑葚时节，红中欲紫，新鲜透亮，闪烁在密密的绿叶间，像是在守着一个小小的心愿。有人试着摇摇树干，便如惹着了她，轰然一声，便会有桑葚如红雨般落下来，满地躲藏，引得驴友们大呼小叫，如群鸡叨食一般，争相寻觅，分头收集，进而大快朵颐，美不胜收。

我从石缝里捡起一颗桑葚放进嘴里细细品味，初时稍觉生涩，细嚼甘甜生津，仿佛一种童年的味道渐渐弥漫开来，恍惚中感觉阔别已久的亲人翩然而至、笑靥如花。忽然就想起了那些在乡下生活的日子，我们老家的院子屋后就生长着一棵桑树，树干光滑，细枝弯弯，婀娜摇曳，每到桑葚成熟时，我便会和小伙伴们爬上树去采摘些桑葚来吃，吃得两腮发紧，嘴唇流汁。那种纯真的快乐，依稀仿佛，如今却是永远也找不回来了。

再走西大河，仍旧是个雨后初晴的日子。天空真的很蓝很蓝，蓝得不知让人说什么好。那纤纤的白云，好像只是在衬托蓝天的那股子彻彻底底的无欲无求的蓝。怎么会有这么蓝的天呢？这是一种在城市里的天空上从未见过的蓝。西大河隐约在六羊山风景区内，不显山不露水的样子。过了大庄，转过营盘沟，再上一个村子便到了。我们沿着河上新修的一座桥走到对岸，迤逦穿过山坡下一片种着红薯和玉米的庄稼地，便一头扎进了大山的茂密的森林里。

盛夏时节，正是万物舒展、枝叶繁茂之季，林子中树高草深，有一种说不出的清凉。高高低低地走了一阵子，我们就来到了一道河沟里。这河沟与前两天我们行走过的迷沟倒有几分相似，依旧是乱石汹涌，依旧是清沙细流，偶尔走过一处平缓地带，便会有些水从石缝中喧哗而出，在浅沙平缓处形成一个清清亮亮的水潭，明净见底，沙白风清，潭底中隐隐约约的会有一些小小的鱼，轻盈而自在地游着，游出一种天真和惬意。

这时候，太阳高高地升起来，树影斑驳，叶片晶亮，有一些叫不出名字来的野花在阳光下尽情地舒展着，引来几只蜜蜂或三两只蝴蝶，来来回回，盘旋其间。那沟里的石头大大小小，散乱堆积着，经了水的长年浸泡，泛着一种天然的洁白和凝重，还有一些水草和芦苇，自由生长，绿得那么随意，那么纯粹，纯粹得让人生不出一点点杂念。山中无岁月，不知走了多久，终于累了，我们就在河边的树林中扯起吊床，酣然高卧，听山风过耳，听流水吟唱，看蓝天白云，沐林中清凉，浑不知今夕何夕，今年何年，真有种物我两忘，陶然天地，魂归山林之感。我未来时天何在？我即归去景何存？

下山的时候，有一度我迷失在林中，左顾右盼，竟找不到出山的路了，寻寻觅觅之时，突然间就有股子莫名的惶惑袭上心头，生命如此弱小和笨拙，我如果只身遗落在这莽莽山林间该如何应对呢？惶惶然只好面向虚空大声呼唤，噢——啊啊——，你们在哪儿——在哪儿——，就这样跌跌撞撞，一路高声喊叫着，在山间徘徊，过了好久好久，我觉得好像有一个世纪那么漫长，才听到不远处伙伴的回应声，那一刻我精神陡然一振，急忙披荆斩棘，循声追过来，在看到朋友们那熟悉的背影的一刹那，才如释重负。没想到在迷沟都不曾有过的迷失，却在西大河让我结结实实地体会了一把。

生活还要继续。再一次回到大雨倾盆的城市里，从我们纷纷消失在一层层一排排密密匝匝的水泥高楼里的那一刻起，那对山的向往和对水的思念便开始与日俱增，宛如春风里的一粒种子，在庸常而乏味的土地上渐渐扎根，日复一日地蓬蓬勃勃生长起来，然后结成一颗沉甸甸的渴望，渴望那蓝的天、白的云和清的风，渴望那像绿林好汉一样自由舒展的日子。

故乡的花瓷

赵 敏

你从幽深的岁月里飘然而至，一身雨露，几世沧桑。带着陈年的凄苦向故乡的亲人诉说，断代的噩梦在你的诉说里愈显得沉重而苦难。渐行渐远的天籁呓语让故乡亲人的热泪长流。于是，清晰地显现出两个世纪的云烟。两百年，呵，你消失了整整两百年，两个世纪，在茫茫的人间天际，再没有你风姿绰约的绚烂光华，你丢失的倩影里满是尘埃飘落。

国破山河碎，风雨暗故园。花瓷，一个美丽而流誉九州万方的名字，就这样在历史连年的灾祸不断、民不聊生中消失了。还有一个原因，当时鲁山县地处中原山区，山道狭窄，运输不畅，鲁山县在唐朝时期临近东都洛阳，得天独厚的人文环境也被忽略，一代名瓷，就在这样的环境里被人遗忘了。

20 世纪 90 年代初，我大学毕业来到平顶山，父亲是 1948 年南下过黄河的干部，我生在中原，无论走到哪里落脚，哪里就是我的第二故乡。来到平顶山鲁山，才见到花瓷，才知道遗落尘世两个世纪的花瓷已在20世纪70年代初就已回归尘世。可因为回归的路太漫长了，50余载也没有找到祖先留下烧瓷的秘本，因而漫漫长路沁人心扉，椎心泣血，别说一种烧瓷，一种研制的秘本。二百年都过去了，多少无辜生命在那样的旧中国死在了白骨累累的荒冢土丘。

其实，花瓷在唐代就已问世，祖先烧制的花瓷远比汝、钧瓷还要久远，久远到唐代的初年，那时的唐花瓷代表了中国北方当时瓷艺术的最高水平，因为中原的鲁山是沿革而来，虽地势偏远，久藏深闺，可因花瓷的问世，鲁山这个小县城，依旧在旧中国历史上名扬八方，因而，鲁山的花瓷其地位也极其可观。具有重要的研究和开发价值。然而，丢失的秘本早已渺茫无踪。民间的花瓷窑也填平毁坏。茫茫四野再没有花瓷踪迹。旧中国又战乱不断，百姓流离失所，家园被毁，统治者更不会因为一种烧制的民间秘瓷方而萦怀于心。

遗忘的岁月是漫长而痛苦的，一件宝物，突然在人们的视野里不见了，就像母亲失去儿女般那样的心痛，鲁山清凉寺段店一带百姓不忍再看见一件件宝物被埋没、丢失。于是，后续的瓷活里，是老百姓在自家门前用宝藏的长石、石英（或玛瑙）、方解石土、紫砂、铁矿等制作陶瓷的原料，以及用于陶瓷烧制的木材、煤炭等，以鲁山为中心制作起粗糙的民用瓷器，虽粗糙，产品品种也达二十余种，著名的花瓷再现人世，在鲁山一带，流传着亘古的民谣：“清凉寺到段店，一天进万贯”，就是说在鲁山的段店一带，方圆三百公里处，都是重要的产瓷区，这里制作的花瓷不仅被当时社会重视，而且流传后世。被选入宫廷，成为当时的御用瓷。备受唐玄宗、宋徽宗历代皇帝的钟爱，成为一代名瓷。

20世纪70年代初，国家有关部门三次派人来到中原鲁山县段店，一直在找唐代鲁山烧造的花瓷文献及遗落在民间的花瓷陶片。文献有记载：唐代《羯鼓录》中“青州石末”指青州石末砚，“鲁山花瓷”是指羯鼓。

实际上，唐人南卓《羯鼓录》记载的羯鼓是五胡（鲜、卑、匈奴、羯、氐）乱华中羯族之鼓传入中原，以后才有羯鼓。唐玄宗喜欢羯鼓并能演奏，奏演一曲达到“远风徐来，庭叶随下”的美妙境地，玄宗还创作过几十首《羯鼓曲》。

南卓，唐代人，曾为洛阳令。著有《羯鼓录》。

段店窑烧制的花瓷羯鼓，唐玄宗喜爱至极，所以在唐代的礼乐祭祀中是必不可缺少的，而且是一等的。

在鲁山，在段店，我看到了那个在二百年历史之后的唐代祭祀礼乐中的羯鼓。这个鼓，已经不是我们祖先制的那个鼓了。是今天鲁山段店花瓷文化研究会年轻的会长袁留福制作的，二百年前祖先的烧瓷工艺一定是精良的，那么今天袁留福制的鼓呢？经过专家们一致的研究鉴定，袁留福先生的花瓷羯鼓（腰鼓）在釉色纯净、质地精良、结实的程度上，已远远地超出了旧时段店羯鼓的品质，再现的鼓，精良品质的质地里是新一代花瓷人用生命与汗水制作出来的。袁留福他投资建设的文化产业（花瓷）项目，里面就有这件《羯鼓录》中的花瓷腰鼓。多年的潜心挖掘研究，探索千余次的试验，终于复活了鲁山段店花瓷的制作工艺；他生产的高仿腰鼓、梅瓶、执壶等工艺品，已被全国多个名馆名家、驻华使节、外国友人收藏。实用器型、餐具、茶具、旅游纪念品受到无数中外使用者青睐。

今日，鲁山段店的花瓷，工艺艺术品，一应俱有。走向了全世界各个角落。他制作的羯鼓（花瓷腰鼓），在故宫博物院研究员、中国古陶瓷学会名誉会长耿宝昌先生鉴定鉴赏之后，就被法国巴黎中法文化艺术联合会，河南省文化馆，景德镇中外名瓷馆永久地收藏。

初见花瓷腰鼓，那个长 58.9 厘米，鼓面直经 22.2 厘米，黑釉蓝斑细腰呈长圆筒形，两头粗，中间细，鼓身梗起棱形线玄纹七道，通体黑釉为底，釉面上饰以散落乳白、蓝色斑块，排列分布于全器。器物粗犷，凝重，豪放，斑块自然缥缈。这件珍品是鲁山花瓷研究会会长袁留福在花瓷复活之时烧制的一件高仿。唐代的那件在故宫博物院珍藏着。初见，就喜爱得发狂，一器三色的腰鼓，特别是那深釉色渍的蓝，幽幽地发着暗光，就像从古老的世纪里走出来的一位贵妇，是的，二百年怎能算古老，她正当年，秀色美好呢！雍容华贵的服饰，沉静万方的雅典，透着生命的气息，那感觉，就是手指在上面轻轻点合，腰鼓就会响起清脆的声音，而那声音一定是有三日绕梁的余音。

袁留福复活了花瓷的艺术生命，而腰鼓今天散发的依旧是祖先传承的醇厚味道。依旧把腰鼓的青春和年龄，定在了历史长河千年青衣的旦角位置！

是的，生活与生命里任何绚烂的异彩，无论我们的祖先，还是今天站在历史的潮流前头为这个民族博彩的人们，都在用血红的代价与咸味的汗水挥舞着长臂，用铿锵的大锤点缀五彩的缤纷。我们能不为袁留福感动吗？那近千次的花瓷窑试验，近千次生命与灵魂之外的翻修！

2006 年，鲁山段店古瓷窑址被国务院公布为第六批国家文物保护单位。鲁山花瓷已被确定为河南省非物质文化遗产。

我的故乡啊！你的百姓无论何时何地都在:“忧民之忧者，民亦忧其忧”，始终把国家的苦难当作自己的苦难来吃，水深火热历经几百年，却一心一意坚守住家园故国的情怀，不声不响地体察着祖先留下的传家之宝就要失去的痛心，几经周折，又如何能保留她存留世间的作为。

在西大，我学的是汉语言文学，曾经的“乐民之乐者，民亦乐其乐，忧民之忧者，民亦忧其忧。乐以天下……”君主以百姓的快乐为快乐，百姓也会以君主的快乐为快乐，君主以百姓的忧愁为忧愁，百姓也会以君主的忧愁为忧愁，以天下人的快乐为快乐，以天下人的忧愁为忧愁！旧中国的统治者，何时何地以他的民众的快乐为快乐了？何时何地以他的民众的利益为利益了？生之可悲呀！民众却依然以国家的利益为重，以国家的生存为重，千百年来，这个道理民众懂得，可他的君王却不懂得。

今天，人民的利益得到了保障。只有社会主义能够救中国，人民当家做了主人，国家的宝贝才有幸重见天日，才有幸复活她美好的面容。花瓷的命运亦是如此。

鲁山段店在我国陶瓷发展史上占有重要的地位。鲁山“花瓷”之所以成为国家花瓷的首位，是基于其成功运用窑变技术，庄重大气的造型艺术和优良的“瓷”质。窑变技术是窑工在长期的实践与劳动思考中，得来的聪明才智的积累，而优良的“瓷”质靠的是鲁山漫山遍野用之不尽的原料。产生的窑变使花瓷奇妙无比地出现大片的绝美彩斑，有的任意点抹，有的纵情泼洒，完全不以人工的操作来掌握釉色的形成，那些窑变的色彩让人根本想不到达不到的天机超逸，却在窑变中自动产生了，表现出大唐文化的灿烂辉煌，盛世明月的雄浑壮观。鲁山花瓷，又名“黑唐钧”，鲁山志记载：“唐代钧瓷，黑唐钧”，因唐代鲁山所产的黑地，乳白，蓝斑一器三色的花釉瓷器而得名。唐人南卓的《羯鼓录》中有记载：唐玄宗与宰相宋璟谈论鼓事时说：“不是青州石末，即是鲁山花瓷。”自此，“花瓷”或者“花釉瓷”作为一种专指黑地，也有黄、黄褐、茶叶末色地。乳白蓝斑的瓷器在古籍中沿用至今。然而，在古陶瓷界一提到花瓷就想到唐玄宗命名的“鲁山花瓷。”

历史上的鲁山花瓷曾在中国陶瓷史上留下了浓墨重彩的一笔，是我国目前发现最早的高温窑变釉瓷器。以色彩绚丽，变化奇妙闻名于世。纵观历史，从唐至今，以地名“钦封”为瓷种的鲁山花瓷，在我国仅此一例。可见，“鲁山花瓷”在我国陶瓷发展史上的历史地位及重大影响，唐时代的花瓷，皇帝御用贡品，宫廷观赏品种，加上民间粗瓷品种仅仅二十几种。20 世纪 70 年代初，花瓷艺术烧制复活青春生命，工艺艺术品种，餐具、酒具使用欣赏、观赏、收藏品种之多，甚至民间大量的最基层用具品种，已有几百种。在鲁山，我们在袁留福展馆里已经看到琳琅满目的花瓷品种上架，袁留福介绍说：“我们目前仍致力于开发更新更好的各色品种，保持瓷色的精美，质地的精良，外观的喜庆，从适合中国人民传统的文化，对理想生活的要求上下功夫，适合外国友人追求东方汉民族文化上下功夫，以满足市场各个方面的需求和收藏。”

外国友人的电话适时宜地打进来了，定制产品的需求越来越多，量也越来越大。鲁山花瓷，袁留福已经做成了中国的花瓷文化商品，已经把古老的花瓷销到了世界各个角落。

就在我写这篇文字的同时，我接到了鲁山段店花瓷文化研究会会长袁留福打来的电话，他说:“花瓷的美好未来得益于我们大家共同的开发、研究，并且共同地维护、宣传，我将致力于一生的花瓷事业的奋斗、探索；我也将会听取多方面专家、技术人员、科学人士的建议，也会听取我们当地的花瓷艺人的意见。推陈出新，继续在这条路上把这项伟大的国宝艺术弘扬推广。”

其实，我们知道复原古老的鲁山花瓷烧制工艺有多难。《羯鼓录》记载:“且毬用石末花瓷，固是腰鼓……”可知唐代的宫廷御用花瓷腰鼓出自鲁山段店窑。而且近千年的腰鼓自今天仍然色彩绚丽，“捻小碧上，掌下须有朋肯之声”，声音清脆而有回音。现今复活的花瓷工艺比之千年前的段店腰鼓是否还有技术上的不完美，还有瑕疵？

就唐而言，釉瓷器的烧制比较复杂，不同的釉料在高温下会有不同的膨胀系数，在冷却时也会有不同的收缩系数，一种釉料覆盖在另一种釉料上，必须要求两者之间，热胀冷缩的系数一样，才能达到完美的艺术效果。所以，好的与上好的花瓷烧制是极其困难的。

从唐至今，已经有1400多年的历史了，其当年的唐时代花瓷烧制工艺一定是成功的，没有瑕疵的，祖先的聪明今人有目共睹。中间断代几个世纪，再完美的技术，花瓷窑都已消失得无影无踪了。几块残片给后人留下了多大的难题啊！

袁留福不也进行了千次的失败之后才复原了花瓷技艺

工序吗？这条探索的路无疑还很漫长而艰辛，曲折而困苦。前人走过了，后人一定会跟上去的。

故乡的花瓷牵绊着自己儿女的足迹，悄悄溜走的岁月里穿透了生命的回归。唐时代的风韵与鲁山花瓷的生命，同时渗粿进十个时代的凄风苦雨才走到了今天，鲁山花瓷的灵魂里有着鲁山人血脉的伴随，无论时光年轮多久多远，也割不断这血脉的情缘！

是的，一个国家的历史和文化活着，这个民族就一定活着。祖先的聪明才智让后人汗颜的同时，也奋起了直追的脚步，我想，我们一定无愧于祖先的后人，五千年悠悠古文明就在我们直追的梦里！

深秋忆爷爷

潘　磊

北方的深秋，高大的法桐点亮了秋色，金黄、赤褐色的叶片从树上飘落，铺满了雨后的街道。走在这样的小路上，遥望无尽的远方，常常让人想起每个人长长的一生。

爷爷离开人间，也正是这样一个秋天。秋天难道是告别的季节吗？告别夏的炎热与茂盛。泰戈尔曾有这样的诗句："生如夏花之绚烂，死如秋叶之静美。"秋叶静静飘落离开树木，归于大地，正如生命本身的历程。我更喜欢鲁迅的《腊叶》，"有一点蛀孔，镶着乌黑的花边，在红，黄和绿的斑驳中，明眸似的向人凝视"。在先生的笔下，秋叶有了生命。

爷爷如一片有生命的秋叶从树木上飘落，融于大地，他大半生务农，大地也正是他生命的归宿。

我温馨、快乐的童年记忆是与爷爷联系在一起的，那是豫西鲁山东部的一个小村落，小村落里的一个小院儿。

核桃树

人到中年的我，忆及爷爷，觉得他必是一个热爱生活的人。打我记事起，小院儿砖瓦房的屋檐下就有一群灰蓝色的鸽子，是爷爷养的，“咯咯咕咕”的鸽子叫声伴我长大。小院儿里有一棵高大的核桃树，还有一棵枣树，它们都是爷爷种下的，但核桃树于我有着更深的记忆。农谚说：“桃三杏四梨五年，想吃核桃 18 年”，可以想见爷爷种的核桃树其时应该有些年岁了。

那时我尤为喜欢它那发白的树干，喜欢它大大的、形状独特的树叶。初秋核桃成熟的季节，于小孩子而言，简直是莫大的乐趣。摘下核桃，不停地拿石头砸，果绿色的核桃果溅出绿色的汁液，露出里面硬硬的壳。估计是我和姐姐、哥哥喜欢不停地做这样的游戏，爷爷吓唬道：那汁液溅到胳膊、手上，就会变成一个个的小黑点，洗也洗不掉。即使如此，想必当年的我们也不肯罢休。

许是像五岁的儿子这般年纪，有天正抱着核桃树的我突发奇想：“如果我松手了，会怎么样呢？”核桃树后面就是一堵墙，没有什么意外——我的后脑勺磕破了。全家人急坏了，是爷爷每天早上给我打鸡蛋茶——这在 20 世纪 80 年代初的农村已是极大的破费，养了半月才好。现在后脑勺处仍有一块疤，可以视作童年时探索世界的一个纪念吧！

走在Z城的街道上，看到附近乡村的农人们将一筐筐绿油油的核桃果摆在街边，路过的我常觉得莫名的亲切，想起爷爷，想起小院儿里那棵陪我成长的核桃树……

锅 盔

据百科，锅盔又叫锅魁、干馍，是陕西省关中地区及甘肃省城乡居民喜食的地方传统风味面食。不过Z城常卖一种锅盔，长方形，薄薄的两层，上面撒着芝麻粒，中间零星分布着些肉末，味道也不差，可以用来饱腹，但这与我记忆中的锅盔迥然不同。

传统风俗，锅盔是外婆给外孙贺弥月赠送的礼品，然而我第一次吃的锅盔，是出自爷爷之手。他用家里最大的锅，炕出的锅盔外焦里虚，在其时贫穷的乡村，不啻是一种难得的美味。为了便于让足有两厘米厚的大锅盔熟透，爷爷常常在上面用筷子扎一些小孔，幼时觉得这一切都有趣极了。我和姐姐、哥哥每人掰一块儿锅盔坐在核桃树下吃得津津有味，口中留着小麦面原本的香甜味道，何尝体会到大人生活之艰难？“烙馍生活，蒸馍费，吃了锅盔当了地”，说明吃锅盔在乡村是颇为奢侈的。长大后，据父亲讲，爷爷当年很辛苦，每到临近年关，正值寒冷的冬日，凌晨四点起床，拉着一架子车红薯，走三十多里地到鲁山县城去卖，置办年货。

其实，爷爷一生大都在小村庄里度过，并无在外省闯荡的经历，他是如何通晓这种来自陕西的面食的制作过程的，是一个谜，我想这应该是很多中国传统农民的生活智慧吧！

除了锅盔，留在记忆中的童年美食还有蒸大米饭，香喷喷的米饭，还冒着热气，上面撒一层白糖——当时在乡村是极为珍贵的物事。唉，今天的孩子们会觉得很奇怪吧，这算什么美食呢……

秦椒

爷爷曾在村外西岭开辟了一小块地种菜，我们把它叫“小沙坑”，其实它是20世纪60年代挖干渠时留下的一片坑洼地。如果爷爷不在家，大半都是去“小沙坑”侍弄菜去了。爷爷种过芋头，所以幼时我便吃上了芋头，绵软的，蘸上白糖，也是那个年代难得的美味。

秦椒，也出自“小沙坑”。秦椒不是普通的辣椒，辣味浓郁，体形纤长，又称线椒，有“椒中之王”的美誉。

孩子自然是不喜欢辣椒的，至今我仍惧怕秦椒的辣。

但秦椒留在了我的记忆中，让我与它有了亲近感。漫长的冬天，北方的乡村天寒地冻，并无取暖的设施，依稀记得将掰过的玉米穗儿支起来，下面点上火，燃烧起来，房间里就有了暖意。然而，专注于玩耍的我，手还是经常冻裂，甚至生出冻疮，现在想来必定是难看至极的，但其时竟然毫不在意，只有孩童的快乐。

爷爷将秋天的秦椒秧留着，晒干，冬天时用它们熬出一锅略略发黄的热水，让我洗手，按中医来讲，应是取秦椒温热之性。后来查阅文献得知，辣椒的确可治疗冻疮。当年手有没有变得好点？我已经忘记了，但那些秦椒棵和爷爷留在了我的记忆中，让我觉得自己是幸福的孩子……

爷爷出生于1919年，进私塾读过《论语》《孟子》，十岁因饥荒而失学。爷爷的名字极有书卷气，潘作述。20世纪50年代，爷爷曾到刚开始建设的平顶山做过工人，参与修建过西市场武庄后地的高墩桥、五矿的十六米垮桥、平顶山到韩庄铁路宝丰庙王西涵洞和魏窑桥等，晋升到技术石工六级。爷爷本来可以继续留在城市，却回到了乡村。讲起来这些，爷爷笑呵呵的，并没有悔意，他说当时家里的成分是中农，留奶奶一个人在家带着父亲和叔叔两个孩子不放心。

爷爷让我明白我生命的来处，尽管在Z城过着所谓的“中产”生活，但我始终知道我是穷人家的孩子，与大地上那些沉默的大多数在一起。

六年前的秋天，与爷爷见了最后一面。他闭上了双眼，面庞还是如平日那样的安详。

屋檐下的那群鸽子，不知飞去了何方？

深山古刹阿婆寨

杨永磊

到鲁山的时候，飘了点小雨，天气凉快一些了。出租车师傅直接将我拉到了吃饭的地方。

吃完饭，并不急于找酒店住下，一个人背着包，打着伞，沿着鲁山的大街小巷逛起来，看看这里的人间烟火气。久在北京这样的大都市，每天的喧嚣不绝于耳，鼓膜震疼，遇见鲁山这样宁静可爱的小城，怎能不用心走一走，看一看呢？前些天连续的奔波劳累，加上忧愁，几乎将我击倒：外地出差、一周夜班、看书、写东西，还有家里的一些事情……想起自己已经三十多岁，家未成，业未立，头上白发因为长年夜班一根根多了起来，就不禁忧从中来，不可断绝。在鲁山的街上走一走，正好。

接到剑冰主席的邀请，既惊喜，又意外。自己只是一个初学写作者，也没发表多少作品，参加省散文学会的创作年会和采风，委实有些惶恐。犹豫再三，还是决定参加，一来不能冷了剑冰主席的美意，二来自己也可做个小学生，好好向参会的散文大家、名家、卓有成就者学习讨教。便决定立即买票，7月8日一大早就从北京出发，先高铁后普快，提前一天到鲁山。

走累了，随便找一家酒店住下，睡梦香甜，很久没有睡得这么透了。次日一早逛了鲁山的街市，买了几件T恤，准备带回北京，接着就直奔这次会议和采风的集合地——山楂树酒店。签到，回房间，下楼享用了东家美味实在的午宴，休息了一会儿，便登上了这次采风的专用大巴，去往阿婆寨。

来鲁山之前，从未听说过阿婆寨，鲁山有名的地方是尧山，也叫石人山，在省内外、国内外都是响当当、顶呱呱的。阿婆寨是个什么地方呢？西依伏牛山，山清水秀自不必说，有什么历史和传说吗？“阿婆”，好亲切的名字，是一个村镇的名字吗？还是与宗教有关？一路上，望着窗外飞驰而过的浓郁苍翠，听着大家的欢声笑语，我在脑中编织着对阿婆寨的想象。

接近景区的指示牌验证了我的想象——阿婆寨，大雷音寺，楚长城。看到大雷音寺，立即就想到了《西游记》，继而想到了佛教。果然是佛教名山，佛教圣地！本来自己就想找一个清静的去处，休憩一下，拾掇拾掇这些天纷乱的心情，现在看到深山中藏着这样一座古刹，想这次来鲁山实在是不虚此行。再想到鲁山有一个乡就叫观音寺乡，便感叹佛教文化对鲁山的浸染之深，鲁山，鲁山的阿婆寨、大雷音寺，是一个礼佛修行多么好的去处！

多云，阳光一点也不强烈，发的宽檐帽没有派上用场。在车上的时候看了名单，才知道这次会议和采风来了那么多散文名家，除了剑冰老师，还有鱼禾老师、冯杰老师、先琴老师等。下了车，我一边感叹着这次会议和采风规格之高，一边小心翼翼地跟在后面，不敢高声语。走在前面的各位老师倒是有说有笑，时而驻足，时而凝视，时而远望，偶尔摆个造型，嘻嘻哈哈地拍照，于是七八十人的队伍就成了一片欢乐的流动的海洋。

大雷音寺跟其他名寺古刹不同的地方在于它建在山谷中。我去过全国不少的寺庙，大部分寺庙虽然藏于深山，但都是建在一座山峰之上，信众和游客历经千辛万苦，拾级攀登，到达峰顶，始能摸到寺庙的大门。唯有大雷音寺“虚怀若谷”，进入大雷音寺后要向下，向下，再向下，在向下的过程中体会那份谦抑，感受那份庄严，走进自己的内心深处。大雷音寺的另外一个独特之处是寺中有河，水中有寺。这在各大寺庙中算是绝无仅有了吧，寺庙与河流相依相偎，浑然天成。这不难理解，大雷音寺本来就在深山的山谷中嘛。青龙山、白虎峰的各条溪流汇聚起来，集天地之灵气，化为一缕清冽与甘甜，潺潺流过大雷音寺，洗涤每一位信众和游客的心灵。一边是袅袅的钟磬余音，一边是淙淙的山溪流水，还有比这更美的享受吗？

听寺院的介绍，始知大雷音寺建于东汉永平十二年，也就是公元69年，距今整整一千九百五十年。近两千年来，寺院历经多次修复和重建，至今香火不绝。听完介绍，大家不由得啧啧称赞，我们是走在古人两千年前的礼佛路上啊！虔敬的心情不由得增加了几分。

出得大雷音寺，穿过一段平路，坐电瓶车在盘山公路上绕了几圈，高山峡谷赫然出现在眼前。五龙沟瀑布群到了。我们十几个人到得早，迫不及待要进去，在绿水青山间撒欢，入口检票的工作人员却以没有接到上面通知为由，不放我们进去。无奈，只能一边望着近在咫尺的人间美景兴叹，一边等待着带队的负责人上来。带队的老师乘最后一辆电瓶车上来了，工作人员一看，立即放我们进去。我们在走过检票口的时候纷纷竖起大拇指，称赞他们的敬业精神。

五龙沟第一个好玩的地方是喊泉。喊泉，之前听说过，从来没见过。深不可测的水潭里，安装有声控装置和喷泉设备，只要游客喊出来的声音达到一定分贝，泉水就会喷涌，高数十米，直刺蓝天。一般情况下，用导游的高音喇叭可以很容易将喷泉喊出来，男子的声音如果足够大，足够洪亮，也能喊出来。先琴大姐像个欢快的小女孩，喊了几次，也没把泉水喊出来，后来大家一齐朝着喊泉的方向喊，泉水终于涌出来了。

要爬山了。爬一段，一条瀑布就出现在眼前，给你猝不及防的惊喜，真是柳暗花明又一村。瀑布的形态也各不相同，或飞流直下，雷霆万钧；或溪流涓涓，婉约柔媚；

或从一线天中一泻千里，如当空垂下一条白练；或从宽数十米的山崖上冲下，跌落一池碎玉。我跟着先琴大姐、鱼禾老师和凤秋老师迎着瀑布走去，来到水潭边，巨大的水流冲决而下，激起的水雾使人宛如置身仙境。的确非常凉快，最天然的避暑去处。我们都感慨，要是能在这里待一下午该多好！

可是时间不等人，六点我们就要在山下集合，还有楚长城遗址等几个景点没参观呢。于是我们赶紧往上爬。爬到峰顶才知道，很多老师早就登顶了，已经坐车去参观楚长城了。大家都感叹他们体力真好。我们这拨人也赶紧坐上电瓶车，又是九曲十八弯，来到了重建的楚长城脚下。印象中，长城是历史上中原抵御北方游牧民族的产物，大多分布在今天北京、河北、辽宁、山西、陕西、甘肃一带，从未想过河南会有古长城，而且是长城的始祖。据史料记载，楚长城是春秋时期楚国构筑的边防工事系统，西端从湖北的竹山县开始，跨汉水西沿山岭向北，经邓州市、内乡县、镇平县、南召县，至尧山主峰与嵩县、鲁山县相接，再向东，经鲁山县、方城县、叶县再向南，过舞钢市，经泌阳县、唐河县等地，呈“门”字形，这就是楚长城。长城太长，我们只能坐车，在车上向这一人类历史上的伟大奇迹行注目礼。到了大东门，几位老师非要下车留影，司机师傅停车，大家呼啦啦跑了过去。

看完了重建的楚长城，电瓶车停在了楚长城遗址的脚下。遗址被铁丝网围了起来，只剩下几段残垣断壁。有两千五六百年了吧！我站在遗址旁边想。风流总被雨打风吹去，什么都抵不过历史和时间啊！抬头远望，伏牛山一片苍茫，云雾缭绕在郁郁葱葱中。

下山回程的时候，几位老师说，明年采风咱们还来这里吧，今天逛得匆忙，还有好几个景点没有看。一位老师说:“回去我想写点什么，感觉上来了。”我想说，从我看到阿婆寨的第一眼起，我就想为阿婆寨写点东西了。但愿我在大雷音寺许下的愿，能早日实现。

（原载《时代报告》2019 年第 7 期）

一条河与一座城

翟红果

鲁山是个好地方，有山、有水。有水就有河。沙河是鲁山最大的一条河。

沙河古称滍水，发源风景秀丽的石人山（尧山），穿山越岭，弯弯曲曲，或平缓或湍急，或宽敞或狭长，不知疲倦，一路奔腾 100 多公里，向东流去。

沙河远古奔流而来，蕴含着代代鲁山人对她的记忆和情感。每次提起沙河，我内心就会涌起一种莫名的幸福和自豪，脑海里就闪现出美丽的画面：落日余晖映照河面波光粼粼，鱼翔浅底、蜻蜓飞舞、蝴蝶穿花、倦鸟归巢、虫儿鸣叫。小时候最惬意的时光记忆犹新。

后来，随着知识的累积，我对沙河的认识不再肤浅，每次深情地注视这条顺城而过的母亲河，敬意油然而生。

一条河是一座城市的名片。一座城市有河就有灵气，城市的气质、风貌便灵动起来，散发出温润、宽厚的魅力。鲁山，这座拥有 80 多万人口的内陆城市能有一条河的润泽不能不说是一种难得的幸运。沙河的存在，对于这座山城来说是一笔得天独厚的财富，城市里的生活因为河水的润泽显得更加幸福、从容。

鲁山，因为有沙河的涵养与滋润，千百年以来总是宠辱不惊、从容不迫。这条河滋养着两岸沃野，浇灌出五谷丰登、瓜果飘香，给两岸的时光递增不尽的未来和无限的生机，无论是当年克难攻坚建设昭平台水库，还是战天斗地开发石人山景区，也不管是开拓奋进打赢脱贫攻坚战、砥砺前行建设“生态文化、美丽富强”的新鲁山，这条河始终让这座城市大气磅礴、豪迈自强，和着日月星辰的节拍，稳健地跳动着一支激越昂扬的舞蹈，旋转飞奔……

就是这样一条闪着光亮如丝带的河，把所有的美丽缠绕在小城的腰肢上，尽显美丽婀娜。中国生态魅力县、国家级生态示范区、国家园林县城、国家卫生县城、省级林业生态县、河南省文明县城，等等，一项项荣誉、一个个桂冠不华不贵、脱俗清新，令人刮目。

这条河，感受着日新月异的变化，见证着时代的进步和发展。这些年，鲁山人民大道至简、脚踏实地，眼观四海、心游八极，自强不息、奋发向前，推动社会发展一日千里。县城东区、南区、西区连成一片，融为一体。新城绿树成荫、高楼林立，道路宽阔美观，学府、医院、文化广场、娱乐中心、餐饮、儿童乐园应有尽有。这座城扩大了，更美了，往昔积淀的魅力与今天进取的活力交相辉映。

一条河是一座城市发展的见证，她的清澈、深浅和宽度或许并不能说明什么，但我知道人们日益富裕的生活更需要清洁典雅的生活空间。傍水而居、蓝天碧水，晨曦放一群鸟儿鸣翠，夕阳逐一泓清波归隐是现代人们独享的胜景。

然而时光流逝，人们在感受时间变迁的同时，物欲的膨胀令人神经麻木，只一味追求虚无缥缈的田园气息，忽视对她的呵护，不知从什么时候起，沙河已悄然改变了模样。沙石的乱采滥挖破坏了她的骨骼，废水垃圾的排放侵蚀了她的肌肤。曾经美丽如少女般的沙河变得千孔百疮，面目全非，惨不忍睹。

河是有思想、有喜怒哀乐的，她温顺的脾气暴躁起来，吞噬生命、冲毁堤岸、淹没庄稼，沙河成为两岸百姓的痛点。这是一条河的悲哀，也是我对一座城市无奈的理解。城市发展是一把双刃剑，既可披荆斩棘，也可弄伤自己。

审时度势，痛定思痛。2019 年，鲁山县以壮士断腕的决心，在沙河两岸摆开“战场”，打响一场治理沙河的生态保卫战，关停采沙企业、拆除违章建筑、清淤疏浚河道、筑岸稳固河堤、生态绿化河岸，沙河的面貌不断改变。

经过几年的治理，沙河脱胎换骨，碧水如镜、流水潺潺，水草肥美、牛羊成群，呈现出“河畅、水清、岸绿、景美”的生态新貌。尤其沿岸建设河滨公园，修建漂亮的沿河景点，建设美丽的文化景观，一处处美景如诗如画。

如今的河滨公园愈加俊俏秀美。平整宽敞的堤坝、一直向前的甬路、苍翠欲滴的林木、随风起舞的垂柳、绿油油的草坪、争奇斗艳的花朵、弯弯曲曲的鹅卵石小路、别有情趣的休闲木椅、典雅别致的小品，构思极富精巧，创意独具匠心，给美丽的沙河增添几许妩媚和俏丽。

2019年阳春，河滨公园春意盎然，我特意在一处碧草青青的芳草地为可爱的小孙女留下周岁生日倩影。这不仅仅是因为美，重要的是对乡音的呢喃、对故土的眷恋，让她怀揣热爱故乡的梦想，描绘五彩缤纷的成长之路。

每次回家，我都要去河滨公园走一走、看一看，徜徉城水相依、绿树成荫、鸟语花香的生态长廊、天然氧吧，感受它的清新、它的律动，悄然享受大自然的馈赠、享受一泓河水带来的清爽怡情，令喧嚣的尘埃不复存在，顿觉畅快淋漓！

还有那些赏花的、遛鸟的、摄影的、拍抖音的，跳舞的大妈、耍剑的大爷、跑步的年轻人，纷纷聚在这里，如醉如痴。风从河道吹过来，包含着这座城市过往的历史，以及日新月异的步履，让人沉醉，心底涌起的感动湿润眼眸。

每走一段路，我就会看到工地上一个个塔吊蓄势待发，远处的一座座建筑拔地而起。不久的将来，一处处崭新的建筑将散布在美丽的沙河两岸。

河化育城市，城市因河而灵动。新城、高楼、公园处处都是大手笔，一个蓬勃向上的城市带着厚重钟灵的内涵、坚韧不拔的血脉，踔厉奋发、勇毅前行，与温润的沙河一起追逐远方的梦想。

树帖

赵大民

家乡的人，每遇重要的事需请人来，都要提前两三天发一个请帖去，有的甚至更早一些，五天六天的都有，以示对被邀请之人的敬重。

比如儿女的婚姻事，无论订婚或结婚都是要正儿八经地写帖，庄重得很。订婚的日子，男方请媒人把大红的帖子送到女方的家里去。结婚时，亲戚朋友邻里都要送上贺礼，那请帖自然也要好好地写，这样的帖子，人们叫作“婚帖”“喜帖”。再比如，盖了新房、小孩儿满月或是老人过大寿，都要给来贺的人家发个请帖过去。

在我们家乡，还有一种帖子叫“树帖”。

家乡在豫西南的山里，山多，坡多，乡亲们除了种地，最爱干的一件事就是种树，而那坡上，土少，石头多，一镢头下去，当当响，震得手疼。乡亲们说，咱这“石圪尖”的庄名儿没起错。手是疼，但大家还是背着镢头上山上坡，挖坑，砸石头，搬石头，挑水，抬水，挖土，培土，能种树的地方都要种上。今年种上二三十棵，死一半，活一半，明年还要把死的树补种回来。

慢慢地，家乡的山坡上起了栎树林、杨树林、化香林……而家家户户的房前屋后不是榆树，就是桐树、洋槐树……一年四季里，家就长在林子里。村里人邀请朋友来家里做客，不说住的啥房子，只说“俺家门前有棵大柳树”“俺家门前有棵大杏树”“俺家门前有棵大洋槐树”……

树成了材，就要伐一些，卖给收木材的人，或者自己家修房盖屋、打家具用，但哪一棵该伐了，哪一棵该留下，每一家的当家人都心中有数，不能滥伐，且伐一棵，必定要补上一棵。

家乡的人伐树有一个规矩，就是要提前三到七天给树发个请帖，这帖就叫“树帖”。

村里有一位孔先生，是在小学当老师的，文化深，字也中，毛笔、钢笔写出的字都周周正正的，有力道，看着排场、提精神。要伐树的人家都要提前去他家，拿着一张红纸，请他写个树帖。他无论多忙，都会立马停了手中的活儿，笑着说：“中。这又不难，况且还是给树神树仙写帖哩。用毛笔，还是钢笔？”

“都中，都中。”

孔先生就净了手，接过来人带的红纸，裁下尺余长的一块，屏着气，用毛笔写起来。那帖子是竖排的，标题的字要比正文的大些：“敬树神树仙帖”。正文则言简意赅：

“兹定于 × 年 × 月 × 日伐树，敬请各位树神树仙大驾移位他树仙居。不敬之处，请众神仙海涵。敬请人 ×××。× 年 × 月 × 日。”

帖写好了，孔先生要远远近近地看看，若不满意，还要重新去写。他说：“这帖是敬请神仙哩。”

我家的树帖也是孔先生写的。爹喜眯眯地去，又喜眯眯地回来，然后叫我跟他一块儿去给树发请帖。那是一棵大榆树，十来年了，一个大人都搂不住。爹把娘打好的糨糊刷在树干上，毕恭毕敬地把红红的帖子贴上去，还用手压得实实的，生怕风刮了。那棵榆树是七天以后才能伐的。

我问爹：“为啥非要给树写个帖呢？”

“咱栽下了树，就得照护好，树长大了，神仙就在上面安家了，也给咱照看着树哩。咱要伐树了，不给他们说说会中？一说，他们就搬到别的树上去了，又安了新家，又给咱照看树。”爹笑着抚摸着我的头说，“人养活树，树养活人啊！你记住了，以后长大了，好好养树，要伐树了，就先给树写个帖。”

我记住了爹的话，村里的人也把写树帖的事记在了心底。他们说：“哪儿能忘哩？”

（原载《光明日报》2022 年 3 月 4 日）

大柴沟的黄楝树

赵大民

大柴沟，是豫西的一个庄子。

你若见了大柴沟的人，问他是哪个庄的，他定会笑着说：“长黄楝树那庄哩。”

大柴沟的黄楝树，村里村外都有名，但没有一个人知道黄楝树到底多大岁数了。树的铭牌上倒是写着六百年，大柴沟的人对此不以为然，说它是树神、树仙，少说也有一千年了。

不管是六百年还是一千年，都不太重要。重要的是，黄楝树成了一庄人的魂儿。

大柴沟的人家，大多住在村里的平地处，黄楝树却长在村东的最高处，能把村里的每一户人家都看在眼里，记在心中。

我对大柴沟是熟悉的，对黄楝树也不陌生。因为大姑就嫁到了那儿，且她的家就挨着黄楝树。

听人说，大姑父因为脸上落了个疤瘌，大姑起初不愿意嫁过去，待相了亲，见了那古老的黄楝树，大姑竟答应了，和大姑父过成了一家人。后来我问起这事儿的真假，大姑笑着说：“看见黄楝树，大姑的心就安了，觉着人不会孬。”

大姑和大姑父养育了五个儿女，日子并不轻松，但他们从来没有把肩上的挑子撂下，即使腰压弯了，身上还是有使不完的劲儿。

那一年春天，我去看他们，他们正为小儿子上高中的钱发愁。

吃饭的时候，桌上有一碟嫩黄的芽菜，清香可口得很。我问：“这是哪儿来的珍品？”大姑父笑了：“是黄楝树芽儿。”我说：“黄楝树的叶不是苦的吗？”大姑父说：“不仅仅是叶，连它的枝儿、皮儿、根儿都是苦的，只有春上的芽儿才是甜的、香的。”

他对我和表弟说：“今儿叫你们尝尝，是要你们知道，再苦的日子只要熬过去了，就是甜的。”我们品咂着这香甜的滋味，就想到黄楝树受了一冬的苦。

后来，表弟读完了高中，还考进一所名牌大学。

黄楝树长得不是地方，那里的土不厚，薄，但它就长在那里，静静地守着村里人。黄楝树的身边，并没有什么保护措施，连栅栏也没有。它的干，高大笔直，是优质的木材，能卖上好价钱，但庄子上没有一个人动过这样的心思。人们说：“钱，不是啥都能买来的。”它的枝儿大，也没有一个人去砍了当柴烧。黄楝树的西边有一口井，再旱的天也没有干涸过，且井水甘甜。村里人都相信那井是黄楝树赐予的。

村里的人，一代更替着一代，每一代人都这样守护着黄楝树。但若有外村人生了毒疮，得了痢疾，到村里寻黄楝树的枝叶和皮做药，村里人会马上答应，领着他们去取下几枝、几片，让来人高兴地回去。

村里的人都把黄楝树当作亲人一样看待。心里有高兴事儿了，便坐到黄楝树下给它说说，似乎那样就更得劲；不顺心了，也会到黄楝树下静静地坐着，看它春天嫩黄的芽，看它夏天碧绿的叶，看它秋天油亮亮的果和细碎的叶，看它冬天黑黝黝的，或直插云霄或蔓延四周的枝条，一时心境就开阔起来，心想人也要如黄楝树一样顽强、沉静、博爱。

那一年春天，在地里劳作了一辈子的大姑父去世了，儿女们遵照他生前留下的话，把他埋在了黄楝树的东边。他说："黄楝树陪着我，心里就不空。"

朝阳下，黄楝树鹅黄的细叶子，衬着米粒般细碎的花，让人宁静、温暖。

后来，大姑也走了。当大姑和大姑父葬在一起时，我想起了大姑和我说过的话："以后我和你姑父都睡在黄楝树旁，就中了。"

那是一个冬日，黄楝树的叶子落光了，树身笔直，像披了黑色的龙鳞，枝丫阔大，黑得沉稳，一如母亲敞开的怀，儿女的任何心愿它都会满足。

我跪着大姑，也跪着一棵树。

而今，黄楝树依然站在村里的最高处，村里的人和事，它依然看在眼里，装在心里。村里许多人到了外面的世界，但归来后总要到它的身边，跟它说说话，似乎只有这样，心里才踏实。

一个村庄与一棵树的故事，不会中断，不会丢失。一代又一代过去了，老树不会老，村子正年轻。

（原载《光明日报》2023 年 4 月 14 日）

沙河探源

王新民

那时候，石人山（今名尧山）还未开发。九月秋高，朋友们相约登石人山，去主峰南侧，探寻沙河的源头。驱车从鲁山出发，逆沙河上行百余公里，当前方再也无路可驶时，我们便停车竹园村，徒步溯流而去。

大沙河在这里变成了一道小河，在峡后里哗哗宣泄着，波蓝浪白地绕过一个又一个山脚向远方流去。用不着向人打问，我们只管逆河水上行，不远就进入了无山不奇，有水皆出的石人山游览区。峡谷里叠罗着大的小的石头，想是它们年深月久，被山洪推拥裹挟，才互为琢磨得这般浑圆，这般洁润。山环水绕，转转折折，我们只需踏过垒垒乱石，也便涉过了淙淙乱流。时常就有厦屋大的山石横卧峡谷，想象它们从那万丈悬崖上掉下来，这山峡少不得颤抖那么一下子。但它们却挡不住水流，流水都化作银亮亮的小蛇从下面缝隙里穿流而过；也挡不住我们的脚步，我们都四肢并用作兽爬过去了。或可将这峡后看作石雕艺术的长廊：西边那插云的峭崖，摩天的高峰，有的像巨钟倒扣，有的像宝塔矗立，有的像云髻高梳的美人，有的像跃马扬剑的骑士，奇奇怪怪的山峦峰岩，时时撩逗着你，让你去作美丽的想象和神奇的遐思……还有那峭崖绝壁，或镌千层水波，或镂万朵祥云，有禽在上面翱翔，有兽在那里捕斗，纹理错杂。石棱纵横一如大斧劈成。令人为之绝倒，为之陶然。

处处山景如画。我们在峡谷里走着看着，忽然会有一只硕大的松塔"噗"地掉落脚下，拾在手里把玩，抠一粒松子嗑着，抬眼朝那悬崖上望去，最奇的是那松树，扎根于贫瘠的岩缝，枝叶却生得葱茏，横空展枝者，如舒臂迎客；铁干虬曲者，如蛟龙缠柱；或若鸾凤翔舞，或若孔雀开屏，苍劲古拙，想是都已有数百年的高龄。就这么仰望松树傲岸的姿影时，又见天之高，云之浮……忽然几只红翎小鸟斜翅飞落下来，捉在手里看时，可笑竟是一片筋脉醉透的红叶——绝不敢忘记赞美石人山醉人的秋色：柞树叶儿金黄，黄栌叶儿橙透，秋色最耀人眼的当然是那红枫，像是一柄烈焰熊熊的火炬，火苗扑啦啦地燃着，火星扑啦啦地飞着，层林尽染，群峰融丹，万山红遍……

风霜高洁，水落石出，滔滔沙河瘦成了一泓清溪。设若在夏天，黑云压山，怒雷迸蹙，大雨骤至，泉瀑乱流，霎时山洪暴涨，独浪汹涌，如百兽扑斗，挟得那一谷乱石跌滚旋转，炸响万声霹雳……那景象该是何等雄壮！可是眼下，沙河就那么曲曲回回地流着，时而淙淙溅溅宣泄于岩缝，时而轻轻柔柔漂碧过石滩，河谷里就有了一个又一个水潭，潭水清澈澄透，日影水纹在沙底上“簌簌”地抖，只差几尾嬉游的小鱼，我们就走进柳子厚的小石潭中去了；是哪位雅士临泉洗砚，洒得这水底墨痕点点？几尾蝌蚪戏清流，十里蛙声出山泉，我们倒是真的走进白石老人的画意里来了。

最幽最奇的是白龙潭三湾瀑布，大山忽然竖一堵石壁于峡谷，河水就从石壁顶端飞流而下，盘折倾注于石凹之中，石凹像是一只酒瓮，微微倾斜，将那琼浆玉液汩汩注进山下碧潭。“沧浪之水清兮，可以濯我缨，沧浪之水浊兮，可以濯我足。”我们舍不得拿它濯缨濯足，掬泉作酒，倒也真是清冽甘醇，沁人心脾。其实比这白龙潭瀑布更为幽奇的是上游不远的黑龙潭九曲瀑布，瀑飞九曲，袅袅如天织匹练，山风吹射，又把它抖腾得珠迸玉散，哗哗喧响成一支山与水的奏鸣……传说这二瀑双潭潜卧着黑白两条蛟龙。那白龙从东海云翔而来，那黑龙是一个黑黑丑丑的村童化成。遇上旱天灾年，那黑白二龙便冲角抖鳞，翻云覆雨……传说自不可信，但“水不在深，有龙则灵”倒是给这山水平添了几分毓秀。

溯流而上，愈登愈高。有时大山像是被谁挥斧劈出一道裂缝，河水就像一条玉龙在那幽深狭长的岩缝里俯冲曲突，有时山岩又为沙河铺设一架长长的滑梯，河水好像一个淘气的顽童从上面飞滑而下。山势愈来愈陡峻，就不断出现三丈高、五丈高的断层。河水也就那么三级跳、五级跳地跑下来，形成了一个瀑布群。有的一波三折，宛若绫带，有的直流而下，势若飞虹；或是垂一挂珠玑璀璨的玉帘，或是被山石撞击，飞溅蓬蓬雨花……无法攀越的断崖，使我们只得恋恋不舍告别沙河，寻路登上林木丛莽的大山。透过松杉的枝叶望过去，沙河宛如一条闪闪发光的银练，斜斜地披挂在大山的胸襟上。已经进入灌木丛生的高寒山带，随手折一根树枝下来，策杖登游。当我们又和沙河会面时，沙河已不能称之为河，也不能称之为溪，它虽然从山崖上流下来，但我们再也不能夸张地叫它作瀑布，它只是一串犹断犹续的珍珠，颗颗粒粒地从山崖上滚滑下来，那个叮叮声韵，就像是一位小女孩，正用她那纤纤手指，轻轻地拨动着琴弦。我们溯着这一线弱流，时时想着已到了沙河的源头，可是又在前面的灌木丛中找到了它，又在落叶覆盖的岩缝里寻到了它……渐渐地，群峰高与眉齐，绝顶蛤蟆峰也已在肩上，终于，我们在云深林密处的一个山坳里探寻到了沙河的源头，它被几片青苔、几丛幽兰娇娇地护围着，竟是清格滢滢的“一瓢泉”啊……

你或许会小觑这“一瓢泉”吧，可是，那滔滔大河里有它，那无边汪洋里有它！“有容乃大。”这是古人早就说过了的呀！你还会小觑这区区“一瓢泉水”吗？

享受春天

李学乾

春天总是一个美好的话题。

春天里，无论男女，也无论老幼，每个人都拥有一幅亮丽多彩的画卷，都怀揣一首多情善感的长诗。每个人的身上都开始长出情感的叶芽和花蕾，彼此用一种特有的清鲜与芳香相互昭示着，祝福着。一张张春风吻醉的脸颊，一阵阵舒心惬意的感觉，体现出了春天所有的气象：新鲜，温柔，甜蜜，生动。不管是有意还是无意，人人都在享受着春天，不过是享受的方式不尽相同罢了。

城市里的人，大都珍惜这不冷不热的温度，或在阳台上晒太阳，或浇花灌草，或晒洗被褥，仿佛要洗却冬日里的冰冷与晦气，充分享受春日里的阳光与温暖。更多的人则纷纷走出家门，或加入早晨锻炼的人流，或在繁华的街道上漫步，或到广场草坪上休闲，或到商场闹市里购物。各家酒楼饭店比任何季节里的生意都要好，猪鸭鱼鹅吃腻了，专挑乡野里刚出的荠菜、毛妮菜、黄黄苗、野油菜、山韭菜来吃。那种鲜美的味道，那种投入的心态，只能在春天里才会有。

乡下里的人则与城市里的人不同，他们大都忙于耕耘播种，期待风调雨顺，五谷丰登，享受大地赐予的富足和祥和；忙于放牧原野，期待牛肥猪壮，六畜兴旺，体味家园所带给的欢欣与喜悦；忙于赶春会，看庙戏，购种子，买农具，顺便瞧几眼花旦老生，也来点什么精神上的享受；忙于打包裹，背行囊，乘火车，坐汽车，下广东，去海南，靠自己的双手与智慧，期待着一笔不菲的收入。从春雷的轰鸣中，从布谷的呼唤中，从爽朗的笑声中，农人们满怀希望地触摸春天，感悟春天，期盼着国殷民富，期盼着岁岁平安。

最会享受春天的要数那些城市里的有闲或有钱的阶层。“逢春不游乐，但恐是痴人。”他们纷纷从水泥加钢筋的楼房中走出，到原野中去，到大地中去，到山梁上去，到河湖中去，看春色，听春音，尽享春日带来的乐趣。一年四季，只有春天的色彩最浓。不是有句“春深似海”的成语吗？春天就是一位极为高明的画家，能够把乡村的每一个角落全都印上色彩。走在乡间的小路上，天空蓝得纯净，云朵白得舒心，大地绿得可爱。田野酥软软的，麦苗儿青青，油菜花儿黄黄，小草儿嫩嫩，各种不很起眼的小小的花朵，使人心神儿荡漾起来。远远看杨柳，绿得犹如烟雾，润得如梦幻一般的甜美。放足山坡，高的，低的，远的，近的，全都被温暖的阳光渲染得翠翠绿绿，生生动动。松柏滴翠，秀竹碧透，黄灿灿的迎春，红艳艳的杜鹃，漫山遍野地开放，真个是流光溢彩、美不胜收的地方。春天也是最为高明的乐师，能将大地的声音韵律调得动听优美。听风声，似琴弦弹奏；闻雨声，如丝竹作响。小河不停地奔流，一路欢笑；湖面随着微风荡漾，窃窃私语。燕子在房前屋后翻飞呢喃，布谷在树梢枝头鸣叫唱歌，麻雀在田间地头叽叽啾啾，还有鸡呀狗呀羊呀牛呀虫呀兽呀，所有的生灵全都把一冬蕴藏的精神和力量尽情地抖搂出来，吟唱着只有在春天里才有的生命之歌。看春天的好山好水，听春天的妙音妙声，不仅会一洗工作的疲惫和身心的劳苦，更能张扬出蓬勃的生命，使心底充满由衷的喜悦，从春天的情趣中充分享受生活的快乐。

春天的魅力，说小其实很小，像柳絮般的飘浮，像花香般的淡馨，像鸟啼般的随意，像细风般的悠长，像婚纱般的迷梦。说大其实也很大，她能使群山红遍，使青翠叠嶂，使风雨飘摇，使万物复苏，使世界彻底改变。一般而言，只有着意享受春天的人，才能真正感受春天，春天才会在自己的眼中闪光。在这个季节，只要你顺应季节飘来的力量，到户外走走，不论在什么地方，都能呼吸到春天的气息，感触到春的生机。温暖的春风能打开我们囚禁的情绪，青草鲜活的情感能纯净我们落寂的思想，树木灿烂的精神能升华我们纯美的欲望，河湖的平和品质能沉淀我们的喧嚣与烦躁。

让我们走出家门，走进春天，从灿烂的阳光中，从飘逸的白云中，从自由的鸟鸣中，从焕然的草树中，从澄静的天空中，去解读春天，享受春天，感恩春天。

水墨尧山

张振营

尧山地处伏牛山东段。因尧孙刘累为祭祖立尧祠而得名。

说不清多少次登尧山了，每次都有不同的感受。但不论从哪个角度、哪个时节看尧山，它都是一幅幅生动的水墨画。

乘车从郑尧高速下得车来，还没进尧山镇，画轴就徐徐展开了。通向尧山的路是弯弯曲曲的盘山路，前面看是山，后面看是山，路的两边还是山，山的颜色在日光与浮云的变幻下，一会儿变浅，一会儿变浓。有一朵乌云遮了半个日头，于是这座山头就暗影浮动，其色浓而深；那边的山头，云开山明，其色乃淡。如果是阴天，层层叠叠的山在云雾中近的如浓墨，远的似泼墨，近的能看到山上的树，远的只能看到山脊隐约的轮廓，再远就是天和山融为一体了，层层山中间是飘动的白雾，那浓淡相宜的色彩犹如慵懒的画家不经意间打翻了墨瓶，匆忙忙一抹，却不料洇了开去，一直洇了这三山五岭，让整个尧山成了一个写意的水墨山水画。

在尧山观日出，最佳的地方当数尧山最高峰——玉皇极顶上的蛤蟆石。这块傲踞峰巅的巨石，占地50平方米，形态酷似金蟾，张口昂首东方，雄峻高大，气势恢宏。它的四周，古松密布，冷杉入云，山风吹拂，松涛阵阵。天将破晓时，东方地平线横抹着一道银光，把天地区分开来，徐徐地上下扩展着。这时薄雾还没有退去，远山近景还有点灰暗，能看到的松树都是墨色的。忽而，从天地的缝隙里挤出了一条咖啡色的光带，这光带渐渐由深变浅，由凝重变得明快，由殷红变成金黄，似破壳的蛋心，不断地向上涌动，周围好似融化的金水在缓缓地倾泻流淌，蛤蟆石周边变成了云的海洋。倏地，这灰白的云就成了金黄色的山岚，不仅让这蛤蟆成了“金蟾”，而且近处的松林和远处的座座山头也都着上了金装。万道霞光中，云正在悄悄退去，一座座青山和一棵棵树木，似乎从梦中醒来，在揉着惺忪的眼睛。

石，是山的筋骨；水，是山的血脉；雾，是山的精灵。这筋骨与血脉，造就了尧山的锦绣风光，但是如果没有雾，尧山就没有百变的美丽容颜，是雾让尧山成了灵动的山，成了生机勃勃的山，成了天然的画廊。

玉皇极顶，还有那些山巅上的观景台和悬崖峭壁上的空中栈道是观景赏雾的好地方。

看到的山是奇山，石是奇石。这些奇山奇石身上还有着神奇的故事。雄伟的石人是女娲补天时不小心从火里迸出的一块顽石，飞落到这里化作永恒的石人。还有一个关于伏牛山的美丽传说，天上的神牛偷饮了玉皇大帝的玉液，潜逃到尧山，玉帝派遣了 75 个天神下凡捉拿，王母娘娘感念神牛一生耕耘，不辞劳苦，便乘宝轿，率领瑶池神蛙、神龟前来搭救。不料金鸡一声啼晓，惊得王母娘娘弃轿腾云而去，所有的天神将军、白牛、神龟以及宝轿都立地定格，幻化成岩石，这就是我们看到的白牛城、将军峰、金鸡峰、金龟峰、将鼓台、一顶轿等秀峰美石。

一团团洁白、温柔的白雾从山下升起。云郁雾积，岚飞如带，渊里谷里，时聚时涌，若凝若散。浓浓的、柔柔的，在慢慢的滚动中，一缕缕向山的高处飞去。另有一些则沿着山脊猫一样悄无声息地往上爬。它们忽来倏去，扑朔迷离，遮得山影浓浓淡淡，若隐若现，一忽而，冠齿尖尖的“金鸡”立于南天云表；一忽而，转身又在虚幻的烟云里觅到了王母娘娘的那顶轿；一忽而，又看到“大将军”驾着祥云威风凛凛地走来，更有那九峰荟萃，山也缥缈，云也缥缈，雾也缥缈，树也缥缈，人似乎也要飘起来了……

一高一矮两峰紧紧依偎的和合峰，就像这青山绿水中的一对情侣。峰顶青松挺立，腰间白雾缭绕，脚下铺青叠翠，山花烂漫，这不仅是一幅曼妙的画，更给人以浪漫的遐想。

再看凤凰台，整个石峰矗立于幽谷之中，奇松异花，点缀其身，宛如凤凰的锦羽，谷中林木幽深，云遮雾掩，在云雾的烘托下，如一只凤凰正在积蓄力量，随时准备振翅飞翔。

行走在青龙背这条“空中走廊”上，整个脊背高低起伏，如一条蜿蜒蛇行的青色巨龙，峰脊之上，苍松挺拔，枝繁叶茂，宽不盈尺的步行道曲折前行，两面俱是万丈深渊，脚下云涌雾起，令人战战兢兢。从青龙背崖顶沿绝壁而下的栈道，势若天阶，被称为天阶栈道，走在上面给人的是惊险刺激的感觉，看到的是尧山的险峻之美。

起于索道至于玉皇极顶的千米栈道，几近山顶，凿岩而成，盘峰贴壁，穿林过涧，势若云龙，如在云中。行走其间，松杉相伴，古藤为伍，山随人移，景随人换，疑是仙境。雾从林中出来，淡淡的、薄薄的，一层层包围我们，绕着我们飘游，像一群顽皮的白色精灵，一会儿牵牵我们的衣服，揉揉我们的头发，一会儿又逗逗我们的鼻子，然后，悄然飘走。栈道这里，重又云开山明，雾退到幽幽的峡谷里，在座座山腰间游过来荡过去，犹如龙蛇般神出鬼没，一会儿聚集一处，浓浓厚厚的，犹如愁肠百结，又似花团锦簇；一会儿又悄悄分开，四散而去，一缕缕，一丝丝，似有似无，形断而意连。

近午阳光灿烂，云染千娇。雾如一群白色的鸟向白云那里逃遁……雾染云沁的青山一下子明丽起来，绿的是树，蓝的是天，黄的是石。放眼望去，岭峦默默，莽林静静，几条银练似的河流，正在山谷中飘然而去，消失在辽阔的天际。

花和红叶是尧山的锦绣衣裳。当孩子们的柳笛在山脚吹响时，山上的花已渐次开放了。3 月中旬，尧山还没有多少绿叶，紫荆花已开满了枝头，一嘟噜、一串串，芳华尽现；从 4 月到 5 月，杜鹃花、山茶花又占领了山林。红、黄、白、紫的杜鹃花和山茶花在青山绿树之间云蒸霞蔚，一团团、一簇簇，开得那么热烈，那么绚丽。春天和秋天是尧山色彩最浓烈的两个季节，随便摄入快门的就是一幅画。在几棵高高的松树下，几株古老的山茶树，虬劲的枝干刻满了岁月的沧桑，它们正精神抖擞，倾其全力把最美的姿态呈现于冷雨时袭的早春；树木才吐出鹅黄的嫩芽，树下五光十色、多姿多彩的杜鹃花已开始争芳斗艳。而到了秋天，黄色的山菊花还没有在丛林中隐身，漫山遍野的尧山红叶就登场了。乘索道是赏红叶最好的选择。远山近坡，枫树、桦树、黄栌、椴树、槭树、鬼见愁、柿树等树种呈现出鲜红、橘黄、金黄、粉红、豆绿等颜色，层次分明，梯次分布，瑟瑟秋风中，似红霞排山倒海而来，或红如火焰，或绿中带黄，或黄中泛红，层层叠叠，陪着你登上玉皇顶。用花岗岩砌成的尧山滑道，号称“天下第一滑”。2800 米的滑道分了六段呈“之”字形顺山而下。秋天远观滑道，似银蛇从云端飞舞而下，两边红叶点缀，风摇树动，不论是用屁股滑着下山还是看滑道的景致，感受到的是一种动中有静，静中有动的节律之美。

绿是尧山的主宰。夏天的苍翠让尧山显得格外地凝重。一眼望去，莽莽苍苍的绿林使劲地闪烁着迷人的光斑，风乍起，层层透出油光光的色调，那些叶子是在抢夺宝贵的阳光，只为呈现绿色而已。草是不讲道理的，只要有缝隙，只要有泥土，它就会疯狂地侵占地盘，给大地铺绿毯。对另一种绿我格外敬重，这就是尧山的松树，它是泼墨尧山上永不褪色的浓绿，尤其是它那与怪石并立的奇松形象更令人难忘。它们毅然以宽厚无私的胸怀默默地把平川沃野让给了其他植物，自己却在这缺土少水的峰顶岩隙落脚生根，凭着对生命的热爱，艰难地吸吮着大地的乳浆，而把四季不变的绿色呈现在山山岭岭。它们是风雨铸就的一尊尊绿色雕像。走在林荫小道或是攀上巍峨高岩，始终有绿树青草相伴，尧山的绿意绵绵，让心也得到了沁润。

冬天的尧山则显得寂寥而安静。冬日的山，褪去了厚重的色彩装束，还原到了黑白为主色调的质朴形态。它一方面产生了一种荒凉之感，另一方面却又与一种中国传统艺术形式最为接近，那就是水墨画。万籁静寂之中，壁立的山石上留下风雨和岁月剥削的道道粗糙的痕迹，凸出的是灰白，凹进的是深墨，而凹凸蜿蜒的山脊上是错落的松树，树和山已融为一体，这是苍劲绝妙的山水画。如果赶上一场雪，银装素裹的尧山风卷云舒，谷成雪海，崖垂冰挂，树变玉树，整座山黑白的对比更强烈，看上去凝重而震撼。

瀑和泉是尧山的慧眼。藏身于陡涧，隐形于山林的九曲瀑、白龙潭、百尺潭等众多瀑布，一瀑如带，尽泻而下，溅起的细碎水珠蔚成一片菲菲烟霞，这水墨山林便有了诗眼，也有了画眼，它若飘若飞，若舞若歌，万般灵动，千种风情。瀑布两边的崖壁上，秀木扶疏，青苔密布，各色野花撒落其间，与雪白的瀑布交相辉映，织成一幅锦绣图案。秋时，红叶落潭，叶绕石转，五颜六色，光怪陆离，疑是打翻了仙女的胭脂瓶，才有了这一潭渲染的热闹。更有那水迎径走，时而聚集成溪，潺潺游过岩缝，时而平静如镜，隐藏密林之中。走累的游人会停下步来，与瀑合影，与泉对视，看欢快的流水，心也愉悦，神也倍增，于是，上山的腿脚就又迈开了。

水墨尧山，看一次是惊叹，看两次就记住了，而看第三次就印在心上了。于是，就在心里时常惦念：什么时候能再去看看？

能饮一杯无

杨伟利

黄昏时分，雪下得很大。茫茫大雪中，视野开阔得让我感动。美的东西会让人空。雪，太美，也让人空。

思绪找不到边缘。心的突然空旷让我有些手足无措。所有重负，都因这种空旷而暂时隐退。该如何享受这冰天雪地啊。这种享受是多大的奢侈啊。我奢侈地想到了酒。想到了与酒有关的诗。关于诗的记忆，财富般地在我的心底涌起无边的骄傲。曾经贫穷的年代里，我居然记下了那么多美好的诗文。而且这个雪天，证实它们依然存在，已化作我心中抹不去的情怀。一场曼妙朦胧的雪。它飘落在千年之前。一部书中用有限的段落，速写了一个雪中堕落的女子。她守着炭火，执一壶热酒，伸着慵懒的懒腰，神思恍惚。她自言自语："什么时辰了？"

对于这个女子的怀想到此为止。因为艺术家们让雪中的一幕做了一个悲剧的开始，并且将她推向了万劫不复的罪恶深渊。但悲剧始终不能遮盖美好。为了那场雪，那盆炭火，那壶热酒，那个风情万种的古典女子，我努力让自己忽略甚至忘却那些悲剧情节。而那一句梦呓般的“什么时辰了？”已经融化在我的雪天里。这一句包含着女子万般风情的梦呓，诱惑我梦回千年。让我怀念所有属于古典女子的东西：宋服，唐装，乌黑松散的云鬓，满头银制钗环，轻移莲步，佩环叮咚……梦回千年，化身一个慵懒柔情的古典的小家妇人，在一座青砖灰瓦的小院里，守一盆炭火，温一壶热酒，倚门等待一个身披蓑笠的夜归人。我想起了酒。此刻我除了梦一般的怀想，最有可能握住的，是一壶热酒。还可以自问一句，“什么时辰了？”

打电话给一个朋友，约酒。这个词很不古典，缺少风雅。而且应该是很时尚很流行的网络用语。更准确地说是套用了“约架”一词。这样的词汇对于酒，特别是对于雪天的酒，实在是有些僭越和亵渎。但很无奈。因为这场雪落在 21 世纪，而我，也穿行于网络时代。无法准确地给它冠以一个合适的词汇。也正因为如此，那句在黄昏雪天里属于女子的“什么时辰了？”其实出不了口。我只能像珍藏一件闺中绣品一样将它含在唇边。当朋友的手机铃声响到第五下的时候，她接听了。但手机里传来的，是令我失望的声音。她少气无力地说，她病了，是累病的。她是一个心理医生，她说这段时间病人太多，怎么会这么多呢！她说，有学者预言，抑郁症将席卷全球。然后以漫长的过程叙述病情。我能听出来好夸张的惊恐。她无休无止的叙述真的是一个漫长的过程——这个过程让我驱车在铺着雪的马路上蜗行了近两公里路程，而且在加油站加满了一箱45公升的汽油。

我们的交流有些艰涩。因为她生病，而我想喝酒。

她问我："外面下雪了吗？"我说："是的，雪很大。你看不到吗？"

她说："窗帘很厚，我怕冷。"然后又问，"几点了？"

"几点了？"这是现代汉语中的"什么时辰了"，它出自一个女人之口，只是这个女人是一个奔波在21世纪的忙碌而成功的女人。她读过成堆的书，经历过无以计数的考试，研究过各类人的心理性格，对世间情感分类了如指掌。她为许多人解惑，她教育了优秀的孩子，有很好的收入，家境殷实。但是，在这个大雪飘飞时候，她累病了。她又问我，"几点了？"

她问得很焦躁，甚至有点绝望。她可能在可惜一天或是几个小时的时间。对卧病在床这种状态，满心遗憾。但自以为不迷茫。她一直骄傲于自己的清醒。她主张人要努力，要现实，不应该有奢侈的梦想。虽然心理学讲究"共情"，但与我好友多年，她总是认真理性地以教授的角度解析我的梦境来源，绝不站在朋友的立场上关怀我的梦想。许多次，她表示我不可救药。电话的另一端，她不断地咳嗽，嗓子干哑。她哭了。她说，这段时间太累，昨天就发高烧，嘴唇干裂，骨头碎裂一般地疼痛。多想有一个人能帮自己倒杯水。但是丈夫出差在千里之外，儿子远在另一个都市读书。她说，事业帮不了她，满屋子的书和证书无法为她倒一杯水。因为高烧，她抖得厉害，噤若寒蝉。但是，满屋子的静物比她更冷。她说这一夜，她走过了半个人生，了解了人生中除了奋斗和成功之外，应该还有好多东西。但这种明白好像瞬间即逝，因为她突然又问，“几点了？”

“几点了？”她一向惜时如金，珍惜分分秒秒。她的问话是在替代她惯常抬腕看表的动作。病床上，她的情绪，她的心，依然在匆忙中。即使在这样的雪天，拖着病体，她还这样简洁得只关心时钟机械的转动，只关心那个引她奔跑的速度和指向。其实，这时候我多希望她能掀开窗帘看一看窗外的雪，也怀想一下那个雪天的古典女子，怀想一盆炭火，一个棉帘，一壶热酒。然后纤纤地问一句：什么时辰了？哪怕只是让它藏在唇边，为自己涂抹一点雪天里女人的气息。也许满屋的静物就会变得柔软，心也会宽阔一些。这个雪天已经沦落为病中的时光，为什么不能回过头来善待它一次呢。有些时光，注入一些情怀，心就会柔软些。柔软的心，特别是柔软的女儿心，是世间怎样一种珍贵啊。人，对自己没有情怀的时候，可悲也可怕。这话是我女儿 14 岁的时候说的。当时，我惊讶、心酸，让我眼里噙满了泪水。但也欣慰。我看到了她的悟性和智慧。特别是情怀一词一出口，就让我惊得一颤。她真的很不简单。她告诉我，那天她在学校看了一段记录他们一天的生活学习生活情况的短片：清早，星星还没有退尽，宿舍窗口就亮起灯光；夜晚，时针已经指向十一点，还伏在窗下苦读。镜头特写了窗外飘飞的雪花。她说，看着看着，他们就哭了。她说：“真的妈妈，平时我并不知道自己多么苦，但是看到短片的时候，突然觉得读书生涯是多么不容易，我们都哭了。”她说感谢学校拍了那个片子，使她有机会认真看了一次自己，明白自己只是个身材单薄、体力有限的 14 岁小女孩儿。有时候，人真需要回头看看自己，她说。从那以后，她会不时地关照一下自己，特别是在雪天。无论学习多么忙，她都会寻机出逃一会儿，踩踩雪，为自己买包喜欢的零食，去老店吃一碗热乎乎的酸辣米线。她上大学走的时候，她的电脑桌面背景是一幅励志图片，是哈佛大学图书馆凌晨四点钟的实拍照片：室外飘着大雪，室内灯火通明。白昼般的灯光下，不同肤色的学子个个聚精会神，几乎每个人的面前都放着咖啡杯。这幅图片让我莫名地担心。我甚至暗示说，孩子，我们可以不再读名校。女儿恬淡地笑了笑：“说放心吧妈妈，我只是喜欢图片的雪天背景。”后来我发现她主动在行李箱中放了一瓶自己喜欢吃的酱油和一小套品牌名字都很优雅的化妆品，精心地用毛巾裹了又裹。她的细致，让那些易碎的玻璃外壳很温暖也很安全。在她大堆的行李中，这些小东西让我感觉很安慰。廉价的酱油是一滴生活，而那套同样廉价却包装精美味道宜人的化妆品，是一个 16 岁女孩儿该有的情怀。带着一片情怀上路，求学生涯或许就会多一些智慧和享受，励志就会有限度，女孩子的花朵一般柔美清恬的性情就不至于被席卷而去。

“几点了？”

“哦，亲爱的，能否别再这样问。你这样的状态下这样机械的问话让我心疼而无奈。你不是一架机器，更不是一只钟表。你会生病，会哭泣，会疼痛。你需要喝水，需要吃饭，需要生活的滋养。你完全可以在某个瞬间不计时间，可以在这个黄昏放下重负，静静养病，看看雪，甚至可以看看动画片，哼一支歌，写几行歪诗。这些都是一个鲜活生命的权利和一个生命对自己必要的责任和义务。”我真想将这漫天大雪中属于女人的那份情怀人为地注入给她，哪怕只是在这个黄昏，在我想喝酒而她病痛难忍的时刻。但是，一个是婆婆妈妈的小女人，一个是理性十足的教授，到底谁能说服谁呢？

她曾经给我讲过一个她辅导过的抑郁症病人。她说，那个老者，每到大雪天气便觉得无处藏身，情绪会坏到极点。所有的药物对他都没有太大作用。但后来发现有一件事会很快让他缓解，那就是写信，以一种极为传统的格式写信给他远在海外的同窗老友。毛笔，宣纸，正楷，竖行，用繁体字。凡有修改处必在信尾加以注解说明，而且注明此信是否留有底稿，誊写几遍。在这种过程中，他会感觉他回到了他的世界，是最好的享受，会感到踏实。踏实到可以忽略寒冷，忽略漫天大雪。她依然是站在心理学理论的角度，很准确地解析了老者的心理，并找到了答案。她很明确地说，老者的抑郁来自严重的情怀缺失。她认为她太明白了，所以为这个答案付之一笑。那种笑容里有轻轻的嘲讽。情怀缺失，这么明确的答案，在这个雪天，在病中，在这个满目冰冷倍觉疼痛的黄昏，怎么不借来一用解救一下自己？哪怕仅仅是缓解一下病痛。

电话中依然有她断断续续的话语。继续问，几点了？

我说接近黄昏。

她又问，到底几点了？

我说接近黄昏。我喜欢“黄昏”这个词，就像喜欢“时辰”一样。当“时辰”遥不可攀的时候，我就用“黄昏”代替。特别是有雪的黄昏，我怎么忍心让自己干巴巴地去读一个阿拉伯数字。

……

我说雪下得很大，雪片也很大，是漫天大雪。地面全白了，树也白了，房子也白了，有点像欧洲童话里的大雪。雪中的蜡梅已经点点绽放，飘出清香。我有点想强迫她接受这场雪，关心这场雪。我固执地想，哪怕能在她心头撒上几片雪花，病痛一定会减轻些。我说：“别哭，你想吃什么，我去买菜，过去给你做晚饭。”

她沉默了一下。然后说：“你想吃什么就买什么吧。”

我说：“我想喝酒。”她沉默了，然后苦笑。

我站在雪地里，将写在手机里的一首短诗发给她：

我怀想
梦回千年，
那位雪中的女子
守一盆炭火
执一壶热酒
慵懒地伸展腰肢：
什么时辰了？

青花瓷眨眨眼，
轻启朱唇：
晚来天欲雪，
能饮一杯无？

意外地收到了她的回信。她居然说："想喝就喝点吧，身体允许吗？"

我说："亲爱的，谢谢你。今晚，我会为我们暖暖地煮一壶女儿红，加几片生姜，几粒枸杞，然后再加两枚酸梅和冰糖。味道一定很好。"

音乐县令元德秀

乔书明

众所周知，在中国历史舞台上，倡导勤政廉政的清官，早已不胜枚举。近日，我却在浩如烟海的史书堆里，发现一个利用音乐教化，移风易俗，构建和谐社会的“音乐县令”，虽然他职位不高，却独具亮采，惊愕振奋之余，我便挥笔撰此短文，与读者共同欣赏。

这位棱角奇特的“七品琴师”，绝非作者为了撵潮流、赶时髦信笔杜撰，此人《旧唐书》《新唐书》《资治通鉴》里早有记载，他就是唐代鲁山县令元德秀。据《新唐书》《旧唐书》记载，元德秀（695—754），字紫芝，祖居洛阳，是唐代大诗人元结的宗兄和老师。元家世代廉洁，虽然元德秀的父亲曾任延州刺史，临终时除了那张祖传古琴之外，竟是家徒四壁、两袖清风。元德秀幼年丧父，家境贫寒，但他天资聪慧，除满腹经纶、酷爱古琴之外，还曾千里迢迢，背着老娘赴京应试，贤孝闻于四方，元德秀在唐玄宗开元二十一年（733）举进士后，出任鲁山县令。从此，这位精通音律的“七品琴师”，便以鲁山为“试验特区”，按照“安上治民，莫善于礼；移风易俗，莫善于乐”的儒家经典理论，独辟蹊径，探索尝试。

提起古琴，人们便油然想起春秋时的“琴圣”俞伯牙，可叹这位“琴圣”的知音，只有钟子期一人，及钟子期亡故，俞伯牙只得摔琴谢知音。而唐朝开元年间，在鲁山筑琴台、抚琴与民同乐的鲁山县令元德秀，不仅把承载许多传统文化内涵的古琴艺术，由曲高和寡，变为雅俗共赏，还把琴台当作体谅下情与“审音理政”的窗口，就知音多少而论，棱角奇特的“七品琴师”元德秀，才真正是华夏劳苦大众的“琴圣”。

中国自古就有“乐在人和”之说，为什么老百姓尽皆元德秀的知音呢？因为元县令和俚俗百姓之间，素日就心有灵犀，情同鱼水。据史书记载，元德秀终生以七弦为妻，不曾婚娶，平日所得俸禄，多用来扶老存孤，赈济穷困百姓。元德秀在鲁山当了三年县令后，便抱琴乘车，退隐于陆浑（今嵩县境内）山村。鲁山百姓见父母官空手而去，涌上来夹道相送，含泪话别。元德秀心潮起伏，挥笔作《退隐》诗一首，对告别鲁山时的情景，做了生动的描述：“缓步巾车出鲁山，陆浑佳处恣安闲。家无仆妾饥忘爨，自有琴书兴不阑。”元德秀不愧为唐代的“焦裕禄”“孔繁森”，他的清德高行，早已扬名四海：唐代著名文学家房琯，每见元德秀便叹息曰：“见紫芝眉宇，使人名利之心尽去。”唐代著名诗人皮日休，在《七爱》一诗中，赞颂“七品琴师”元德秀是：“尽日一菜食，穷年一布衣。清似匣中镜，直如琴上丝。”唐代著名诗人元结，悼念超凡脱俗的元德秀时说：“先生，生六十年，未尝识女色，视锦绣，未尝有十亩之地，十尺之舍，十岁之僮，未尝完布帛而衣，具五味而餐，吾哀之，以戒荒淫贪佞之徒耳！”鲁山百姓更敬其恩德，世代歌颂，越传越神，如今已经成了家喻户晓的“元神仙”。

元德秀通过质朴若流水的音乐教化，把鲁山治理得山无盗贼，路不拾遗，由于政通人和，百姓爱戴，纳皇粮时，不用狱卒下乡催促，只用元德秀抱琴登台弹奏一曲《庆丰收》，全县百姓闻琴便奔走相告，争先恐后地缴纳皇粮。故而这以仁德、诚信为核心的“琴台善政”，千百年来，一直为文人墨客所歌颂。如明代诗人姚裕，在《琴台》一诗中写道：“琴台百尺枕苍天，今日登临忆往年。漫想紫芝为政暇，几多情思付丝弦。”明代成化年间，鲁山教谕陈孜，在《琴台善政》一诗内，更画龙点睛地写道：“贤侯德政爱民深，百尺高台静抚琴。一曲清风弦上调，满腔和气轸中吟。伯牙昔日堪同操？单父当年不易心。高山流水非独乐，至今追慕仰德音。”这些诗文足以证明，“七品琴师”元德秀的礼乐教化，对于以德治国、构建和谐，具有非常鲜活的现实意义。

倘若仔细推敲“七品琴师”元德秀，为什么能名垂青史？除了他那叹为观止的音乐教化外，还有令人拍案叫绝的历史机遇，因为元德秀在鲁山筑琴台与民同乐时，不仅盛唐音乐，在“首创梨园”的风流天子唐玄宗的大力倡导下，正处在空前辉煌的艺术顶峰，而且“七品琴师”元德秀，更有幸亲率民间歌手，参加了唐玄宗在东都洛阳举办的、中国历史上第一次有文字记载的“地区性文艺调演”。大唐开元二十三年（735），为恭贺边塞大捷，首创“梨园”的风流天子唐玄宗，御驾亲临东都洛阳，诏令三百里内的刺史县令，率能歌善舞之伶人，俱赴东都五风楼前献艺，万岁品赏过目之后，对优胜者嘉奖重赏。四方刺史、县令接招后，为了媚上邀功，不顾百姓死活，慌忙精选美女，赶制车辆服装，怀州刺史更独出心裁，不仅让数百名歌女，俱着绫罗锦绣，戴环珮珠翠，连拉扯黄牛都披红挂彩，扮作犀象虎豹之状。唯有“七品琴师”元德秀，像“鸡立鹤群”一样亲携古琴，仅带民间歌女数人，巧借东都洛阳献艺，演唱元德秀反映民间疾苦、哀叹一米一粟来之不易的“于蔿”歌。大概是唐玄宗听腻了歌功颂德之音，猛然换换口味，顿觉耳目清新，对鲁山所献村歌连声夸奖道：“妙哉！妙哉！真乃尧舜之风、圣贤之音哉。”并对身边的宰相说：“天下官吏，若都像怀州刺史一样挥金如土，百姓将难免涂炭之灾。”乃重赏元德秀，并将怀州刺史削职为民。汇天地灵秀之气的“七品琴师”元德秀，才得以名垂青史，万古流芳。为了弘扬这底蕴深厚的“琴台善政”，讴歌棱角奇特的“琴台文化现象”，鲁山县委、县政府将在近期内，重修鲁山琴台公园。

经典社楼

鲁厚之

社楼是一个宁静美丽的村庄，坐落在鲁山县下汤镇清水河岸边，社楼原名舍楼。据说，远古没有名字，也没有楼，村庄西边是通向宛洛的便道。饥荒纷乱的年代里，常有土匪恶人出没打劫。为守护家园，村子周围的明山上筑了石砌的寨墙，又用大李木修了一座戍楼，楼上楼下有人站岗放哨，若是有人经过，大老远明石上就照出了影子，好人坏人一看便知，若是坏人，戍楼上的人就急忙吹牛角号，下边的人就紧闭寨门，铜墙铁壁一般，强盗只得望墙兴叹。久而久之，村子里安静了下来。只要是行人和饥民路过，戍楼下备有茶水和舍饭，还有简易的小凳子。吃饱了，喝足了，装满了感激和兴奋，脚底似乎也涨满了前行的风力。从这条路经过的人越来越多，行人于是都叫这个地方为“舍楼”。

年年岁岁行人匆匆。舍楼无私地端出心底的真诚，抚慰着一颗颗疲惫劳碌的心，点燃着一个个行将绝望者的希望之光。当时，民间有这样的赞誉：“明山寨山好水好人更好，舍楼下边吃好喝好休息好，走起路来快如跑，难忘舍楼好。”其实，当时村民们也不富裕，但人之初乐善好施的底线不变。

“舍楼”的名字在历代人们的传颂中进入了中华地名典籍。舍楼从历史的故事中走来，平平仄仄的书页夹着时代的浪花，见证着舍楼人对善恶曲直，功过是非的评判。

西汉末年王莽篡权，天下大乱，刘秀仓皇逃出长安，王莽一路追杀，逃至下汤镇时，刘秀不敢走宛洛大道，选择舍楼村的山间小路，向宛地而逃。困窘中的他，在舍楼村受到了热情的款待，人马休整了一天一夜。临行，刘秀深情地登上明山寨，举目远望：舍楼村两山夹一河，福地洞天，钟灵毓秀。刘秀无比激动，情不自禁道：“真是好风好水呀！后有靠（村后的大山），前有照（村前的大河），四周群山环绕，左青龙，右白虎，南朱雀，北玄武，天造地设的人间仙境。”

举头红日近，回首白云低。三月的舍楼村，春风荡漾，翠色如染。霞光初照，满地流金。林野苍莽，桃李盛开，粉的像霞，白的如雪，蜂飞蝶舞。大河汤汤，一泻千里，群山逶迤如战马狂奔。锦绣江山，祖宗基业，岂能让王莽老贼得逞？刘秀越看心潮越激荡，心中奔涌着匡扶汉室的汹涌波浪。

突然，大河对岸传来震天动地的喊杀声，王莽大军追来了。刘秀欣赏胜景的雅兴消失殆尽，心里忐忑着，双手合十叩问苍天：“青天在上，请佑护我摆脱追击，承袭大汉江山。”说时迟那时快，以河为界，河北岸彤云密布，霎时暴雨如注，河床爆满，水流湍急，裹石挟树呼啸而去。刚下去河的人马旋即被洪流卷走，其他人马，只能眼睁睁地看着河对岸的丽日晴空，看着刘秀的人马浩浩荡荡地消失在苍茫的翠色之中。王莽气急败坏，拔出长剑把拴马的桩子都给砍断了，马受到惊吓四处奔跑。定了定神后，王莽只好选择文殊寺旁边的大路紧急追赶，马蹄腾空，尘土飞扬。现在河北岸的“马庄”村由此而得名。

话说，刘秀在群山密林中边行军边欣赏山间胜景，无比惬意。正当人马口渴的时候，绿林道边闪出一口泉眼井，那泉水清凉凉的，直接喝有点距离。刘秀心念道：“要是能把井扳倒就好了。”不一会儿，那井果真一边高一边低了。甘洌的泉水汩汩地冒着泡，甜滋滋的，人和马都饮足了泉水，劲头十足，行军步伐也加快了许多。

明山寨遗址至今犹在，寨墙依然耸立。周围的大板栗林像守护经典一样将它团团围住；刘秀人马饮水的那口泉眼井还在，井口依然歪着。行人至此，都要掬一捧泉水，沾染一点帝王之气。故事的真假不予考究，但遗迹遗存却是眼见为实的。

青山依旧，大河奔流。淳朴的民风是一条千古流淌的河流。人生代代无穷已，代代香风蕴后人。万事万物都可以变化，当今帅气俊朗的小伙子，也可以变成靓丽妩媚的姑娘。但是，根植在血液里的自然与真情却是海枯石烂的。

1934 年 11 月，红二十五军在军长程子华、政委吴焕先的带领下，以“中国工农红军北上抗日第二先遣队”的名义发布了出发宣言。行军路线是从鄂豫皖革命根据地的罗山县何家冲出发，沿途于 11 月 26 日到达方城县独树镇附近，与国民党反动派相遇，展开了一场激战。29 日，中共党员张星江主动与红军取得联系，建议长征路线走鲁山，并主动担任向导，途经鲁山县的熊背、鸡冢（团城乡）、下汤、中汤、赵村、二郎庙（尧山镇）翻越木札岭进入嵩县境内，在鲁山境内历时三天。在下汤镇舍楼村，红二十五军将士，休整了两天。宣传党的政治主张，扩大红军的影响，纪律严明，秋毫无犯，深受拥戴。老百姓杀猪宰羊，犒劳红军，尽管首长一再拒绝，舍楼人就是不依。临行时，村里早把粮草备足，有的送子参军，有的送来红烧的猪肉和煮熟的羊肉，有的把一袋袋连夜炒好的大米和黄豆放在了马背上，大娘们含泪把鞋垫塞进红军的手里，有的把热乎乎的熟鸡蛋硬塞进战士的挎包里，有的媳妇们把给丈夫做的新鞋塞进战士的行李里。倾尽所有，盛情难却，泪眼盈盈，依依惜别。首长程子华看到这场面，只有无言泪千行，舍楼人的真诚将人的心都融化了。二十五军在村里的墙上书写的标语，在 20 世纪八九十年代还清晰可见，上了岁数的老人谈起当年如数捻珠，往事历历在目。

乘坐着时光的兰舟，行进在历史的大河里，思绪万千，撩起水的清音，倾听着历史的故事，天光云影，古人今人，一个个片段勾连起一个个迷离的梦幻，迷茫而又清醒：人生一世，流水一瞬，一路高歌，一路跌撞。为了啥？

站在舍楼的河边，阳光照在水里，弯腰掬起一捧亮汪汪的河水，我闻到了阳光的味道，看见水在时光的影子里走着：弱水三千是男子汉大爱的柔肠，是敢做敢当的侠义豪气，正义如日如水如心。古风似流水，在人间词话里悠然千载。为了啥？

青山不改，碧水长流。生命短暂，岁月转瞬。高山仰止，景行行止。人的肉体永远也不可能与天地比寿，但精神却能与日月齐光。一代代的舍楼人去了又来，来了又去，但精神的坐标系如青山碧水成为永恒。

社会主义大建设时期，“舍楼”被写作了“社楼”，而今就这么叫着，无所谓，舍楼人不在意，在意的是精神的范畴和生命的内涵。不急不躁，不张不扬，没有光影的媒介宣传，只有心止如水的修养。

舍楼像一位满腹经纶的儒雅之士，用纯真的家乡语低调地缓缓地讲述着曾经的故事：稻花香里说丰年，桃花依旧笑春风，衣冠俭朴古风存，千里鸟啼绿映红。

今年，在一个桃梨新绽，碧玉初妆的日子里，我邂逅了久违的舍楼。张书记和村主任的一顿农家盛宴，摆满了春的景色，春是绝美的味道；满桌子的天然与纯真，满桌子的淳朴与盛情，全是原生态的，经典的历史的味道。

席间，听了张书记和村主任有关舍楼的发展蓝图，很是兴奋，因为建立在淳朴民风和道德层面的建设，是高品位的，用精神支柱建立起来的新农村必将是真正的青山绿水，金山银山。新一代的村委会成员光明敦厚，竭心尽智，英姿勃发，风帆高挂，带领全村正朝着更加美好的未来进发。

用文化精神做支撑的舍楼，把步行的鞋子改成了生命的船只。如果稍微显摆一点，挥一挥水袖，便可横空出世，独上兰舟。

有形的村庄，无形的时光。上善若水，是水的智慧。舍楼的水注入了山的生命，山青了；舍楼的水注入了人的生命，人境界更高远了。原生态的热情淳朴，真诚善良像水一样注入了人的血液，村庄便成了一座丰饶的精神家园，精神的家园是不朽的经典。

马哥的脊梁

张怀发

马哥不姓马，属马，小名叫马。大名张怀玉，以小名显。

家乡方言多“儿化”，喊如“马儿”。想当年喊“马哥”，那就是相当客气了。爹娘喊“马儿”，那是溺爱，旁人喊“马儿——”，尾音特长，那不仅是戏谑，更是讽刺！相当于起外号，贴标签，本身就是瞧不起你，压你一头，拿捏你！一般人被起外号是要撑回去的。马哥不撑，只是笑笑，“忍了”！

马哥实受，身板也瘦。马哥是老大，我是老三。

《老人言》:“十个瘦子九个贫，一个不贫有精神！”

“十个老三九个尖，一个不尖必定憨！”

“瘦”也好“神”也罢，“尖”也行“憨”也中。反正我隔三岔五得回山里瞅瞅。“回家招招我大哥”，这是个由头，领导听了，也很无奈，还要以夸奖的眼神回我:“代问老大哥好！早去早回，单位忙。”

“喳！”

百十里路，下车还有里巴子河扒路步行。提溜着滴里嘟噜的东西，绕半个庄子，一路招摇过市，地球人都知道：老三进村啦！

“回来了三叔？吃饭没有？”

“您叔？那你镇这儿一月都拿多少工资？”

“马哥中啊！跟着兄弟享福哩。”

问是亲，二家旁人，搭理你弄啥哩？你是谁呀！

马哥是“左撇子”，吃饭干活都用左手。我家移民去过青海八年，记得刚从青海返乡回来的时候，马哥下地干活总是拿个大割麦镰刀，那是带回来的唯一一个劳动工具，“纪念品！”镰刃长盈尺，弯月形，大如水牛角，有河南割麦镰的五倍大。

村人观之，以为奇：庞然大物也，慭慭然莫相知！

凡是没见过的，都是异类——讨论它！

“这镰能干活？恁大！”

“拿这镰，就不是干活的，是回来玩哩！”

“拿恁大个铁片子，扇子样，还是个左撇子！”

“左撇镰！”

“左撇镰”就是马哥的又一个标签了。

生产队集体干活儿，中间休息时，他不休息，在地埂上割柴割草，一来可带回家当烧柴，二来把地边整理得干干净净，于公于私都有利。其实恐怕也是为博得乡人们的好感！

于是，最苦最脏的活儿，就找马哥去上。

马哥是常被派差事的“民工专业户”。像鲁山木札岭关311国道，鲁阳关207国道，三线建设华园厂修路，县城人民路，马哥都在那里干过。那时可是手拉肩抬，全靠人工笨力气呀，脊梁咋不压弯哩。

想着大哥出那力，受那罪，像过电影一样。我掂着东西上村前几十个石头柯台，拐过碾道，到家了。

马哥正坐在家门口看蚂蚁上树。看见我，笑么呵的，起身接过东西，扭头往屋里一擩，转身又圪蹴那儿，悄没声的，笑么呵的，好像啥事也没有发生，接着看蚂蚁上树。

一句话：就是不动心！

至于我渴不渴，饥不饥，晌午吃啥饭，与他无干！

家美不必外扬，我送礼，大哥接礼，二哥怀堂管饭，就是这么个流程。一家只知一家。

我离开家时，得给大哥言一声，就说钱留给二哥了，二哥会给买药，省得自己乱买糖浆口服液喝，那不治病。

到大哥门口，铁将军把门，准是上碾道岭去了，碾道岭栎疙瘩林，那是他避风的港湾。大哥是养蚕能手，蚕坡栎疙瘩林是他的领地，总是拿个镰刀在那里侍弄，砍砍这里，修修那里，把蚕场整修得有条有理。丝绸之路的“根”在哪里？在栎疙瘩林里，巴拿马金奖“鲁山绸”的根在哪里，在栎疙瘩上。不养蚕哪来的丝？没有丝哪有绸缎！

看见马哥了，要不是他晃动一下，那简直与栎疙瘩形象无二：粗糙的外表，坚韧的内核。不知道为什么，满山满岭那么普遍的栎疙瘩，就是很少录入文学作品中。

就因为“其貌不扬”吗？

栎疙瘩是丝绸文化之根，特题诗为赞：

鲁山栎疙瘩，貌丑质可夸。
梁材撑大厦，丝绸传天涯。

马哥一如既往地背抄着手，右手托着左手，左手握着镰刀。这是个砍柴镰，家乡叫“笨镰”！镰刀看似只有拳头大，但小巧玲珑，砍栎树梢子，一镰刀一根，很好用的。看到这个镰刀，就想起来了移民在青海的那段生活，那正是马哥的少年成长黄金时代！

1956 年，马哥 14 岁，我 4 岁。我爹响应国家支援建设大西北的号召，报名参加到鲁山一万移民大军中。

山里进县城一百里步行，有专人用箩筐担我，我不坐“摇篮”，就要大哥背我。我是马哥用脊梁扛着闯青海的人。

农历六月十七，恰是马哥的生日，从汤池村出发，八月十五前到达的青海湟源目的地。

“咋走一个多月？”

“我哪知道？你以为有高铁呀！”

“青海到底啥样？”问得简单。

到底我也一两句话说不清楚。

记得在我的《青海童年》曲中是这样唱的：

童年放马青海边，流沙大漠起孤烟。
乘闲对花三百韵，冰帐湟鱼火炉前。

我涉足文学很浅，但我敢说:“最艰苦的才是最文学的！”

长话短说。

青海第一是冷。从中原一下子到三千米海拔的青藏高原，能不冷吗？让你“支边”，本身就不是让享受的，是去艰苦奋斗的！只是来得猛然了点。青海人穿上皮衣了，移民人还在等分配布匹棉花做棉衣，棉衣远没有皮衣挡寒挡风啊。新棉衣穿上，移民是整个一群黑衣族，外观区别一目了然，到外村更受歧视。要不是国家优惠政策护着，共产党罩着，那才低档次呢！

二是语言难懂。平白无故的，你得学一门新语言，就是开一门“外语课”，而且还是自学成才。

移民人喊“爹娘”，当地人喊“阿爸阿妈”。移民人“吸烟”，当地人“吃烟”。移民说“山羊”，当地说“牙马”。移民说“我家的牲口”，当地说“脑夹子头狗”。移民赶紧问:“莫那咋着哩？你家的狗夹住头了？”

三是生活习惯，差异明显。人家早上把温水含嘴里，再吐到手上洗，移民说“脏！和面咋吃哩？”移民用铁盆或铜脸盆洗，当地人说“脏！和面咋吃哈拉？”

移民人爱扎堆，吃饭端着大圪篓碗，在移民大院聚一块儿，侃天说地，讨论天下大事，青海人说移民吃饭用的大唠盆（猪食盆）。青海人吃饭，一家围在热炕上，在小炕桌边吃饭，用的是细瓷茶碗，移民说是三球碗：没舀哩满球啦，没走哩砍（倒）球啦，没吃哩完球啦！

反正和自己不一样的，都是异类。各地都一样，谁也别说谁！

烧炕，是个技术活。燃料是羊粪、麦糠。你得先把炕洞里还没熄灭的炕灰用小铁锨扒出来，再加上生羊粪、麦糠，稍掺和一下，再推进炕洞，拍一拍，堵上石板，要“煀”一夜不灭，保证炕温暖暖的。马哥看几次就会了，是移民中第一个学会煨炕的人。

四是生产劳动。光说不练假把式，是骡子是马，拉出来遛遛！丑媳妇也得见公婆。

当地的运输工具主要是驴和骡，比如运粮食，一口袋粮食 250 斤左右，要一下子掐起来放到驴背上，你驾驭不了牲口，就只能自己扛了。人家一个人赶三头驴，驮三袋粮食，屁颠屁颠走了，你咋办？劳动效率有待提高呀！

真的，移民人刚到青海就往河南回窜，与其说是青海如何不好，还不如直接承认自己笨，怕吃苦。

马哥到青海就被裹挟进了那里的劳动生活。

学校很快建成！国家投资建的，当地人说是沾了移民的光，孩子们终于可以读书了。300 口人的村子，50 名学生，四个年级。二哥比我大 4 岁，上学了，爹娘上地干活，大哥上山砍柴。我是个老大难，只好当大哥的尾巴，也上山。

砍柴要到“狼湾掌”。听名字就瘆人！大哥说“怕啥！有我哩。”大哥护着，啥也不怕。

狼湾掌是个又陡又高的山洼，是产百草灵药、放牧的场所。

砍柴最粗壮的就是狼蔴！移民人叫它狼牙刺，葛针橛！浑身是一寸多长的刺，树株像鹿角形，栎疙瘩状。一棵狼蔴千根针——嘹咋哩！当地人砍柴，镰刀如半个盘子大，厚厚的，重量是河南柴镰的四五倍，镰刀下去，“喳”一下就是一棵柴火。移民的镰刀太小，砍下去，像弹棉花，砍几下才能掉下来一株。加上马哥用左手砍，确实不太顺。我呢？无聊又淘气，啥花都摘，花看似很新鲜，臭牡丹，狼毒花，不能乱摘的。伸手碰到蜂蔴，像洋拉子样蜇着疼！

当地人砍柴，皮尕夹，皮裤套，皮手套。马哥帆布马甲帆布手套。行头上就输了一大截。关键是葛针橛那玩意儿不好侍弄！

一日二餐，上山很少拿干粮的。减肥从那时就开始了。“日之夕矣，牛羊下来！”该收工了。

入村，本来是好事，但更不轻松，都看你像耍猴的。我背一小撮用来扎扫帚的草，马哥背的柴是横着的，人家当地人是要把柴竖着捆竖着背的。不一样？那就是异类，就笑话你，就起哄。还真有蹬鼻子上脸的。一个和马哥大小差不多的片串娃（熊孩子），骑着马，路过马哥根前，猛一下抽出镰刀，学着马哥左撇子的样子：“移民娃砍柴弹羊毛哈啦！”狼牙刺扎住了马哥的脖子，马哥扔下柴捆，左撇子“啪”一巴掌拍在马屁股上，马“噌”一下狂奔老远，差点把那人甩到河沟了。

河两岸“左撇子！移民涨（厉害）！”乱起哄。

见过拍马屁的，没见过真手真马这样拍的。

这一“拍”，为自己赢得了尊严，再也没人敢轻易招惹马哥了！

当地男人要具备三项技能：骑马、摔跤、喊山歌。

摔跤，马哥不能干，输了赢了都不好使，不如躺平。当地人干活间隙摔两跤，赢得前几名，不失为一种成就感。

骑马，马是很金贵的，哪能让你随便骑？当地小伙子相亲，要备好马金鞍到姑娘家，回程全村人都要看小伙骑马，关键要看“一跃上马”那一下子，“演”好了，娘家倍儿有面子。演不好，还得找个大石头，土台阶作脚凳，没戏，人家娘家丢不起这个人！说找个弱智女婿。驴和骡倒是可以，想咋骑咋骑。

马哥很快就会驾驭骡子和毛驴，进县城送公粮，卖牛屎都不在话下，终于融入生产大军里了。

马哥16岁，就经常被派差出去务工，成了“民工专业户”。

湟源峡修公路铁路，柴达木挖盐，海晏原子城。有一回大哥到家，穿着蓝色大衣，黑皮胶靴，戴着风镜，风尘仆仆，好威武。马哥从面瓮里弄青稞面，和了拳头大一疙瘩面，用牛粪烧熟，掰开，我俩吃着聊着。马哥说他想家了，请了一天假，昨夜开始从海晏走的，想着五十里路，能摸到家，谁知过来扎藏寺，上坡迷路了，在桦木沟摸了一夜，天明才看见庄子。走时摸着我的头说："你得好好上学，咱弟兄就看你了。"虽不太懂，也压力山大。说着就赶路回工地了。

娘回来，听说大哥回来过，把我好数落一顿，说我没通知娘，应该上地里找她告诉她，回来好好做顿饭吃吃，吃饱。说我整天就是皮外能！原来我是糊里糊涂办了件最差瓜的事。

青海民歌，青海花儿，山歌，小调，野歌，家曲。我也分不清。娱乐吗？呸！高原放牧，白云蓝天，辽阔草原。好无聊啊！哼酸曲儿"尕马儿骑上着尕娘娘的门上浪个来——"狼来了"一溜溜山，来着吆——唉嗨吆——"听到就赶紧回应，狼听到人声此起彼伏，以为人多，才肯逃跑。歌是那么好唱的？那是吓唬狼的，你以为呢！

马哥本来腔是很好的，怎么一长大腔突然就不行了，野歌喊不起来了，不过常常听到他哼《尕老汉》小调："尕老汉来吗幺幺——"说是有人教唱，难道是王洛宾？邪了门儿了。后来才知道是王洛宾的学生朱仲禄传的。听到陕北民歌《军民大生产》，才发现两歌是一个曲调。

看马哥的人生经历，有三点感悟："没有吃不了的苦，没有受不了的累，没有忍不了的气。"或曰："无喜无悲，顺其自然！”

2023年暑假，上哪里玩？儿媳说：“老爸有思乡情结。”孩子说：“那就去青海！”真的，我一直告诫自己：孩子们忙，不要左右或影响孩子们的活动，到底还是没管住自己的嘴，常念叨青海怎么的，民歌之源如何。

青海第二故乡，离开六十年了，年逾古稀，得以成行探望，全靠孩子们安排。

7月30日，到湟源丹噶尔古城，听青海花儿演唱，看皮影戏，喝湟源酸奶，吃狗浇尿油饼，都是回味重现当年的生活场景啊。

第二天，直奔老家“土司滹”。

当年的马车道，都成汽车路了，已经有了公交车，太奢侈了。

到土司滹山口，左右两山峰对峙，中间一四棱柱土堡，上书“烽火台”，是文物保护单位了。台和山，整个画面就像“丹凤朝阳”吉祥图雕塑。《诗经·大雅》：“凤凰鸣矣，于彼高岗。梧桐生矣，于彼朝阳。”

当年是炮楼啊？小伙伴们是经常上去掏鸽子蛋的。那时叫的是“凤凰台”。两台同音的，不过这里确实有凤凰传说，凤凰岭、凤凰岩、凤羽草、凤凰泉，实物是存在的。“凤凰台”“烽火台”，两名各表。驱车进土司滹：“啊！故乡——我回来啦！”

后边再想不起来词了，不知说什么好了。欲说已忘言！请问，你回到阔别的故乡，是怎么描述的，请教教我。

土司滹是一个精致的小盆地，蓝天白云，四围梯田，碧绿的麦田，油菜花正在盛开，满园清香。绿树成荫，怎么那么多树啊！院落都掩映在树丛里了。

静悄悄的，还好，遇到了一个中年男子，车停下来，我递上烟，让“吃烟”，然后一指：“那就是我的旧居，河南移民大院！”我用半生不熟的青海话和他交流着，走向我的老宅。墙苔黑黑的，墙怎么这么低呀？村子怎么这么小这么紧凑啊？小时候的印象果然不一样。河溪两岸垒了河堤，架了三道桥，可通车。学校合并到镇里了，校舍成村部文化公园了。

孩子在凉亭里架起炉子煮茶，村里围过来几个壮年人坐长廊里边聊天边品茶。原来他们都是留守成员，村里小孩出去上学了，老人妇女都带孩子去了，青年人出去打工的很多。村里500多口人，迁往县城省城的很多，村里只剩下150口常住人口了。问起土地，有3000亩。每人20亩地。现在都用拖拉机收割机了。

还好，土地没有荒芜，这是最大的成功，最妙的守望。

聊到河南移民，他们竟然略知一二，比画着移民舀水用具，我说：“葫芦瓢！”说起移民大院住的人，他们竟然知道“张马”！左撇子！很厉害！

好家伙！还有这个文化传承呢。

马哥真是不虚青海之行啊！

我下意识聊到移民有何贡献，他们竟然说有贡献的，粗略算了一下：当年300口人，每年交6万斤公粮，每人200斤。我家6口人，八年，相当于交一万斤粮食呢！看来我家还是没有白移民，马哥贡献也得有3000斤吧。

人生，“读万卷书”，马哥无缘。“行万里路”，也未能及。不过，作为一介平头百姓，从河南鲁山，到青海湟源，马哥走过三千里路的长度，上过三千米的海拔高度，难道这还不够嘛！

2023年国庆，成稿于西安雁塔大华小居

忆 旧

尹崇智

慌 老

“慌老”本姓何，因其办事性子急好上慌，一急一上慌就出“洋相”，一次两次，次数多了，同事们给他送了个“慌老”的绰号。

“慌老”是商业战线上的一位职工。他工作积极，为人厚道，年年被评为先进。

在国家实行计划经济时期，很多商品供不应求，市场不像现在这样繁华。这年春节前，“慌老”为组织货源，解决城镇居民肉蛋供应问题，每日起早贪黑，不顾天寒地冻，东奔西走。

腊月初八，“慌老”一大早就起床，饭也没吃，就去乡下食品站办理一项收购业务。

从县城出发，走近路不过十四五里。虽然路程不远，但途中隔一条沙河，着实给来往行人带来不便。

“慌老”行至河边一看，一丈多宽的水面，水虽不深，但结了一层“鸡毛帘”冰凌。

如何过河？聪明的“慌老”想出一条妙招，能使一只脚受冻，何必让两只脚遭罪。于是，他脱掉右脚的鞋袜，挽起裤腿，开始实施自己涉水的计划。谁知在关键的时候“慌老”又慌了，入水的这只脚竟是没有脱去鞋袜的左脚。事已如此，错打错处来，干脆一错到底吧！

冷飕飕的西北风刮着，岸边那随风摇曳的垂柳，高一声低一声地在呼啸。“慌老”不禁打了一个冷战。

他上岸后，赶紧将右脚的鞋袜穿上，又从衣袋里掏出一只口罩，把半边脸捂得严严实实。

“慌老”一路小跑赶到食品站。他一进门二话不说，先招呼两位老相识隆火。

一同志问:“你的鞋袜咋湿得恁很？”

“慌老”觉得照实说显得自己太没材料。于是，随便支吾一句:“今个骚气死啦！过河不小心一只脚滑到水里了。”

此时，食品站经理端来一碗刚刚煮好的玉米糁红薯稀饭:“给！趁热喝一碗暖和暖和。”

“慌老”接过饭碗，用筷子夹起一块红薯就往嘴里塞，殊不知口罩还在脸上挂着，惹起在场的人哄堂大笑。

几天后，“慌老”与同事们闲聊，无意中说了一句:“人要是该倒霉，放屁也会砸住脚后跟。”有好奇者，打破砂锅问到底，硬是缠着“慌老”说个究竟。

三问两问，“慌老”才说出自己办的这两件窝囊事。

长彬老表

长彬是我小时候要好的朋友。我们俩没论过生月，彼此以老表相称。究竟是咋表的？我说不清楚，他也说不清楚。

上小学的时候，我们俩坐过一条板凳。不到半学期，他就被老师掂着耳朵，从后排拉到前排。

在我的记忆中，老表是个调皮捣蛋、不守校规的学生，旷课是常事，迟到早退就不用提了。每天上课，他从来都没有安安生生听过，诸如窃窃私语、左顾右盼、做小动作。为这事，他没少挨批评，一次两次，屡教不改，结果落个“茧子脸”的懒名声。论学习成绩，每年期终考试，全班四十余名学生，他总是榜居三十八九。说脑子笨吧？歪门邪道一看就会，心眼多着哩！

有一天，他突然一反常态，坐在那里一动不动，一副在聚精会神听讲的样子。谁知这一反常表现，又被老师点名让他站起来，问:“刚才我讲的什么？”无言答对。再问，“刚才你在想什么？”回答是:“南坡有一窝斑鸠该出飞了。”

又有一天正在上课，从他的课桌下突然传出“吱—吱—吱”的叫声。老师走到他座位旁，从课桌下摸出一只用秫秆棍扎制的蝈蝈笼子扔到教室外，惹得全班同学哄堂大笑。

小学毕业后，我外出求学。接着，是当兵、从工、从政，一晃二十多年不曾与老表见面。打听过几次，有同乡知情者说：“终天东串西游不着家，大概是在外头跑生意；人也不懒，就是怕下板儿（怕出力）。”问及婚姻：“光棍儿一条，自由自在，一人吃饱，全家不饥。”

一日中午，下班行至十字街口，忽见一个头戴破草帽的人，蹲在路边地摊旁，高一声低一声地喊叫：“老鼠药香又甜，老鼠见了都稀罕，大老鼠吃了蹦三蹦，小老鼠吃了活不成；买上几包带回家，老婆孩子笑口夸；老鼠爷、老鼠孙，大小老鼠都坑人，偷油喝，吃玉米，咬烂新媳妇的花花衣；打洞钻到风弦（风箱）里，呼扇——呼扇断了气……”

我驻足一看，啊！是长彬老表，不由得随口叫了一声。

老表慌忙站起，神色略带几分尴尬，但一开口说话，马上又流露出还是像以前那赤皮愣笑的样子。

“生意如何？”

“比在家挣工分强。”

我们俩一问一答，又少不了谈些同侪们的事情。

临别，他包了几包老鼠药塞到我的手里：“放心吧！这是真货，捣谁也不能捣你，砖头面有的是，就是不给你。”

到家说起老表，老伴儿埋怨我：“你咋没想起让他晌午回来吃饭？”此时，我才觉得自己实在是失礼。

这年春节，我备了两瓶“宝丰大曲”，本想回家和老表聚聚，唠唠家常。进院一看，老表住的还是祖上留下的那间破瓦房。陈年老旧的土打墙，不知啥时候挖补过，但仍然是坑坑洼洼，有的地方裂着缝，有的地方掉了泥皮。屋门大闪，室内那几件缺胳膊少大腿的桌凳上布满了灰尘。

我扯着嗓子叫了两声，无人答应。

“谁呀？”同院马家大婶边问边拄着拐杖从她的屋里走出来。

“是我，马婶！好好看看，认识不认识？”

我紧走几步，迎了上去。

马婶端详一会儿：“噫！是前街他哥，变样啦！”

“咋会不变样哩，都50出头了。”

“你想想！你都50出头了，俺还会不老。不中啦大侄子，前几年你婶是当一天和尚撞一天钟，现在钟也撞不成了。”

在我的印象中，马婶是一位非常响快、能干的人，如今，满头白发，瘦弱而又佝偻的身躯，显得苍老多了。

我问马婶：“长彬呢？”

“一夜黑底就没见回来，八成是在赌博场，这孩子手里不敢有钱，一有钱就往宝盒里填。你到他屋里看看，有啥！气死小偷。”

农村实行土地家庭联产承包责任制以后，每逢收获时节，我都要回乡下老家一两天，干多干少算是有点表示。每次回去，都要问问老表的情况。最后一次，邻居嫂子告诉我：“你再也不会看到他啦！早两月不知道得的啥病？说不中可不中了。”

小城聚弈

王培中

“唉！这一局输了，小河沟翻了大船，大意了。”一位个头不高、肚子滚圆的中年人，一边不停地抹着脸，一边解嘲地说。周围的人似乎被这句话搅了一下，瞬刻骚动起来：心态各异，语言杂沓，得意的、埋怨的、讥讽的、称赞的，褒贬臧否，不一而足。但骚动如石块投入水中激起圈圈涟漪，片刻即归于平静。这群人马上又勾头探腰、凝神敛气，层层围拢起来。一个年龄稍长的人，由于精神过于集中，以致面部神经下意识地微微颤动，鼻涕拉着长线扯过嘴唇竟毫无感觉，自然也不会擦一把。哪顾得上呢？一个大个子，将憨头圆脑压在前面人的肩上，前面的人很久才有感觉，回头狠狠瞪了憨头一眼。

“咋啦？都，都一样嘛！”憨头指指自己肩上，委屈地辩解。原来他肩上左右压着两个大脑袋。人们聚精会神之状，虽考场答卷也莫之可比。大约半小时过后，一局终了，人群又一次动荡。此类静而动、动而静的态势，循环着，延续着。每局结束，旁边卖水果的小商贩便不失时机地大声叫喊:“苹果、苹果，甜得很，十块钱三斤！”叫声虽高，却没人问津——擦鼻涕都顾不上，谁有工夫啃苹果！

“一群老抠！”商贩一无所获，丢下一句话失望地推着苹果车离开了。

这是我们鲁山县城街旁围观下棋的一幕。

我工作生活的小县城，县委、县政府机关都在老城大街的南侧，中间隔一条通往南关的小巷。小巷只五六米宽，百十米长，人少，车少，相对于通衢大道，这里幽静多了，于是就有了道旁下棋与围观的人群。沿小巷往南约 50 米东侧，就是鲁山县第一高中，对过原是县第一初中。20 世纪 50 至 70 年代，小巷并非如此幽静。

几十年过去了，随着时局变化小巷一改旧观。聚弈者的欢愉替代了昔日的憧憧魔影。阳光明媚，道旁花木葱郁，蜂飞蝶舞。常有几个小女孩兴致勃勃跳着皮筋。偶尔传出聚弈者爽朗的笑声，小巷愈显得静谧、温馨、祥和。和谐的环境舒畅着人，人又点缀着和谐的环境。世道好了，日子舒心了，谁不想乐呵一番呢？观弈人群中多是退休的干部、工人，也有捡满一车废品准备拉往收购站的拾荒者，还有几位上街买菜顺便看热闹的邻人。一时间将斑驳低矮的小棋桌围得密不透风。无固定棋手，早者为先。一局结束或更换他人，或继续鏖战。一天到晚，楚河汉界，战车隆隆，炮火连天，很是热闹。

“出车，出车。”一中年男子技痒难耐，为红棋悄悄参谋一句。

“河边无青草，不要多嘴驴。”黑棋马上不满地回击过去。

遭奚落的谋士并不生气，伸手在黑棋脖子上熟练地抹了个帽儿：“孩子乖！能的啥？”

“观棋不言是君子嘛！”一位老同志嘟囔了一句，像是自勉又像警示大家，于是一切归于平静。

“将军！”红棋抬出双炮，猛砸一下，赢了。他顾盼伟然，放声大笑，那居高临下、得意忘形的做派，不啻凯旋的将军。黑棋刚被他抹了“帽儿”，如今又遭此惨败，岂肯善罢甘休？非再来一局不可。双方赌定：“捏子为定，悔棋是狗。”这下棋，据说历来就有双方临时相约的事。一旦赌定，绝无改悔。相传五代时后周元帅赵匡胤在华山与陈抟老祖下棋。赵说：“我若输了，将来我坐天下后，这座山封给您。”结果赵匡胤输了。赵匡胤当上皇帝后，陈抟就取得了华山的所有权，至今陈抟老祖的庙宇仍在那里。另有版本说，是在五台山下棋。这当然全是传说，信则有，不信则无，谁会管那些闲事？不过也表明下棋应有君子之风。

双方约定后，红棋仍企图双炮取胜，仓促布阵，志在必得。黑棋早已防备这一着，于是步步为营，稳扎稳打。不久，红棋大喝一声：“将军！”不料黑棋异军突起，倏然从旁边跳出一匹黑马，把红棋后边的大炮踢翻了，红棋顷刻气衰。接下来黑棋乘胜追击，一鼓作气，以凌厉的攻势，逼得红棋辙乱旗靡，无路可逃，只好认输了。

“成也大炮，败也大炮啊！”一围观者说。

“虽说骄兵必败，但也棋逢相当，彼此彼此。”另一围观者中庸地接上一句。

黑红两人在众人评价声中笑嘻嘻地挤出了人群：“该去幼儿园接孩子了。”

说起这个临街棋场，并非社会贤达所倡导，亦非某领导之授意，更非市井混混开设的露天赌场。读者可能不会相信，设这个棋场的居然是一位下肢残疾的修鞋师傅王君良。政府对他原本多方照顾，生活不成问题。可王君良师傅不愿依靠国家吃闲饭：“我虽然腿不方便，但双手可以劳动。”于是就在小巷里支了个修鞋摊。王师傅心灵手巧，价格公道，人又和气，所以鞋子坏了都乐意让他修，生意日渐红火。他在这里修鞋 20 多年，只要没有大风大雨，就准时出摊儿。我佩服他身残志坚、勤劳自立，所以每次经过他的鞋摊儿，我都投以赞许的目光，间或还搭讪几句。他说：“同样是一碗饭，国家照顾着吃和自己挣着吃，味道不一样。干点活儿，有意思，心里踏实。”我不止一次见他收摊前，数着一叠皱巴巴的零钱，一脸笑容。劳动的幸福全揣在那笑容里。此时他一定在想今天的饭我没有白吃。这其实是一种价值追求、一种成就感，只是他不会用这样的词语说出来罢了。可能说出这些词语的人却未必有此心境。我想，若人人都希望轰轰烈烈，希望轻松成为伟人、名人、富豪，却轻视平凡，鄙视劳动，这世界肯定不会太平。

除了修鞋，王君良师傅还想做点事。做什么呢？几经思索，决定在此处弄个下棋的场地。于是他拿着自己三毛、五毛攒的零钱，拄着拐杖，买来棋子、棋盘、小桌儿和两把小凳子。别人下棋他修鞋，没生意时也凑过去杀上一局。傍晚，他拄着拐杖将这一切一一收起。这对健康人而言无非举手之劳，但对靠一条腿、一根拐杖走路的人来说，却不是简单的事，何况坚持20多年呢？王师傅真不容易。

劳动永远伟大！劳动者永远光荣！不管世界怎样变化、发展、进步，也不管在哪个国度里，劳动者身上的光环永远不会熄灭。

象棋在我国有悠久历史。汉代的刘向编了一本书叫《说苑》，写的是春秋战国到西汉的小故事，我只读过几篇。书里说，有个人批评齐国的孟尝君："足下千乘之君也，燕则斗象棋而舞郑女，其祸不远矣。"意思是你掌控着千辆战车的大国，不勤勉政事而终天下象棋玩美女，是很危险的呀！可见战国时期就有了象棋。有研究者称，南北朝时期的尚书王褒曾写过《象经序》，大文学家、太子的老师庾信曾写过《象戏经赋》，可惜我一篇也没读过，倒是看到了学者崔乐泉写的《古代游艺文化》。书中说，自唐代开始朝廷就有了"棋待诏"制度。所谓"棋待诏"，就是专门陪皇帝下棋的专业棋手。这种制度一直延续到清代。不过崔乐泉说的"棋待诏"指的是围棋。果真如此吗？我想未必。联系上文，既然早于唐代100多年的南北朝就有了关于象棋的著作，以后的历朝历代不可能将象棋取缔，据传，清朝皇帝康熙也曾写过关于象棋的文字。据此崔乐泉的“围棋说”大可质疑。《辞海》解释为:“弈，下棋。”并没说专指下围棋。我以为把“棋待诏”理解为精通围棋、象棋双重技能的人比较合理，否则只能下岗。至于“尧舜时期就有了围棋”云云，史前之说，只可姑妄听之。

小城中除了修鞋王师傅的棋场外，西关原大芳照相馆前、内城十字街往北的健康路等处，道旁均有聚弈者，规模虽逊于小巷却也洋洋大观，构成了小城风景的一部分，与小城融为一体。从十字街口往北200米，过小桥就到北关。桥两端是集贸市场，人们比肩接踵，放眼尽是脑袋，宛若一个大的蘑菇园。商贩叫卖声、讨价还价声、家禽挣扎声、粗俗谩骂声，嘈杂交汇、错落混乱，那场面差不多可与电视上的某个晚会相媲美。再往前走50米向西是县第二高中。该校酷爱象棋者甚多，而且棋艺精良，杀伐骁勇。一到下午课外活动时间，便布阵开战。其中校长助理数学特级教师白天军、语文教师马一、英语教师石广东三位老师乃弈林高手。每遇三位阵战，观者如堵，谋士如云。一局结束，笑声、掌声、唏嘘声、善意的讥讽声沸沸扬扬，场面之热烈活跃，实为该校一大景观。他们下棋虽很认真却不看重输赢，只为繁重工作之余放松一下。老师们忙啊！最活跃的要数不修边幅的马一老师。马老师五十来岁，性情耿介，谈吐诙谐，人呼之“戏谑先生”。他常常为下棋，写就挑战檄文送达对手，文稿风趣幽默，偶尔落入学生手中，不胫而走，传为趣谈。可惜多失落于乌有之乡，无可寻觅，只一篇文言小文有幸被韩国强老师收藏，又辗转落入我手。读之，捧腹大笑复拍案叫绝:“妙文也！”文中，马老师先假设一个“象棋委员会”，再假定自己乃该会特聘博士生导师。接下来以棋委会名义用第三人称撰《布告》一篇。无中生有地对白天军、石广东二棋友极尽歪曲、奚落、嘲弄、贬抑之能事，继而又漫无边际地自我吹嘘标榜一番。

土桥 古井 皂荚树

石随欣

天地间，唯有时间是一个魔法大师。300年，历史的长河中只不过一瞬，却足以让一棵树盘根错节、枝叶葳蕤，成为多少游子心中最难以割舍的牵挂；300年，也足以兴旺一个家族，书写一个村庄的传奇。

河南省鲁山县瓦屋镇土桥村，曾是一个深度贫困村。如今，这里依山傍水，静谧清幽。山不高却清秀，满目葱茏，春夏碧色如海，山花杂陈，秋来五彩斑斓，犹如一幅烂漫的油画。水不丰腴，小河沟、大河沟、横河、上河，几条涓涓细流汇成虎盘河，从村北潺潺而过，先入荡泽河，再入沙河，终成汤汤。土桥村北这一段，唯有夏日汛期，方流急水深，粗犷豪放。大多数时候，它是温顺的，显得孱弱，甚至往往匿迹于河谷砂石水草之下而潜行，却也总能以浓浓潮意润泽了沟谷田坡、枝干叶脉。土桥村在这山环水抱里温润如玉，恍如世外桃源一般。

土桥村有三宝：土桥、古井、皂荚树。树在土桥村当央。皂荚树是它的学名，当地百姓却都喜欢叫它皂角，还带上浓重的舌尖音，听来亲切家常。离省道庙洪线，过荡泽河大桥，乡间公路蜿蜒曲折，先是贴着河岸北上，折而向西，顺山谷转向南，眼前豁然开朗起来。最先映入眼帘的，即是古皂荚树了。车刚停稳，我们一行采风的三人，便被它吸引。这棵皂荚树树干粗壮，需二人方能合抱。树冠亭亭如盖，虬枝如龙，枝繁叶茂，浓荫匝地。北边路东，是一条狭长的谷地，建有六角凉亭一个，鹅卵石铺砌的曲径，掩映在如茵芳草间。东边，是土桥村村部。东南，是村文化广场。四周空旷，尤显得这棵皂荚树亭亭而立。也难怪，300 年树龄，在鲁山数量众多的名木古树中，正值青春年华。除却树干朝向西北的一段分杈可以看到经风沐雨的沧桑外，它几乎没有丝毫的龙钟老态，恰似玉树临风，风姿绰约。

树旁有井，青石垒砌而成。井沿铺有条石，上有辘轳。井深数丈，俯身井口向下看，幽深处，映照出皂荚树的葱郁。天空刚被几场雨洗过，醉人的蔚蓝，点缀了几朵白云，从皂荚树上方天空中悠悠飘过。叶子落尽的秋冬，这几朵白云该也从井底清澈泉水中飘过罢，悠长了岁月，转瞬已近 300 年。

清乾隆初年，一李姓人家从洛阳宜阳县丰李镇辗转数百里至此，爱林茂溪深、谷地肥沃、山水佳绝，于是在此卜居，繁衍生息。迁鲁始祖李学冉，内室贤惠质朴，吃苦耐劳，睦邻好善。她相夫教子，卖蒸馍补贴家用，家道日昌。两口子日出而作，辛劳耕耘，在谷地种上小麦。一盘石磨，磨出面粉筋道、雪白。捡拾枯枝为柴，一口铁锅，蒸出来的馒头松软香甜，又白又煊，颇受乡邻青睐。李氏发家，竟是仅靠卖白面蒸馍，成为一个传奇。苦于南坡溪水隔阻交通，李家于是竖木为桩，横木作梁，木板、枝条为顶，覆以黄土为桥面，建土桥两座，方便过往行人。村以桥名，土桥也由此成为一个聚落。复于北土桥南侧，砌石井一眼，井畔手植皂荚一棵。而今，皂荚树长成参天，土桥李氏以“学心玉华、永鸿绍益、广昭鉴传”为序，也已繁衍至十二代，四千余口，成为一方望族。

物换星移，人事代谢，遂成古今。当年李氏先祖建造的土桥，早已改建为石桥。南坡来水的小溪早些年渐渐干涸，当年的蜿蜒山路，已然成为通衢。人们再不受涉水之苦，石桥也悄然废弃。可人们依然常常把这座桥挂在嘴边，依然称它为土桥。土桥，已经成为一代又一代人们心中永恒的记忆。

和土桥一起成为村民心中图腾的，是这眼石井，和石井边上这棵高大的皂荚树。皂荚树并不是年年都有花开，年年都结果。旧时，人们对此格外看重。结荚的年份，一入 5 月，皂荚树开满金黄色的小花，整个村子便氤氲着淡淡的香气。闻到这香味，人们心知今年要结皂荚，自然生出殷殷期盼，呼出的气于是格外顺溜，连脚步也都轻盈起来。在人们期盼中，皂荚树结果了，颜色从青绿到金黄，进而金紫直至乌黑。

开门七件事，虽说没有囊括洗衣在内，可着装打扮，在人们心中占有更为重要的位置。衣服可以不新，却一定要干净。男人、孩子们的衣裳，是家里媳妇、母亲的脸面。大山里劳作、摸爬滚打，弄脏了衣裳自然是常有的事。那年月，没有洗发水、洋碱、洗衣液，谁家的窗台上没有几根皂荚？将皂荚放置于槌布石上，棒槌轻槌几下，荚果碎成粉末。拿来洗头，发质柔顺，发色乌亮。拿来洗衣，去污，又不掉色。洗过晾干，衣服上还残留着淡淡的青涩香味。传说，赶上深秋初冬去小溪里洗衣，是不用带皂荚的。打从皂荚树下经过，总有一两个皂荚恰好落在脚下，刚好够用来洗衣。待到冬深，叶子尽落，皂荚也落满地，人们却用不着多捡拾，盘算着足够此后几年间够用就行。如今，各种洗涤用品应有就有，一些主打环保绿色的品牌，推出的生态新品，主要成分是皂角，贼贵，人们还是觉得没有真正的皂荚好。

树下古井，井水清澈、绵软、甘洌。皂荚树根深植地下，根须穿过古井石壁，形成小结，浸入井水，也把皂荚树精灵之气润在这清泉里，滋润了周边两三百口村民。说来也怪。土桥村周边几个村子多哑巴，唯独饮用古井水的土桥，一个哑巴都没出过，连白头发都长得迟很多，自然显得脸面滋润，看起来要比同龄人年轻一二十岁。但凡看见年轻人腰杆挺直、满头乌发，或看到老人鹤发童颜、神采奕奕，不消多问，便知多是土桥的。村人多长寿，这些年，年逾九旬的老人就有十多个，最长的96岁，几年前才过世。这些年，村里通了自来水，吃水足不出户，打开水龙头自有清泉喷涌。平日里吃井水的人不多，古井就加了盖子，静静地居于一隅。可还有人舍不得这口井里的水，挑了水桶，汲了井水上来，摇得辘轳“咿呀咿呀”地响。五月端午，几乎每家都要取井水来饮。前一天晚上，人们早早将古井打开盖子，接受上天降下灵丹妙药，让天地精华和这古皂荚树的灵韵融入这井水，祈愿饮了古井水，一年百病不生。

皂荚树下摆了石凳，供人们小憩闲坐。再热的天气，一到浓荫下，自会汗消生凉。没有用上电的年月里，每逢盛夏，傍晚，土桥人拎了苇席，搬来软床，在古皂荚树下纳凉，有一搭没一搭地闲聊瞎扯，从前三皇后五帝，扯到民国时期三万人躲避匪祸上老婆寨，再到大炼钢铁砍了那么多大树作燃料，也没人敢打这棵皂荚树的主意，说着说着，夜就深了，才沉沉睡去。土桥人多古道热肠。山外人来卖瓜、卖菜，总是在皂荚树下扎了摊儿，不用多吆喝，就被土桥人看在眼里，不消多大工夫，就卖得一干二净。村里来了耍猴卖艺的，也都在皂荚树下支了场子，尽管表演就是，完了，自有人用瓢、升子端了粮食出来。无君子不养艺人。山里地少，粮食金贵，可土桥人从不会惜了粮食，冷了外地艺人的心。人常说，三尺头顶有神灵。土桥人觉得，人在做，皂荚树都看着呢。

土桥村因为交通不便，是深度贫困村。五年前，海关总署开始联系帮扶。工作队会同村“两委”，将分散在村民手中的土地流转集中，为期十年。在流转的土地上，先后建起五十五个温室大棚，种草莓、种香菇，为村民鼓起了钱袋子。而商定土地流转各项事宜、村民们签字按下红手印，就是在这棵皂荚树下；商量分红方案、领取分红款，还是在皂荚树下。

古皂荚树其实不是神树，不足以庇佑众生。然而在土桥人骨子里，早把它作为一个图腾。不在树上钉钉子、缠绳索、攀爬，更不能伤干卸枝。几对喜鹊在皂荚树上作窝，谁也不去捅。小燕择居富贵之地。不远处的村委会大院房檐下，两窝小燕儿筑了巢，叽叽喳喳的，和皂荚树上喜鹊彼此唱和，土桥人听来，不啻为天籁之音。即使小燕拉屎弄脏了檐下平台，谁都不烦，大不了拿张旧报纸铺上就是。大人们如此，也教育孩子们这样。过上了平安好日子，土桥人相信，这树，和这村里的主事人一样，都是他们的庇护神。

东方风来，土桥不少人也走出大山，在外拼搏，闯世界，东南到深圳，东北到吉林。先祖种了皂荚树、打了古井、修了土桥的李氏家族后人，每年的二月初二，即便身处异乡，大多也要千里奔波，回乡祭祖上坟。起先，是一年间生了男孩的人家，要在祖坟上放一挂鞭炮。后来男女平等，生了女孩子的人家，也要放鞭以告先祖。如今演变为凡是上坟祭祖的人家，都要悬一挂鞭炮，依次点燃，鞭炮炸响，可持续四十多分钟。

李氏祖坟不远处，就是古皂荚树。岁月无声，却悄然发生着沧桑巨变。古树亦无言矗立，静默见证着似水流年。土桥村更多人们，一生几乎不曾离开故土，于皂荚树下，看日出日落，云卷云舒。也总有他乡游子，祭过祖先，便又匆匆踏上旅途。然而无论漂泊再远，土桥都有他们的根，这古井，这皂荚树，牵着他们的魂。这里，有他们无法忘却的乡愁。

古风新景小山村

杜光松

从鲁山县城出发，开车东行二十多分钟，就来到一处繁华的街市，一座仿古牌坊雕梁画栋，上书“中州名镇张良”。牌楼下有一尊高大的张良塑像，手握管箫，双目炯炯，注视着人来车往。穿过商铺林立的镇区，向南再行十多里，一个襟山带水的村庄掩映在绿树丛中，其名曰杨李沟村。

走进村里，但见街道整洁，路面一尘不染，房前屋后花木茂盛，一片生机盎然。墙上画着五颜六色的山村童趣图，画面自然祥和，意境美好吉祥。你看，放风筝、跳房子、打弹珠、挑花线、推桶箍、打“皮牛”等图画栩栩如生，惟妙惟肖。几个顽童形态各异，或站或蹲或爬或跑，生动逼真，天真无邪，顽皮可爱，充满了浓郁的乡土气息，让人想起曾经贫穷而美好的童年时光。村中有一片空地，建起了戏台子。戏台子一面临白墙，墙上绘有戏曲脸谱，其余三面栽有铁柱，上面用钢管焊接起来形成回环，几盏大红灯笼高高挂起，迎风招展。一群穿着彩衣的大妈大嫂正在跳广场舞，音响里起劲地唱着“清晨起来打开窗，阳光美美哒；看着蝴蝶闻花香，风景美美哒……”

树绕村庄，水满陂塘。倚东风，豪兴徜徉。村文化广场上，有一个茅草覆顶的门楼立在那里，门口巨石上三个红色大字“孝道园”格外醒目。园内芳草萋萋，一条鹅卵石铺成的小路，弯弯曲曲，通向那座灰瓦红柱飞檐高挑的孝慈亭。亭下有石桌、石凳，几个老翁在悠闲下棋。不远处的农家墙面上，画着一些行孝尽孝的故事画，无声地传递着“百善孝为先”的懿行美德。村里的小池塘四周砌上石头，塘里种有莲藕、睡莲，碧绿的叶子有的浮在水面，像美人早上慵懒的梦；有的挺立水上，像少女撑开的伞。几只大白鹅和花鸭游弋其中，一会儿头扎入水里，荡起一圈圈涟漪，一会儿又扬颈抖羽，弄碎了这一池的清幽。

一处老旧的农家院落，被改建成“农耕园”。走进去，恍然时光倒流。那所土墙柴瓦的主房，历经风雨侵袭，满是岁月留下的沧桑。小院里，那个曾经供主人吃水的压井废弃了，默然无语；那辆曾经满载收获喜悦的架子车落伍了，弃之不用。院里南墙上，悬挂着铁犁、牛套、耧等多种农具，仿佛在回忆着什么、等待着什么。哦，对了，一定是在回忆西墙上画的画：担水、浇地、种麦、割麦、扬场，曾经的几千年农耕岁月，怎么转眼就成了历史。

走出这所院子，忽然又有了新发现。以前打麦场上常用的一个石磙早已不用了，放在一块空地的中间，上面放一个大碾盘当桌面，另有四个石磙立在碾盘四周当凳子，可谓老物新用，让人耳目一新。曾经被农人用来喂牛的长条石牛槽，不知道在旮旯处尘封了多久，如今也闪亮登场，里面装上些土、种上花草，俨然成了大花盆。曾经家家户户盛水用的大水缸也派上了用场，放在村子路边，里面栽上荷花，成了别样的风景。

“一方水土养一方人。”在这个小山村里，走出了罗亚中、罗三中两个博士兄弟，一个是国防科技大学教授，一个是清华大学教授。一门俩博士，成为杨李沟的骄傲。再加上从张良镇南街走出的中南大学校长、中国工程院院士田红旗，更成为张良镇的骄傲。昔有“汉初三杰”张良、韩信、萧何；今有“张良三杰”罗亚中、罗三中、田红旗，成为这里的人们津津乐道的话题。

谁都有磕磕绊绊的难心事、烦心事，遇上了怎么办、向谁说？这不，村文化广场的南边，有一座农家院，门楣上头挂着黑色牌匾，上写三个金色大字“说理堂”。门两边，也挂着黑色牌匾，“和谐社会好人多，明理村民矛盾少”人，古色古香的对联引人注目。推开朱红的屋门，一张老旧的八仙桌上摆着三个小木牌，分别写着“甲方”“乙方”“说理”，三把太师椅摆在桌子旁，成了人们“说理的地方”。墙上贴满了《北京日报》等旧报纸，还贴着村里德高望重的九个调解员名字、调解规章制度，给人一种肃静、庄重的感觉。

夕阳西下，在“杨李沟村健康步道”上，三五成群的人们在悠闲散步，就像城里人一样，生活的惬意写满了每一个人的笑脸。这条全长2.6公里的“健康步道”，沿途环境优美，全程设置健康标识，成了人们茶余饭后的好去处。

村南山坡上，几个风力发电的“大风车”在余晖里留下美丽的剪影。不远处，有推土机正在施工，据说是要建设一个生态养生养老基地，总投资二十多亿元，着力打造“农业＋文旅＋康养”田园综合体。我想，如果建成后，必定会是一道更加美丽的风景。

依依不舍离开杨李沟，绚丽的晚霞染红了宁静的山村，一群鸟儿正飞向绿树荫，叽叽喳喳归巢。身后，忽然又响起了激昂的旋律：“天也美地也美，美呀美美哒；山也美水也美，美呀美美哒……”

青条岭下元子陵

杨西仑

元结（719—772），字次山，北魏皇族鲜卑族拓跋氏后裔，祖籍河南洛阳，后随其父移居鲁山。元结为唐代文学家，曾任道州刺史，官至容州都督兼御史中丞。元结一生作品计有《元子》1卷、《猗玕子》1卷、《浪说》1卷、《漫记》1卷、《元结文编》10卷。元结作品多已散失，现有后人编刻的12卷本《元次山集》和《元次山文集》问世。

元结少年随父居住在今鲁山县马楼乡南部的商余山，度过了童年时光。元结17岁"受学于宗兄元德秀"，于天宝十二载（753）举进士。天宝十四载（755），安史之乱开始，为避难，元结全家先后辗转湖北大冶猗玕洞等地寄居。乾元二年（759），国子监司业苏源明向唐肃宗推荐元结，元结赴京献《时议》，肃宗授元结右金吾兵曹参军、监察御史、山南东道节度参谋。元结召集义军抗击史思明叛军，上元元年（760）守泌阳保全十五城，以功进水部员外郎兼殿中侍御史、荆南节度判官。广德元年（763）和大历二年（767），元结两度出任道州（今湖南道县）刺史。大历三年（768）夏，元结任容州（今广西容县）都督，后授左金吾卫将军兼御史中丞。大历七年（772）正月，元结赴京，4月不幸病逝，11月葬于鲁山城北青条岭泉陂原。

元结墓地处鲁山县与宝丰县、平顶山市石龙区交界的鲁山县梁洼镇泉上村北，当地人称“元子陵”，1981年11月被列为鲁山县文物保护单位，2004年被列为平顶山市文物保护单位。元子陵北接连绵起伏的青条岭，西有谷积山、母猪山，东望次山，南临风光宜人的古泉池。

青条岭，当地人多称“青草岭”。青条岭北接连绵起伏的马山、娘娘山。明代嘉靖《鲁山县志》载，“青条岭，在县北四十里，以岭自陕州而来，迤长如青条然，故名。元次山、孟良俱葬于此”。今元结墓犹存，但孟良墓已无考。不知县志关于孟良邻元结墓而葬的内容源于何种文本，孟良墓之无考却为我们平添了一段史料遗珠之憾。

谷积山有着独立的、圆圆的山头，如农家收割之后堆起的高高的谷垛；母猪山西伴青条岭，也因其形状而名之。

距元子陵数里之遥的梁洼镇楝树店村西大浪河岸边，有一座略显突兀的小山，这就是今属石龙区的次山。清代乾隆《鲁山县志》记载：“次山，青条岭之左，高仅十余丈，上建云台观，观口南与鲁山巅遥遥相对，右数里则唐元次山墓在焉，山之得名以元子也。”这座山紧邻南下的大浪河，东、北、西三面陡峭，好似拔地而起，北面有一道窄窄的石径向山下蜿蜒而去。南面山势稍缓，有曲曲折折的山道连通山上山下。站在山巅，登高望远，四周开阔，露峰山真的如同矗立在眼前。山顶平地建有一座道观，名叫云台观，当地人称“云彩观”。观内一座石碑因年代久远，字迹漫漶，云台观何时始建已无从考查。云台观经过近年的几次重修，计有祖师大殿、老君殿、广生殿和安阳宫等建筑，现已稍具规模，香火旺盛。“山之得名以元子”，大概这里和元子陵一样，也是元结生前曾经无限钟情和流连的地方，后人因怀念元结而名之，而云台观也许当时已有，抑或是后人据此而建，也不可知。

泉池原称泉陂，嘉靖《鲁山县志》称，泉陂“在县北青条岭东畔。其泉澄深莫测，下溉稻菜等类”，“以其处多泉水，而有陂塍故名”。泉池由条石砌为四方形，长约5米，深约2米，四周石栏石柱俱废，唯条石苍苔点点，虽风剥雨蚀，仍不失古朴风貌。过去，清澄的泉水自泉底细沙中向上翻涌，鱼虾游戏于浮萍之间；现在，由于地下水位下降，泉池已经干涸。泉边原有白龙庙，不知建于何时，后逐渐破败，曾被泉上小学用作校舍。现在，在原址上新建的白龙庙已接近完工，新建了五龙殿、玉皇殿，建起了钟楼，仅存的广生殿得到修葺，又在泉池之上建起亭榭，整修水塘数亩，以还其芦苇繁茂、绿树成荫之昔日风光。

元结一生酷爱山水，所到之地总爱寻访山水林泉畅游。“安史之乱”前，元结大半生陪伴其父元延祖生活在家乡鲁山商余山，其后元结出仕，先后游历各地。嘉靖《鲁山县志》记载，元结曾流连于古泉池，“尝乐此泉，后卜宅兆于此”。由此可见，元结对青条岭和泉池绮丽风光的钟情，而这也是他将长眠之地选择于此的真正原因。

元子陵地处三面环山一面临水的地理环境中。陵园中的元结墓四周由砖石砌成，土冢高约3米，周长15米。元结墓前原有唐代书法家、元结好友颜真卿撰书的《唐故容州都督兼御史中丞本管经略使元君表墓碑铭并序》石碑，“元季被兵暴毁，文字残缺”，后移至鲁山文庙（今鲁山一高老校区）存放，明万历四十二年（1614）建碑亭予以保护。元结墓前现存石碑为明代鲁山知县夏文璧嘉靖十年（1531）所立，上书“唐节度使元次山之墓”。元结并未做过节度使，为何墓碑上却写作节度使呢？原来，节度使为唐代官职名，总揽数州军政事务，后改称都督。元结虽未被授予节度使一职，但官至容州都督兼御史中丞，也就是说都督一职相当于节度使，所以墓碑称其为节度使。嘉靖《鲁山县志》写元结墓地“今竖石书镌‘大唐中丞元次山墓’”，所言之碑即此。元结文武兼备，历史上受到了鲁山人民的尊敬和爱戴，后世前来鲁山做官者下马伊始首先要拜元子陵，每年清明节要为元结扫墓。据清代嘉庆《鲁山县志》记载，嘉庆元年（1796）4月，鲁山知县董作栋置元公墓田，文曰：“青岭南泉陂，原唐元次山公墓一所，其域外为监生阎召业因捐俸买墓旁地十一亩五分充作元公祠田，按年收租，于清明节前三日备特羊庶品供礼，县官亲诣致祭。”

每年的二月初六，是元子陵传统的庙会日。旧时，赶庙会的人来自四面八方，士、农、工、商、兵、匪混杂其间，但从没发生过打架斗殴和盗窃抢劫等现象。官军甚至和土匪同座吃饭、看戏，俨然井水不犯河水的样子，但一出离会场，就会剑拔弩张，拼个你死我活。据说原因是他们慑于元公威仪，唯恐在此作乱招致惩罚。

关于元子陵古柏的数量，长期以来的说法是三十六棵，但据嘉庆《鲁山县志》记载，元结墓有“柏树三十七棵”。这些古柏为元结死后所栽，历经千年，粗壮挺拔，隐天蔽日，使元子陵透出神秘、庄严的气氛。由于古柏的栽植呈复杂的几何图形，进入墓地的人犹如走进一座迷宫，没有人能够数清古柏的准确数目。据说抗日战争时期，国民党十三军一部曾在此为数清柏树而大伤脑筋，他们用在树上贴帖子、系绳以及派人搂抱大树等方法都难以奏效，每次数得的结果都不一样。1952 年，当时的白象店区政府为建会议礼堂和学校，伐去古柏 15 棵，元子陵始遭厄运。1958 年“大跃进”，元子陵所余古柏全部被砍，为大炼钢铁，“浮夸风”将它们刮进低劣的炼铁炉中化为灰烬。

1949 年后，元子陵曾几次遭到破坏，同时也不断受到当地群众的保护。1986 年，群众在元结墓前修建元公祠堂 3 间。1992 年 9 月，附近群众扩大规模集资修建元子陵，至1994年冬，扩大陵园面积、重植苍松翠柏，建成5间大殿，撰文立碑介绍元结及其宗兄元德秀的功绩。建左右厢房8间，砌起全部院墙，长60米、宽35米的长方形院落已经形成，新植柏树已有26棵长成大树，为元子陵增添了生机。2010年，元子陵山门落成，雕梁画栋，金碧辉煌。元子陵坐西朝东，背依凤凰岭，前览轿杆山。元公祠堂里塑有曾任鲁阳县令的元德秀端坐抚琴的塑像，供奉着太上老君，却不见有关元结的记载。

人们习惯上称元结墓为“元子陵”，这种称谓对于元结或元德秀来说都不为过。但也有叫“元神仙坟”的，这恐怕就是单冲元德秀来的。元德秀为元结之宗兄，在唐代开元年间曾任鲁阳县令。传说元德秀在鲁阳城“撒布成桥”得名“元神仙”，又因“琴台善政”佳话又被誉为“元鲁山”。大殿内供奉有元德秀而无元结，二月初六又为“元神仙”生日，这说明很长时间里人们将“二元”混为一谈，将元结墓当成了“元神仙坟”。从历史文化角度来看，现在应该正本清源，还元结墓以本来面目，使后人正确认识元结其人其事，为鲁山拥有这样一位历史名人而自豪。

琴台善政元德秀

王　剑

一

唐朝开元年间。初春，鲁山县城。

一个人端坐在县衙门口。虽然一袭素衣，但眉宇间透显一股清气。他的身前，是一把紫褐色的七弦琴。他舒展手臂，轻拢慢捻，悠扬的琴声就像一群小鸟四散飞去。听到琴声，附近的老百姓聚拢过来，驻足细听。都是老听众了，对琴曲熟悉着呢。这时候，弹琴的人停了下来，问问张三田里的收成，问问李四家里的困难……

这个坐在县衙门口抚琴的不是别人，正是鲁山县令元德秀。

为了答谢这位“知心县令”，鲁山百姓集资，在城墙根下筑起一座琴台。从此，元县令就把弹琴和理政的地点搬到了琴台。全城的老百姓都是他的知音。每年秋天纳皇粮时，用不着士卒下乡催促，只要元县令抱琴登台，弹奏一曲《庆丰收》，老百姓就一传十，十传百，主动把早已准备好的优质皇粮送到县里。

“贤侯德政爱民深，百尺高台静抚琴。一曲清风弦上调，满腔和气轸中吟。伯牙昔日堪同操？单父当年不易心。高山流水非独乐，至今追慕仰德音。”一时间，元德秀“琴台善政”的故事，名扬天下，成为千古美谈。

二

元德秀的一生，是与一张古琴连在一起的。

元德秀，字紫芝，河南嵩县陆浑村人。开元二十三年（735），从军队退役的元德秀来到鲁山，担任鲁山县令。一张祖传的古琴，一颗滚烫的爱民之心。

鲁山地处偏僻山区，盗匪横行，虎患不绝。元德秀到任后，经常穿着布衣，一边帮百姓干活，一边察民情，访疾苦。他抚流民，修水利，兴农桑，治匪盗，夙夜在公，鞠躬尽瘁。一天的忙碌之后，不管再苦再累，元德秀都会坐下来，弹奏一段琴曲。琴声里，有他的充实和快乐，有他的理想和抱负。

元德秀在鲁山的威信，慢慢树立起来。许多人都想一睹这位亲民县令的风采，甚至连横行乡里的强盗，都对他佩服有加。有一次，一名大盗被捕入狱，点名要见元县令，请求说愿意不惜性命，杀死恶虎来为自己赎罪，从此弃恶从善。放，还是不放？很多人觉得，放的风险太大了，轻则丢官，重则身陷牢狱，一生的功名和前程就全毁了。元德秀经过慎重考虑，答应给大盗一个改过自新的机会。手下官吏劝他说："这或许是盗贼的诡计，您不怕受到牵连吗？"元德秀说："既然已经答应了，怎能违约？我愿承担一切责任。"放出去没几天，那名大盗果然背着老虎的尸体，回来见元德秀。全县群众闻听此事，无不啧啧称奇。

别看元德秀处理此事心软，可他一旦硬起手来，那真是神鬼不惧。有一年，元德秀一连受理了三起要案：周诚偷羊案、陈大年抗租案和王虎抢劫案。原告都是鲁山有钱有势、无恶不作的姚半县，而被告却是满手老茧、相貌忠厚的老百姓。元德秀觉得此事有蹊跷，于是就扮成老百姓的模样，到民间察访，终于弄清了缘由。原来，这三起大案都是姚半县强抢民女和百姓财产不成而进行的诬告。元德秀查知真相后，怒火中烧，断然拒绝了上司的说情，依法处决了姚半县。这件事一传开，鲁山的老百姓无不拍手称快。

元德秀的心中装着百姓，就连皇帝，他也敢得罪。有一年，唐玄宗驾幸东都洛阳，准备在五凤楼下举行大型会演。他诏令三百里内的刺史县令，都要亲赴东都献艺，优胜者将得到重赏。皇帝亲自安排的重大国事活动，这对地方官而言，那可是天大的事儿。于是，接到诏令的刺史县令，慌忙精选美女，赶制车辆服装。怀州刺史更是独出心裁，不仅让数百名歌女俱着绫罗锦绣，连拉车的黄牛都披红挂彩。唯独元德秀，不愿劳民伤财。他背着那把祖传的古琴，带着几名歌女，就步行去了洛阳。元德秀伴琴，歌女演唱，曲目正是元德秀创作的《于蒍于》歌。唐玄宗不愧是乐坛高手，他从元德秀的琴声中，听到了讽谏之意。演出结束后，鲁山所献节目获得第一名。唐玄宗不仅免除了鲁山百姓许多赋税和徭役，还赏给元德秀一笔丰厚的奖金。

一个草台班子的本色出演，硬是打败了几百人的“大歌舞团”。不仅夺得第一，还让皇帝当场罢免了一个高官。这种惊动朝野的大事，恐怕只有元德秀才做得如此完美。

三

在唐朝，元德秀是出了名的仁孝之人。他参加进士考试时，不忍心把母亲撇在家里，就背着母亲千里迢迢地进京赶考。他哥哥死得早，给他留下一个襁褓中的小侄儿。他没钱给这个孩子请奶妈，只好亲自喂养。

元德秀对自己很抠，一身布衣，缝缝补补就是一年。三碗素餐，凑凑合合就是一天。但他对别人却很慷慨。有时候，俸禄刚发下来，就给那些困难百姓买衣服和粮食了，自己则过着一日两餐，甚至一日一餐的生活。五凤楼演出结束后，唐玄宗赏给他一大笔钱，让他买田置地。回到鲁山后，他却将这些钱用于兴修水利、赈济百姓上。

鲁山任满，元德秀的破竹箱里，除了一匹薄布，再无分文。鲁山百姓见他空手而去，就簇拥到他乘坐的柴车前，含泪话别。元德秀拿出古琴，再次为百姓献上一曲《于蔿于》。车已远去，唯琴声袅袅，仍在鲁山的上空盘旋。

回到陆浑老家后，元德秀赖以度日的，也仅仅是祖上留下的数亩薄田。他的住宅不造围墙，不设门锁，也没有仆人小妾。碰上荒年，他有时整天都不烧火做饭。“缓步巾车出鲁山，陆浑佳处恣安闲，家无仆妾饥忘爨，自有琴书兴不阑。”饥寒交迫的日子里，陪伴元德秀的，只有那张不离不弃的古琴。

四

天宝十三载（754）九月，陆浑山突发山洪。与外界失联七天之后，元德秀饿死在了家中。

贤者凄凉离世，令人惋惜。诗人李华为他撰写墓志铭，诗人元结撰写墓表，大书法家颜真卿书丹，雕刻家李阳冰刻碑。这块元鲁山碑，被后世称之为“四绝碑”。

除了这块元鲁山碑，还有一块碑，就挂在别人的嘴上，熠熠生辉。

宰相房琯说：“只要看到元紫芝的面貌，我的任何名利之心都没了。”大文豪欧阳修说得更直接:“其志凛凛，与秋霜争严，真丈夫哉!”

今天，如果到南京小苍山的随园游玩，你会看到一副对联:“廉吏可为，鲁山四面墙垣少；达人知足，陶令归来岁月多。”对联称赞的廉吏，就是元德秀。

令人遗憾的是，元德秀的墓，现今已被陆浑水库淹没了。“才气英英元鲁山，功加上下倏思闲。陆浑题到贫而乐，为仰高风倚遍栏。”站在浩渺的水库前，我们恍惚又看到了元德秀端坐弹琴的样子。

琴声悠扬，像潮水，一遍一遍荡涤着我们的灵魂。

沉静的土地

李人庆

公园静谧地躺卧在县城西南一隅，不施粉黛，却丰姿绰约，仿佛是一首隽永的诗，能让喧嚣的万丈红尘退避三舍。

碧绿的草坪如茵似毯，鲜嫩的草尖上挂着露珠，像是一片会呼吸的土地。

月季花竞相开放，硕大的花朵一朵挨着一朵，挤挤扛扛，灿若云霞，宛若一片燃烧的烈焰。

青砖铺就的甬道，曲曲弯弯，恰如一片绿叶上的叶脉纹理，把整个园区巧妙地串在一起。园区中心，绿草鲜花簇拥着一处造型别致、再现汉代冶铁场景的群雕，形态逼真，惟妙惟肖，像是穿越了时空，一下子把我们带回到2000 年前。

一个人走了过去，又一个人走了过来。一对年轻的情侣挽手走过，一对踯躅的老人在咀嚼沧桑。

路边的石凳上，留着儿童攀爬嬉戏的笑声，也燃烧过爱的海誓山盟，散发着爱和被爱的温度。

一片月牙形的水域，波光粼粼，清澈见底，铺满天光云影。沿水池周围，形态各异的奇石随意布局，每一块又恰到好处。

一株需两人方可环抱的大柳树，虬枝盘错，树龄当在数百年以上，像一位耄耋老人，苍老但却健在，默默地垂首在路边，追忆古老的图腾。

宽阔的广场里，欢快的舞曲，曼妙的身影，一起汇聚成幸福的交响……

花与草，水与石，人与自然……它们和谐相处，用自己的语言交谈，一切都像是不经意的、自然的呈现，但我知道，这一切又绝对是精心的营造。置身于此，让人有一种冲动，想要在现实里复活古圣先贤，在唐诗宋词里氤氲一方净土。

这里是望城岗汉代冶铁遗址，是全国重点文物保护单位。现存的冶铁遗址东西长 1100 米，南北宽近 420 米，面积 33.5 万平方米，是一处汉代大型的冶铸工厂，其文化层厚 2—5 米，时间在西汉中前期到东汉，跨度约 300 年。

此时，天空是蓝的，是那种看了让人心静的蓝。漫步园区，放眼望去，绿草如茵，花开遍地，除了这儿一处、那儿一处大小不一、形状各异、铺着鹅卵石的“灰坑”“陶窑”，和其他的公园并没有什么太大的区别。可考古资料却明明白白告诉我，作为当时为数不多的大型冶铁基地之一，鲁山汉代冶铁遗址曾创造了四个世界第一：最大最完整的冶铁高炉，有一废铁块重约30吨，推测该炉需150人以上换班；出铁口与出渣口分开连续作业，能提高冶炼效率；利用自然河流作动力鼓风，节省劳力，推测若采用拉风箱鼓风需20人合作；首次发现填料工作台，设计科学合理，冶炼高峰时期，窑炉应在30座以上，其冶炼工人当在5000人左右。

这不能不让人惊叹！闭上眼，可以想象得出当时劳作的盛况。也难怪，古人善于依河而居，而这座大型的冶铁工厂，西依八百里巍巍伏牛山，东瞰一望无际的黄淮平原，紧靠碧波荡漾的大沙河，智慧的先人必是看中了这里优越的地理位置，当然还有那丰富的铁矿石、茂密的森林资源。于是，也就有了当时最大的冶铁工厂横空出世，伴随着奔腾不息的沙河水，兴盛数百年。仅目前出土的就有炉渣、炉壁及鼓风管残铁、泥模范块、矿石块、矿石粉以及墓葬、陶窑、水井、水渠、贮水池和一处椭圆形炉基及其相关遗迹，是继20世纪70年代郑州古荥河汉代冶铁遗址后又一重大发现。

岁月承载了历史的脚步，城市积淀了文明的精华。一件件出土文物，辉煌着一个朝代，也辉煌着一个民族的文明。徜徉在冶铁遗址公园，我总是把脚步放得很轻很轻，生怕一不小心踩醒了脚下那熊熊燃烧的炉火。恍惚中，我似乎能听到冶铁工人粗犷的号子，能看到炉火熊熊、铁花四溅的繁忙场景，还有那一个个智慧而勤劳的身影。不远处，亘古流淌的大沙河水碧草青，练带般擦身而过，它历经了当年的喧嚣，穿越历史的烟云，伴随着这片古老而年轻的土地，一路奔涌，吟唱着一首无法抵达的民谣，一直走到了今天。

“谁家玉笛暗飞声，散入春风满洛城。”行走在这片沉静的土地，地面之上，是绿的草，是鲜的花，是蜂飞蝶舞，是郁郁葱葱、生机勃勃。泥土之下，那被岁月封存2000多年的秘密，那看不见的厚重文化，一定有着说不完的故事，这故事，长在青青的草尖上，鲜艳的花朵上，嫩绿的叶片上，还有情侣的呢喃中，老人的笑靥里……传递一种古老而博大的情愫和特有的厚重，随时光推移，历久弥新。

走在这沉静的泥土之上，后人的脚步会愈加坚实，愈加豪迈，道路也会愈走愈加宽阔。

（原载《平顶山日报》副刊2021年8月24日）

清洁明亮思敬时

郭伟宁

二十四节气，或言节令，或言农事，或言物候。唯有清明，描摹的是天地一片洁净明丽之景象，最富有浓郁的诗情画意。

平顶山地处中原，时令特征最为明显。清明节到来，真正的春天才真正丰满热闹起来。清明时节天气清澈明朗，“吹面不寒杨柳风”，今年的清明，正是夏历的月初，月似蛾眉。此时，草木青青，繁花满枝，风里也就带着花的氤氲气息，混合了泥土和青草的味道。在清明的胧月下深吸一口好风，心就醉了。

“百花如旧日，万井出新烟。”清明，正宜郊游踏青，探寻春天气息。踏青春游习俗的记载最早见于唐代，“江边踏青罢，回首见旌旗”“况是清明好天气，不妨游衍莫忘归”。踏青之风，于宋时更为盛行，其盛况，于张择端风俗画《清明上河图》中可以窥见一斑。

木本中，最早感知春天来临的是柳树。雨水前后，降雪让位于雨水。几场细雨，频频催促春事。在料峭春风里绽发第一枝嫩芽的，就是柳树。清明，阳光已经稍显燥热。俗语有云:“清明不戴柳，红颜成皓首。”一句俚语，最揪爱美少女少妇的心。踏青途中，戴一顶柳条编制成的帽子遮阳，引得大家纷纷仿效，竟成为一种时尚。

都说桃木可以辟邪。其实，若论避凶趋吉，自古老百姓心里装的却是柳树。柳树被称为“鬼怖木”。把柳植入人心，可以驱鬼辟邪。清明、中元和十月初一为三大鬼节，人们认为，这是百鬼出没讨索之时。郊游踏青，顺手攀折几枝柳条，或于掌间把玩，防止鬼的侵扰迫害，也可带回家插在门楣、屋檐上，以避祟邪，祈愿福佑。清明戴柳插柳一时蔚然成风，以至于北魏贾思勰《齐民要术》里一本正经介绍生活经验:“取柳枝著户上，百鬼不入家。”

这些年，鲁山地绿了，山润了，水清了，空气也清爽很多，同栽树有着莫大关系。而清明时节，正宜植树。清明插柳，也植柳。柳成荫，树成行。于今，人们一波一波出行，人们依然保留清明植树的习俗，栽下一棵棵小树，也就把对幸福生活的追求深植土壤。

“桃之夭夭，灼灼其华。”桃花开得好，惜花期短暂。而清明前后，正是桃花争妍时节。唐代冯贽《云仙杂记》:“洛阳人家，寒食装万花舆，煮桃花粥。”食桃花粥的习俗，至清初犹存。斯时，以新鲜之桃花瓣煮粥，桃花的红艳，可入腹，再到脸颊。听一曲孔尚任《桃花扇·寄扇》:“三月三刘郎到了，携手儿妆楼，桃花粥吃个饱。”心中该生起多少家国兴亡的慨叹。

清明前后，燕子飞时，风也生香。秋千就在这暖风里悠悠荡荡。《艺文类聚》记载：“北方山戎，寒食日用秋千为戏。”我儿时生活的乡村，总要在繁华大街搭设一架高大的秋千，男人们踊跃参与，艺高胆大者，可以荡到秋千平梁，常引得人们阵阵赞叹。这是男人们的天地。我们女孩子不敢涉足，外婆就在小院里搭好一个小小的秋千，底部是一块木板，平展展的，坐上去一点儿也不硌屁股。我和小伙伴们轮流坐上去，在大家的推送下，荡来荡去。一副秋千，承载起太多少男少女的欢乐。可这样的欢乐，在古代其实是一种奢侈。旧时，只有富贵人家，在深宅大院里用皮绳架设秋千让孩子们嬉戏。有道是，“墙里秋千墙外道。墙外行人，墙里佳人笑。笑渐不闻声渐悄。多情却被无情恼。”而这样的机会，也仅仅在清明、寒食节前后才能享有。

春和景明，风暖得早，正月里就能零星看见风筝飞。可真正风筝多起来，还要等到清明前后。清明放风筝的习俗起源于何时已无从考究，但风筝在平顶山却有着悠久的历史。传说，春秋战国时期，平民圣人墨子和鲁班曾比赛放飞木鸢，后人将他们比巧的山叫作风筝山。2019年清明前，中国墨子文化之乡鲁山县举办了首届“纸鸢节”，如今已举办了七届。

中国人敬天法祖、慎终追远，敦亲睦族，清明节祭扫坟墓，谓之对祖先的“思时之敬”，被归入五礼，成为常式。先秦时期，墓而不坟。大约从秦汉时有了墓冢，族人即每年前去扫墓。汉代严延年清明节还归东海郡，千里远行，只为祭扫坟墓。自唐之时扫墓，尤重清明。明《帝京景物略》载:“三月清明日，男女扫墓，担提尊榼，轿马后挂楮锭，粲粲然满道也。拜者、酹者、哭者、为墓除草添土者，焚楮锭次，以纸钱置坟头。望中无纸钱，则孤坟矣。哭罢，不归也，趋芳树，择园圃，列坐尽醉。”清代人们扫墓，一在寒食，一在霜降，大概是送食以供果腹，送衣以御严寒之意吧。而寒食就在清明前一天，清明节便成为祭扫凭吊的不二选择。这一传统一直延续至今。2008 年，国家更是将清明节正式确立为法定节假日。每逢清明，祭扫祖茔，凭今追昔，感念亲恩，珍惜把握当下，才会无论走到多远，都能记得根本之所在，洞悉脚下的路。

“清明前后，种瓜点豆。”中原大地，庄户人家正忙着春种。油菜花开得正耀眼。麦田里可以听得到小麦拔节的声音，清明，小麦孕穗，也孕育了丰收的喜悦。斯时，立于天地间，看所有美好与希望都在这清洁明亮中孕育生长，心生感慨，伫立无声，胜过一切语言。

七夕守望

尹红岩

迢迢牵牛星光灿，皎皎织女银河闪。人们谈到传统节日七夕，就离不开牛郎织女的传说，而要谈牛郎织女传说，就不能不提其发源地鲁山，即被称为牛郎故里的鲁山县辛集乡孙义村。这里不仅积淀有丰厚的牛郎织女民俗文化遗存，还拥有一代代热爱牛郎织女文化的守护者。作为一个鲁山人，我很庆幸，自己能够生长于这片历史悠久、文化底蕴厚重的故土，从小就能听到民间流传的牛郎织女故事。作为中国四大民间爱情故事之首，熠熠闪光的牛郎织女文化也让鲁山随着它名扬海内。

鲁山，古称鲁阳，因城地处鲁山之阳而得名，而距离鲁山县城最近的鲁峰山，漫山遍野都飘散着牛郎织女文化的清香。鲁山的牛郎织女活动遗迹，一为鲁山城东鲁山坡之牛郎洞、九女潭及其周围；二为县城西北背孜乡之九峰山，又叫九女峰；三为县城西部下汤镇朝阳观山之九女洞。这里洞、潭、山三处遗迹呈三角形分布，各相距 25 公里开外。牛郎织女的结合，让鲁山自此开始养蚕，造福人民。鲁山养殖柞蚕的蚕倌，每年都要祭祀蚕姑奶奶，就是玉皇大帝的九女儿织女。据传织女不断把天上的仙物带到人间，造福人类。后来牛郎升天，他自然就被故里乡邻奉为庇护神，而牛郎洞则作为农耕人家必祀的场所。

七夕节夜晚，人们可以在葡萄架下听牛郎织女说悄悄话。现如今更有人说“牛郎坟前葡萄甜”，这里的葡萄肉厚、色鲜、味甜，难怪辛集乡万亩葡萄能成为远近闻名的品牌葡萄，我想一定是和这里的地缘有关。牛郎织女被孙义村的孙氏后裔敬奉为祖先，写进了家谱，供奉在鲁峰山瑞云观里。他们在自己开创的地域上享受着后人的祭拜，为后人留下了丰富的财富，护佑着后裔和一方乐土，这便是鲁山的牛郎织女，牛郎织女的鲁山。

悠悠岁月，沧海桑田，鲁山人以农耕、畜牧、丝织为主，创造了灿烂的耕织文化，也塑造了牛郎织女的奇缘爱情故事。古老的人文历史、丰厚的遗存遗址，把美丽鲁山的民风、民俗、民情、民事浸染得更加独特而浓郁。牛郎织女传说正是鲁山人崇尚勤劳勇敢、和睦团结、丰衣足食、夫妻恩爱的幸福生活写照，时至今日依然具有鲜活的生命力。七夕民俗文化之所以能够如此经久不衰，鲁山乃至各地的民俗文化守望者功不可没。

孙义村村民是守望牛郎织女民俗文化的主体。村里的“许四妮”们，多是不认识字的农家妇女，仅凭母亲、亲戚等的口耳相传，竟能演唱上百首与牛郎织女有关的民歌、民谣，把这些珍贵的原生态文化元素保留下来。文学艺术界的朋友们竭才尽智，挖掘整理出诸多文字、声像、资料、文献、遗存等，让传说变成了看得见摸得着的实体，为后人继续研究、挖掘提供了依据。鲁山县委、县政府更是投入资金，制定牛郎织女文化长期保护、开发规划，使这一文化瑰宝得以传承。自 2009 年始，鲁山官方和民间年年都举办各种形式的七夕文化活动。正是有了这么多人的守望，鲁峰山一带才保留了如此多牛郎织女文化的活化石。

道义的守望一定会有意想不到的收获。从 1997 年 8 月鲁山坡瑞云观牛郎织女文化遗址被确立为县级文物保护单位开始，二十多年来，在众多文化守望者的不懈努力下，鲁山七夕民俗文化的品牌越做越大，最终做成了国字号的品牌——2009 年 2 月 18 日鲁山县被正式命名为“中国牛郎织女文化之乡”。这是对鲁山厚重历史文化及民俗文化的充分认可，是对怀着拳拳之心的文化守望者的最大回报，是鲁山非物质文化遗产保护史上的一座丰碑。

去年，过去一直由县级主办的鲁山一年一度的牛郎织女七夕民俗文化活动一跃升级为由中国民协和河南省文联主办，上升至国家级重要民间民俗文化活动，让七夕守望者们无不激动欣慰，奔走相告。当前，鲁山县委、县政府制定的打造“三都一地”新战略，即智慧之都、家纺之都、花瓷之都和牛郎织女爱情圣地，将以鲁山坡为中心向周边辐射，把鲁山打造成更具美誉度的爱情圣地。

牛郎故里鲁峰耸翠钟灵毓秀，这里的文化守望者与金钱、利益扯不上关系，更多的是默默奉献，是一种纯粹的喜欢，是一种执着的守护，是一种精神的传承，是一种保护民俗文化的情怀。是他们的存在，让我等后辈增强了文化自信，让牛郎织女这朵文化奇葩永远绽放，传唱千古。

（原载《平顶山日报》2018 年 8 月 15 日）

梨岭飘香奏春曲

王晓静

早春三月，春光如精工绣作的云锦漫天铺开，当春雨染过黛青的山野，梨花便如雪雾氤氲了天地，点染开早春如诗的画卷。梨花的香气缠进风的骨头里，在漫山遍野飘荡来去，我就在这香气里走进了董周乡的万亩梨园，欣赏这天地间惊心动魄的大美。

一

彼时，正是董周乡一年一度的梨花节，小路上游人如织，人们都面带微笑，一脸微醺，像是已经醉在这馨香暖风和冰雪花海里。浅金的春光自枝丫间轻泻如水，在地上投下一片斑驳的支离破碎。万千梨树不负春光怡然盛放，仿佛凝了一树的冰雪皎玉，远望如白色轻雾笼于半空中，近看玉树琼葩堆雪。天色明净，日色如金，婉转滴沥的流莺飞起时惊动了天际下流转的晴丝袅袅，如斯韶光，不禁让人想起诗句“千树梨花千树雪，一溪杨柳一溪烟”。一场风过，万顷梨园恍如云上仙境，飞雪蔽日。

听同行的蔡庄村支部书记段瑞强说，每年董周乡梨花节伊始，各地游客便逐香而来，流连在花树下，沉醉在春风里，很多游客还要来了果农们的联系方式，准备8月来买梨。董周乡的梨花节以花为媒，会天下友，也打响了董周酥梨的品牌。走着走着，梨园深处出现一个果农，戴着宽檐帽，拿个毛掸子正在给梨花授粉，通过聊天才知道，这个朴实的农家汉老张可是一个拥有五十亩梨园的种梨大户，而他的经历也像这虬曲的梨树枝干一样生满了枝杈。

那年，面对贫瘠的土地，他掉泪了，已经尝试着种了板栗、大豆、棉花等农作物都以失败告终，村里已有好几个青壮年去外地卖丝绵了，他们也劝他：“走吧，别守着这穷山了，孩子们要吃饭，老人们要照看，树挪死人挪活啊。”他跟着他们走了，可离开家乡的他们就像凄惶的候鸟到处飘零，心里始终挂念着故乡的云，故乡的风。一次偶然的机会，他们发现山东莱阳的山川风貌跟家乡很像，而这里的人们衣食无忧，因为他们不种粮食，而是种梨树。于是，买了几棵莱阳的梨树苗，他们回到了家乡，成了最初的种梨人。那时还没有钩机，他们就拿着镢头一下一下地刨土，满是碎石的山坡吮吸着他们的汗水，也捧出了献给他们的果实，这是对他们艰苦奋斗最高的敬意。

那时的五里岭只是贫瘠的小丘陵，满地碎石挤在一起，但是依着昭平台水库，水库的水滋养着梨树的根系，满是碎石的土层下面是黏土，透水性高，保墒性好，而水库与周围山脉形成了独特的小气候，空气湿度大，降雨量多，适合林果生长，这一同造就了集天地灵气的五里岭酥梨。果农们用布满血泡的手捧起梨一咬，欢喜的泪水也迸发而出，成功了！终于不用再背井离乡了！这片热土没有亏待他们，虽然这过程要付出艰辛，但勤劳朴实的人们相信天道酬勤，付出和收获总是会成正比！

慎山松，因儿子意外事故一贫如洗，他种了6亩多梨树，靠卖梨还完了所有外债，一步步脱离了生活的泥淖。李小钦，曾是个下岗职工，承包荒山后，平整土地，修路筑堰，栽树施肥，精心管理，如今已由“负翁”变富翁。像他们这样的村民还有很多，他们没有被艰苦吓退，没有在满山的石头前退缩，而是靠着一镢头一镢头地刨，硬生生将荒山种上了绿海般的树苗。这种“不等不靠、敢想敢为、坚定坚韧、向善向上”的“石头缝精神”，体现了他们勇于面对困难、始终追求梦想的精神力量。

群众的自发创造，引起了县领导的重视，林业等部门和董周乡党委政府经过充分调研，征求群众意见，规划了五里岭特色经济林长廊。通过土地流转方式，实现了林果种植由散户向种植大户的集中，乡里还经常邀请专家来讲解、举办经验交流会、组织外出观摩学习，使果农们通过学习提高种植水平。目前全乡种植面积达到 6 万多亩，各种林果品种 30 多种，建成了五里岭酥梨产业园区，酥梨年产量达 1.5 亿公斤、产值达 3 亿多元，是豫西南最大的酥梨种植基地。

段书记说，俺们这儿的老百姓有股不服输的劲儿，上年夏天大旱，乡政府帮果农们抽水，果农们要把水运走浇地，一段路五六里地，一次只能运 2 大罐水，只能浇 3—5 棵树，百姓们就一趟趟地来回奔波运水浇树，伏暑天啊，真是不容易！

我听着，脑海里画面不由浮现：骄阳下，嘴唇干裂的村民们甩着汗珠，驾驶着三轮车，匆匆往返在运水的路上。他们是把梨树当自己的孩子对待啊！如果万物有灵，正是这战天斗地、艰苦奋斗的精神感动了上苍，才赐给了他们比蜜甜的果实。董周酥梨有多甜？段书记说种植面积最广的品种红香酥，是从新疆库尔勒梨发展来的，但比库尔勒梨的甜度高，酥脆可口，纯甜无渣。广受欢迎的除了红香酥，还有秋月、玉露香等，每种都甜度高、水分大，玉露香还在 2013 年获得“中国梨王”称号。

二

说话间，来到了董周乡蔡庄村支部。蔡庄村所处的五里岭，是董周乡核心种梨区域，这里的村部也和别处不同，窗明几净，诗意盎然，满园梨花疏影横斜。一个村民正在门口坐着，一看到段书记赶紧迎上来说："书记，一会儿快去俺园里看看吧，没有你把关，俺心里总是不踏实。"段书记笑道："把我绑你们园子算了，上次我开科技讲座你不去听，现在天天瞎担心。"村民挠挠头不好意思地笑了，春日温煦，梨树下的风轻轻吹着，我忽然对这个面色黝黑的段书记有了探询的兴致。

段瑞强，一个蔡庄村土生土长的农民，却被村民们亲切地叫作"梨园保姆"。他最初种植时，嫁接、疏枝、杀虫……很多困难接踵而至，缠得他透不过气，也激起了他的倔强。他是个爱读书也爱钻研的人，孤灯如豆的晚上，他"哗啦哗啦"地翻看着《果农之友》《中国果树》等科技杂志，丝毫不顾蚊子的肆虐，钢笔用旧了一支又一支。厚厚的几个笔记本记载了他的果树种植心得，也闪烁着追梦人辛勤的汗水。他的果树结果了，果子最大最稠也最甜。但是他并不满足现状、止步不前，而是多次赶赴郑州、安徽六安等地向专家学习，十年时光如驹，经他引进的新优梨树品种有10余个，引进的梨树苗有20多万棵。他通过研究学习，深知脚下的这片土地是种梨树的天赐佳壤，他怀揣着一个梦想：要种出最优质的梨。新品种引进后，他先在自家承包的荒山上试种，精心管理，细心观察，像呵护婴儿一样呵护着梨树长大，最终试种成功。

先富起来的他没有忘记乡亲们，段瑞强一有空闲就到乡亲们的果园里去转悠，并开办科技小讲堂，将栽培管理、虫害防治等技术毫无保留地传授给大家，还热心地将试种成功的优良品种推荐给乡亲们种植，让他们少走弯路，提高种果成功率。其中由他从郑州果树研究所引进的红香酥梨、皇冠梨已经成了董周乡主要的栽培品种。在他的示范帮助下，酥梨产业持续蓬勃发展，产品远销国内外。

段瑞强是农民里为数不多戴眼镜的，那厚厚的眼镜让他看起来像个文弱书生，但那黝黑的面容和粗糙的双手又让他像个农民，这是每个初见他的人都困惑的地方。如今，这些困惑都得到解答，他是农民里的知识分子，他的智慧之处在于用科学改变命运，而他的无私之处在于将科学的种子惠及乡亲。

段书记指着远处连绵起伏的山岭，微笑着说：“看，那就是五里岭，多像一条龙，我年轻时的梦想就是把这片荒山都种上果树，让乡亲们都不再受穷。”他笑着，眼里溢满了得偿所愿的幸福和满足。

说话间，村民捧来了一盘酥梨，阳春三月哪来的梨？诧异间段书记解释道：“这是保存在保鲜冷库里的红香酥，上年秋天储存到现在，味道一点都没变。”

这就是大名鼎鼎的红香酥，也是董周乡主要种植的品种梨。眼前的红香酥状若纺锤，青黄色的表皮透出淡淡的红晕，像是羞红了脸。削去那薄薄的外皮，露出了如冰似玉的雪白果肉，切好后就像一瓣瓣月牙静卧在盘中。想起汪曾祺先生写梨花“都说梨花像雪，其实苹果花才像雪。雪是厚重的，不是透明的。梨花像什么呢？梨花的瓣子是月亮做的。”我想，汪曾祺一定没见过红香酥，见了后就知道那月光凝成的梨花瓣凋谢后结成的果实才像月亮，晶莹剔透、玉雪无暇，而且，月色无香梨有香。轻轻一咬，“咔嚓”一声，清甜甘润的汁水便溢满了口腔，这种甜不是蜂蜜的齁甜，也不是水分过足的淡甜，而是恰到好处的清甜，沁人心脾，润人肺腑。闭上眼静静吮吸着梨汁，你能品出那春天的云舞、夏天的浓荫、秋天的酝酿、冬天的归藏，果然是天地灵气宠爱的佳果，这也是自然馈赠给勤劳人们的厚礼。

听段书记介绍，这里梨的品种多达 30 多种，支部的几个党员一商量，便推出了创意品牌“鲁山九颗梨”，只见精致的礼盒被分成九宫格，每个格子里静卧着一颗精品梨，每个都来自不同品种，下方还标着它们的名字：牛皋梨、元结梨，德秀梨……九颗梨对应九位鲁山历史名人，不仅展示了鲁山悠久的人文底蕴，更以文化赋能强化品牌价值。奇妙的创意将果实融入了厚重文化，品味不同甘甜时滋味便更觉悠长。“鲁山九颗梨”一盒卖 99 元，一在网上售卖便销售 9 万多盒。

三

出了村支部，便来到蔡庄村远近闻名的“梨享欢乐谷”。一看到这么多游乐项目，我不禁童心大发，将所有项目玩了一遍。跨上林间小火车，哐当哐当声响起，笑声也穿梭在这片香雪海中，头顶的花枝如珠玉累垂，笑脸映着花朵也变得娇艳起来，微风拂过，梨花落了一怀，兜了满袖馨香下车，心情仍飘荡在风中；一座高入云霄的摩天轮赫然出现，这可是鲁山县首座摩天轮。登上去坐定，随着缓缓上升、降落，俯瞰这几万亩梨园，不禁感叹大自然的鬼斧神工。只见阳光铺开金色的舞毡，所有盛开的花朵都在风中跳起了舞，那一树树洁白的花朵，仿佛一千朵云在聚会；还有那五彩滑道和射击场，一直引得游人惊叫连连、欢声不断。“梨花风起正清明，游子寻春半出城”，在这样美好的春日，和家人来此赏花游玩，心情也如浮云悠游自在。蔡庄村挖掘梨园的农旅价值，让酥梨种植和乡村旅游“双翼齐飞”，段书记说春天人们都来看花，秋天都来园子里摘梨，去年国庆节一天只摩天轮就卖了7千多元的票。

不远处有两个干部正在询问摩天轮的工作人员，认真在本子上记录着。段书记说：“这是我们董周乡的乡长和俺村的驻村第一书记，他们都是有故事的人。”

乡长刘东阳是下汤镇调过来的，下汤镇的桃花远近闻名，工作经验丰富的他从桃花盛开的地方来到梨花烂漫的地方，很快便提出“要办好梨花节，以花为媒，发展酥梨产业”的工作思路。

董周乡的酥梨产业发展跟政府的支持有密切关系。去年夏天大旱，梨树的叶子都蔫头耷脑，果农们急得嘴角冒泡，天天盼着下雨。因为梨是一种需要大量水分的果树，如果缺水，梨的表面就会出现裂纹，俗称“梨炸了”，炸过的梨外表难看，销量会大受影响。面对严峻的天气状况，乡政府高度重视，迅速采取措施，组织党员干部在荡泽河畔设立“抗旱保收服务群众取水点”，购置了5台汽油抽水泵，500多米的水管，每天从早到晚为群众免费提供服务。水“咕嘟咕嘟”被灌进土里，梨树们拼命吮吸着清水，枝叶舒展开了，果农们的眼泪也掉下来了，段书记说，很多果农都念叨着政府送来了“及时雨”。乡政府还经常组织林业专家来传授果树种植技术，给村里培养了一大批“土专家”，连方城、叶县等外地的果农也闻名而来，邀请果农们去剪枝、传授经验。乡政府还经过多方争取在五里岭酥梨产业园投资建设大型保鲜库，这无疑给果农们吃了“定心丸”。

蔡庄村是幸运的，驻村第一书记王政远是海关总署派来的，年轻的他就像一缕海上吹来的风，给这座山野间的村庄带来了时代的气息。段书记说：“我们也听说网上卖东西销路更广，可都不知道怎么在网上卖，怎么卖才不会亏钱，而驻村帮扶工作组来了后，这一切都不成问题了。”好酒也怕巷子深，梨香更需识货人，帮扶工作组不仅协助设计了酥梨网络销售的包装、流程，还积极对接采购方资源，一起探索建立了酥梨自动化分拣中心、品控中心，还在淘宝开设了“蔡庄酥梨”店铺，成立了农村电商俱乐部，鲁山酥梨不仅“游下山”，更搭乘上了“互联网 + ”销售的快车，销往了天南海北，上年蔡庄村酥梨累计销售额达 76 万元以上。

而王书记到蔡庄村做的第一件事不是网络销售，而是邀请浙江乡研所团队实地考察，初步形成了村庄建设发展的概念性规划，以“一带一环五区”的设想，为下步发展铺开一幅锦绣蓝图。此外，王书记统筹多方资源修建梨园生产路、沥青生活道路 10 余公里，修建酥梨种植抗旱提灌设施，建设下水输水网，设置出水口，从根本上解决了困扰酥梨产业发展多年的“路”和“水”的问题。

王书记爱着这片土地，也爱着土地上的人们，他发现村民们白天在果园里忙碌，晚上就聚在一起打牌。为了丰富群众精神文化生活，但考虑到村里老人孩子居多，阅读纸质书多有不便，他便积极对接喜马拉雅听书，在蔡庄村建设“乡村图书角”，引入有声图书馆，让村民们在家门口扫码即可在线听 2 万多册书籍，不仅充实了乡村文化阵地，更点亮了乡村文明新风。

2022 年，王政远被评为河南省优秀驻村第一书记，而蔡庄村也被评为“五星支部”，实现了产业兴旺、生态宜居、文明幸福、平安法治、支部过硬的“五星”目标。放眼望去，万亩梨树随风摇曳，花开似锦。厂房车间拔地而起，百姓安居乐业，处处焕发勃勃生机。

四

不舍地告别晚霞和夕照，告别这片香雪海。回程的路上偶遇一位须发皆白、长髯飘飘的老人，段书记说这位老人已经百岁了，而这样的高寿老人仅蔡庄村就有五六位。

这是片饱含灵性的土地，气候适宜，空气含氧量高，土壤富含硒、钾、铁等元素，硒能提高人体免疫力，对癌症具有抑制和防护作用，具有抗氧化功效，能清除人体内的自由基，还能预防白内障。这里的人们呼吸着新鲜的空气，吃着富硒梨，怎能不寿命绵长？

段书记望着如云海般覆在山岭上的梨花，悠悠地说："五里岭酥梨已经成为国家农产品地理标志保护产品，打出了知名度，今年我们请了河南农大、西北农林大学的教授们前来查看研讨，准备做平顶山市第一个数字林果业，梨园的明天一定更美好。"他的眼光深邃，闪烁着星光。

我不禁想，这片曾经荒僻贫瘠的土地硬是被这群可爱可敬的人们打造成了蜂飞蝶舞、十里飘香的花果山，这一切都离不开吃苦耐劳的百姓、大力扶持的党委政府、朴实无私的先进党员和倾力帮扶的驻村工作队。在董周乡乡村振兴的这场战役里，他们每个人都努力散发着微小的暖意，这些暖意最终汇成席卷苍穹的浩荡春风，吹遍了山峦河流，吹开了万千芳蕊，吹熟了累累硕果，吹奏出一首激昂动听的春曲。

峨眉山的滑竿

李健伟

峨眉山是中国四大佛教名山之一，风景独秀，山色宜人，以其独特的魅力吸引着成千上万的游客。这里的一山一石，一草一木，都流淌着我们民族源远流长的文化血液。置身于这秀丽的环境，怎能不叫人心旷神怡，感慨万千呢？怀古之情油然而生，咏吟之意悄然而至。然而，我这次游览峨眉山，不仅仅沉醉于迷人的美景给人带来的种种感受，更让我产生最大兴趣的，却是峨眉山的滑竿。

滑竿实际是一个座椅。能张能合，使用方便，制作简单。两根胳膊粗的竹竿中间有两根横杆，横杆中间张着尼龙布，人可以坐在尼龙布上，腿搭在前横杆上，后横杆处还有个竹枕，乘客似坐非坐，似躺非躺。滑竿的两头还各有一个横抬杆，是一前一后两个抬竿人肩扛的地方。峨眉山的滑竿就像都市的“面的”一样，随处可见，当你走下中巴车开始爬山，刚刚卸却在闹市区里闷热、繁杂、枯燥等等的一切载荷，想把整个身心投入大自然的怀抱时，便会被一阵阵的吆喝声吸引。

“滑竿，坐滑竿啦，每个滑竿 20 元！”吆喝声由远而近，此起彼伏。随声望去，只见山上跑下来一帮年轻人，他们两个人一组，一个人把滑竿横挎在肩上，用手抱着。另一个人招呼着上山的人，“同志，坐滑竿嘛，好舒服，好便宜！”见有犹豫的游客，他们便立即把滑竿张开，摆出让人乘坐的架势。

游客们刚刚上山，乘坐的不多，偶尔有一两个小孩在大人的簇拥下坐上了滑竿。然后，两个年轻人抬着上山去，看到小孩们半躺在滑竿上，在荡荡悠悠中那种乐哉悠哉的神情，我觉得好玩。

就这样边走边看，不知不觉半个小时过去了。虽然细雨蒙蒙，凉风习习，但额头上已慢慢散发热气，浑身上下也汗津津了。时而还看见有人索性坐在较宽的道路边上歇息。这当儿，那些还没有揽到生意的抬竿人便来了精神，他们有的一边跟着游客们上山，一边仍滔滔不绝地介绍着，劝说着，很诚恳；有的干脆围上那些在小道边歇息的游客，站在他们身边揽生意，那耐心劲和近似乞求的神态真令人感动。“坐嘛，请照顾一下我们的生意喽，不要不好意思嘛，舒服着哩。这里离山顶好远好远呢，不坐滑竿，您很难登上金顶，来峨眉山不到金顶，那算白来了。”

那些体力不支或上了年纪的人慢慢地动摇了，他们喘着气讨起价来：“20 元，太贵了。”

“贵？我们是出力的，挣的是力气钱，不容易啊！喝瓶‘水’还要几块呢！”抬竿人不肯轻易降价。

“那，我们坐不起。”

“好，我便宜你5元钱，每个15元可以吧？”抬竿人因势利导，先压价，话头上占了上风。

“不,10元钱！”游客们想乘又不想乘，还在有意杀价。

“太便宜了，不行啊。”

“不行，我们不坐了。”游客们毕竟还有精力，话头挺硬的。

“好！好！来，坐吧，10元钱，我们也抬了。”抬竿人耐不住性子，急于揽下生意。

我盘算着，每个滑竿10元钱，够便宜的。我转身告诉同行的王工程师;“您年纪大了，山路还很远，不要一开始累着了，坐一截是一截，反正也不贵。”在王工身边，两个抬竿人早跟上了，听我这么一说，顿时眉开眼笑地撑起了滑竿。“她年纪大了，请你们小心点，注意安全。”我扶王工上滑竿时叮嘱他们。“请放心，我们还抬过七十多岁的高龄人呢，没问题的。”说着，只见两个抬竿人麻利地把滑竿抬起来，扛在肩上，脚步快捷地拾级而上，一会儿便消失在上山的人流中。

看到年长的坐着滑竿，轻松愉快，怡然自得，有游览之乐而无攀登之苦，我感到欣慰。

可是，在独自登山的这一段路程中，我看到的另一幅情景使我心里很不是滋味。在王工坐滑竿走后，我一个人兴致勃勃地奋力攀登，想尽快登临金顶，领略“一览众山小”的意境。谁知刚转过一道弯，就见路边一对身强力壮，衣着不凡的中年夫妇在招呼抬竿人，也要坐滑竿上山，不知出于什么心理，我不由自主地放慢了脚步，想看个究竟。

“喂，抬竿的，过来！抬上去，多少钱？”身着真丝大花短袖的中年男子盛气凌人地问道。

“每个 15 元。”

“10 元，可以了我们就乘。”裹一身小花缎面连衣裙，手提真皮金边小包的中年艳妇嗲声嗲气地插嘴讨价。

“好，好！”抬竿人连忙回答。一边朝中年夫妇走去，一边招呼着另一对抬竿人过来。这对中年夫妇，男的体重少说也得 100 公斤，而过来抬竿的偏偏都是瘦小的个子，我真替他们捏一把汗。

抬竿人成交了生意，很高兴。他们连忙走到中年夫妇身边，摆好迎接客人乘坐滑竿的架势。那男的扶夫人坐好后，自己过来乘后面的滑竿。他手扶着滑竿，斜着身子一屁股坐了上去，把尼龙布撑得鼓鼓的，只见那个抬竿的人一下子绷紧了胳膊上的肌肉。前边的抬竿人见游客坐好后，便弯下身子，用力地抬起斜靠在台阶上的另一端。这时，后边抬竿人顺势将这一端朝下放了放，然后，又见两个人同时运气，像举重似的，将滑竿一下子先用手抬起，再举起，再运一下气，终于将滑竿放到自己的肩上。动作配合是那样完美默契。这一套动作完成之后，他们便非常有节奏地迈开了脚步。我也随他们一块朝前走去。他们的脚步时而踩在石阶上，时而踩在石阶处的边道上，深一脚，浅一脚，左一脚，右一脚，一高一低，忽左忽右，但步子十分敏捷，一般要超出正常人爬山速度一倍还多。一会儿就把我甩得远远的。或许，在这弯弯的漫长山道上，哪里有凸，哪里有凹，哪里道直，哪里路弯，甚至哪里有换脚的垫脚石，他们都了如指掌。所以，爬起山来，行走如风，如履平川。

有了这么一番见闻，刚才那股兴致勃勃的劲头荡然无存。不知怎的，我的心情开始沉重起来，周围的美好景色也疏散不了我纷乱的思绪。

是啊，如今有好多事情是和以前不大一样了。

我独自一人仍徒步行进在爬山的人流中。但每当我看到那抬竿人跌跌撞撞在山道上跳跃似的行走着，他们伸着脖子，低着头，头上冒着热气，脸上淌着汗珠，脖子和手臂上暴起的青筋像蚯蚓似的，嘴里喘着粗气，双手紧紧握住滑竿，滑竿两端的横杆在坦露的肩膀上跐来蹭去的时候；每当我看到躺在滑竿上那些年轻少壮的青年男女，悠闲自在，扬扬自得的时候，我的心怎么也难以平静。

从五里岗到清风阁，这是游客们喜欢的一站。在清音阁歇歇脚、消消困，观看黑白二水汇流之势，聆听林亭双水飞泻之声，不仅神清气爽，疲劳顿消，而且勇气陡增，信心百倍，不达金顶决不罢休。

稍事休息后，乘着观赏清音阁的余兴，我劲头十足地向白龙岗进发。在将要到达白龙岗的时候，我看到了王工，她远远地坐在路边的一块石头上等我。

这时，天放晴了。阳光透过云雾，穿过林海，五颜六色的光芒普照大地，也流泻在游客身上，暖烘烘的。使得久在细雾微雨中的我们精神为之一振，心情也一下子豁然开朗！我禁不住极目远眺，呵！峨眉山的清秀果然名不虚传，重峦叠嶂，隽秀挺拔，奇树异木，清新婀娜。我和王工都欣喜无比，深感幸运。我们原以为这次只能观赏到蒙蒙细雨中的峨眉山了，不料想上天又给我们安排了阳光明媚的峨眉山！如此两相比较，我竟有了这样的感觉，如果说刚才的细雨中峨眉山像一位披着面纱的清纯少女的话，那么，现在阳光下的峨眉山则更像一位风韵十足的艳丽少妇。大自然这双了不起的丹青妙手，她可以随心所欲地把各种风格迥异的五光十色任意装点，挥洒展现给人间。

我和王工边观赏边感叹，又高高兴兴地上路了。不一会儿，又遇到了一帮从山上下来的抬滑竿的小伙子。他们跑着、跳着、唱着，继续在招揽着游客。

“乘滑竿啦，好便宜，好舒服哇。”“滑竿，滑竿，每个15元。”

“喂，小伙子，每个15元是每个滑竿15元，还是每个抬滑竿的人15元？”在我们前边走的一个年轻人问道。

“你愿意怎么给？”抬竿的人看来也是商场老手，他不正面回答。

“当然是每个滑竿15元。”年轻人说。

“不，我们是按每个人算的，要不我们折中一下好吗？每个滑竿20元。”

这里的讨价还价，显然高了一个层次。或许他们有这样的经验教训，也或许他们对市场的诡谲早有戒心。我真佩服有如此精明的游客。这时，我才好奇地问：“王工，你刚才付了多少钱？”

王工漫不经心地说：“我原以为是每个滑竿10元，谁知下了滑竿才知道是每个抬滑竿的人10元。实际上坐一次是20元，20元就20元啦，山民们也挺不容易的。”

我不知道是什么感觉，如此淳朴的山民们，如今也“狡猾”起来了。

王工接着说：“刚才有一对衣着阔绰的中年夫妇，在山下和抬滑竿的人吵起来了，硬是掏了10元钱，一分钱也不多给。”

“坐着舒服吗？”我问。

“还可以，权当歇脚的。”王工说，“小李，你也坐一截吧。”

“不，不，不！”我连忙回答。说心里话，我真接受不了这种享受。可是，我这个第一次爬山的人，从五里岗下车到这里，已经爬了好几公里山道了。平时在城市里，在柏油马路上走几公里也是少有的。我真有些走不动了，想坐一坐滑竿，歇一歇脚。但是我感情上受不了，或许，坐滑竿对我来说是一种折磨。

我决意不坐，但双腿像灌了铅似的举步维艰，我们只好不停地在路边歇脚。

“小李，”王工叫我，“我看你年纪不大，思想挺保守的。”

“算保守型的。”我回答说，“不知为什么我自己也有一种感觉，自己过去的经历所留下的烙印比别人深。一个人的经历、阅历、学历几乎决定了一个人的性格。”

“要说过去的事情，我比你经历得多，我比你整整大了一轮。论受正统教育，我比你也多得多。什么地主阶级、资产阶级啊，过去我们天天讲的就是这些。但是，坐坐滑竿就算压迫人，剥削人啦？”王工认真起来。

我说：“我在想，我们走都累，人家抬着走不累？我们的享受是建立在别人的痛苦之上的。”

“啊，小李照你说，我也成坏人了，也成了资产阶级了？”

“不，不，您年纪大，六十多岁的人了，您坐完全是应该的。”

“那好，你要这么说，我也不坐了，咱俩同甘共苦。”

抬竿的人见我们执意不坐，只好又去别的游客面前揽生意了。我望着他们那失望的神情，竟有一种对不起他们的感觉。我们继续往上爬，反正是不到金顶不罢休，从万年寺到初殿高差689米，蜿蜒而上，要登多少级台阶，那就数也数不清了。快到初殿了，我的内衣已经贴到了背上，登山的脚步明显放慢了，鼻孔也不够用了，大口大口地喘着粗气，满脸的汗珠像断了线的珠子“唰唰”地往下淌，五步一停，十步一歇。抬头望去，那直插云霄的石阶小道，真有些让人望而却步。然而上山的路才走了一半，“返程”的念头便在我的脑海里闪现了。

可是在我们身边，一个个滑竿抬着游客擦身而过。身着五颜六色的游客一群群、一帮帮簇拥着，有说有笑，有吵有闹地走着，看着，仍然很开心。是啊，现在的人，生活得够快活的。改革开放仅仅十几个年头，发生的变化真可谓翻天覆地。老百姓的肚子填饱了，身上穿的也不一样了。就连“游山玩水”这个多用作贬义的成语也不再是贪图享受、游手好闲的代名词了，而是人们休假、娱乐，调节生活，锻炼身体，陶冶情操的一种方式。

游客中有五六岁的顽童，十几岁的学生，他们太幸运了。他们在这个年代来到了人间，他们好像压根就不知道累地跑着，跳着。也有年过六旬的长者，他们的命运真好，他们总算看到了光明灿烂的春天。他们好像有一种“不到长城非好汉”的追求，他们精力充沛地走着，谈笑风生。峨眉山啊，你沉睡了多少年，今天你终于敞开了自己的胸怀，笑迎四面八方的游客。

我不得不停下了脚步和王工找一处平缓的地面，在一块巨大的石头上坐下来喘气。看来，我真不能再逞英雄了。

爬山绝不是发两句誓言可以代替的，但也更不能“返程”，“返程”意味着半途而废。

我和王工正在坐着休息，一个英俊的小伙子走了过来。在我的对面，挨着王工坐了下来，他先搭讪说：“两位师傅是河南人吧？”

王工说：“是的，请问小伙子是哪里的？”

小伙子用手朝前边那座山指了指，说道：“就住在那儿，那座山下。”

“小伙子是干什么的？”王工接着问。“你看呢？”小伙子调皮地反问道。“像做买卖的。”我说。

小伙子不动声色地摇了摇头。“像教师。”王工说。

小伙子面带微笑，又摇了摇头。“像村干部？”我问。

小伙子哈哈大笑起来，头像拨浪鼓似的摇了起来。连声说：“越猜越远，越猜越远。”然后他一本正经地说，“我是抬滑竿的。”

我一下子愣了。眼前这位英俊的小伙子竟是抬滑竿的。要是在城市里，到宾馆、饭店从事礼仪接待，他真是合适的人选。

“抬滑竿有几年了？”我不禁问道。

“七八年了。”

“读了几年书？”

“初中没毕业就不上学了。”

“为什么？”

“经济上不允许，没条件嘛。”小伙子很难为情地回答。

“在学校学习好吗？”

“在我们学校，按年级排，成绩总在前三名。”小伙子说，“我不上学后，老师去我家多次，动员我，学费减半。但是，那时只靠工分吃饭，家里又没有人手，父亲长年疾病缠身，经济太困难，还是上不起……唉，不敢想，那日子要是折腾到现在，全完了。”

小伙子说到这里，挺难受，好像他的过去是不堪回首的。

“现在怎么样？”我关切地问。

“现在好多了，经济搞活了，山里人也有了出头之日。如今，村上的人有的去深圳，有的去中原，跑生意的，打工的，干什么的都有。就是在家里，农活一年也干不了两个月，剩余时间，有种香菇的、采药的、锯石头的、搞建筑的，五花八门，啥能致富就干啥，反正是有山靠山，有山吃山嘛。”

“你就抬竿吗？”我插嘴问道。

“不光是，我也搞木材加工，给人家打家具，也搞装修地板，什么活儿都干，天气好，别的活儿不赶趟，就拉个伙计出来抬滑竿。”

“抬滑竿一天能挣多少钱？”

“没准，七八十元，三五十元的都有。”“你这么瘦，能抬得动吗？”我问。

“抬得动，你别看我只有百十来斤，我曾抬过个大胖子，体重二百二十斤，肥头大耳的。抬滑竿，也有技巧，怎么上肩，怎么换肩，怎么个步伐，两个人怎么配合，都有规矩。如果任意拉一个人抬，肯定抬不成。”小伙子自信地介绍着。

“你看，怎么样？”王工转过身来对我说，“坐一程吧，人家苦口婆心为的啥？就为能把你抬上轿。”

“是的，他真不同那些硬拉死揽的抬竿人。”我心里想，“但是，要叫我坐，我感情上还真……”

王工说：“怎么办？反正还远着呢，你要不坐，我只好陪着你了。”

年轻人见我犹豫，就说：“走吧，我送你一程，不要钱，体验体验坐滑竿的滋味。”

“不，不，我不是怕花钱。”我连忙解释，“要说，我真累，真想坐一程歇歇脚，可是，你们抬着我上山就不累？看你们汗流浃背的，心里不好受。”

“唉，都像你这么想，我们山里人还干什么，吃什么？我们生在山上，长在山上，天天上山下山，走山路习以为常，抬个人也不觉得太累。再说，我们抬你，你享受了，但你付了钱，我们的劳动得到了报酬；你挣的钱，不也来之不易，不也需要付出汗水和心血吗？只是我们挣钱的方式不同。这叫等价交换。”

这小伙子真能讲，从情到理，还用上了政治经济学上的术语。

“怎么样？别钻牛角尖了，享受一下也是可以的。”王工劝道。

年轻人又说：“前面就是我的家，到那里，我请你们到家里坐坐。冰箱、彩电，城里人有的，我们都有。你想想，峨眉山要不开放，游客们要不坐滑竿，我们能有今天吗？”

我终于动摇了，也心安理得地坐上了滑竿。我仰卧在滑竿上，望着湛蓝湛蓝的天，顿觉天高云淡。抬竿的人依旧吆喝着，而此时此刻，那声音听起来像深沉有力的劳动号子，像澎湃激昂的战地歌曲。抬竿的人依旧东一脚，西一脚，使滑竿扭动着；高一脚，低一脚，使滑竿起伏着。于是，我和我的滑竿就像在大海里航行的扁舟，时而在浪尖上颠簸着；就像蓝天上翱翔的雄鹰，时而在碧空中飘荡着。在我身旁，一棵棵笔直挺拔的树杆直插蓝天；在我耳边，一阵阵悦耳的鸟鸣此起彼伏。而此时此刻的我真正体会到了思想负担解除后的轻松和快乐。我简直难以想象，若还像刚才那样一直背着沉重的“十字架”，那将是多么的沉重，对我的内心情感以至于思想观念也将是多么大的讽刺！

我躺在滑竿上，听啊，看啊，想啊，忘记了疲劳，抛却了烦恼，好像迈进了世外桃源，进入了人间仙境。是啊，这才是真正的享受，更是一种思想上的解脱。然而，这一切都应该归功于观念的更新。因为，只有观念变了，感觉才会变。变是一种动因，不管愿意不愿意，承认不承认，也不管是快是慢，是早是晚，它都要随着时间前进的步伐来到你的身边。

尽管这是我第一次游览峨眉山，但我深感不虚此行，且受益匪浅。不仅峨眉山的风景使我饱尝了大自然的美，从而陶冶了我的情操，而且峨眉山的滑竿更使我领略了时代的风貌，更新了我的观念，体验到了一种新的生活。也正因为如此，我渴望着重游峨眉山，真想再坐一坐这个叫我终生难忘的滑竿。

墨公山上话墨子

赵光耀

百家争鸣，起于草野。想那八百里伏牛山多情地回望河南鲁山，就留下尧山挺立中原。与之比邻，就是相家沟中的墨公山。墨家的墨子生于斯长于斯，摩顶放踵，筑坛讲学，染布为褐，短夹绳腰，聚众尸子，以为兼爱、非攻，成儒墨并显之势。惜乎，此一学派如同旅鼠，纵有万丈深渊，赴汤蹈火，蹈海而死也在所不惜。继而，散隐于战国风云变幻之中。

2400 多年的悠悠岁月，墨子的名字不灭，成为中华先圣的重要一员。作为中国古代最伟大的思想家之一，他所创立的墨家学说是包含多学科的综合性学术思想体系，对经济学、政治学、伦理学、哲学、物理学等都有博大精深的研究和独到的见解，在中国文化史和世界文化史上都有着重要的地位。如今，站在墨公山上话墨子，作为老乡，早已是情不自禁了。

学生时代，知道墨子是书本上的内容。工作以后，在北京结识了山东高密的滕健，听说他的祖先来自山东滕州，那里是墨子故乡，还听说山东滕州在钓鱼台国宾馆搞墨子学术研讨会。起初不以为然，但读书阅读多时，墨子与鲁的关系颇深，就觉得墨子应该是我们老家鲁山人。只是当年尧山尚未开发，西山还停留在爷爷赵天民的口中，说石人山（尧山俗名）木扎岭有野人出没，小时候他们同行见过。跟湖北神农架野人故事大抵相当。并没有真正走进去，对墨子的遗迹、传说了解不多。等到 1997 年我到鲁山团城乡（原鸡冢乡）采访党委书记霍爱民，途中经过熊背乡一处山洼，他叫司机停车，带着我看了一个古藤，大约有两亩地大面积，据说墨子与之有关。远处还有石头平整一块，是为墨子讲经台。他说墨子就在这里讲学。而我觉得枯藤老树昏鸦分明是马致远的东西，墨子与古藤的关系，盘根错节，古树盘根，想必是 2000 多年前的渊源。与石头的关系，也是与中华民族石头图腾来历有关，羌族祖先崇拜白石头，汉代张良师父黄石公的黄石礼拜，都有深厚的文化血脉。墨子讲经台又为一例。宋·范祖禹《谢子瞻尚书惠墨端溪砚二首·石端溪砚》诗中有“端溪清冥几千尺，玄潭喷云嘘紫石，层空飞溜泻珠玑，太古阴崖摧霹雳”。此中亦有紫石。

“末学纷纷自有师，能言兼爱我独疑。定知已驾云梯后，却悔初心泣染丝。”宋·田昼《墨子》诗中所言，无意中道出了墨子染丝的起先故事。话说墨子小时，路过一座溪桥，一不小心头栽入黑莲稀泥中，染黑了上衣半身，后反复洗揉，也不褪色。悔恨之余，反倒悟出一个道理，何不用黑泥做成染料染黑衣服。于是索性就将自己的衣服尽数染黑，如法炮制，他后来把此法传给了四邻，也就是鲁山坑染的来历。如今，在尧山镇中汤温泉一带，山里农民历来有用温泉池里的污泥和橡壳为染料，染丝麻棉布的传统，相传此法是墨子亲手传授。每年的农历九月初八，墨子生日这天，鲁山尧山镇都要举行祭祀，塑墨子像，大开染市，例行善举。称墨子为“墨子王”。这是鲁山人对墨子的一种虔诚尊称。可以说，从公元前 480 年墨子生于楚鲁阳尧山村，到公元前 389 年逝于尧山东麓（今鲁山县熊背乡）黑隐洞，墨翟享年 91 岁。墨子一生大半辈子在鲁山度过，楚天风云变幻，成就了昔日的墨子。

我读《墨子》《墨经》里有天志、明鬼篇，讲的是尊天事鬼、神道社教的内容。并与宗教组织相似，墨家也有组织，短衣褐色或墨色，信奉首领尸子。一旦尸子有令，虽飞蛾投灯，亦在所不惜，据说现在的鲁山还有传人。如同隐居鲁山壶山的汉代樊英懂得相易、数术、风角一样，精明过人。还如同少林寺武僧传人隐姓埋名在鲁山一样。鲁山的大山深处，藏龙卧虎。墨家组织是蹚匠班、诚义堂。因为墨家自汉代以后转入地下，但因为墨家倡导的救世思想很符合最底层民众的愿望，所以在民间香火一直相传，绵延不绝。他们内部隐蔽性强，组织严密，供奉墨祖神位。后来听鲁山县原县长陶洪臻讲，墨子其时受到迫害后，跑到瀼河乡土掉沟。有意思的是，墨子后代隐姓埋名，改为姓黑。如今，我的朋友黑占俊，在河南鹤壁军分区任司令，听他讲他是墨子的后代，出自鲁山。

据统计，现存河南鲁山境内的墨子遗址除前面提到的，还有 10 多处。尧山镇竹园村的墨子故居；尧山镇街西头路南的老墨子祠；上汤有墨子祠；赵村乡红佛寺的墨子祠；中汤墨子坑布崖（千字文有墨悲丝染源于此）；昭平台库区乡黑山头救鲁阳文君（亦称鲁阳公）放火台；瀼河乡黑石头西墨子聚徒学艺茅山遗址；熊背乡宝山村大石垛山有墨子祠、该乡黑隐寺的墨子隐居处、墨子冢等，在鲁山周边还有许多不同名称的墨子庙。如今，在尧山镇政府附近还立有汉白玉雕刻的墨子故里碑。碑重达 11 吨多，碑身高 3 米、宽 1.2 米，正面为“墨子故里”4 个大字，背面系鲁山县人民政府立的碑文。碑座高 1 米，宽 1.6 米，周围刻有墨子著名的“兼爱、非攻、尚贤、尚同、节用、贵义”等一系列政治主张。因为确切考证鲁山就是墨子故里的武亿把墨子编入《鲁山县志》，较早在清代，曾在二郎庙乡（现尧山镇）山陕庙立碑纪念。

相家沟的名字，国内还有几处。而尧山相家沟村石碑上说，这里是墨翟的故乡，这里的相氏，就是墨翟死后所分的相里氏之墨、相夫氏之墨与邓陵氏之墨三个学派中的相里氏之墨。此外，沟口还有赫连氏村民与之世代祖居，相氏为墨子弟子相里氏后裔；赫连氏村民一直认为自己为匈奴族后裔，亦有认为是墨子后裔的。

据相家沟旅游开发公司郑总讲，山里头还有相家寨、楚国长城等遗迹。而就在往上的河边，有座墨公祠，里面还供奉着墨子的塑像。后来，开发墨公山，干脆随着村民一起搬到此处。而相家沟的最高峰却至今无名。鉴于墨子归属鲁山，山因人而名。我建议郑总此山峰唤作墨祖峰。端的是受麦加朝拜黑石头的影响。所有墨公山，唯有此山是开宗明义，祖字当先。因之，文化自此山巍然壮观。去年陪中央电视台一位老领导到相家沟拍红腹锦鸡，我闲来无事，便和郑总一道爬山。墨公山地处伏牛山的尧山一侧，却是冬日游玩的好去处。我觉得冬季来鲁山墨公山看冰凌花最为有趣。走进冰天雪地的世界，观赏冰凌花时候，玉树琼枝，是为形容。然犹有不够，树木裹在冰冻三尺的地方，树枝四周泠泠冰封，滴水冻龙，一字排开，间或细密如水流，如瀑布，只是瞬间被凝固了似的。残剩树叶，躲在冰凌中，越发组合成各种造型。有时候，冰木不分，和谐相处，情趣自生。

而今时节，秋风一来，冬季就不远了。第三次去，一定邀你同往，在墨公山上再话墨子。

钟灵毓秀鲁峰山

邢春瑜

八百里伏牛山逶迤西来，在古老的鲁阳滍水北岸画了一个浑圆的句号，这个句号就是被誉为鲁山古八景之首的鲁峰山。

鲁峰山又名露峰山，俗称鲁山坡，它背靠伟岸的伏牛山，面向肥沃的黄淮大平原，进可攻，退可守，战略地位十分重要。

这是一座镇山。明嘉靖《鲁山县志》载:“在县之东一十八里，平原突起山峰，为一邑之镇。”鲁峰山像一位忠诚的卫士，镇守鲁阳关，南控襄宛，北扼伊洛，护卫着一方百姓的平安，庇佑着鲁阳古邑历千年而不衰。汉刘邦曾依托鲁峰山设防，在犨东大败秦将吕齮，进而一路向西，势如破竹，攻取关中，完成了灭秦大业。金兵南侵中原，一路狂进，气焰嚣张，面对外侮和破碎的河山，鲁阳射士牛皋壮怀激烈，勇担大义，率乡勇先后设伏于鲁峰山东南的邓家桥和宋村，大败金兵，生擒金将耶律马五，威震敌胆，捍卫了民族的尊严，在南宋抗金史上写下了浓墨重彩的一页。

1945 年，中共河南区委员会及河南军区、河南人民抗日军司令部驻扎鲁山，辟建豫西抗日根据地，指挥河南人民的抗日斗争。解放战争期间，鲁山先后是豫陕鄂边区、豫西解放区、中共中央中原局及河南省委的领导中心，领导机关就分布于鲁峰山周围的村镇。邓小平、刘伯承、陈毅等老一辈革命家曾多次在这里主持召开重要会议，运筹帷幄，决战中原。1948 年 4 月 25 日，邓小平在鲁山召开的陈谢兵团工作委员会和豫陕鄂后方工作委员会联席会上，作了《跃进中原的胜利形势与今后的政策策略》的报告，报告内容受到了毛泽东主席的高度评价，并以中央的名义印发全党。

这是一座仙山。鲁峰山海拔并不高，仅有三百多米，但山不在高，有仙则名。当年张三丰在鲁峰山结庐修行，参玄悟道，后受仙人点化南下武当设坛授徒，终成道教武当派鼻祖，鲁峰山也成为信众膜拜的祖庭。家喻户晓的牛郎织女的故事就发源于此，织女是玉皇大帝的第九个女儿，她下凡鲁峰山，在九女潭与牛郎结缘，牛郎洞里琴瑟和鸣。一对佳偶被王母娘娘强“拆”后，牛郎即从山顶南天门升天，苦苦追赶，最终感动天帝，喜鹊搭桥，七夕相会，演绎了千古爱情。2009 年 2 月，中国民协命名鲁山为“中国牛郎织女文化之乡”，鲁峰山爱情圣山的称号驰名华夏。也许是天意，世界最大的南水北调大渡槽就从鲁峰山南山腰牛郎洞前环绕而过，犹如天河，与鲁峰山相映生辉，为牛郎织女文化再添新景。

牛郎洞又称吕公洞，明初即有记载，据传八仙之一的吕洞宾曾携众仙，采隔河相望的商余山仙草灵芝在牛郎洞炼制丹药，救助众生，商余灵药由此出名，至宋代商余口已成为全国最大的中药材集散地，盛极一时。唐代官员元延祖就因慕其名而从晋中弃官举家迁居商余山，在灵山秀水的滋养下，其子元结从此走出，文韬武略，名冠朝野。

人循山而仙，山因仙而名，鲁峰山的仙风仙韵，引得无数文人骚客登临唱和。宋代大诗人梅尧臣的《鲁山山行》就是其中的典范之作，“适与野情惬，千山高复低。好峰随处改，曲径独行迷。霜落熊升树，林空鹿饮溪。人家在何许？云外一声鸡”。最令人快意欲仙的，当数秋高气爽之日登顶，临风远眺，阡陌纵横，果蔬飘香，远山依长天而秀，渡槽交滍水竞流，林涛阵阵，鹊鸟翩飞，让人驰目骋怀，宠辱两忘。

这是一座神山。鲁峰山平地兀起，巍峨壮观，老百姓敬之若神，望山定农事，山罩雾则雨，雾散则晴，十分灵验，民谚即有“鲁山坡戴帽，长工睡觉”之说。鲁山山川秀美，洞潭众多，然而，明嘉靖《鲁山县志》仅记一洞即鲁峰山牛郎洞，“内立牛郎神，凡民间马牛生疾者，祈祷有应”；仅记一潭即鲁峰山九女潭，“潭上有九女庙，潭不加深，岁旱祈雨立应”，可见鲁峰山之神奇。鲁峰山周围分布着大大小小十多座寺庙，山顶瑞云观和南麓中岳庙最为著名，瑞云观始建于宋崇宁年间，建有祖师殿、凌霄殿、牛郎织女殿等，雕梁画栋，规模宏大，十三层的元武塔直插云霄，享誉千里，每逢初一、十五香客云集，只可惜元武塔在“文化大革命”期间建雷达站被炸掉，颇为遗憾！

神山出神鸟，鲁峰山鹊鸟奇多，除七夕搭鹊桥成就美好姻缘外，还和楚大夫屈原有关，据传屈原遭贬，流放汉北，寓居边鄙犨城时，曾于端午登上鲁峰山，南望郢都，愁肠百结，“有鸟自南兮，来集汉北。好姱佳丽兮，牉独处此异域。……望北山而流涕兮，临流水而太息。……忧心不遂，斯言谁告兮”。诗人忧国忧民的情怀感天动地，一时间，通灵的鹊鸟纷纷从四面翔集，都来陪伴并抚慰这位孤高不屈、孑然无助的诗人。百姓也感其义，视之为祥瑞，每听到房前屋后有鹊鸟在枝头鸣叫时，都要拿出粮食撒喂，即便猎人上山打猎，也从不加害。

这是一座宝山。传说鲁峰山是凤凰所变，翅膀底下有座金库，一匹金马在金库里不停地碾着金豆。而要打开金库的大门，必须用长足百日的黄瓜才能开启。一位偷听仙人私语的贪心商人用长了九十九天的黄瓜进入宝库，想把碾金豆的金马牵出，不料大门訇然闭合，商人抓把金豆仓皇逃出，差点丧命。这个故事似乎在告诉人们，只有辛勤耕耘，功德圆满，才能瓜熟蒂落，收获希望。鲁峰山处处是宝，山下蕴藏着丰富的硅、磷等矿产资源，山上植被茂盛，物种繁多，林木以柞栎、油桐等为主，这里自古就有利用柞栎养蚕的传统，柞蚕丝织成的鲁山绸又称“仙女织”，传说是织女从天庭把天蚕带到人间，教会了人们缫丝织绸，鲁山绸因质地轻柔、坚韧耐用享誉国内外，1915 年在美国旧金山万国商品博览会上获得金奖。英国女王伊丽莎白每逢加冕或举行盛大宴会，就总爱穿鲁山绸制成的礼服。

鲁峰山一年四季花开有序，香盈遍野，春有九女花（油菜花）、迎春花、桃杏花，夏有银槐花、石榴花、玉莲花，秋有牵牛花、金桂花、山菊花，冬有冬凌花、蜡梅花，既给大地带来了无限的生机和活力，也惠及当地百姓。如今，几乎每天都可以看到三五成群的人上山赏花或购果。鲁峰山南的冲积平原，在鲁峰山血脉滋养下土质极其肥沃，被称为鲁山的“地头”和粮仓。山下孙义等村群众因敬仰老祖牛郎，家家种植葡萄，为的是七夕夜能聆听牛郎织女的呢喃之语，后开始大田种植，收获颇丰，目前总面积上万亩，所产“仙缘”葡萄畅销全国，已成为当地农民增收的支柱产业。

鲁峰山，因天生丽质独秀中原；鲁峰山，以神奇厚重德泽苍生！

怀念父亲

张晾原

父亲，今天是你的祭日，二十年前的今天，你离开了我们。二十年来，我一时一刻也不敢将你忘记。

你离世那一年，我大学毕业留校工作，你病重期间，正赶上学校十年大庆，刚刚走上工作岗位的我，无力抽身，陪伴你身边。你离世前三天，忙完校庆的我从郑州回鲁山探望你。那天，你拉着我的手，和我说了很久，记忆里这一辈子你都没和我说过那么多的话。你说，爷爷快 90 了，你自生病入院以来，很久没见到他了，你想他；你说，妈妈跟着你一辈子没享过一天清福，她是我们家的功臣，要好好孝敬她；你还说，妹妹小，不懂事，顽皮，弟弟是蟒袍加身之命，要好好照顾他们……看着你说得很吃力，我说“父亲，您休息一会儿吧，我去买鱼，给您做您最爱吃的豆腐炖鱼；您要好好养病，病好了我要带您去您年轻时工作过的南方，看看您年轻时服役的军营……”看着你躺下身，闭上嘴，安详地睡去，转身的那一刻，我的泪掉了下来——平日坚强如铁的父亲是需要儿子的陪伴的！我决计，即使丢了工作，也要回来陪你。那一刻，我不知道，这是我们父子两人最后的对话，也是你在人世间最后的语言。

第二天，我回到学校，向领导请了长假，准备隔天早上乘车回家陪你。那天下午，正和同事办理交接工作的我突然接到大哥打来的电话，说我走后你再没张口说话，且滴水未进……我立刻赶往长途车站，搭末班车连夜往回赶——我知道，你在等我回家了。

那一夜，我见到的你已然弥留。你是一个自幼生活在农村、之后离开了土地、对土地又有着极深情感的人，就因此，我决定无论后果怎样，我都一定要将你葬回你挚爱的土地，让你和它永远地成为一体。那天晚上，我和哥哥租了车，将你从县城医院悄悄接回乡下。一路上，我坐在你的身旁，拉着你的手，呼唤着你，为你指路：父亲，我们回家；注意点，这儿要过河了；小心点，这儿要拐弯了……像小时候你牵着我的手，给我指路一样。

你回家那天，家里来了很多亲戚，母亲守在你的床头，我就坐在你床边的椅子上，和亲戚们寒暄着。午饭之后，正和亲戚交流的我突然感到心脏瞬间的卡壳，似乎要停止跳动了一般，我极速站起身，奔向你的床，第六感告诉我，你要走了！此时床上的你似乎用尽了吃奶的力气吸进一口气，再也没有力气吐出来。我压按着你的胸脯，泪水一下子奔涌而出，我知道，父亲，你要永远地去了！

家里有你为爷爷早已备好的棺木和寿衣，我们陪着你在家里守了一夜，第二天一早，为你穿上爷爷的寿衣，放进爷爷的棺木，将你安放进你挚爱的土地。那一天，天阴得很重，空气中弥散着雾一样的雨，结在头发上成了霜，结在睫毛上成了泪。我跪倒在你的墓穴前，看着一锹一锹的黄土撒向你的棺木，我的呼吸似乎也在一点点地窒息。当最后一锹黄土将你的棺木完全掩埋，父亲，我扑倒在地，泪流如雨，我知道，这是我们父子二十三年尘缘的永诀！

下午的时候，下起了大雨，天越发得阴冷，我坐在家里，烤着火，心里想着葬身野地的你。快傍晚的时候，我实在坐不住了，跟母亲说，天这么冷，我得去地里给他烧堆火。母亲说，顺便把汤也给他带上。我带着母亲烧好的汤，像以前给果园里的你送饭一样，来到你的墓园。一边唤着“父亲，喝汤了”，一边将热汤泼洒在你坟墓的四周。之后，从打麦场里抱来一抱一抱的秸秆，围了你的坟，点燃了，捂成烟，给你取暖。

父亲，我本以为你入土我为安，舍弃一切将你葬回你挚爱的土地，便还清了你的债，了断了今世的缘，哪知，你竟像一颗被埋进土里的种子，二十年来在我的心田上恣意地生根、发芽、成长、开花，藤蔓缭绕，盘根错节，以至竭尽了心力，扰乱了心空！

那个冬天，在郑州的校园里，我一遍一遍阅读迟子建的《白雪的墓园》，一遍一遍地思念家乡山村白雪覆盖下的你；每一遍阅读都增添一次对你的思念，每一次思念都增添一份内心的疼痛。为了拉开时空的距离，摆脱对你的回忆，第二年春天，我辞掉了郑州的工作，赴北京入北师大作家班读书，我希望用一段全新的生活活出一个活泼泼新的自我。

那一年，女作家张洁出版了她为母亲写的《世界上最爱我的那个人去了》，或许是踏进了她的脚窝，那本书读得我心如齑粉。课堂上，我跟她说，我要用全部的情感为天下的父亲写一部书——《下一世，我作父来你作子》，将你毕生的爱全部偿还给你，也给作父亲的你一个安慰。

这个决定，或许是我有生以来最坏的一个决定！从那一天起，你夜夜来我梦里，无论我在北京，还是到厦门，你扰得我的内心一刻不得安宁。许多次我都在想，远隔千山万水，你是如何寻到我，来到我梦里的？父亲，在你离开我的那些年里，你一直在我梦里，或者你就是一个梦，一个我害怕进入又不愿醒来的梦，一个因甜美而忧伤的梦，一个永远无法捕捉的梦。而每一次穿越时空、温馨相聚之后的怅然若失和泪湿长巾，确是真真切切的现实。父亲，因为你，我变得多愁而善感！

也是从那以后，我的内心开始变得柔软，心里总有一个想法，你身边最亲的人就那样永远地去了吗？异世的他对你一点牵挂都没有吗？如果他像你牵挂他一样也牵挂着你，他会以什么样的形式来与你相见呢？来你的梦里？还有呢？他们漂泊的、轻盈的灵魂会不会像调皮的风儿一般，在你身影出现的任何地方、以任何的形式具化在你的面前？比如草尖上的露珠，比如水中的鱼儿，或者寒冬房间里一只嗡嗡叫的蚊子，甚至，田畴的蟾蜍？无论你看到它们时的心情如何，它们都笑吟吟地望着你，亲近你。父亲，因为你，我变得善意而温暖！

父亲，为了偿还许你的诺言，在你离世的前十年里，我无时无刻不在将你想念。但思绪难成，落笔更艰。我用了整整一年的时间，将你写进6000字的小说里；我又用了三年时间，将你写进不足3000字的散文里；最后用了十年的时间，将你浓缩在了一首不足30行的小诗里。许多个夜晚，每次想起对你的承诺，每一次都越发地痛苦万分——祭文难成，而流逝的时日正一点一点地冲刷着我对你的记忆。

2005年，我有了自己的宝贝，成了一个生理意义上的父亲。宝贝的出生，让我内心更加柔软，对着咿呀学语的孩子，我想着你，想起一个个和你相关的故事，想着怎么像你一样做一个让孩子怀念的父亲。这十年里，我将你的故事给孩子演绎了千遍、万遍，但还是形不成一篇文字！

今年是你离世二十周年，年初我的计划里，今年无论如何也要将《下一世，我作父来你作子》写给你，但时至昨日，依然无法落笔。

世间很多的缘还需从头解起吧。昨天，我受二十年前曾工作过的大学的邀请，参加学校成立三十年系列活动的

“未来发展道路研讨会”，看着主席台上学校创办人母女二人借助 30 年校庆，完美地实现了两代人事业的交接，我带着些许羡慕的心理——不止一次，看到中老年父子的协力而行，我都会有这样羡慕的心理——我作了题为“血脉传承与创新发展”的主题报告，在那个说给别人听的报告中，我豁然开朗，父亲，今天何尝不是你我父子两代人的一个交接！我用十年时间来思考你，我用 10 年时间来演绎你；我用 10 年时间来怀念你，我用 10 年时间来学习你。一个行动比一百万字更有意义！父亲，我蓦然发现，昨天的你已经融进了我的血脉里，而今天的我已经成了昨天的你！

父亲，东逝水了，请离开我的心，去寻你的路吧，尘世的路还很漫长，只有将你埋葬，我才能真正长大；只有将你埋葬，我才能足够坚强；只有把你埋葬，我才能成为我们自己；只有将你埋葬，我才能成为一个真正的父亲！

我们都是孩子，我们都需要阳光般的关爱；我们都是父亲，我们都有拥抱天下的情怀。假如，你温煦的灵魂还飘浮在苍茫人间；假如，你还能感知到儿子对你深沉的牵挂与感念；假如，你还时不时来到我的身边挂碍我的前程与未来；父亲啊，今夜，请来我怀里，我作父，你作子！

织女情，人间爱

王　利

翻晒被褥，当我看到那条白底蓝条粗棉布床单时，就想起了外婆。

小时候，我比妹妹只大两岁，母亲顾不过来，经常把我送到外婆家。为逗我开心，外婆经常给我讲神话传说，讲得最多的是牛郎织女。

秋日的夜晚，外婆常指着天空说，银河两边两颗较大的星星，就是织女星和牵牛星，和牵牛星在一起的两颗小星星，便是牛郎织女的一儿一女。听着这些，我就恨王母娘娘，盼望着七夕早日到来，让他们团圆。

到了七夕，我和外婆来到院子中的大椿树下，边纳凉，边目不转睛地望着天空，祈祷喜鹊快快搭桥，牛郎织女早点相会。可是，不是天阴就是下雨。外婆说那是牛郎织女相会时因喜而泣，雨是他们的眼泪。外婆说话时，眼中闪着泪光。我知道外婆又想外爷了。

外婆七岁时来到外爷家做童养媳。外爷家有几十亩地，老外婆去世早，老外爷对她像亲闺女，外爷对她更是如亲妹妹般。外婆天生聪明，勤劳好学，小小年纪就担起家庭主妇的重担。外婆家农忙时要雇几十个帮工，而外婆一人就能做几十口人的饭，家里的衣服被褥全是她做的。老外爷夸她，外爷和外婆更是相敬如宾。天有不测风云，20世纪30代的那场水灾、蝗灾，庄稼颗粒无收，老外爷、外爷相继饿死。35岁的外婆就和外爷天地相隔。

外婆哭得昏天暗地，只想随外爷去了。可是看着可怜的孩子们，她要坚强地活下去。于是，外婆带着母亲兄妹四人逃荒到山里。

那天外婆来到一富户家，主人很好，留他们住在放杂物的柴房中。外婆刚睡着，忽被声嘶力竭的哭声惊醒，外婆忙跑出来问出了什么事。原来，这家媳妇难产。外婆见状，忙说，快准备热水，我来试试。接着，外婆一边让女人用力，一边按压她的腹部。过了一个时辰，随着清脆的婴儿哭声，一个男婴出生了。全家人把外婆当成了他们家的救命恩人，让外婆他们住下，待为上宾。

外婆帮主人家织布，主人说从来没见过这么细密的布，对外婆更是敬重。左邻右舍的姐妹们都来向她讨教，外婆总是耐心地教她们，大家非常喜欢她。就这样，在山里度过了饥荒年。

第二年开春，外婆要回家，主人挽留不住，就送外婆一头牛，一年用的粮食，还送了不少铜钱。外婆回到家，忙种闲织，家境渐渐好起来。

后来，大舅娶妻生子，家兴旺起来。谁知大舅暴病身亡，舅妈改嫁，一年后，5岁的表哥和小伙伴又溺水身亡。母亲工作后，家中只有外婆和多病的舅舅了。生活的磨难使外婆更坚强，她始终相信世上还有很多让她留恋的美好生活。

外婆有双织女般的巧手。邻居们求她织布，从来不要报酬。她爱别人，别人也爱她。外婆家有体力活就来帮她，见我来住就拿好吃的送给我，家中充满了笑声，在外婆的脸上看不出沧桑感，我住在外婆家感到格外温暖。

在纺花车上纺线时，右手轻摇轮轴带动左边的线轴转动，左手握拉出均匀的棉线，右手一回，左手顺势一回，随着纺车的嗡嗡声，就纺出线穗来。再把线通过拐、络、染后，排在织布机上。外婆左右脚娴熟地踏着踏板，玉梭在经线中来回穿梭，细密的棉布便织出来了。

我看得着了迷，总想试试。一次，我学着外婆的样子纺起花来。谁知，纺出的线粗细不均，线穗上裹满了疙瘩。我去织布，不一会儿，经线断了好几根，织出的布疏密不均。一不小心，玉梭掉在地上。我捡起来一看，摔了一个小坑。这个棕红玉梭是外婆家的祖传之物，心想外婆一定责怪我。谁知，外婆非但没责怪我，用黄蜡抹平后又手把手教我。

二舅去世后，外婆和我们生活在一起。我考上高中，外婆要给我织条新床单。母亲说买一条就行，别再受累了。可外婆说，买的没有织的软和。这条床单伴我读完高中、大学，成家以后好多年我还铺着。

后来，我把这条床单收藏起来当作传家宝。这些年，几次搬家，淘汰了好多东西，唯有这条床单我不舍得扔掉。

又是七夕时，虽然和外婆天地相隔，但外婆留在人间的爱却影响着我，学会用包容、施爱、勤劳走过人生路。

游百瀑峡

石　磊

那次百瀑峡之游，到现在已近两年了。本来没有记下来的打算，但近一段几次到尧山的感触，却使我不断地想起百瀑峡那纯净得近乎透明的野趣。

百瀑峡在鲁山县西部的赵村镇，从县城驱车大约一小时。去的时候那里刚刚开发，仅有土路到山口。虽是烈日炎炎，但一进山口就如进了巨大的树荫，空气是湿湿的，带着绿叶和水滴的甜味。

一路行来，或山、或石、或树、或水，处处透着禅意。天人合一为禅，一念不起为禅。平常“百般思索，千般计较”的人，在这里好像回归了童年，退化成婴儿，退化成在山顶洞磨制石器的先祖。真正的山野，它不是打扰你，不是触动你，而是完完全全地占有你。没有交流，而仅是被动地接受，这或是一念不起的真正境界吧。

百瀑峡因瀑布得名。山峡绵延 20 余里，有大小瀑布几十个，路边能看到的就有 10 余个。给我印象最深的是莲花盆。莲花盆位于一片环山之中，由三个瀑布组成。瀑布不大，却各自精致有趣。北面的瀑布倾泻着一带耀眼的白色，南边的姊妹瀑却是依着山崖上的奇石轻盈地摇摆，如缠绕在飞天身上的飘带。瀑布下的水并不深，可以说是无色的，能清楚地看到水中的小鱼和水底的沙石。所以身处三面环瀑之中就没有压抑的感觉，只有恬适的、摒弃思索的懒意。水声很大，却不单调。北面的落瀑声如果是布达拉宫清晨深厚粗犷的犀牛号角，那南面的就像在演奏小提琴和单簧管，是轻快的，跳跃的。无时无刻，特别能感受到的是那股清凉，如果山口的清凉是沁人的，那么在这里好像要穿透你而去了。

往前就是珍珠潭。百瀑峡瀑布之下的地势大多是平缓的，水落下来就流走了，只有这个瀑布弹奏出了一池青绿。周围的树木茂盛，把潭上的一曲细瀑衬得越发瘦弱，如闺房中腼腆的少女。飞瀑入潭，也如初出闺房般，没有呼啸而至，而是带点好奇，带点惶恐，飘逸地、轻快地滑入水中，然后在潭中愉快地旋舞，散落成片片雪亮的珍珠，香山居士所谓“大珠小珠落玉盘”差可形容，所以叫珍珠潭了。白得耀眼的瀑布，化为绿得化不开的瀑水，一刹那就完成了，散落的珍珠也没有留下印迹。可是坐在这瀑下，这潭边，瀑布已成了永恒的动，潭已成了永恒的静，好像从亘古就没有变化的对峙。

久久地，人，在这一刻，只剩下一声长长的叹息了。

忘记不了的黄土黄

郭祥昭

因家住农村，抬眼满是黄土黄，故对泥土的情感打小就是别样的。

小时候，母亲曾经教诲说，将来不论走向何方，不要嫌弃了脚下的黄土黄，她也是生你养你的爹和娘。的确，小时候因家庭贫穷，一碗玉米糁能照见人影，并且往往是吃了上顿要愁下一餐。母亲经常要我下地薅野菜，诸如面条菜、芨芨菜等，回家和玉米面烙了，让一家人吃上三五天。

年少不知愁滋味。每逢母亲让我上地薅野菜时，是一天中最欢欣的时候。忘了饥肠辘辘，也忘了娘亲翘首盼儿归，与别的顽童嬉戏打闹，尽情让欢声笑语洒播在黄土地。

或许是对我的顽皮不放心，母亲因病去世时一再叮嘱，待她去世后，就把她埋在家门口的黄土地里，让她眼见儿出门、心盼儿归家。待参加工作后，碰上烦心事时，回家对父亲说了。父亲就会一遍又一遍讲母亲在世时叮嘱过的话儿，地里走走，什么忧愁，什么烦恼，都会忘掉的。

父亲是这样说的，也是这样做的。每逢节假日或星期天携妻带女回家，父亲往往肩背镢头或手持镰刀在地里忙碌。及至把他喊回家，劝他不要这样卖力时，父亲总是粲然一笑说：“习惯了，再说，你娘在世时，我们也是这样走过来的。现在老了，上地也干不了什么，权当陪你娘说说话儿。”

从记事起，父母对黄土地的情感是深厚的，因为深厚，所以执着。在种庄稼上，父母是不会偷懒的，特别是父亲总是闲不住，地锄了，草薅了，粪上了，水浇了，在别人可说是无庄稼活儿做了。但他却不一样，能够成大半天静静守候在地头，不为别的，只为听玉米拔节的声音，只为看麦苗摇曳的姿态。在为人处世上，父亲也总是教诲我，人懒地一时，地懒人一季。逢天旱了，父亲会说，锄地去，锄头上有水；遇雨涝了，父亲就讲，锄地去，锄头上有火。在父亲眼里，地似乎就是锄成的。在母亲下世六年后，父亲也魂归黄土地，追随母亲去了。现如今，回想父亲的话儿，让人顿感世事沧桑，但身可以老，心永远不会忘了“锄地去”。

毕竟是农村长大的孩子，在城市生活久了，总感觉心仿佛已经被一块又一块的坚硬紧紧包围了，偶尔可见的也只剩下阳台上、马路边一撮撮干涩的泥土了，曾经记忆中的一片又一片的土地正在淡出视野。

不敢忘了黄土黄！不论工作怎样的忙，总要偷了闲与朋友去野外走一走。每每这时，一如鸟儿挣脱了樊笼，仿佛又回了儿时，似乎又见娘亲翘首家门口，声声唤儿回。

不敢忘了黄土黄！深秋时节，再一次站在黄土地上，一块又一块的玉米地，在清瘦的阳光下，摇曳清新的绿。细嗅泥土香，满眼黄土黄，我身已飞扬，我心永飞翔。

感谢您——脚下的黄土地，是您，给了我山一样的性格，让我凝神，把脊梁挺上云际。感谢您——脚下的黄土地，是您，给了我一双鸟儿的翅膀，让我飞上天空，把理想挥洒。

脚下的黄土黄——生我养我的爹和娘！是您，给了我一切……

所以，不论身在何地，不敢忘了父母在世时一遍又一遍叮嘱过的话。所以，不论何时，守望一垄垄黄土时，只想双手紧攥两把泥土，痛叫一声“我的亲人哪……”

行走在白山黑水之间

林旷德

利用参加学术活动的机会，去了一趟思谋已久的东北。原本对东北就有些了解，在长篇小说《妈妈领着我们闯关东》里对东北和东北人有一些描述，这次东北之行，深切感受到了白山黑水的厚重。

东北地域辽阔，资源丰富，土地肥沃，民风淳朴，“闯关东”使东北更像一个“移民地区”，人们真正来自五湖四海，山东、河北人居多。东北被日本帝国主义者殖民统治的时间最长。同时，东北还是少数民族聚居之地、清王朝发迹之地。1949 年后，东北作为重工业基地，为共和国的经济建设做出了巨大贡献。抗美援朝，东北人民又成为这场战争的主要支撑。

波音 757 的快捷大大缩短了距离，仅仅两个小时就从中原腹地来到曾被称为奉天的辽宁省沈阳市，那里有皇太极执政时的沈阳故宫，有富有民族气节的张氏父子居住过的张学良旧居。沈阳往东 45 公里就是抚顺，抚顺是清朝的发祥地。继续北上，来到吉林通化，通化是河南老乡杨靖宇将军活动和牺牲的地方，又是解放战争打响的第一场战役——三下江南四保临江战役的发生地。在整个东北，你能深切感受到两点，一是东北人民不忘历史、痛恨日本帝国主义者的同仇敌忾之气；二是东北人民对杨靖宇将军刻骨铭心的深切怀念之情。

作为东北抗日联军的主要领导人之一，杨靖宇将军把东北的各个抗日力量团结在一起，使抗日队伍不断发展壮大，严重威胁日本在东北的殖民统治，日军对抗联进行疯狂报复。日寇实施惨无人道的归屯并户政策，摧残南满抗日根据地和抗日联军。叛徒程斌投降后做的第一件事就是摧毁 70 多个抗联的补给生命线——密营，一夜之间，部队陷入弹尽粮绝的境地。杨靖宇让大部队转移，只带领一小部分坚持斗争，最后只剩将军独自一人，被关东军讨伐队和由抗联叛徒组成的伪满特工队包围，激战中将军被叛徒机枪点射命中要害，壮烈殉国，终年 35 岁。经日军解剖，发现将军竟以军大衣中的棉花、树上的树皮、雪下的草根为食，残暴的侵略者也被震惊和折服了，当年杀害将军的伪通化省警务厅长岸谷隆一郎特意为将军举行了“慰灵祭”，这是将军身后的第一次公葬。此后，东北人民又先后为将军举行了两次公葬。杨靖宇将军领导的抗日联军牵制了数以万计的日本关东军，使他们不敢倾巢入关，这应该是将军对抗战的又一重要贡献。

靖宇县、尚志县、一曼大街，从这些由英雄名字命名的地名中，我们不难感受到东北人民对抗日英雄的深厚情结。

继续深入东北腹地，来到中国十大名山之一的长白山，那才是真正的原始森林。长白山天池位于长白山主峰火山锥体顶部，湖面实际高度2194米，高于天山天池、文县天池和云南滇池。湖水面积9.8平方公里，湖水平均深度204米，最深处达373米，是我国最大、最深、最高的火口湖，荣获海拔最高的火山湖吉尼斯世界之最，不愧“天池”之称。天池略呈椭圆形，形如莲叶初露水面。池水碧绿清澈，四周奇峰林立，陡峭嵯峨，挺拔峻秀，十分壮观，与天池碧水交相辉映，美不胜收。天池是松花江、图们江、鸭绿江的三江之源。它像一块瑰丽的碧玉镶嵌在雄伟壮丽的长白山群峰之中。

长白山的植被同样富有特色。随着海拔高度的不断增加，长白山的树木依次变化，由阔叶林变为阔叶针叶混交林再到针叶林，及至接近山顶，到了海拔最高的高山苔原带，完全成了“不毛之地”，由于寒冷，树木完全消失，但是满山的高山杜鹃开始出现。山上的冰雪尚未融化，天池仍在冰封之中，雍容华贵的高山杜鹃便顶风破雪，傲然开放，成坡谷、成群落地绽放在冰雪之上，铺翠叠锦，漫山遍野，像镶嵌在山坡上的一簇簇繁星，覆盖了高山苔原的大部分面积，第一个把春天带到皑皑白雪之上，在海拔

2000米以上的高山苔原扎根，成为长白山之春最早的报春花和最壮丽的花的海洋。高山杜鹃盛开得十分执着、十分顽强。她顽强的生命力深深地震撼了我，尽管为了躲避随时肆虐的狂风，她们丝毫不事张扬，把自己生得过分低矮，用匍匐前进昭示生命的顽强和坚韧，以坚毅而顽强的生命力，共同编织着锦绣的天池风光。这种顽强和坚韧，不正象征着我们百折不挠的中华民族吗！

长白山天池由于高度较高，即使是盛夏时节，气候依然瞬息万变，风狂、雨暴、雪多是它的特点。时而风和日丽，惠风和畅，时而又淫雨霏霏，寒风刺骨。甚至暴雨倾盆，冰雪骤落。用“一日有四季，十里不同天”来形容那里的气候毫不为过。以至于许多人数次景仰天池都无功而返，乘兴而去，扫兴而归。因为一旦天公不作美，整个山峰和天池就会大雾弥漫，烟雾缭绕，绰约多姿的奇峰危崖统统被罩上一层朦胧的面纱。这雾霭风雨，瞬息万变，虚无缥缈的白山风云，既绘出了“水光潋滟晴方好，山色空蒙雨亦奇”的绝妙美景，又为长白山天池增添了无限的神秘感，塑造了长白山天池的独特个性。笔者的运气较好，登上1236级台阶，天池便映入眼底。长白山天池是鸭绿江、松花江、图们江的发源地，正如天山天池浇灌新疆天山北坡一样，源源不断的长白山天池水源滋润了大半个东北，滋润了肥沃的黑土地，养育了厚道的东北人。

这只是我在初夏看到的长白山西坡的风光，至于天池北侧高达 68 米的长白瀑布，冬季千里冰封、万里雪飘的北国风光，只能待下次再欣赏了。

窗外的风景

陈玉山

十年前，我从医校毕业后被分配到一个偏僻的职工医疗室。虽然医疗室简陋、陈旧，面积也只有二十多平方米，却有一面幽静明亮的小窗可以远眺。

窗外的风景虽不能醉人，却也清爽闲静。一片绿茵茵的草地，一条清澈的小河，被当地老百姓称作“红楼梦”的工人住宅区就建在小河后面温润的山坡上，那是一片醒目的粉红色建筑，曾经是矿务总局的干部疗养院。

闲暇的时候，我总喜欢一个人站在窗前，看风儿走过，阳光走过，看悲情的花寂寞地开放，惆怅地飘零……更吸引我目光的是工人住宅区围墙外小路上那对散步的老人。几乎每天的一早一晚，那对老人总是肩并肩，手拉手，互相依靠着在那条小路上走，他们走得缓慢而悠闲，一直走到围墙北边拐角处有几棵槐树的地方才停下来。这是一条曲折而宁静的荒径，平时很少有人涉足。两位老人相互依偎着坐下来，彼此亲切地交谈着什么，男的还用一只胳膊搂着女的后腰，那样子像是热恋中的男女，恩爱而幸福。

这对恩爱的老人我是认识的，有那么几次他们从窗外的风景中走到我简陋的医疗室里来。男的姓杨，患有严重的胃溃疡，常常在夜里疼痛，我曾劝他去市里大医院看看，医疗室有限的几样小药根本治不了他的病。杨大叔很坚强，他满不在乎地说："小毛病，二十多年了！"杨大叔热情开朗，谈笑风生，他搞地质工作跑遍了大半个中国，他的许多人生经历让我感觉新鲜而刺激。他说有一次在西北一个叫老虎沟的野山里搞勘探，下山时迷失了方向，和同伴走散了，他懵头懵脑地在深山密林中瞎摸瞎撞，折腾了大半天都没有走出去，更糟糕的是他竟然掉进猎人设置的陷阱。陷阱很深，且潮湿寒冷，严重缺氧。他在陷阱内拼命地挣扎，呼叫，耗尽了所有的气力，却依然无济于事。他在绝望中昏迷了两天后被一位牧羊的小姑娘救了出来。当他醒来的时候，已躺在姑娘家温暖的土炕上，身旁站着那位小姑娘和她善良的父母。小姑娘生得小巧玲珑，眉清目秀，却是个聋哑人。杨大叔讲到最后万分感慨地说："到现在我都搞不明白，她那么瘦小单薄，又是个聋哑人，是怎么把我从那么深的陷阱里弄出来，又走十多里的山路背回她的家中的！"杨大叔讲得很感动，我听得也很感动。善良温顺的大婶总是不说话，她静静地拿温情的目光望着讲话的杨大叔，慈祥的脸庞上总是洋溢着幸福的微笑。

有了两位老人的装点，窗外的风景更加精彩生动，让我执迷留恋。从春至夏，从夏至秋，那熟悉的身影总是日复一日地出现在那条曲折宁静的小路上。这是一道点亮人生温暖生命的风景，望着他们，我的心里就充满了深深的感动和敬意，我真诚地为两位老人祝福，也期待着他们能够再次走到我的医疗室来，听杨大叔讲关于地质事业的艰苦和崇高，也讲他那充满传奇色彩的人生经历。我也很想知道那个聋哑小姑娘的命运，还有就是关于他和大婶的故事。

然而，立秋后的一天，当我再次打开小窗的时候，两位老人却出人意料地没有出现在那条小路上。第二天，第三天，一个星期，一个月过去了，还是看不到两位老人的身影。我感到非常的郁闷和不安，他们到哪里去了？是家里出了事还是出了远门？要么就是杨大叔的胃溃疡……我在心里猜测着，担忧着，期盼着，也深深地为他们祈祷着。

整个冬天里两位老人都没有出现。

整个冬天里窗外的风景苍白而荒凉。

春天来了，窗外的风景开始潮水般欢腾喧闹的时候，两位老人依然没有出现。我已经彻底失望了，没有了他们，我不再有看风景的兴致和激情了，我于是关闭了小窗，很久没有再打开它。

初夏的一个下午，我正在给一位外伤病人包扎伤口，大婶却突然走进了医疗室。几个月不见，她似乎消瘦了许多，也苍老了许多。我按捺不住激动的心情，没等大婶站稳就急不可待地问:“你们到哪里去了？大叔呢？大叔怎么不来呢？你们……”我还要继续问下去，却看到大婶有些慌乱，一脸的茫然不知所措。但很快大婶像是意识到了什么，她表情悲苦地望着我，一边“哇哇”地说话，一边用手比画，还把右边的胳臂伸给我看，我这才惊奇地发现原来大婶是个聋哑人。

大婶让我看到的是戴在她右臂上的黑纱带，我知道这黑纱带是为缅怀死者而戴。我很悲伤，望着大婶那张苍白却依然是那么慈祥的脸，我不知道该说什么话才好。

我安抚大婶坐下，倒了一杯水给她，感觉屋子里压抑沉闷，有些透不过气来，于是就转身打开了那面关闭的小窗，一股潮湿的冷风扑面而来，窗外是一片零乱凄迷的细雨。

溪边风物已春分

胡晓

春天的风，一不小心，便在小城中播撒下了暖暖的气息。

周末的早晨，推窗，一股青草香扑鼻而来，神清气爽，啁啾的鸟鸣声不绝于耳，叫醒了春天。没有了乍暖还寒的起伏，春分，如约而至了。

母亲打来电话，说中午包荠菜饺子，让回去吃，心里顿觉美滋滋。中午回到家时，母亲已经忙活起来，荠菜的清香、柴鸡蛋的香味弥漫开来。

“小时候在老家时，像这样的时节，我一放学就和小伙伴们去地里薅野菜，荠菜、面条菜、毛妮菜，各种野菜多哩很！”“是啊，那时候，日子虽不富裕，你们却也乐在其中，特别是春天一到，一个个跟疯猴子一样，田野成了你们的乐园。”“哈哈，天一暖和，裙子美衣又可以闪亮登场了。”“看把你臭美的，节气在那儿赶着呢，马上春分了，能不暖和吗？过了春分，天就越来越暖了。”“春雨惊春清谷天，夏满芒夏暑相连，秋处露秋寒霜降，冬雪雪冬小大寒。看看您的学生咋样？您教的二十四节气歌这么多年依然背得滚瓜烂熟。”“好、好，奖励、奖励你吃荠菜饺子……”

包着饺子，和母亲聊着，像从前一样，似又回到了小时候，一时间，朗朗的笑声溢满了这个春天。

春分是二十四节气中比较重要的标志性节气。春分这天，太阳行至黄经0度，地球各地的昼夜时间相等，又正当农历二月中，所以有“二月中。分者，半也，此当九十日之半，故谓之分”之说。

每年春分，世界各地有数以千万计的人在做中国民俗“竖鸡蛋”游戏。故有“春分到，蛋儿俏”的说法。

每年不管多忙，我都会和闺密相聚相约竖鸡蛋，嘴上说着无所谓，其实俩人在心里较着劲：看谁先竖起来。结果是我俩成功与失败的概率基本均等，最后俩人开怀大笑，喝上一杯奶茶，致敬历久弥新的友情。

春分，除了竖鸡蛋，在鲁山，还有吃荠菜、放风筝、炸爆米花等风俗习惯。

荠菜是生长在田间地头的草本植物，开白花，可入药。荠菜营养丰富，食用方法很多，可凉拌，还可用来做馅或做汤。在鲁山，有一种特有的荠菜食疗习俗，就是早上采经过露水滋润的荠菜，熬水后用来煮荷包蛋，吃荠菜煮鸡蛋可防治头痛头晕，因为人们笃信，药王在天亮前会把祛除百病的灵丹妙药通过荠菜广施人间。

风筝，古代称鹞、纸鸢等。相传风筝最早是由墨子用木头制成的木鸢，墨子和鲁班曾经在风筝山比巧，墨子做的木鸢三天三夜而不落。这就是风筝的起源。隋唐以后，由于造纸业的发达，民间开始用纸来裱糊风筝，晚唐时期，人们在纸鸢上加哨子，其鸣如筝如琴，故称“风筝”至今。春暖花开，微风飘荡，最适合放风筝，不仅可以活动筋骨，还能消除春困和郁闷。春分一到，鲁山城乡各地都可以看到人们放风筝的场景，鲁山也连续三年举办了风筝大赛，以此迎接春天的到来。

爆米花过去都是用家中的铁锅掺沙去炒的，由于条件有限，炒玉米时有的炒开了花，有的没有炒开花（俗称“哑巴豆”），也有炒煳的。后来有了走街串巷用密封炸锅爆玉米花的：选一片空地，生起小火炉，将玉米倒入密封炸锅放在火炉上加热；几分钟后打开锅盖，随着“嘭”的一声，就爆出了金灿灿、白花花的玉米花。也有用大米炸米花的，还有把米花制作成花米团和米糕的。记得小时候，一听到村上有炸爆米花的，一群小孩儿就一路跟着跑，能跑整个村子，为的是捡拾漏掉的爆米花吃，美味可口，回味无穷。

春分到，花儿俏。春分时节，鲁山各地的花儿也赶趟儿似的竞相开放，辛夷花、杏花、梨花、桃花、连翘花……养了眼，悦了心，渲染了冷寂一冬的山野，于赏花踏春中邂逅诗情画意的鲁山。

（原载《平顶山日报》2022 年 3 月 22 日）

鲁山揽锅菜

朱华科

如果老婆正月初一中午做了揽锅菜，男人绝不会怪女人懒。女人不是懒女人，揽锅菜也绝不是懒锅菜。

女子未出嫁，正月初一中午在娘家吃的也是揽锅菜，男子未结婚，和母亲在一起，过年也是吃的揽锅菜。揽锅菜是鲁山人过年的传统菜，究竟吃了多少代，谁也不知道。

劳动人民，男、女都不懒。春天养柞蚕，男人顶蚕筐，女人拾蚕；夏天男人掘地，女人撒种。男人是土做的，犁耧锄耙，扬场放磙；女人是汗做的，牵牛打坷，圆场。女人是男人的影子，男人到哪里，女人跟到哪里。

伐坡喂蚕，种地打场，女人是男人的下手。中午收工回家，生火做饭，男人是女人的下手。女人是厨师，男人是伙夫。大年初一，一早放过鞭炮，吃过荷包蛋，吃过饺子，见过父母，到村头土地庙前上过香，给子侄发过压岁钱，喂过鸡鸭猪牛，已近午时。男人生火，女人掌厨。切了红烧肉，取了酥肉、酥排骨、肉丸子、酥梅豆角，切了油炸豆腐；烫了红薯粉条，发了拳菜；洗了白菜，择了菠菜、蒜苗、芫荽。炝了锅，熟半碗自家捂的酱。一碗煮肉汤糟的萝卜菜做底菜。续了滚水。放入红烧肉、酥肉、酥排骨、肉丸子、酥梅豆、油炸豆腐条，过了一刻钟，油炸的缩了身子的荤菜熬透了；放入粉条、拳菜，再过一刻钟，这些干菜熬筋了；放入白菜、菠菜、蒜苗，撒盐，又一刻钟后，这些鲜菜熟了；撒入葱花、蒜末、姜末。这时，一锅热气腾腾的搅锅菜就成了。老婆若把白菜、菠菜、蒜苗单炒，再搅在一起，必遭男人的反对，说是放屁过罗，多那一事。

有一年，尧山上一家子过油锅早，红烧的、酥炸的都做完了。腊月二十六，南方一位炭客路过这里，搭便饭。女主人便以搅锅菜招待客人。那炭客原也下得厨房，见女主人将那荤菜和素菜搅在一起，鲜菜和干菜搅在一起，熟菜和生菜搅在一起，便觉得好笑。女主人见炭客笑，问道："你们不这么做吧？"炭客道："这么多菜怎么搅在一起？出几个盘子。荤是荤的，素是素的，干是干的，鲜是鲜的，熟的油焖，鲜的爆炒，多好？"

炭客这么一笑一道，女主人便觉得脸红手拙。几个菜就得几个味道，那是她做不出来的。若几个菜做的是同一个味道，那不还是一个菜吗？男人倒是阔绰。笑着对炭客道："大哥，菜到肚子里不还是搅在一起，还会分一道一块、一道一撮吗？"

搅锅菜是快餐。主食若是米，盛半碗米，米上面再盛半碗菜，这饭和菜又搅在一起。主食若是馒头，左手五指端一碗菜，手心里两个馒头，右手五指端一碗稀饭，指间夹一双竹筷。热气腾腾。口面一尺二的敞口深肚炒锅里，荤菜素菜，干菜鲜菜，一窝一窝，混而不乱，一家三代，男女老少齐上阵，各尽其能，各取所需。人不等菜，菜不等人。其乐融融！

端起饭碗，男人必串饭市儿。鲁山人不爱待在家里围着桌子吃闷饭。一个村庄，一个小巷，相邻的七户八户，十户二十户，必在村前巷口宽敞的地方茓个饭市儿。饭市儿必是冬天向阳，夏天成荫。饭市儿上一排排从沙河搬回的天然石凳，冬天那石凳上一把稻草或一件旧衣，大家傍石而坐。虽明白孔圣人的“食不语”。但全不当真。天南地北，古今中外，国家时政要闻，村上家长里短。饭市儿就是村子里的论坛，就是村子里的“新闻联播”。三天不入饭市儿，在村上必将落伍。生猪涨价了，收玉米的小贩儿玩秤头了，张家的小儿子要娶媳妇了，王家出嫁的女儿生娃了，不入饭市儿，你不会及时知道。该卖的生猪你没卖，该注意玩秤的小贩儿你没注意，该送的贺礼你没送，在家里围着盘儿碟儿吗？你还不成为大家的笑料？还是吃搅锅菜，还是上饭市儿。搅锅菜吃了，该得到的信息得到了。夏天吹的是自然风，冬天取得是太阳暖儿。吃完饭，嘴一抹，砍柴的砍柴，放牛的放牛，锄地的锄地。不亦乐乎！

谁也止不住鲁山人对搅锅菜的爱好。这百样杂陈，这和而不同，这热气腾腾的菜！你也许笑鲁山人太穷，鲁山人太笨，鲁山人太懒。鲁山人回答你的是憨实的笑。大巧似拙。鲁山人有开山到顶的勤劳，鲁山绸有举世的美丽。鲁山七山二水一分田，正因为穷，才勤劳，正因为勤劳，才产生了搅锅菜这道快餐。

莲菜坑

李文宾

北方人生性豪爽粗犷实诚，干什么事都实打实，来不得半点虚假。南方人细腻精明感性，对什么事都讲究情调，故弄一些玄虚和意境。南方人对有水的地方叫湖，或者塘，或者池，而北方人则不同，直接就叫了水坑，不加一点修饰，土香土香的。其实那坑哪个也不小，与南方叫湖的地方比一点也不逊色，只是没有赋予那么浪漫而已。山城从前县城中心就有一个水坑，一个面积颇大的水坑，它还有一个名字叫莲菜坑。莲菜其实就是藕，也是荷，如果在南方人家一定会把莲菜坑叫为藕塘，或者莲池，或者荷花湖，而绝不会这么土气直接不加修饰地叫莲菜坑的。不过，从对莲菜坑的叫法上却透露出了山城人的那种朴实的民风，这种从泥土里散发出来的实在劲让人心里踏实倍感亲切。

山城的那个莲菜坑有十几亩地那么大，水面宽阔，水质碧绿。每到春天，生长在水下的莲菜根便会发出嫩嫩的芽，从水底下钻出水面，呈现出长势旺盛的荷叶。荷花盛开的时候，莲菜坑便会展现出另外一种迷人的景色来，那淡红色的荷花蕾竞相开放，那绚丽的景象往往不由自主便会让人去联想轻移莲步手拿莲花的何仙姑，那满坑的碧水和美丽的荷花辉映出的景色让人不得不相信自己是身处在人间仙境之中。那静若处子的莲花又让人不得不去感触陶渊明先生笔下的莲，《爱莲说》的余音仿佛还在耳旁萦绕，“出淤泥而不染，濯清涟而不妖，中通外直，不蔓不枝，香远益清，亭亭净植，可远观而不可亵玩焉”的品质深深地折服了每一个赏花人的内心。雨天的莲菜坑被雨帘笼罩的时候烟雨朦胧，那满坑的荷就像披上神秘的霞衣高深莫测。那些落在荷叶上的雨滴，在触及荷叶的那一瞬便粉身碎骨、七零八落，一向可以穿透石头的雨滴，竟然对荷叶无可奈何。那宽大的荷叶光滑无比，光滑得让雨滴无从下手，落在上面也只能咕噜噜地滚下荷叶落入水中。月圆之夜，坐在皓月当空的莲菜坑沿的歪脖柳树下的大石头上，看着那披了一层银色月光的荷花，听着悦耳蛙鸣，荷塘月色的夜景，那更是让人心旷神怡别有一番感触在心头。秋天的时候，满坑的荷经过一夏的生长，生命开始凋谢，曾经美丽的荷花已经凋零得七零八落，没有了一丝影子，只有那逐渐变黄发黑的荷叶展示着生命的最后时刻。当冬天凛冽的北风使劲吹了一夜后，把经受不住寒冷的莲菜坑冰封了起来，那些残荷便被冰包裹在了里面。年关挖莲菜的时候，当人们把一节节莲菜从黑色的淤泥里挖出来在水中洗净露出它洁白的颜色后，看着它们那俊俏的模样让人不得不去感叹莲菜的神奇，生长在终日不见天日的淤泥里竟然生就成这般的可爱也真是难为它了。

莲菜坑是美丽的，但是它留给我的印象更多的是童年的记忆，莲菜坑充斥着整个童年的记忆，很多快乐时光都是在莲菜坑边度过的。小时候，大人们最担心的就是小孩子们往莲菜坑里去玩水，莲菜坑中央的水深，大人们害怕淹着小孩子，便不让去莲菜坑。可是莲菜坑对小孩子的诱惑比给个糖吃的诱惑力还大，不让去那怎么中啊？于是，想着法偷着冒着被发现后挨打的危险也要去。在莲菜坑里洗澡是痛快的，但后果也是严重的。为了不被大人发现自己在莲菜坑里玩过水，洗过澡后，就站在莲菜坑岸边的大石头上，把自己的头发和身体晒干后再回家。可是经验丰富的大人通过用指甲刮皮肤的方式仍能准确地判断出洗过澡还是没有洗过澡，洗过澡的皮肤被指甲一划便会出现一道道明显的白色划痕，而没有玩过水的肌肤任凭怎么划也划不出白痕来，即便是能划出来，颜色也是浅得不能再浅了。当大人的指甲划过肌肤出现白道后，惩罚便接踵而来。大人那如扇子般的巴掌杀伤力极大，落在稚嫩的屁股上那一瞬，那种疼痛足以让我忘掉莲菜坑玩水带给自己所有的快乐。在接受这种惩罚的时候，面对屁股上出现的红肿的巴掌印，心里发誓坚决不会再去莲菜坑洗澡了。可是好了伤疤忘了疼的我，再次面对莲菜坑那一坑碧水的时候，再次无可救药地脱去了短裤背心，纵身一跃又像鱼一样在水里穿梭，尽情地享受水的美妙，体验着作为一条鱼的自由和得意，大人巴掌带给自己的痛楚又被抛到了九霄云外。忘掉疼痛的后果是灾难性的，教训是惨痛的，于是大人扇子一样的巴掌落在屁股上的声音伴随着我死去活来的惨叫声再次响起，因为洗澡被揍的剧情再次上演。我就是这么自作自受的没记性，唉！

童年里我和我的伙伴们光着屁股在莲菜坑里戏水，站在歪长在水面上的歪脖子柳树上往水里跳练跳水。我们还自己动手制作钓鱼的工具钓鱼，找来一根尼龙绳，再把从母亲线筐箩里插在线轱辘上的针偷来，放在火上烧红，用钳子捏成弯弯的鱼钩，把鱼钩绑在尼龙绳上，然后再用药膏皮做铅坠，用蒜秆做渔浮。在鱼钩上挂了红蚯蚓，便扔到水里钓鱼，莲菜坑里的鱼多，胃口极好，一点也不挑食，颇为好钓，年幼的我们一会儿工夫便能钓到一柳条的白条和鲫鱼。除此之外，我们还用细绳绑了罐头瓶的口，里面放些馍花用小瓦块压着沉到水里，稍停片刻后猛地提上来，里面便会盛满了欢快贪吃的小鱼。把这些小鱼拿回家去，母亲便会用面把它们裹上放进油锅里炸，炸得焦黄焦黄的，内酥外焦，咬一口满嘴生香。这种香味一直香透了我的心里，一直香到现在，我知道它会一直香下去。

年关莲菜坑里的鱼出坑的时候是最热闹的时候，二三十人拉着长长的渔网从莲菜坑的这头往对面拉，一边拉一边猛烈地敲击船帮，把鱼往对岸赶。岸上尽是看捕鱼等着买鱼的人们，他们跟随着捕鱼的人往对岸移动。莲菜坑里的鱼被拖网撵着往一处撵，鱼在水里的空间慢慢变小，自由惯了的鱼儿忍受不了这种人为的拥挤，它们一蹿老高，有的跃过了拖网挣脱了，成了漏网之鱼。但是大部分的鱼都属于白跳，跳得虽然高，也只是虚张声势，到了又落到原来跳起的水面，继续被拖网往一处撵。不过，那些鱼被撵急跳出水面的阵势还是非常壮观的，成千上万的鱼一个个都跟长了翅膀似的，一下跳出老高老高，在水面的上空飞舞，银光闪闪的。经过一番惊慌失措歇斯底里的跳跃后，那些鱼都精疲力竭一个个翻了白肚，在拖网里的浅水里吐着水泡。被撵到一起的鱼无比拥挤地堆在一起，那么多肥胖胖白花花的鱼让谁看见都眼馋，恨不得下去掂两条就跑。

莲菜坑里的水肥，一年四季根本不用人为地喂鱼。年初的时候只用放进鱼苗就可以了，静等着年底拉网捕鱼。在天然水域里长大的鱼肉质鲜嫩，没有泥腥味。那些被拉网捕上来的鱼不一会儿便会被人买光。有一年，在收网之后，父亲买了两条肥肥的鲤鱼回来炖了。那天天阴沉沉的，天空中飘着淡淡雪花，冷极了。我从学校回来一进家门便闻到了从厨房飘荡出来的香气，那香气沁人心脾立时就勾起了肚里的馋虫。父亲把煤火炉从厨房里掂出来放在堂屋里，再把那盛着炖好的鱼的平底铁锅放到上面继续炖。然后，父亲、母亲和我围着火炉坐下，手里端着盛了米饭的碗，就着锅里炖的翻滚的鱼热乎乎地吃起饭来。锅里炖的有鱼，有蒜薹和粉条，长时间的熬炖，鲜美的鱼汤浸透了蒜薹和粉条，味道那个美啊，吃得那个解馋啊，现在一想起来都还直流口水。这顿饭记忆太深刻了，一直到现在，那场景，那滋味都记忆犹新，啥时候想起啥时候就跟在当时一样，真真的。

如今莲菜坑已经消失得无影无踪，彻底从山城人的视线里消失了，曾经的莲菜坑已经被填平，取而代之的是一片钢筋水泥铸成的森林。莲菜坑已经成为永久的记忆，只有在偶尔的梦里能够见到。梦里的莲菜坑还是那么迷人，盛开的荷花，宽大翠绿的叶子，红色的鲤鱼在碧绿的水里自由地游来游去，穿梭流连在荷秆之间，而我还是当年那个手拿钓竿的少年，蹲坐在莲菜坑边的柳树下一眼不眨看着水中的渔浮，耐心地等待着鱼儿上钩。美丽的莲菜坑让我想念，充满快乐的童年让我难忘，想起童年便会想起莲菜坑，莲菜坑和童年有着割舍不掉的情愫。

乔迁之喜

杨 娥

儿子把搬迁新家的日子定在母亲节，说是送给妈妈的节日鸿禧。

和煦的阳光透过落地窗，洒向宽敞的阳台，轻奢简约的装修给人舒适安逸的感觉，家的温馨婉约成丝丝缕缕的春晖，浸润着幸福的情愫在周身蔓延，安静美好，祥和煦然。

“伐木丁丁，鸟鸣嘤嘤，出自幽谷，迁于乔木”，这是《诗经》中对乔迁的最早描述。人类从“构木为巢”“凿穴而居”，发展到利用智慧建造房屋，创造了中华文明史上别具风采的建筑艺术，每一次乔迁都是向着更完美的境遇进发。

记得第一次搬家是和父母一起，从一庵茅草棚搬进三间大瓦房，和奶奶家分门另过，衍生了一个新家庭。

像燕子衔泥一样，我和母亲一直奔走在建造房屋的路上。四周的墙壁是亲戚邻居帮忙用黄土夯实的，北方人叫作“打墙”，用两块厚木板夹成凹槽，填满黏土然后摧瓷。领板摧小杵是二舅的拿手活儿，不仅需要眼巧，还要有力气和技术，一条腿残疾的二舅，掂起 20 多斤重的铁杵，高高地举过头顶，蹬直一条腿左右摆动，铁杵均匀落下，那一抹夕阳下的剪影，是我少年记忆中最完美的体操造型。

续木缮瓦，是母亲最犯愁的事。天青色的勾瓦连着母亲的愁绪，牵扯着我们对新房的期盼。瓦匠师傅飞转轮盘，把一坨坨黄泥旋转成瓦的模型，从几千摄氏度的高温中窑变成一片瓦蓝色的梦。我家工分少，需要用金钱兑换。借钱吧！大舅说："不争不欠不算一家儿人家，娶媳妇盖房借钱不丑。"

也许人生就是在争和欠中往前奔吧，母亲也是第一次欠人家的账，赊人家的情，搬新房那天请了几桌酒席，我和弟弟妹妹沉浸在乔迁新居的喜悦中，娘的脸上却有着淡淡的愁云。

"之子于归，宜其室家。"男人娶了妻，便有了家室，可见婚姻是以"室"为基础，然后成"家"。可我和爱人是很纯粹的"裸婚"。夫家的旧房，是祖上留下的产业，曾经的繁华与荣耀，只是一道走在时光里的记忆，如今的破败与沧桑，唯有一个"旧"字可以涵盖它存在的所有意义。好在单位有教师宿舍，把两间办公室连在一起做新房，用芦苇和竹竿扎成龙骨吊顶，第一层糊上绵纸，容易粘贴，然后附上报纸和画报，就有了质感和艺术性。这一住就是十多年，从前院到后院，根据学校住房安排，腾挪转换，始终没有离开校园。

母亲一直耿耿于怀，她始终认为我是个没家的人，犹如水上的浮萍，扎不下根来。母亲从不到学校去找我，她固执地认为，学校是个很严肃的地方，她一个老百姓不便出入，等我啥时候有了自己的房，她再到我家住。

到了2012年，学校周边开发房地产，母亲贴补一些资金，极力鼓动我买房。仔细想想，婆母年迈，儿女长大，住在学校十分不便。咬咬牙东挪西借买了三室两厅的新房，辗辗转转终于有了自己的家。母亲显然很高兴，给亲戚们说："我妮有家了，有空去坐坐，离街上很近，洗澡购物都方便。"

乔迁新居那天，母亲在新家的客厅摆上几案，燃上一炷香，从口袋里摸索出两张百元大钞卷上一袋发酵粉，很庄重地放在几案上，双手合掌，念念有词。母亲的想象力丰富且寓意深远，有她自己独特的理解和联想。也许是我终日的拮据令她常常萦怀，借乔迁之喜祝愿她的女儿转运发家，也未尝不是一番美意。

数年后因为急用钱，我把这所房子卖掉了。母亲说我是败家子，我的内心也有深深的痛，不忍也不敢回首这个曾经的家，那里有我们全家无限的温馨和无穷的回忆。

尽管我们每个人都在追着太阳奔跑，尽管阳光把她的温暖均匀地洒向了人世间，但也不乏蹒跚的脚步赶不上时代奔腾的速度。当时光用白发向我发出警示，不禁感慨，岁月蹉跎，年华向晚，一种"人生无根蒂，飘如陌上尘"的伤感油然而生。

于是我在这个城市穿梭，小城不大，但很温馨，蜗居也罢，蚁族也好，当万家灯火时或为家人亮一盏灯，或在千里奔波时有一扇为我开着的门、暖着的家，也算有一湾安放疲惫的慰藉。

历经十年发展，山城不断向四周蔓延，城市化建设日新月异，半城芳华，半城水韵，沙河扬波，水岸垂柳，环境优雅，舒适宜居。

楼房和树木一样，从土地里面生出来，鳞次栉比，成了一片有灯光的森林，它们与山呼应、和水相悦。城南新区位于城市中轴线上，地段繁华，商贸集中，公园广场、学校医院配套设施完备。

小区经典优雅，环境清幽静美，漫步于绿荫下的青砖小路，有一种安宁祥和的静谧。儿子买的是150平方米的四室，有一个独立的书房，对于喜欢读书写字的我尤为中意，儿子说我可以独自享用。母亲站在南北通透的大客厅，无限感慨，深情地勉励我：50多岁的人了，才算安顿下来，现在和过去不一样了，总和小辈们生活在一起很不方便，孩子们有孩子们的世界，融入和退出都是一种必然，你俩还得有打算。可怜天下父母心，在每一个人生拐点，总会为我指明前进的方向。

晨光熹微，新房笼罩在一片辉煌之中。

母亲催促父亲去取工资，说妮儿要搬家了，这是乔迁之喜，要应个好彩头。一应礼俗仍由母亲操持，搬新家燎锅底是鲁山的传统风俗，母亲发了一大盆白面，要在这天做发面芽子炕锅盔，标志着我们升腾了烟火，要从此发达，过上红红火火的好日子。

餐桌上席是父母的座位，兄弟姐妹子侄依次围坐，家的幸福漫溢在铺满霞光的云锦上。

安居乐业，是我们家几代人孜孜不倦的追求。从草棚瓦舍到高楼别墅，贯穿着梦寐以求的家园情结，经年踪迹，物换星移，就像一套时代更迭的线装书，散发着岁月的光华。

（原载《郑州日报》2022 年 6 月 12 日）

荷塘遐思

赵　黎

在鲁山县内白龟山水库的北侧，由于水库的水时涨时消，酿成了一片湿地。数年来，在这片几百亩湿地中，荷成了湿地的主人。荷年年是那样的茁壮和繁茂，引来八方的游客，留下了许多趣事，给神奇、富饶的水库湿地孕育了丰富的文化底蕴。

笔者闻之心动，夏末期间，和好友一起驱车来到这块湿地的荷花塘前。

伫立在荷塘湾，脚踏在一段堤坝上，放眼宽广的水面上，只见上百亩大的荷塘里荷叶田田，菡萏冉冉，莲蓬茁行，荇菰穿行，鸥鹭悠悠戏水，蜻蜓闪闪腾空，荷香扑面而来……数以万计的荷蓬、荷叶、荷花、荷尖或正或斜，或仰或揖，或大或小，昂然立于天地间，展示着生命的伟岸。风吹荷摇，释放出强烈的生命活力。

望着那新绿芊芊的塘水和蓊蓊郁郁的绿荷，心旷神怡，目光久久不愿离开。突然脑海里跳出曹寅“一片秋云一点霞，十分荷叶五分花”的诗句来。

朋友租来小舟，舟儿破水而行，惊动了荷的甜梦。荷伸展腰身，掸掉身上的倦怠，用一脸温馨的绿，迎接一双双好奇的眼眸。

清风徐来，轻拂着塘里的水面，满塘怒放的亭亭荷花、荷蕾显得格外明丽、娴静，触手可及。被荷叶掩映的荷花，显现出了“犹抱琵琶半遮面”的气质，婀娜多姿，惹人爱怜。盛服倩装的红莲、白莲，把妩媚一瓣瓣地打开，花瓣轻舒，绽放着点点红唇，花心半露出莲房，嫩蕊柔密，缤纷成歌，亭立于碧叶中。

微风散绮，荷花释放出的淡淡清香，使人先熏了心，又染了魂。细品之，荷花似情窦初开的少女，娇容羞涩，缭绕着素薄的轻纱，频频颔首，于溪水中顾影，在晓雾中晨妆。

支支荷尖破水而立，荷梗托顶着硕大的荷叶，荷叶如伞，水珠似玉，荷叶流动着波光和涟漪，生发出七彩的光晕。迎风摇曳，蓬勃英姿，挺曲而向上。摇曳的绿枝，托起一支支莲蓬，清高标举着脱俗的姿态。

停舟摘莲蓬，莲蓬里饱满的莲子淡绿盈盈，浅红轻缀。暗香幽散，异彩纷呈，尝一粒，沁人心脾。

走近荷，心好惬意。

突然，天空飘雨，霏霏雨丝给天空织着淡淡的幕景。细雨淅沥，点点滴滴落水入心。有雨相伴，轻舟漂行，荷花入幽境，荷叶拂行衣，绿水香雾间，一种灵秀，一种洒脱，一种飘逸，一种和谐，在如梦如幻的荷塘中升起，在捕捉荷风鱼影时，心旌摇荡，意醉神迷。

荷塘抖落了我一身的倦意，众多的荷趣慢慢融入心头。

小舟破水，惊起一滩野鸭，数对鸥鹭缓缓飞起，惊动了遥远的思绪。扁舟漫游荷塘，使笔者联想翩翩：苏子泛舟赤壁，屈子徘徊水畔，李白乘风破浪，春帆远水，秋月钟声，孤篷落日，寒江独钓，野渡舟横……舟的意象突然占据着我的思绪。

几声羊咩，拉回我的思绪，构成了这美丽画面中的点睛之笔，岸边大小不一的杨树、柳树、杂树散落在塘周边。树梢上，花喜鹊在枝头跳来跳去，清脆的鸣叫声，轻轻地洒落塘面。

肥沃的堤边草地上，一群羊儿或寻觅，或专注，饱餐着青草的美食，斑斓的水面，双飞的鸟儿，悠闲的小舟，青青的草地，懒散的羊群，静静地荷塘……一曲《渔歌唱晚》回荡在天空。悠扬着远古的幽意，追索着生命的自然情态。

幽静的水面浮起迷蒙的雾霾，袅袅升腾。与荷同行，与滤尽杂念的心灵同行，我寻觅这荷塘绿水，寻觅荷不可捉摸的玄机。

荷的意象，是我梦中的家园；荷的圣洁，是我内心的禅境。荷塘不见人，但闻人语声。空灵寂静，让人身世两忘，以妙有的物境，体现真空的悟境。

舟儿缓行，当我悄悄和荷花、荷叶握一下手，瞬间，心醉了。

我迷恋这片荷塘，迷恋荷的色彩，迷恋荷的幽雅，迷恋荷的风姿，迷恋荷的圣洁，更迷恋荷的坚强。年年芬芳的荷，年年枯败，可荷依然是年年繁衍，年年成长。给大自然添一道绿意，年年与日月同行。

在这块湿地上，有一种情感在承载，有一种文化在传递。荷让人羡慕，让人敬仰。荷塘让人亲近，让人联想。这里可以平静地看色彩，看历史，看生命，看众生。

荷是夏天的一道色彩，入眼，入心，入骨，入魂。

千年不败的荷，是自然界的圣物，给人联想，给人禅意。

瞬间，荷点燃了我的心境和思想，人与大自然的和谐、相善，古今一理。同是一片土地，同是这一方家园。万物之间，须相互爱惜。

夕阳来了。

晚霞慢慢张开翅膀，我在荷塘的幽意里不得不醒来，慢慢地把融入荷塘深处的心打捞出来，沿着长长的堤坝上静静返回，在红尘中，在夏风里，在明年的荷花盛开的期盼中。

壮观琴台阁

杨书欣

细雨如发丝一般从天空飘落，可以打伞，也可以仰起脸接受雨的洗礼。琴台阁就敞开了胸怀沐浴在雨雾之中，雨丝轻轻洗去沾染的灰尘，通体的乌黑彰显着它雄浑的气魄。它还没有建成，身旁一台台挖掘机还在为修建丘壑池沼不停作业。

但是，前来参观的人已经络绎不绝。我就是慕名前来。一年前，我在沙河大桥上、沙河南岸边不时看到琴台阁的雏形时，还不知道它叫琴台阁。远处眺望，它犹如一只展翅的大鹏，蹲坐在沙河大坝上，作凌空飞翔前的最后一搏。

它太壮观了。1200年前，“琴台善政”的元德秀在琴台上一面弹琴，一面向百姓宣讲施政方略，对围观听琴的百姓嘘寒问暖，体察民情，并将所带饭食与民共餐，同百姓同饮，那与民同乐的场面，空前绝后壮观。公元735年，元德秀自编自导自演《于蔿于》，在洛阳五凤楼下向唐玄宗献艺，朝廷因此体察了民情，鲁山得以免赋。鲁山百姓自愿集资筑琴台，搬石挑土，那热火朝天的场面，壮观至极。

唐盛世，今强国。原来，壮观总与昌盛伴随。琴台原址在鲁山二高西墙外，仅一墙之隔。“清代鲁山县城琴台图”描绘了琴台胜境，琴台高数十米，上有两层的四角凉亭，琴台高大雄伟，凉亭精致美观。登临其上，可近观鲁山全城风貌，远眺滍水两岸胜景。但今天，鲁山琴台经风雨侵蚀，早已破败不堪，仅存一座十五六米高的土丘而已。

我登临鲁山琴台多次，沿着水泥浇筑的几十级台阶徐步而上，敬仰之情油然而生。“琴台善政元德秀，开封断案包青天”，遒劲的笔迹，旷古的评价，让人浮想联翩。琴台面积不大，一座亭子就占去了将近一半的空间。拨开密不透风的枸杞树枝叶，除了隔墙鲁山二高的操场略显开阔，哪里还望得见大美鲁山的秀美风光？触目即高楼，俯首尽枸杞，昔日的元德秀，施政的一定不是这种氛围的琴台。

鲁山文化底蕴深厚，琴台精神需要传承。但热情的鲁山人民却总是羞于将这样的著名遗址捧给慕名而来的远方游客。仄逼的空间、嘈杂的环境、荒芜的土丘，琴台在许多人的心中渐行渐远，逐渐忘却。

鲁山元德秀琴台为中国四大琴台之一。武汉伯牙琴台穿越历史，成了惺惺相惜的友谊见证。苏州的西施琴台琴声与舞步共生，醉生梦死不由从心底升起。成都的司马相如琴台，爱情的执着占了诸多成分。他们素手抚琴，仿佛都为某一个人而设，只有鲁山琴台，元德秀的清越琴声，装的是家国和人民。

历史上著名的楼阁，大多依山傍水，风景秀丽。滕王阁眺赣水，蓬莱阁接沧海，岳阳楼吞洞庭，黄鹤楼瞰长江……鲁山的琴台也急需一座这样的阁楼，俯瞰滍水东流，远眺露峰独秀。

鲁山城南的滨河新区成了琴台阁落脚的首选之地。沙河与瀼河穿越众多山涧，逐渐交汇，“沙瀼双澄”，清澈的河水缓缓东流，在两座沙河大桥前方分别汇聚成一条橡胶坝。高坝出平湖，平川成汪洋。无数的水鸭子在水中嬉戏，遨游的白鹤在水面上方徘徊，粼粼水波荡漾着朝霞晚岚。洞庭邈远，赣江浩瀚，鲁山的琴台阁，遥看的可不就是烟波浩渺？

元德秀每次登临琴台，面对四周风景、一方百姓，他有喜，忧愁想必也一定不少。今天，观瞻琴台阁，面对繁荣昌盛、一派胜景，心中唯有赞叹。细雨中，前来游玩的都携老带幼，开着私家车，有说有笑，其乐融融。琴台阁还没有竣工，不能登临，只能站在对面的沙河大坝上观望轮廓。脚下，新开通的滨河路宽阔笔直，从沙河大桥上下来一直向东延伸，连接舒山大道，通向新城区，和平顶山市区连在一起。我向旁边前来游玩的一家老小打听，一问，他们果然是从平顶山市区来的，利用周末，出来看看琴台阁，看看鲁山的新变化。

琴台阁的西北不远，是河南省示范高中鲁山一高。元德秀兴办教育，鲁山一高相衬琴台阁，可不就是最好的陪伴？旁边，城望顶森林公园林木苍郁，花草繁多。北面不远，如练的南水北调水流缓缓流经露峰山。站在琴台阁上，可眺望露峰独秀；站在露峰山上，琴台阁的朝阳，霞光万丈。

我走下大坝，走进沙河。有了橡胶大坝，沙河水可以变得汹涌澎湃，翻着浪花，挟裹着偶尔的一两棵水草向白龟山水库奔涌而去。琴台阁的面前，滍水永远东流，一道河成了南北的阻隔。不管唐朝的元德秀还是元结，去商峪山，只能选择赤脚蹚水或者乘船过河。今天，他们可以走沙河老桥、沙河新桥、沙河特大桥，可以走高速，可以坐高铁……短短的二十多里河面，横跨了六七座桥梁。

站在沙河里，仰望壮观的琴台阁，不由感慨琴台阁的壮观——鲁山的飞速发展。鲁山，只是祖国的一个缩影，无数个像鲁山一样的县城，不都在新时代的起跑线上飞速奔跑？

洗　澡

高长见

小时候，洗澡的概念就是下河。夏天的中午，被大人们看着在家午睡，知了在树上不知疲倦地叫着，地上铺张席，躺在上面翻来覆去就是睡不着，便被大人训斥。于是，闭眼假寐，待大人睡着，就偷偷溜出来，跑到河里洗澡。

一条小河围绕着一片竹林缓缓流过，河水清澈见底。几个小伙伴站在河边的石头上，喊着“一二”一齐往水里跳。本来平静的河面霎时便热闹开了，嬉戏打闹的欢声笑语伴着蛙语蝉鸣传向远方。偶尔静下来的时候，那一定是在扎猛子了。几个人用手捏着鼻子，同时把头扎进水里，看谁憋的时间长。也有调皮的，假意扎一下就出来了，等别人从水里抬起头时他却在哈哈大笑。大伙儿就会一起聚过来，把他强按进水里“将功补过”，直到他连连求饶。最快乐的莫过于打水仗了，几个人围在一起，用手掌激起浪花，往对面人身上溅。一时间河面上水花四射，如降暴雨，不觉间竟把撂在岸上的裤衩背心都打湿了。有时候也会干些抓鱼摸虾的勾当，只是小河里的鱼虾都很聪明，不理它时会偷偷游到你的脚旁，给你吻痒痒，等你抓它时，却游得飞快或是躲在石缝里不出来，费了半天劲终是逮不到。还有一种我们叫“卖油的”，体型比蚊子稍大，长腿长须，经常浮在水面或在水面上蹦跳，身上却不会湿，我至今不知道它的名字。玩累了的时候，就会在身上抹些泥沙，躺在河边竹荫下的石头上，说些老掉牙的瞎话儿，抑或相互开着身体的玩笑。待到困意上来，沉沉睡去。

上小学时，学校离家有三四里远，中间要路过一个水塘。夏天，那里便成了我们的乐园。放学后跑到家匆匆吃过午饭，便急急往水塘那里赶。脱得精光不剩，“扑通”一声跳进水里。开始时，只能在浅水处游玩，慢慢地，狗刨、蛙泳、仰泳、侧泳都会了，很有点无师自通的感觉，姿势虽不标准，却也游得轻松自如。最经常的是比赛凫水速度，不用裁判，几个人从岸上一齐跳进水里往对面游，往返一来回，不分游姿，看谁游得快。再热的天，在水里时间长了，也会感到冷，嘴唇冻得乌紫。于是便上岸晒晒太阳，然后再跳进水里嬉闹，估摸着预备铃快响了，才慌里慌张穿上衣服往学校飞奔。虽说天天洗澡，可经不住烈日的暴晒，皮肤都是黝黑黝黑的。有一次，我说再洗最后一回，然后从岸上往水里跳时，左脚刚好落到浅水处一个小石尖上，痛得我“哎哟”一声赶紧往回游。上岸一看，脚腰被锋利的石尖割了一个大口子，鲜血直流。晚上回家也不敢告诉大人，强忍着疼痛喝罢汤，便早早上床睡觉。梦中醒来，见母亲一手端着煤油灯，一手给我脚上的伤口上消炎粉，我愧疚地流下了眼泪。从那天后，那个夏天我没再去水塘里洗过澡。可坐在岸边眼巴巴地看着小伙伴们洗澡那嫉妒又无奈的心情至今仍然记忆犹新。

夏天能去水塘洗澡，到了冬天就无处洗澡了，一个冬天不洗澡是家常便饭。时间长了，胳膊肘、膝盖等处的积灰便清晰可见，真是“经年不沐浴，尘垢满肌肤”。有阳光的午后，母亲会烧锅热水，把我拉到山墙头背风的地方，给我擦澡。搓重了怕疼，搓轻了脖子、腋窝处又怕痒，还有点害羞，身子就像麻糖一样来回扭动。不经意间母亲一个巴掌就下来了，自然就老实了许多。由于身上太脏，天又冷，往往身子还没擦过来，水就凉了，冻得我浑身直打哆嗦。由于长时间不洗澡，加上没有换洗衣服，身上生了好多虱子。上初三那年冬天，实在忍受不了了，一个周六的下午，几个同学一商量，骑车跑到几十里地的下汤，每人花五分钱，洗了一次温泉澡。说是洗澡，其实也就是在一个已经洗了一天的脏水池里泡泡，用手在身上胡乱搓两下而已，没有毛巾香皂，没有洗头膏。就是有也买不起啊！在那个几乎无澡可洗的年代，能够洗一次不干不净的温泉澡，已经很奢侈了。

真正去浴池洗澡还是在那年的寒假，小姨带我去县城赶年集，顺便去国营浴池洗澡。那是我第一次一个人去浴池洗澡，心里既紧张又兴奋。那时的浴池都是因陋就简，条件很差。进去是一排通铺，上面铺一层薄褥子，人们坐在上面脱穿衣服。掀起铺盖，下面隔成一个个小箱子，用来放衣服。买票时领了一把锁一条毛巾，天生笨拙的我竟不知道怎样才能把箱子锁上，偷偷看了别人半天才恍然大悟。澡堂里弥漫着浓厚的脚臭、汗气，还有水臭的混合味道，几乎让人呕吐。偌大的水池，缭绕的水气，湿滑的地面，赤裸的身躯，嘈杂的吵闹声，让我心生恐惧，坐在水池边，试探着把腿伸到池子里，身子却不敢下去，只能用手往身上撩着水洗。

进城上师范的时候，洗澡才开始“正规化”。天热的时候，可以在宿舍楼的卫生间里用凉水冲澡。天冷了，就去浴池。开始的时候学校还发过几次澡票，后来就自己买票洗。只不过，那时候心疼钱，几毛钱一张票也总是觉得买不起，于是就给自己定了个“两周一洗”的标准，中间也就是在宿舍里用洗衣粉洗洗头而已，比起汉律“吏五日得一休沐”实在是感到汗颜。而且去浴池洗澡也从未买过洗漱用品。那时候浴池大都卖有小包装的洗头膏之类，洗澡时，往往趁人不注意，从地上捡起别人用过的空袋子，仔细认真地挤了又挤，总能挤出点东西来。就这样，洗一次澡，往往要挤几个空袋子，才能把头发洗干净。搓澡时就把毛巾裹在手上当搓澡巾，背部自己够不着，几个人就相互帮帮忙，谁也不会嫌弃。

斗转星移，时代变迁，今日之洗澡与过去早已不可同日而语。20 世纪 90 年代，热水器开始在中国家庭普及，太阳能热水器、电热水器、燃气壁挂炉、浴霸暖风机，在家洗澡越来越便捷舒适。一年四季，足不出户，即可在家尽享洗浴之悦。大热天，一天冲洗二三次也不在话下；即便是寒冬腊月，也可以随时在家里舒舒坦坦地洗个热水澡。与此同时，巨多的豪华大浴场也雨后春笋般拔地而起，泡、淋、蒸、晾，搓、按、揉、捏，沐浴与餐饮、健身、娱乐混搭成一体，让人们尽情地放松心情、享受快乐。为了安全，下河洗澡游泳早就成为禁令，让现在的孩子们望而却步。而每当我站在淋浴下，惬意地享受着沐浴之乐时，儿时洗澡的一幕幕总会浮现在眼前，久久挥之不去。

老街上那眼辘轳井

黄　鑫

小时候我常住在外婆家。外婆家位于城东关南门里一条三百米左右的南北巷子里，出外婆家大门往北约百米，就是东西走向的东大街，街巷交汇的丁字口东南角有一眼辘轳井，井台有两间屋子的面积大，一人高，两级台阶用青石条砌成。井口直径一米五左右，深约四丈许，井壁用青砖砌成，湿漉漉的井壁上长满厚厚的青苔、水荷叶。夏天水荷叶开着密密麻麻青白色的小花，还有不知名的小红花点缀其间，水井幽深、古朴而美丽。

这眼井的地下泉眼很旺，井水清凉甘甜。听老年人说，即便遭遇像1942年那样百年一遇的大旱，都没有干涸过。靠井台东边垒有一道青石墙，墙中间有个小神龛，供奉着龙王爷的神像，每天都有人前来磕头上香，担水的人更是晨昏相继，络绎不绝。繁忙时，挑水的人得在井台上下排队，辘轳绞水桶上下的响声直到夜深方息，可第二天鸡叫头遍时，井边又开始忙碌热闹起来。盛夏酷暑，往来行人驻足讨水喝，担水的人都会热情相待，不怕麻烦。麦秋两季，地里干活或扬场放磙，为清暑解渴，“井冰凉”水都从这里挑。那时，这眼井里的水特干净，没听谁说过喝了肚疼腹泻的。

更深人静的春夏之夜，住在井边的人家能听见井里的蛙鸣，一唱一和，此呼彼应，悦耳动听。有人水桶里打上来过青蛙，想顺便把它从逼仄的井底解救出来，岂料这被“解放者”并不领情，稍停片刻，就会跳上井台，又跳回到井里去，真的是故宅难舍啊！

隔个一年两载要淘一次井，把井底的淤泥及落入的杂物清理干净，以防挡死泉眼和井水变质。

来井上担水的大多数为年轻人。井绳一圈一圈往下放嫌慢，就用手扶住辘轳，让辘轳绳连水桶飞转下去，叫“放野辘轳”。辘轳绳的一头系个铁钩，钩住桶鋬，有经验的人，水桶刚一触到水面，只需轻轻一摆，就会打满一桶水。我舅不在家时，要用水，我母亲或外婆就只能用小桶或陶罐掂，打水时须带上一根细麻绳，把桶鋬和井绳上的铁钩绑在一起，以免小桶或陶罐滑落进井里。尽管这样，还是会有人不小心把桶掉进井里。隔三岔五会有专业人士用一根长竹竿绑几个铁钩子，蹲在井边打捞水桶等遗落物，叫“捞诓”。有失主人来认领的，随便付给“捞诓”人一点报酬，若是无主之物，捞诓人可以带走变卖。

等我大点儿以后，也常提个小桶到井上去掂水，像母亲那样，用根小麻绳将桶鋬跟井绳一端的铁钩系牢，小桶从没掉进井里过。我住在外婆家的多年时间里，记得无论大人小孩，从没发生过大的安全事故，都说是多亏了龙王爷的护佑。

在老井的位置上，如今盖起了临街的一座两层楼房，我问过房主，他说井还在，只是井口上横跨了两块原来井台上的青石条，房子就盖在上面，地基很结实。

这倒让我担心起井底蛙那一家的命运来。它们还在吗？如果还在，那该是一种什么样的生活呢？密不透风、与世隔绝的居所无异于囚牢，以及永无尽头的黑暗，黑暗……啊，连呼吸清新空气的权利、坐井观天的自由也都一并被剥夺殆尽，而我们人类却在尽情独享着上帝赋予天地万物之灵的海阔天空、繁花似锦、阳光明媚……

家乡那条无名河

贾　坤

小河无名。

说无名似不确切，村人若去下游干活，便谓之“去下河”。倘去上游放牧，便说是“去上河”。但这也算是一条河的名字吗？像是农村娃子被称作“牛牛”“狗狗”一样，充其量也只能算作乳名罢了。

小河虽无名，可小河的每一道弯弯里都藏着扯不尽的野趣。想那童年岁月浪漫如船，有几只不是泊在小河的臂弯！

当春风漫过小河上游那片盛开的桃园的时候，河水便显得姹紫嫣红一片斑斓。这时我们便赶了牛去上游放牧。蓝天是小河的挚友，小河是村童的天堂。牧童们一见了小河便像小鸭见了塘一样兴奋得噼里啪啦跳进水里一阵乱蹚。小脚丫踩碎了一河白云，连远山也在水里晃荡。熬过了严冬的老犍们也兴奋得引颈哞哞，牧童们索性替它们去了鼻绳，一任它们自由自在——杨柳岸边沐春风，芳草地头卧艳阳。

当夕阳染红一河树丛的时候，牧童们便一个个爬上牛背归家。不知谁“呜”的一声吹响了柳笛，接着便是一阵呜呜呀呀的大合唱。那柳笛吹落了夕阳，吹红了晚霞，吹得家家冒起了炊烟，惊得归巢的鸟儿也探头观望。左摇右摆的牛尾巴把牧童们荡进一个个柴扉小院。

春日短，夏日长。小河穿村而过，把小村劈为两半。午后时分，河边柳下的青石条便是人们弈棋的好地方了。无须带棋盘，石条上早凿好了细线线。弈棋也赌输赢，不过赌注却都是自家的鼻脸。任你是五六十的老汉，输了也得给人家扯过去打手腕！观棋不语真君子，输家更是给多嘴的脸色看。石匠老伯有次输得给人打红了腕子，一怒之下回家拿了铁凿，在楚河汉界处又另添两行小字：河边有草，开口是驴！而今石匠驾鹤去，唯有石上字犹存。

秋水瘦，秋水清。这时，我们常见到的是一位半瞎的老汉。他斜挎一个布兜，手拄一根竹柄铁叉，放着大道不走，偏爱顺河戳戳捣捣地转。有一次我们喊他：“眼瞎了吗老头，不怕掉进潭里吗！”语音未落，只见他手中的铁叉猛地朝下一按，叉起处挑起一个盘大的老鳖，举到我们面前：“看见了吗娃子，鳖才瞎眼呢！”我们看那家伙探头探脑的果然不见眼睛，便傻呵呵地笑了。那时的鳖不值钱，吃肉嫌腥，只知道甲壳可以换钱。

秋去冬来，小河下游的河湾里常落下成片的大雁。大人们夜间打雁，我们常像尾巴般地黏在后面。打雁用的是一种叫作“抬杆”的大家伙，可以成瓢地灌火药、铁砂，两个人抬着，一个人操火捻。大雁狡猾，常派了孤雁站岗：大人们也不傻，派一人远远地去点火，趁着大雁引颈张望时，抬枪借着河岸悄悄逼近。当大雁觉察到危险时刚一展翅，只见捻亮焰发，“嗵通”一家伙便在燕群中扫出一条火胡同。霎时间便见那大雁蹦的、跳的、扑棱的、叫的，乱成一团。这时我们早像猎犬般的顺烟扑了上去，撵得雁群“嘎嘎”叫唤！

童年如梦，转眼便是几十年间。尽管后来我游历过无数的名山大川，但家乡那条无名的小河总像是柔丝一样萦绕在心间：那绿柳、白云、牛群、柳笛，还有草丛中的镰刀，连梦也是弯的……后来我终于明白，像是需要繁华热闹一样，人们也需要一块恬淡的绿洲。我怀念那逝去的童年，更忘不了小河的每一道小弯弯。

读书随想录

韩君健

一

读书，其实不是单纯地拜谒别人的著作，更是在检验自己的理解与感悟能力，甚至是在考察自己的观念和格局大小。我们读过的每一部好书，都会不经意间渗入我们的骨髓暨灵魂，逐渐或突然影响我们的事态分析，决定我们的顽强坚守或迅速撤离。

二

手机里微信好友有近一千个，他们组成了我的朋友圈。里面除了大家庭小家庭成员、亲戚、朋友、邻居、同学、同事，剩下的几乎都是清一色的文友，且有三分之一三观一致却至今没有见过面。他们水平都不错，读他们原创或转载的文字，都是一种美的享受，至少开拓了一条了解外部信息的渠道。今天（2023 年 4 月 23 日）是世界读书日，有上百名文友写作并发布关于读书的体会，让我眼界大开。四川绵阳文友杨荣宏诗里的几句话让我叹服：

你认识谁不重要，
谁认识你也不重要，
重要的在于你是谁。
我的一个学生写道：
本想把生活过得旌旗飘飘，
没想到却是乱七八糟。

我鼓励他：继续努力，追求幸福有个过程，有时这个过程还比较漫长，比较艰苦。为了给世界读书日留下纪念，今天上午我又买了《论语》《宋词三百首》两本好书。之前我就买过，只是版本不同。同一部书我喜欢看多种版本，不知道这到底是好习惯还是画蛇添足的癖好。《论语》与其说是传播知识，还不如说是发布社会伦理和行政伦理。因此，古贤推崇的“半部论语治天下”就不是妄谈了。作为当代中国人，能读懂祖宗几千年前的青灯黄卷真是荣幸。

三

我自己喜欢读书，也总是鼓励子女和学生多读书。因为我知道眼睛看不到，脚步去不到，觉悟达不到的地方，通过读书能弥补缺憾，如临其境。读书不会让所有读书人大富大贵，但读书能茅塞顿开，让我们良知尚存，底线划定，添加智慧与方略，不至于那么愚蠢，那么丑陋。即使做应酬文章和五方杂处，也能观过知仁，格物致知。即使不能擿奸发伏，也可以保持心灵的席地慕天。人们的灵魂是相通的，孔子的温良恭俭让、仁义礼智信；墨子的节用节俭、体恤民情；孙中山的天下为公；蔡元培的兼容并包等至今不过时。邓老的实事求是，江老的与时俱进，习哥的执政为民，我已无我，均来自经典记录和历史经验。是持久的读书学习和伟大政治实践让他们怀瑾握瑜，计日程功。哪怕是我们普通公民，只要不遭遇天昏地暗的朝代，有知识，有技能，有人文修养，有较好操守，还是能够把我们的日子过得径情直遂，而不是瓮牖绳枢。不妨让我们一辈子都保持读书的好德行，从勤学里心花怒放，于读书中歌甜花香。

四

畅销书当然是好书了，但特价书不一定就是赖书。因为学科、专业、销售渠道、读者面不同，有的书籍尽管很有学术价值和艺术价值，却不受读者青睐，销售量一直上不去。想来也算正常。我购书付款时会遭遇三种情况：第一，按照定价乖乖出钱。第二，特价书，也就是减价书。或七八折，或半价，或三元钱一本，不论厚薄新旧随便挑选。第三，高价书。本来是几元、十几元的定价，因为比较珍稀，商家就企图牟取暴利，抬高到几百元上。我在网上某旧书店里发现一本研究奔赴上海参加中共一大十三名代表命运的好书，但标价五百元，让我嗟叹并望而却步。因为我收入清白而单一，还没富裕到吃馍不查数的地步。后来我在上海作家叶永烈的传记系列和恩师的专著里查到了这些翔实而珍贵的资料，自是一阵狂喜，立马买了，如饥似渴地拜读。

五

京东的生意越做越精明，越来越灵活了：原先定价二十多元或三十多元的滞销书，现在售价只要一元钱或一角钱，外加七元邮资就可以买走。比定价便宜了七成甚至八成。设定每月购书不超过四本的计划又泡汤了，本月购书恐怕十本都不止。昨天下午去纸的时代书店选购了哲学泰斗冯友兰之女宗璞先生的《我生命中的那些人物》。打八折收费，甚为欢喜。妻子过去对我无节制买书不管不问或者稍有微词，现在反而热情鼓励：看上的，就果断买下吧！反正你现在不喝酒了，花钱买书长知识，总比花钱买醉惹是非强。深以为然。谁说的：如果你不知道你是谁，看看你常去什么地方，常干什么事情，常和什么人物来往，那些经历就是你的归宿。看来我这一辈子当书虫书蠹算是合格的了。

六

时隔半年后，春和景明。再次走进郑州建设路与华山路交叉口的大摩西元大楼纸的时代书店。这是绿城最有品位的书店之一，无论是室内的装潢和摆设，还是书籍的数量与质量。我可能在这里购买过好几千元的书籍了，从胡子花白的《论语》《老子》，到阎连科愤世嫉俗的散文，还有恩师胡山林教授的文学评论以及周大新感情细腻的随笔。作为河南人，我从来没有自卑过，因为历史悠久、文化厚重的中原祖先，早已把他们的智慧和才华悄悄植入我们的身体，且薪火相传，生生不息。感恩书店，感恩书籍，感恩当年的中原逐鹿和今天的中原振兴，让我们欣逢盛世，不露圭角地顿开茅塞，且能大处着墨。

妻子的手术

胡同一

“锅里有，碗里才有”，这是老辈儿人常说的话。几十年摸爬滚打，从农村到城市，从人民教师到国家干部，我的家庭在党的阳光沐浴下日子一天比一天红火。在吃个白面馍馍就像过年的年代，现在的幸福生活是想破脑袋也想象不到的。这除了感恩党的领导，感恩这个时代外，还要感谢妻子对这个家的无私付出。

回忆起妻子动过的五次手术，种种过往就像过电影一样，一幅幅画面清晰地浮现在眼前。虽然过去了这么多年，但时光从来没有让那些记忆褪色。每每想起妻子受的苦遭的罪，心中就像针扎一样，一阵阵地疼。人们都说男儿有泪不轻弹，写这篇小文时，我数次流泪，数次失眠，百感交集。

我和妻子是同村，她从小体质就弱。20 世纪 80 年代初，妻子因计划生育做了绝育手术，手术后第二年，因手术后遗症被迫做了第二次手术，身体更加虚弱。那时，我已从民办教师转职去县城工作，妻子仍留在村里任教，一家老小都还在农村。由于当时不通班车，家离县城三十多里路，每星期回家也就一两次，碰上单位忙，一个月都回不了一次，家里大事小事一点忙也帮不上。妻子既要教书，又要照顾老人孩子，责任田的农活也要她一人承担，很是辛苦。但她很要强，无论干什么都不甘落于人后，所任教的班级成绩一直位于阶段前列，地里的农活更没落下一点。秋麦两季，焦麦炸豆，她忙罢屋里忙屋外，别人六点起床她四点就起来了，别人收工了她还在地里顶着日头忙活。晌午匆匆忙忙赶回家做饭，安顿好老小，慌里慌张扒拉两口又往地里赶，汗珠子摔八瓣，没有一点怨言。那时我每月的工资是二十七块五，妻子是民办教师，每月也就二十三块五。家里上有老，下有小，老父亲常年有病，两个姑娘上小学，一家全靠妻子省吃俭用、精打细算才勉强度日。外人常夸她贤惠、能干，把家里打理得井井有条，却不知道她已经做过两次手术，身体元气一直没有恢复，她是为了我、为了这个家在咬牙硬扛着。

在那两次手术后没多久，妻子就经常肚子疼，我当时听了也没往心里去，觉得人吃五谷杂粮，哪能没个头疼脑热的，农家人没那么娇气。所以疼了就到村卫生所包点止疼药或者让她喝包头疼粉、吃点“安乃近”什么的，从没去医院检查过。1995 年秋收后的一个周六，天下着雨，我骑车刚赶回家，就听她说肚子疼得厉害。吃了几片“安乃近”也不见效，疼得她浑身直冒冷汗，肚子胀得像个小鼓，我一看情势不对，慌忙喊来几个邻居，绑了一个小硬板床，放上一条被子当担架就准备往医院抬。可是城里那么远，下着雨，路又不好，这样啥时候能到啊！慌乱中想到一个经常出去卖菜的邻居家有一辆破旧的三轮车，赶忙跑去央求用一用。一听情况，邻居二话没说就把车开到了我家门口，大家一起把疼得缩成一团的妻子抬上了车。去城里的路有十几里都是土路，坑坑洼洼，泥水交织，路面湿滑，三轮车马力小，走走停停，动不了就用铁锨把路上的泥铲铲再走，艰难地上了公路，到县医院天已经黑了，妻子也疼得快失去了知觉。值班医生一看也急了，顾不得让抬去病房，随即找了个小破席铺在地上，让人躺上去赶忙把导尿管插上，排出一痰盂尿液后，妻子轻松多了。医生擦着额头汗说，真是好险，再晚来五分钟，尿泡一破人就没命了！天啊，这么严重，当时我心脏猛地揪了一下，差点倒在地上。医生开了药，吃后疼痛缓解了不少，感觉没啥事了，邻居们就摸黑回去了，我和妻子就在我的办公室借宿了一晚。

第二天妻子还是感觉肚子疼，小便还是排不出来。我们急忙又去医院，做了B超检查，结果是子宫里长了个大肌瘤，而且长在后壁，还压迫住了膀胱，必须做手术。手术在医院做的话，费用得两千多块，即便在私人诊所做，也要一千块左右。当时我就懵了，家里根本没有一点积蓄，别说两千块，一千块对我来说都是天文数字，砸锅卖铁也凑不齐啊。我为难地和妻子商量，她一听说要花那么大一笔钱，便说不做了算了。我说那怎么行，手术必须要做。商量来商量去，最后妻子说那咱去诊所做吧，在医院做要借两千块，咱三四年也还不起人家，去私人诊所便宜一点。万般无奈、惴惴不安的我也只好同意了。

朋友借，亲戚凑，又从单位提前把工资预支出来，总算凑了1050元，当天下午把钱送到诊所，晚上开始手术。手术时只有我和岳母在场，麻醉药用过，肚脐下面开了一个又大又长的口子，但瘤子太大，取不出来，于是又横着开了一个口。刚割开，突然停电了，屋里一团漆黑，医生也有点慌，我急得满头大汗，搓手跺脚没办法。这时，医生让助手找来了一个手电筒让岳母照着继续做手术，让我到附近找个矿灯用用。我只知道矿灯是下煤窑的工人干活时用的，但不知道附近谁家有，踉踉跄跄出了诊所大门，此时焦虑、害怕、无助的我却不知道要往哪里去。猛地想起附近住着妻子的一个同学，抱着试试看的心态奔了过去。他听我一说，急忙跑出去找，过了好大一阵，还真借来了一个矿灯。提着那个矿灯我手都是抖的，仿佛是觉得抓住了挽救妻子生命的最后希望！把矿灯牢牢抱在怀里，跌跌撞撞跑回手术室，手术在昏暗的手电筒灯光下已经做了将近一个小时。妻子撕心裂肺的叫喊声，现在想起来仿佛就在耳边一样，那种感觉没有经历过的人永远体会不到。手术进行了三个多小时，万幸一切还算顺利，当医生把一个千余克血糊糊的瘤子从妻子体内取出时，我惊呆了！泪水夺眶而出……为了鉴定瘤子是良性还是恶性，第二天我到医生指定的诊所做了技术鉴定，等待的过程是那么漫长，那么煎熬。结果出来是良性的，我长出了一口气，又一次泪流满面，瘫倒在椅子上。妻子动了那么大的手术，在诊所住了不到一周就回去了，没怎么休养更没吃什么营养补品又开始了她繁重的日常。

2000 年前后，妻子胳膊窝里又长了个瘤子，动了第四次手术。但手术没做干净，隔了两年又有了瘤子，无奈做了第五次手术。妻子前前后后这五次手术，每一次都是惊险、无助又无奈，时隔多年想起，仍旧后怕，心有余悸。后来的日子里我总是安慰她说“大难过后，必有后福！”嘴上虽这么说，但作为她的丈夫，心中却满怀亏欠与自责，一路走来，妻子为这个家付出了太多太多……

偶尔和妻子坐下来回忆起过往，感慨之余还有心酸，但正是那段艰难岁月，使得我们更加珍视热爱生活。现在，我和妻子都退休了，每个月都有退休金，虽不宽裕，但也够花。她每天有空就去跳跳广场舞，我闲暇之余读读书、写写字，孩子们有时间了，一大家子出去旅旅游，开开心心、热热闹闹的，退休生活倒也怡然自得。两个姑娘都有妻子身上的一股韧劲，也很争气，考上了公务员，在各自岗位上都做出了一点成绩，看在眼里我很是自豪。怀揣一颗感恩的心昂扬走在新时代，想想过去，比比现在，今天的生活真是太幸福啦，这都是托了党的福啊！用妻子的话就是:“想想过去，现在的生活都是在天上过哩，多亏了党和国家的好政策，是我们赶上了好时代。”

记忆里的那条小河

李文宾

那条小河从山上蜿蜒而下，弯弯曲曲绕过村庄缓缓地流淌，两岸洁白的沙滩，低垂的柳枝，青青的稻田地，卧在柳树下不停咀嚼的黄牛……这是记忆里的那条小河。

那条小河平常很安静，不急不慢地流淌着，在明媚的阳光下流淌，在如银的月光里流淌，从来也没有停歇。每逢下暴雨的时节，小河也暴躁起来，那时的小河就不再是小河，从山上暴发的山洪让它一夜之间便变成了一条大河，大量的泥沙和水混杂在一起往下流，齐腰深的河水咆哮着，翻滚着从上而下，修筑的漫水桥被淹没在浑浊的河水里，所过之处一片狼藉，带走沙滩，冲弯岸边的树，带走了稻田里的禾苗……只有雨停数日之后，暴躁的小河才会渐渐平静下来，水位才会降下来，两岸的人们才可以卷了裤腿从河里蹚水来往。

大水过后的小河，沙滩被冲得平坦洁白，细细的白沙洁白无垠。在小河的拐弯处，那里的人们为了防止发大水的河水冲毁土地，便在那里用青石垒起了一道防护墙，有一人那么高，防护墙的底部就浸在水里，无论小河发大水还是不发水的时候都浸在水里。那青石跟青石中间因为形状不一样，所以对在一起留下了可以伸进去一个手的缝隙，就是这些缝隙成了那些小鱼的栖息之地。

每一次大水之后，那些青石的缝里就会留下一些鱼儿，有鲫鱼、白条、马口、泥鳅、螃蟹、黄鳝等。

每一次大水过后，那一排青石就成了乐园，我们光着屁股在那里尽情地嬉戏，在那里玩水，在那里捉鱼。那些狡猾的鱼，随着大水流到这里，在这青石缝里已经待了一些时日，对青石缝里的环境已经非常地熟悉。当有人去捉它们的时候，它们会迅速地从这个青石缝里蹿出，然后再一头扎进另一个青石缝里藏起来。

有句话叫再狡猾的猎物也不是好猎手的对手，这话不假。这些鱼儿的习性和善玩的伎俩，我们早已经了如指掌。对待它们的这种方法就在手伸进青石缝里准备捉它们的同时，在青石缝旁边立着放一个捞网，说那只伸进青石缝里的手是逮鱼倒不如说是骚扰鱼，那也只是虚晃一下，并不是真的去逮鱼，而是吓唬吓唬把它们弄得惊慌失措，让它们在慌乱中分不清是非，一头撞进青石缝外的渔捞里。那些青石缝里的鱼往往就这样傻不拉几地成了我们的战利品，用那柳条穿了一串掂在手里，踩着那条细细的小路，沐浴在夕阳的余晖里往家回去……

吃过晚饭，人们便会从马路上下来，沿着那条弯弯曲曲的小路下到小河里。夕阳里的小河被金黄色的余晖照射得金黄一片，白色的沙滩成了金色的沙滩，金光灿灿的就跟黄金一样。走在沙滩上的人们都把拖鞋脱了，光着脚丫踩在沙滩里，那已经晒了一天的沙热热的，那温度刚好烫得人舒舒服服，那感觉惬意极了。也有的人们贪图凉爽，干脆把鞋脱到了岸边，高高挽了裤腿跳到小河里蹚水玩，那小河水顺着人的脚把凉丝丝的感觉传递给蹚水的人们。

我们小孩子最贪心于沙滩玩耍，用手在沙滩里挖一个深深的坑，然后用一些树枝和草蓬在上面，然后再在上面铺上一层沙。为了让人上当，看不出这是一个陷阱，还专门捧了一些干沙撒在上面伪装得毫无痕迹。做完这一切的时候就坐在附近等那些跳进陷阱的人，看他们落入自己设计的陷阱里的窘相。有的时候，陷阱挖好了，可是左等右等也等不来主动跳进陷阱的人，这是件非常痛苦的事。于是便主动去诱惑一些人从自己的这个陷阱上走，当人家掉进去后，自己高兴得又笑又跳。人家意识到自己上当后，便撵着打。

于是便有了两个在沙滩上追逐的少年，那打也不是真打，等撵上了便是一番嬉戏，在白色的、厚厚的、柔软的沙滩上打滚……小河边每一个夕阳里都浸满了快乐，不等到暮色渐浓是不会离开小河的，每一次都是在依依不舍中踩着那条弯弯曲曲的小路归去。

暴雨过后，山上暴发的山洪汇集到小河，形成了咆哮的洪流，那些洪流流速很快，在通过河床的拐弯处时，一直向前的洪流猛然受到拐弯抵挡，凶猛的势头一下勾转过头，那洪流的巨大力量瞬间形成了巨大的漩涡，这种漩涡有点像龙卷风，立刻就把那里河床的沙石卷起，生生卷出一个深深的大坑。等到河流平缓的时候，便留下了一个水坑。那水坑就像一个锅底，越往里水越深。那时的我是不敢往里去的，只敢在水坑的边上玩耍。

经过数日的流淌后，那水坑的颜色渐渐清澈起来，先前那黄色的、混浊的洪流流离得无影无踪，取而代之的是清澈见底，小河从水坑的水面流过顺流而下，水坑里的水成了一潭活水。这样形成的水坑成了附近村子上的人的乐园，从地里回来的人，走到水坑边坐在岸边的石头上，把脚放进水坑里洗洗，舀一捧水洗洗脸，清凉清凉。

也有的干脆就脱了衣服一猛子扎到水里，半天才在很远的地方露出头来个彻底的凉快。中午的时候，天最热，水坑最热闹，老头、中年人、小孩都聚会在水坑里，尽情地在这自然形成的游泳池里凉快。晚上天黑以后，水坑便成了女人的天堂，没有人定下规矩，但是人们都遵守，一到晚上男人便不再到水坑里去。女人们在暮色中褪去身上的衣物，把自己泡进一潭清凉的水里，享受那份惬意的快感。在这个时候，水坑是热闹的，女人们欢快的笑声在山村静静的夜里传出老远……

小河里的水坑在每一次发大水之后都会在那些急拐弯

的地方冲出水坑，这些水坑或大或小，随着水流的缓慢，随着河水的冲刷，那些河水的流沙随着水流再流到水坑里，经过时间的堆积，那水坑再被填平。洪流冲击出水坑的时候，那顺流而下的鱼也就有了栖身场所，有的鱼便不再随波漂流，在水坑的深处水流缓慢的石头后面停留下来成了那水坑的居住者。水清澈以后，站在岸边往水坑里看，那成群的鱼儿忽左忽右地游着，一旦听到响动，那鱼群变动得更加频繁，一会像一张网，一会像一块云，一会又像一只变形的蝴蝶，那情景真可以跟《人与自然》里的沙丁鱼群相媲美。

村里人没有那么高的审美情趣，才没有工夫看那些鱼在水坑里游。能让村里人顿足的原因是那鱼的大小，还有鱼的品种，把它们从水里捉出来，裹上面在油锅里炸一炸，把外焦里嫩、软硬适中、香润可口的鱼肉吃到嘴里，远比看它们在水里游要实在得多。村里人对付水坑里的鱼很有办法，他们不用网，也不下水捉。只是用一个玻璃瓶子，里面装满生石灰，拧上盖，拧得死紧，再在盖上扎几个小洞，然后把瓶子扔到水坑里。一开始那瓶子浮在水面上，水通过盖上的小眼慢慢地流进瓶子，流进瓶子的水让里面的生石灰迅速发热，里面产生的巨大热量使瓶子有限的容量难以承受，便在瞬间爆炸，随着“嘭”的一声巨响，水坑的水被掀起老高又落下。爆炸的力量在水中产生极大的震力，这种震力对鱼来说是致命的，在爆炸之后，那些被震死的鱼便纷纷从水底漂上水面，一会儿工夫，整个水坑的水面便白花花的一片了。

我不喜欢这种逮鱼方式，每每看见他们用这种方式逮鱼的时候，我就很担心，要是水坑里的鱼被逮完可怎么办呀？我常有这样的担心。这种炸鱼的方式不仅逮住了大鱼，而且把小鱼也炸死完了，那些生命力相对脆弱一点的小鱼是根本经不起这种炸的。我不喜欢他们这样炸鱼的另一个原因是，每次经他们这么炸了之后，水坑的鱼也就基本没有了，就算是有也只能算是散兵游勇了，再也游不出那生灵活现变化多端的气势来。鱼被他们炸死完后，我也再不能手拿着钓竿坐在岸边的草地上在那老柳树的树荫下钓那坑里的鱼，小时候的我很醉心于钓鱼。

那水坑里的鱼很傻，绝对的原生态鱼，没有受到一点污染，很好钓，用麦乳精拌面和成的鱼饵对它们有着无穷的诱惑力，根本不用看浮子怎么跳啊，那水坑里的鱼只要看见饵扔下去便一拥而上疯抢，噙着那鱼饵便往深水里游，那钓线立刻便会被拽直，这个时候一提钓竿，马上便有沉甸甸的感觉，一条活蹦乱跳的鱼便被从水中提起，在空中划出一道银光，然后“啪”的一声落在身后岸边的草地上，一挨着那草地钓上岸的鱼便拼了命地跳，不惜沾满岸上的土和干草，直到跳得一身是干巴巴的土掩盖了那一身的水，再也跳不动一丝才老实地躺在那里一动不动，睁着眼睛，一张一合地张着嘴巴对自己贪嘴的行为充满了无尽的懊悔。上岸的鱼离开了水再也没有了神气，有的只是无奈。

水坑里的鱼好钓，那些鱼并不会因为同伴被钓而不再吃饵，相反吃得更欢抢得更激烈。我在这种状态下收获自然丰盛，鱼竿在频繁的起落中，身后岸边已经散落了许多的鱼。钓鱼是快乐的，孩子是容易满足的，可是村里人一炸鱼，这份快乐也就到了头没有了。

我有时候很想阻止那些村里人炸鱼，可是我身单力薄，我知道我阻止不了他们。每一次水坑被炸后，我便对那个水坑失去了兴趣，再也不能在夏日的午后到水坑里钓鱼。这种感觉是难受的，有点像谁把自己心爱的手枪给抢走了一样。

春天开春后，种稻人便开始清理小河通往稻田地的那条小渠，把那些枯叶和树枝枯草清理出渠沟，然后放水挖开自己稻田地里的进水口，让小河里的水流进来。等到那些稻田地里都蓄满了水的时候，站在稻田边看那些盛满水的稻田，就跟打好的方格子一样，一块一块的。

惊蛰后，藏在稻田地里冬眠的青蛙从洞里出来，一到晚上就“呱呱”地叫个不停，那阵势就跟交响乐一样宏大。有馋嘴的人，说他们馋嘴也不是很准确，也许是为了生计。他们对青蛙的叫声是无动于衷的，只是在听到青蛙叫声后，他们的反应是觉得该到逮青蛙的时候了。春寒料峭的季节，刚刚结束冬眠爬出洞的青蛙对外界还不是很灵敏，再加上正是交配繁殖的季节，所以对安全的警惕性还不是很高，这个时候的青蛙很好逮。

小的时候，对青蛙是益虫需要保护的意识还很模糊，曾经跟着一些比我们大的孩子去逮过青蛙，对逮青蛙这件事乐此不疲。

春天晚上的青蛙最好逮，根本用不上工具。去逮的时候，只要带上一个鱼皮布袋，和一只手电即可，如果害怕水蛇之类的东西，那再穿上一双高腰雨靴就行。如果不害怕，只用穿一双拖鞋就可去逮，到了那把拖鞋往稻田地的地头一脱，便可下到稻田地里。种稻人天天都要光脚下到稻田地里摆弄稻田，稻田地的稀泥里所有硌脚的东西早已被他拣出稻田地，根本不用担心会踩到玻璃碴、圪针之类的东西。稻田地里的稀泥又软又暖，踩上去就跟踩在棉花堆里面一样。

逮那些稻田地里的青蛙根本不需要什么技巧，只需用那明亮的手电对着青蛙一直照，青蛙一动也不动地看着手电光，等着你去逮它，那阵势就跟捡石头一样简单。完全沉醉在繁殖快乐中的青蛙往往是两个抱在一起，人伸手它们也舍不得分开，一逮就是两只。要不了多少时间，一根烟的工夫，就可以逮满整个鱼皮布袋。那时候，只知道高兴，根本不会去想失去了青蛙医生保护的稻田害虫会有多猖狂。

现在每每想起那时逮青蛙的事情，心里除了有回忆的快乐感外，还有一层罪恶感。深深地为童年时代逮的那些青蛙而惭愧，小河稻田地边上长着成片的柳树，低垂的柳枝像帘子一样随风飘荡。有的柳树歪着脖子，小河涨水的时候，长长的柳枝便低垂到河水里，随着那河水一荡一荡的。小时候太阳毒辣的时候，我和小伙伴们经常学着电影里战斗片的解放军战士那样用柳条编成帽子，在沙滩上上演战斗的游戏。柳树的树杈是做弹弓架的最好材料，但是想找一个又直又有型的弹弓架并不容易，为了找一个好的弹弓架，往往要顺着小河的柳树找下去，找了这棵找那棵，好在小河边的柳树多，可以可着劲地找，一直找到为止。一场雨过后，柳树的树身会长出很多木耳，那些咖啡色的木耳厚厚的、圆圆的，就跟人的耳朵差不多，很是招人喜欢。小时候每逢下雨，我便拿着小篮，在小河的柳树上找寻那些发出来的木耳，不多时便能摘满一篮。

稻子结穗的时候，离秋天也就不远了。一到这个时候，大晌午老见有个人骑着自行车来，把自行车放在稻田地边上，戴着草帽，裤腿挽得老高，光着脚沿着稻田的地埂左看看又看看。那时候的我很好奇，我对这个大人在大晌午大家都歇晌而他不歇晌的举动充满好奇，便撵着他看。

他手里拿着一根用伞条做成的钩，伞条长长的，顶端弯成了一个鱼钩形状，那钩上面钩着红红的蚯蚓。他一手拿着蛇皮布袋，一手拿着那伞条钩，看见稻田埂下水里有洞的时候，便弯下腰，一手扶着田埂，一手把长长的伞条伸进洞里轻轻地跳动，一伸一缩的。

当发现有东西咬着伞条钩上的蚯蚓时猛地往外拉，一条二指粗的黄灿灿的肥黄鳝便被从洞里请了出来。被拉出洞的黄鳝在空中像蛇一样的扭动挣扎，钓黄鳝的人害怕它跑掉，连忙把另一只手的蛇皮布袋口抻开，顺着那口就把黄鳝放到了口袋里，那时机掌握得恰到好处，也就在把黄鳝放进口袋口的那一瞬，不停扭动的黄鳝便从伞条钩上挣脱下来，掉进了口袋的深处，因为是掉进了口袋的深处，所以黄鳝的一切挣扎都显得有些徒劳。

钓黄鳝的人扎起口袋继续在田埂下找寻下一个黄鳝洞，完全不理会在口袋里乱扭乱动的黄鳝，他对已成囊中之物的黄鳝无谓的挣扎很漠视。看见钓黄鳝的人钓到黄鳝，我也跟着兴奋起来，就跟钓到黄鳝的是自己一样，甚至比钓到黄鳝的人还要高兴。我情绪激动地跟着钓黄鳝的人想继续跟着看下去，可是钓黄鳝的人不让，扭过头来吓唬我，挤眉弄眼地把他原本就很狰狞的脸弄得更加狰狞，看到那张脸让我想起了小日本鬼子，我还真有点害怕，便跳着跑到跟他隔着一块稻田地的另一个田埂上继续看他钓黄鳝，这是我认为比较安全的距离，如果他撵我，我可以利用这段时间跑掉。

钓黄鳝的见我在远处，便不再理我，自顾自地用伞条钩钓黄鳝，还是用那样的方法把黄鳝一条条从洞里请了出来，那肥胖的长长的黄鳝让人眼馋极了。因为他撵我，不让我跟着看，我突然就恨起他来，便不想让他钓到稻田地里的黄鳝，看见他钓出黄鳝，心里就恨恨的，埋怨那些黄鳝咋就那么贪嘴，一只破蚯蚓有啥好吃的，一点诱惑也经不起。

那一会儿真想跳到稻田地里跟所有的黄鳝说一说，劝劝它们都别吃那个钓黄鳝的钩。我心里担心极了，要是稻田地里的黄鳝被他钓完怎么办呢？好在我管不了他，有人管得了，稻田地的主人能管他，人家可不让他没事在人家稻田梗上随便踩。当歇完晌的人到地里干活看见钓黄鳝的在稻田梗上的时候，便会大声地呵斥钓黄鳝的人，让他赶紧离开。

一到这个时候，我眼里的钓黄鳝的人便不再是狰狞的小日本鬼子，他和颜悦色，背弯如虾头，点头如捣蒜的和气样就跟动画片里的龟丞相一样。看见他这样的时候，我的心里那个解气呀，真是舒坦。

稻子成熟后，割稻子的人就把稻田地里的水放了，然后开始割稻子。稻子割完后，稻田里只剩下一撮一撮的稻茬儿。这时候的稻田地还没有完全干涸，泥土里还保留着充足的水分。那些跟着稻子一起长了一个春天又一个夏天的泥鳅就藏在这些泥土里，一锹下去，十几二十根又肥又粗的泥鳅便扭曲着肥胖的身子跃然眼底，样子喜死个人。

种稻子的人只管稻子，并不理会稻田地里的这些泥鳅，只要收了稻子，便不再管那稻田地。这让那些喜欢逮泥鳅的人欣喜若狂，可着劲拿着铁锹在稻田里疯挖。每到这个时候，稻田地里也是一片热火朝天的景象，拿着脸盆，弯腰挖泥鳅的人随处可见。那地里的泥鳅那个多呀！无论怎么挖都跟挖不完似的，那些挖泥鳅的都能满载而归。挖泥鳅一直可以挖到入冬，末了在稻田地里留下深翻过的痕迹。

将近 30 年过去了，小河边的稻田地虽然地还存在，但是却不再是稻田地，而变成了麦地。我想之所以稻田地变成了麦地，这跟那条小河有着很大的关系。曾经宽阔的沙滩已经不复存在，就连那河床也不见了沙底，只有那黄色的胶泥裸露着。即使在夏季里，偶尔突降暴雨，可是那由上而下的山洪也是吝啬得不行，根本形不成气势，只是在那敷衍地流淌。小河这种颓废的状态，不要说是种稻子了，就是象征性地证明自己是一条河流都难。也许再过些年头，这条记忆里的小河就会彻底消失，连过去的影子也难找到。

也许是我过于悲观了，但事实如此，我由不得不这么想。

我的父亲母亲

赵红霞

五斗米的爱情

父亲的青春期，正遇上饥荒年代。父亲时常躺在包头工业大学的操场上，看大朵大朵的云恍然飘过，梦就随之而来。他梦见自己在风中奔跑，风很暖、很轻，顺风飘过来一只只烤熟的鸡腿，还有浸着猪油的烧饼，他一边吃一边跑，竟把地主这顶沉重的帽子甩掉了。一只飞蝶扑在父亲的鼻头上扑闪翅膀，父亲醒了。他很懊恼，为什么要醒了呢？无边的饥饿穿骨透髓，父亲重新闭上眼睛，希望尽快入梦，重新大快朵颐。

即便是白日梦，父亲也没能做多长时间。很快，就有消息传来，大学要遣散学员，因为中国遇上罕见的旱情，农民颗粒无收，学校谷仓露底，实在无法供应学生们的伙食。我父亲被列入第一批遣散名单，原因很简单很荒唐：我祖上当过地主。其实，学校的政审组忽略了一个事实，我祖上曾经是地主，然而到了我祖父这一辈，嗜赌好抽，败尽家产，1949年前还领着幼年时代的父亲和大伯，背井离乡，逃荒要饭呢。

父亲没有辩解，他也不习惯辩解。他曾经决心为革命事业奉献终身，当革命需要他回乡务农时，他也会义无反顾地收拾起各类获奖证书、优秀成绩通知单，回乡拿起锄头。质疑，在那个时代还是个生僻词语。辩解，似乎是件很丢人的事情。

回乡做了农民的父亲，因为不光彩的历史成分，找媳妇成了不大不小的问题。爷爷急了，借了一担麦子给邻村的姥姥家挑去，我姥姥便答应了母亲的婚事。爷爷奶奶很高兴，因为我娘身板硬朗，下地干活是个能手。我娘从未读过书，连1234都不认识，幸好她识得“男”“女”二字，当然也只是它们挂在厕所墙上的时候。

这显然是一段为五斗米折腰的俗得掉渣的爱情，然而在那个年代，五斗米可以成就多少对姻缘啊！看来，人生的悲喜剧，大都逃不过时代的成全。

粮满囤的婚姻

时光就像奔向青草地的一群鸭子，“突突突”地闯进20世纪80年代，虽然蹒跚，却也不失迅疾。

实行家庭联产承包责任制以后，我家的粮食明显多起来。除去上交的公粮，还有满囤满架的粮食。母亲本来就是个爽朗的人，这一下越发爱笑了，她的笑声就像挂在窗台上的风铃，一串一串，清脆、悠长。

母亲常常在晴朗的日子里，将麦子摊在平房上晾晒。有时，晒场拉得太大了些，翻搅时，十齿耙子拉不过来，就令我光着小脚蹚过去，在麦毯上划出几条长长的沟壑。饱满的麦粒被大太阳暴晒后，温热干燥，裹得人脚面脚心痒痒的，很是舒服。

有了满囤的麦子，挨饿事件再也没有发生过，然而口袋里却也没有零花钱。老冰棍五分钱一根，要攒上好几天的口水才能吃到；跟着母亲看戏，羡慕人家的花裙子，回家后拿一条被单子束在腰间，使劲转上几圈。

1983年左右，村里买了第一台彩色电视机，放在村部的橱窗里，平时由跛脚的建平叔专门看护、播放。每天晚上，村部院内都会坐满村民等着看电视。我和母亲早早吃过晚饭，搬几把小凳子去占位置。父亲有时去得晚些，便在黑压压的人墙外面大声喊我的名字。倘若他将我的名字稍稍拉长些，发音重些，母亲便知道是在唤她，立马站起来，大声应道："在这儿呢！你慢慢地挤过来吧！"原来，他们之间是有名讳的，在这场合，我的名字可以起到借代作用，通过语气的轻重缓急来给对方传达信息。

相濡以沫黄昏恋

自从走进电子时代后，时光也像电子信息，快得令人眼花缭乱。当满世界弥漫着周杰伦的歌声，60 多个电视台翻来找去也找不到老人喜爱的戏曲时，父亲母亲的头发不知不觉白了。

2005 年，父亲开始着手给后人准备书法作品。他弓着背，眼睛炯炯放光，瘦骨嶙峋的手在握笔时显得潇洒自如，墨香丝丝缕缕飘过来，儿女们的忧伤也如风一样弥漫在心上。但很快，我们就被父亲的快乐感染了，他拿着自己的作品给我们看，似乎在展示着自己永远的牵念……

偶遇花园沟

李保泰

这绝对是一个返璞归真的好去处。

车出鲁山县城，沿 207 国道大约行驶二十里路程，便正式进入鲁山西南山了。山势渐次陡峭，山路曲曲弯弯。车在山间公路迂回盘绕，倒也不感觉有多颠簸。此时，你的注意力全让这条清水河给吸引了。清水河，就匍匐在清净的谷底，你尽可欣赏河两岸石上生云、水天一色的曼妙景观，你会惊叹这条河，是真正意义上的清水河。无一丝人为污染的痕迹，甚至于连一丁点儿白色垃圾也看不到。闭上眼睛，你的脑海会倏然间蹦出这些词汇：天然、丽质、清纯、温柔、娟秀、妩媚。就如你徒步行走在空旷的山谷，偶遇一位清幽丽质的少女，你会怦然心动，急切切想弄清楚她的来历……

而这团城乡花园沟村，就是十里清水河的源头，她，正是我要寻觅的地方……

我去那日，已是初冬时节，进入花园沟标志性的山门，但见山连着山，山围着山，沿岸枫叶锦簇，清水河宛如佩金挂银的玉带，紧紧依偎着山根儿。河的北岸，地势相对开阔些，零散分布着几户农家。青房黛瓦，小桥流水，古朴典雅，有江南水乡的雅致韵味。气派的花园沟村党群文化活动中心、村级达标卫生室、村级小学点、村级文化广场及村级文化舞台有序排列，相映成趣。高大的显示屏上，正播放着花园沟春天的讯息。其实，不用进山，你便第一时间领略了花园沟村美丽动人的自然风光了。

在这百花枯萎的季节，远山含黛，近水如烟。只有山坳里、田埂上、那一簇簇野菊花依然孤傲而零星地绽放着。

但我确信，这花园沟名字的由来是名副其实的，春天的花园沟，方圆数十里，应该是花的世界。那山间、地头、田埂上成片的映山红、山紫荆、百日红等数十种花树随处可见，当然，最大的看点还是花园沟的辛夷树了。

不知你见过没有，辛夷树苍翠挺拔，枝繁叶茂，小到碗口粗，大到人可搂抱，总总而生，林林而群，俯仰皆是。再看那一树树毛茸茸的花蕾，寒风一吹，瑟瑟作响，是在欢迎远道而来的游人，还是一种发自内心的自我炫耀，不得而知。而且，你看，一棵比一棵长得扎实粗壮，枝虬挺拔。无人知晓花园沟究竟有多少棵辛夷树，而最养眼的一棵，人称“辛夷王”，挂有县政府牌子，树龄 1200 年，彰显着花园沟古老的历史。

辛夷又称望春树、紫玉兰，迎春即开，色泽鲜艳，花蕾紧凑，花香浓郁。在家乡，房前屋后植树多有讲究，所谓“前不栽柏，后不栽柳，当门院不栽鬼拍手”。唯独桂花树与辛夷树，常被当作吉利树种看家护院，没有门户之分、地域之别。只是，在家乡，辛夷树成了稀有树种，说是可以镇宅驱邪，主人便娇贵地养，用心伺候。辛夷树还是卫生树，有神奇的驱蚊功效，谁家庭院里有棵辛夷，数丈之内，是没有蚊虫的。辛夷果可入中药，前些年行情好，每家每户，都有一笔可观的收入。我想，花园沟的辛夷，也许是上天给花园沟的恩赐吧！一方水土养一方人，绿水青山就是一座座金山银山呢。

花园沟村属于深度贫困村，因为贫困，因为保守，大凡七八十岁的人，一辈子就没走出这方圆十来里的花园沟。自从鲁山县教体局驻村帮扶后，决策者们看中了该村的天然优势，立足长远，着手打造该村休闲农家游，修桥铺路，美化环境，依托其历史的厚重，增设人文景观，一户户应时而生的山韵农家乐别具风味。“酒香不怕巷子深”，从春到秋，每逢节假日，城里人携妻带子，一拨儿又一拨儿往山里涌。清水河里逮逮野生小鱼儿，弄顿烧烤，花园沟里品品花香，农家院吃一顿玉米糁烙油馍，比进香格里拉饭店撮一顿都来得舒坦。昔日默默无闻的花园沟，经这么一拾掇，一下子便花枝招展起来了。

楚长城遗址，是花园沟的一处看点。古鲁阳，楚长城遗址有许多处，这儿算是楚长城的一个支点，苍劲、古朴、雄健、藏着韬略，见证着当年楚国的兴衰荣辱。攀爬花园沟楚长城遗址时，天空正飘洒着毛毛细雨，见那一沟两岸秋草湿得沉重，见那满地落叶流金溢彩，见那苍苔上地软肥圆鼓胀，雨丝敲打落叶如清琴韵声。让人心潮澎湃，流连忘返。

天不作美，由毛毛雨演变成淅沥小雨，一袋烟工夫，层层迷雾便笼罩山岗，大有山雨欲来风满楼的架势，俯瞰浩浩天宇，楚长城像茫茫雾海中的一个沙墩了，远山那边，墨子与鲁班对弈的棋盘山，神神秘秘，时隐时现。瓦罐庙万年榆、风情化石山、珍珠潭三道瀑、老君岭等等均无缘一睹。听当地人讲：金秋时节，遇上晴朗天气，攀爬鲁山与南召交界的棋盘山，运气好的话，能亲手采摘到一种叫作七叶一枝花（金丝重楼）的名贵中药呢。

想想，总算不枉此行，远离都市的喧嚣，行走在这恬静的花园沟，是“荡胸生层云”的恬然，啜一口清新的山岚，滋润一下激越的心肺，用心去洗涤尘俗的烦恼，就是一种惬意的人生。

梦里的飞雨落花

王　军

他是一个将近中年的男人，可是在他的记忆里总会出现一个十几岁年轻姑娘的身影，这是他初中时的一位女同学。在那个懵懂的年代，他的这段感情其实就是单相思，对方根本就不知道！如今呢，二十多年过去，他早已娶妻生子。按说早就不应该再有这种想法和冲动，可他始终认为，他就想了解她现在的生活、她的婚姻，她过得幸福吗？这些事跟他其实没什么关系，就是想知道而已，这些想法已经伴随着他有些年头了。

十七八岁时，他成为一名海防战士，当战舰在海上孤独航行的时候，总是会想起她。多年以来，她的影子一直伴随着他的生活。为了表达自己的思念之情，他曾经写过诗，就是给她的，可是这些诗永远都不会寄出去，因为他根本就不知道她身在何处。

那些诗句现在读来尽管拙劣不堪，但当时他写的时候可是情真意切的。同窗共读的那几年，在她面前他总是感到手足无措，那些困扰在他心里的感情是那样的圣洁和美好！记得自己还曾经为她写过一篇散文《莲花赋》，暗地里将她比拟为洁白、婀娜的莲花。文章里的部分章节至今还依稀记得。回想起来，他不禁为当年的青涩感到好笑。

时间离去得真快呀！有很多时候，他总是会莫名其妙地想起她，当年的美少女现在会是什么样子呢？会因岁月流逝而变得容颜苍老？她或许已经永远失去了那令他怦然心动的美貌，可在他心里期望着她依旧是那么年轻，不要让时间过早地带走那丛芳华，好让自己美好的记忆永远定格在那个遥远的六月黄昏：他站在教学楼的三楼，望着她纤瘦的身影渐渐远去，那就是最后的“分手”。

他喜欢读晏几道的词，尤其是读到那句“相寻梦里路，飞雨落花中”的时候，他喜欢闭上眼睛，想象着那个美轮美奂的场景！梦里的飞雨落花凝结了多少时空情感和离愁别绪，他的相思苦在那一时刻将会得到酣畅淋漓的宣泄和补偿。于是，他总是幻想着在某个幸福的日子，自己会在飞雨落花中寻找到她。

许多年过去了，他最想见到的那个女子却依然杳无踪迹。他想起了自己参加的一个同学会，见到的要么是胖得变形，要么是发疏谢顶的老同学们。当这些老男人酒至半酣之际，一位同学突发奇想地说：“咱们现在对着摄像机，说出当年自己的梦中情人，敢不敢？”大伙齐声赞同。他瞬间就想起了她，也许是酒精的刺激，也许是现场热烈的气氛让他激动，当摄像头对准他的时候，他大声说出了那个压在心底多年的名字，招致边上一群老男人的欢呼和大笑。

忽然有一天，他看到了央视的一个节目，名字叫《等着我》，主题是帮人找到非常想见可是又找不到的人。当他第一次看到这个节目的时候，马上意识到自己的愿望或许真的就能实现了。他不断地为之努力着，坚持不懈地寻找着机会。终于有一天，当有人通知他可以去现场参加这个节目时，他彻底地激动了！那个梦寐多年的夙愿，终于要实现了吗？他一遍又一遍地询问自己，忐忑不安地等待上场，焦急地等待着那个美丽身影的出现。

终于该他上场了，灯光的闪烁让他惶恐。在他的意识里，只有那扇大门后的身影是最重要的。他充满着期待，这是他不止一次幻想过的场景，她会在门后面吗？她会对自己说些什么呢？她还是老样子吗？哦，不！她当然不会再是少女的模样了，他在努力镇定自己。他神魂不定地站在那儿，看着眼前的门徐徐打开，在门后的椅子上端坐着一位体态窈窕的女人，缓缓站起身来，冲着他微笑着。是她！果真是她！时光虽然在她的脸上留下了一些印迹，可还是难以掩盖端庄秀美的容貌。他难以抑制自己的兴奋，激动地流下了眼泪。看着她缓缓走上前来，柔声地对他倾诉着多年来的离情别绪。节目的气氛在观众的掌声中达到了高潮。他认为自己已经体会到了此生莫大的幸福，于是郑重邀请她合唱一首歌曲，歌名由她选。她想了想说：就合唱一首《相思风雨中》吧！他欢喜至极，觉得她的选歌颇有深意，或许真的是一种暗示。于是他陶醉了，在华灯和掌声中深情地对唱……

忽然，他醒了，竟然是在做梦！他慢慢地从温馨的梦境中恢复真正的清醒。他叹了一口气，都说“春梦了无痕”，可是适才的梦境却是那样的逼真和感人，难道这就是自己梦想了多年的飞雨落花吗？他的眼睛顿时湿润起来，以至于真的有想流泪的感觉。他尽量抑制住心头不断涌起的酸涩，是该送女儿上学去了！他迅速起床，走到窗前，看着窗外连绵多日的秋雨仍在悄无声息地下着，清冷潮湿的空气使他忍不住打了个哆嗦。幸好只是个梦！他在心里念叨着。可是心情总觉得像是失落了什么而变得沉重和压抑。他轻抚额头，感觉两行泪水正倏然滑过脸颊。

秋 月

贺其炜

北方的深秋是以晚间的凉为标志的。虽然正午仍赤日炎炎，但夜幕降临后却凉意渐浓。

也许是城市的喧嚣烦了心绪，也许是年岁渐长添了秋思，也许是惨淡的蛐蛐叫勾起了对过往的回忆，在这深秋寂寥的晚上，我一个人漫步在城南的河堤上，独自品味这无边的中秋明月。

凝眸烟空，湛蓝如一汪静海。几片薄云饶有兴趣地变幻着追逐的形态。星辰在眨眼，皓月挂中天。秋雨初霁，秋夜如洗，月色如水，月朗星稀。氤氲的月色代替了城市的喧闹，久违的月光让城市进入梦乡。

今夜的主角无疑是那轮圆圆的明月。月华如练，清冷的月光从天际幽幽地泻下，让无与伦比的温馨漫过溪流，漫过河滩，漫过原野，漫过远山。或杨柳岸，或水云间，无处不在的清爽和静谧，无处不在的婉约和妖艳，让秋风沉醉，向九天荡漾。今晚的月光是一幅忧伤的画，自然唯美，淡雅朦胧；是一首失意的曲，温情缱绻，柔和缠绵；是一首抒怀的诗，浅浅的忧伤和着淡淡的哀怨……

夜深了，露重了，凉意更浓了。秋夜人静，伴着孤寂的月光，只有河道那边传来的潺潺的流水声，只有远处村庄里隐约的犬吠声，只有草丛中的蟋蟀不知疲倦的鸣叫声。

“露从今夜白，月是故乡明。”今晚的月亮很美，但总觉得它少了一种年少时故乡高高的柳梢上升起的那轮明月所特有的情韵。那山、那水、那人，故乡是我心底最柔软的部分。它是一阵风，轻轻滑过岁月的指尖，流入心扉，便荡起层层叠叠的暖意。故乡中秋的月亮是另一种美，一种摄魂蚀骨的美。那种美是一群玩伴月下捉迷藏出门时母亲的叮咛和深夜回家后父亲的责问；是扯破嗓子找不着调地高唱“月亮走，我也走”的豪迈和哭哭笑笑、打打闹闹不慎摔倒后的无奈；是瓶子里萤火虫微弱的光照亮的路和亮如白昼的夜里月下诵读的书。那种美是童年时光里的天真烂漫，是少小离家后的魂牵梦断，是每每忆起时不觉潸然的婆娑泪眼。

“月本无今古，情缘自浅深。”童年的记忆里，过中秋节时，老家的平房屋顶上总有一堆没有脱粒的玉米。晚饭后，一家人爬上去，围坐在一起，一边赏明月，一边剥玉米。母亲和姐姐干活，我和妹妹通常是不干的，只是听她们讲关于月亮的故事，问些稀奇古怪的问题。最开心的事是月上柳梢的时候吃月饼。兄弟姐妹每人分得一小块，每块月饼里都点缀着一些青红丝，内加冰糖和花生仁，吃起来香甜可口。咽下月饼有点口渴，于是我就提着热水瓶，拿着碗，给大家倒热茶喝。明月当空，月色如银。当茶水从瓶中缓缓流入碗里时，月亮的影子也随之映在水碗里。这时，我就会说："我给大家送月亮来了！"引来大家一阵哄笑。整个晚上，母亲最忙碌，但她笑得最开心。

月本无情人有情，月到中秋分外明。再过几天就是中秋节了，这不禁令我心生惆怅。前些天乡下的老母亲托人捎来话说，她准备了月饼和红枣，让我们兄妹几个中秋假期回家尝尝。

寰宇浩荡，华光万丈。母爱如月，地久天长。夜深沉，月朦胧，我一个人走在瑟瑟的秋夜里，看月光弥漫，听秋虫呢喃，嗟天地之茫茫，叹人生之苍苍。

天气转凉，望母安康。

素心活

雷小军

近日耽于家中，侍花弄草，素心生活，倒亦得几分乐趣，闲时记下，娱己而已。

粉色杜鹃

家里有一盆不知名的花草，静静卧在墙角，干小巧，叶青翠，亭亭立着，初时看她普通，并不十分在意。冬日某晨，竟见枝叶间冒出点点粉红。以为掉上了碎布头，俯下身来，细细审视，竟是小小花苞，若瓜子般大小，我吓好大一跳，赶紧叫上他，一起细看，真是花苞！便有了盼头，每日里看她是不是长大了，是不是开放了，甚至担心那娇嫩的花苞会被冻坏了，没盛开便枯萎，毕竟除了梅花，我竟不知冬季还有这粉红的花。隔数日，花竟开了。我把她摆在最显眼处，那粉色的花朵。生动了我们整个冬天。后才知，那是盆粉色杜鹃。杜鹃花一名映山红，是农历三四月间烂漫开放的，有红、紫、黄、白、粉红等诸色，春季开放的为春鹃，夏季开的为夏鹃。而我家那盆腊月开花，许是去冬无雪，天气温暖所致吧。冬去悄悄，春来无声，天气回暖。某一日，竟见花苞满株，然后，肆意开放了，灿烂异常，密密层层，犹如锦绣堆一般，让人观之心生赞叹。

有时候，常见的风景换了个地方或时间，便会带给我们别样的欣喜。

绣 球

去年深秋，从哥哥家搬回一盆不知名的花草，叶已红，近枯，天渐寒，大大的叶片便落下来，我一个个拾起来，放于木盆，本叶护本根。来春，先是嫩嫩小芽，很快，叶片舒展开来，长势甚旺，渐渐如盖，是家中绿意最浓的一盆。曾有一度，我放于卧室窗台前，每天早上醒来，便能看到一张现成的风景画：红的花盆，大大的叶片，衬着窗棂，本身，就是一幅美丽的图画。然后就有了花苞，绿绿的一簇簇，拥在一起，透着害羞，因不知花名，便不好想象开花后的模样，爱惜不及，我每日浇水，甚至某日，淘米水、茶叶水、喝剩的酸奶，我都倾向她的根部。没想到溺爱成疾，她竟一日日垂头丧气起来，先是叶软了，低下头来，再就是新抽的嫩茎软了，耷了下来，最后，那一簇簇带给我好多希望的花苞，萎了。我后悔不及，却只剩自责了。后来，才知名曰绣球，据说盛开后花团锦簇，叶绿花红，十分雅致耐观。点缀窗台、阳台和客室，新奇别致，别有一番情趣，惜今岁是见不到了。

遂得一悟，对喜之物，爱即可，不可溺爱。

凤仙花

家中的凤仙花不是特意种之，在芦荟的根部，突一日生出许多杂草来，他发现后，拔之干脆，我看时，竟是凤仙花的幼苗，大呼可惜，想必从哥家移栽芦荟时花盆里留存的去年种子。我告之此花的妙用，再出不可随便拔之，我要养它。后来果不负我望，又钻出几棵来，我细细呵护之，竟慢慢长大了。凤仙有深红、浅红、纯白、玫瑰紫各色，旧时没有蔻丹，女儿家爱美，将红色的凤仙花花瓣，加上明矾、食盐，捣烂，染在十个指甲上，用梅豆叶包裹，隔了一夜，指甲便染成红色点点了。因之又俗名指甲花。我是很喜用凤仙花染指甲的，每年夏夜，和姐妹们一起，睡前将十个手指包裹，连梦，都有花香呢。女词人陆琇卿曾作《醉花阴》词云：“曲阑凤子花开后。捣入金盆瘦。银甲暂教除，染上春纤，一夜深红透。绛点轻濡笼翠袖。数颗相思豆。晓起试新妆，画到眉弯，红雨春山逗。”就是咏凤仙花染指甲的。

曾读过一美文《胭脂黄昏》，写一独居老人一生孤苦凄清的命运，她喜染红指甲，文中的色调，满目苍黑，唯有那十指的红甲，是该文也是该老人一生中唯一的亮色，充满了诡秘与苍凉的感觉，但极美。文中称凤仙花为胭脂花，这个名字，真是好。

据说，此花还有一个名称为好女儿花。大概，此花，有作为女人对美丽本能的向往吧。

兰　草

家里种得最多的，是兰草。品种倒是有好几种，深绿的，浅绿的，叶如剑，发细细长长的条儿，条儿的末端，有一簇簇的小叶，平添几分秀气，现在正是开花的季节，间或会有细碎的小白花点缀其间，煞是好看。兰草是最易活的，听他说，最初，只是一株，等分叉了，分种在大可乐瓶里，只用清水和窗外的阳光，它们便安稳地生根发芽，到现在，大大小小，家里已经摆上了七盆，客厅一角、窗台、书房，甚至卫生间，都有它们的影子。有一盆长疯了，放到空调上，长长的枝条摇曳着，似乎很为自己坐在最高处骄傲似的。李白有诗《古风》云:“孤兰生幽园，众草共芜没。”我家有一盆兰草，便是在朋友大花圃的门口发现的，竹林下，狗窝旁，丛生着，发现后，向主人讨来，她很是慷慨，蹲下来便拔，用捡来的塑料袋装好，归家后配以花盆良土，郁郁青青，长势颇旺。

人生当如是，需求越少，活得越好。

湖畔

冯一牧

周末，湖畔。

一抹晚霞流泻在清粼粼的水面上，红艳欲滴。青青的芦苇依偎着习习的春风。

这边，一片草丛里斜卧着一位怀抱吉他的小伙子。高高的鼻梁上架着一副咖啡色的眼镜。时而高歌，时而低吟，吉他发出铿锵的旋律。他醉了，醉态酣然。

湖的另一边，端坐着一位手捧诗集的姑娘，顶足十八九岁。长长的、黑亮亮的披肩发。她在绚丽多姿的意境中徜徉，尽情地徜徉。

天空中飞来一群燕子，叫声脆脆的，排成“W”形状。“燕阵，好看的燕阵！”湖边小路旁撒野的玩童们正欢呼雀跃。而小伙子一如既往，对周围的一切似乎失去感觉。吉他的旋律也一如既往。他拥有的就是这些：一把吉他，一颗五色的心。那边，姑娘呢，却似乎受到了惊动，先是扫视一下那位小伙子，然后是深情地望着湖水。她始终没抬头看天，湖水清澈见底，湖面荡起层层涟漪，粼粼光圈把小伙子的身影映入水中，清晰可见，眼睛活脱脱的。燕阵的来去，玩童的笑闹，似乎都没有感觉。她拥有的就是这些：沉沉的诗集，青青的芦苇，习习的风，清清的湖水，还有水中活脱脱的小伙子。

“把往日的疲惫统统塞进口袋，不要藏在眼角。把岁月的梦境放在手心里赏玩，不要失落湖中。”姑娘这样想着，也许是累了，她小心翼翼地把诗集放在身边，双手轻轻地抚弄着长长的秀发。

小伙子的啸歌再一次变成了低吟，但始终没让目光流泻到湖的那边。“忘掉烦恼忘掉忧”，他想。似乎有一丝失意的感觉，写上额头和眼角……

夜幕降临，红红的晚霞已然睡去。姑娘轻轻合上诗集，把拥有的一切轻轻捡起，装入记忆，小伙子背上吉他，把拥有的一切轻轻捡起，装入记忆。一个周末过去了。他们消失在夜的幽寂、昏暗之中。湖畔恢复了宁静和寂寞。依旧是青青的芦苇，习习的晚风，粼粼的湖水。

下一个周末，也许，他们还会在湖畔相遇……

沙河风情

贾　坤

沙河像一匹放荡不羁的马驹子，今天在这儿打个滚，明天在那儿撒个欢，它南翻北滚，造就了一片漫无边际的大荒滩，荒滩虽非五彩缤纷，但细螺薄贝，倒是俯首可捡……

草滩之恋

河两岸长满杨柳榆槐，蝉跃雀鸣；一望无际的青纱帐，空气馨香。河汊水流清清，小鱼儿似在那蓝天白云中穿行。阳光也总在水中跳动，看着那跳动着的阳光就会感到这沙河也有一条条活动着的神经。

一群在草滩上放牧的小顽皮们时而横在牛背上吹响柳笛，时而驰马奔腾。一个小不点儿也学着他们的样子骑在一头公牛上，正驰间，那公牛猛地一勾头夹进裆里。小不点儿被甩了个倒栽葱，鼻涕上粘满了两行长长的沙子，引得周围一片笑声。

一个十七八岁的姑娘在柳丛中默默地割草，镰刀飞舞，哧哧作声。她身后被割出一条路，草堆像一队士兵般整齐排列着。她的小鼻尖上已沁出了细密的一层汗珠。倏地，她止住了镰，显得有些难为情：一味地贪恋着这草，自己身小力薄又能扛回多少呢！

一阵呼呼噜噜的声音传来，姑娘抬头看时，禁不住笑了。这水牛好睡，全村人都知道。他上无老人下无兄妹，光杆一人过日子，浪浪荡荡谁也拿他没办法。让他来这河滩看树还不是给瞌睡虫送个凉枕头！他不讲穿戴，只要有口饭吃就行，没了油盐时便捉个“老圆”去集上换回一些，便再也不捉了。他说这些“老圆”都归他所有，急用便捉，若不急用，那是一个也不肯多捉的。

“水牛哥，水牛哥”，那声音娇娇的。见唤不醒，便掐个小草棍去捅他的鼻孔。水牛被捅醒了，虎着脸怒道：“做啥，俺睡觉碍着你了，”姑娘却不急不恼：“哟，该娶媳妇的大汉子还光知道睡，要是能把我割下的这些草背回去才算你能！”水牛被激起邪火来：“你只管割吧，要是我今天扛不回去，就变只‘老圆’给你看！”

姑娘笑了，笑得如花烂漫。

当西天边的最后一抹夕照染红一河柳丛的时候，水牛睡醒了。他吓了一跳，没想到这个老早没了父亲的姑娘还真是一把快手哩，咋割这么多！他唤过姑娘，先给她捆了一小捆，余下的他拧了条酒杯粗的柳条绳索捆起，老驴驮盐般地扛回村。用秤称时，那捆草竟有240斤！

以后姑娘割草总爱围着水牛转。一个在烈日下割草，一个在树荫下吹芦叶；这个忘记了睡，那个忘记了累。完了，那草总是水牛帮着抗回去。

这年，姑娘共晒了万多斤干草，卖掉这些草，换回了两对“牛肥羊”。

风　情

乳白色的雾霭像轻纱般的披在草滩上的时侯，河岔里已响起了桨声。

柳叶和水牛的婚礼，金根是早早地来参加了。他没带任何庆贺的礼物，只肩着那管长长的猎枪，但三天喜宴下来，每个客人都对那野味做成的美味佳肴表示了衷心的赞扬。野兔是金根一路捎带打到的，这水鸭子是金根用了两晚的时间摸准了野鸭栖宿的规律，蹲在岸边早已挖好的地窨子里打来的。今天金根要回转了，这对小夫妻一再坚持不让他从渡口那儿过河，亲自驾舟来送。太阳像一根灯草，雾霭蜡烛般融化了。船儿也该靠岸了，但柳叶偏不往岸边靠，小船在流水深的地方驶着，水牛的双眼不住地巡视着河面。“哎——你看”，不远处的水面上突然划起一条红色的弧线。柳叶弃了双桨忙把手指给丈夫看。话没落音，一扇旋网已哗啦出手，朝着那绺过江龙下红浪一点的地方。水牛在慢慢收着网，诡谲的目光似在揶揄着柳叶；就你在心里惦记着，难道我会让金根网内乱撞空手回去？网下红光乱闪，把网纲也挣得一颤一颤的，水牛见状忙跳下水，在水下摸索着将网收拢，一长身子撂进舱里。乖乖！几条尺把长的红尾鲤正在网内乱窜。

他们依依分手了。

金根持枪向上游的方向寻去。柳叶将船调转，朝着湖边去下网。两岸杨柳摇摇曳曳，草滩牛羊嫩声欢叫。牧场那边不知谁用竹笛吹起了熟悉的“二八调”，接着便飘来一溜梆子腔：

大河滩好地方
一抹银链细又长……

梦忆荷塘

杨向阳

“仁者乐山，智者爱水”，我从不属于智者，也算不上仁者，但爱水却是千真万确的。梦里就常常置身于一片绿色的水中，我伸开双臂，犹如青蛙般自由地游来游去。

梦里反复出现的水其实是我家附近原有的一片荷塘，属于废弃的旧护城河的一段。后来有人在水里种荷养鱼，在塘边植杨栽柳，杨柳依依，碧荷田田，加之周围大片绿盈盈的菜地，使这里颇具田园的风光。垂钓者的身影，恋人们的呓语构成了这里独有的一道风景。当然，这风景更为我所爱，在我少年发愤苦读时，它成了我唯一可以排遣寂寞的挚友，塘里悠扬的蛙鸣不知伴我度过了多少个伏案读书的夜晚。有时疲累了，便不由自主地走到塘边，星月在天，清风徐来，湿漉漉的水气伴着一塘的藕香飘入鼻孔，顿时觉得身心舒泰。我在岸上走，水中一轮圆月伴我行，不经意差点踩到了一只青蛙，它惊叫着，“扑通”一声跃入水中，一轮圆月顿时叫它弄碎，化作了满塘点点的星光。

微雨的荷塘境界也十分宜人。四周极为静谧，淘气的青蛙也不知躲哪里去了，池塘里泛起蒙蒙的烟雾 ，耳畔中只剩下雨珠敲荷塘的声音，啪啦啪啦，时骤时稀，时缓时急。闭了眼，心能在这乐声里走得很远。想来李商隐“留得残荷听雨声”，该是这种境界吧……不知何时天已放晴，青蛙们又活跃起来，三三两两地应对山歌，独得其乐。荷叶让雨洗得一尘不染，绿得刺你的眼，小风吹过，上面滚动着颗颗晶亮的明珠，仔细看，明珠里面还映衬着七彩的霞光。那形态，那颜色，那质地恐怕都是世界上最好的。

秋凉荷败的时候，也是丰收的季节。这时养鱼人会找来一台水泵，“通通”地从塘内向外抽水，水“哗哗”地流入旁边菜田里，用作了灌溉。眼见得塘里的水越来越少，里面银色的鱼们忍受不住，上蹿下跳。这时一网下去，准是满满当当，粗肥的藕，沾着新鲜的黑泥，塘边堆得到处都是。养鱼人很是精明，他绝不“涸泽而渔”，总要留一部养在水里。于是他又有一桩生意，无论是谁，交上三五元，可随意在塘边垂钓，三五成群的垂钓者给荷塘平添了几分热闹。那时我也充满了钓鱼的热情，喜欢拿根杆摆来摆去，但我素不爱静，坐立不住，从没有钓上过一条。看看身边的钓者，个个不急不躁，悠然自得。钓鱼的乐趣，怡情居上，鱼倒是其次的。

在我出外读书的几年里，养鱼人病死了。这荷塘也随即废弃，被满塘的荒草覆盖。周边的居民趁机往里面倾泻垃圾，使得这里蚊蝇乱飞，臭不可闻。再后来，有掘土机通通开来，往里面填石填土。千年城壕终于消失了，连同那满塘的蛙鸣悠扬，以及我少年时代的美好情感。与荷塘一同消失的，还有周围大片碧绿的菜田，这里被灰色的围墙圈起来，成了水果批发市场。

岁月流水般逝去了，我的女儿也开始牙牙学语。有时我牵着她的手在市场里面走，她又蹦又跳十分地快活，可惜她幼小的心灵里再不会有荷塘的形象了。而我的心头，总会有一首诗反反复复地荡漾着：

你是我心头挥不去的一抹绿色
在我拥有青春的时候
也拥有你……

色香味全端午节

张仁义

端午节通常与芒种相伴，这边粽香氤氲，那边麦香飘荡。眼下麦子已颗粒归仓，然端午却姗姗来迟。闰个四月，把人的胃口吊得老高。

“五月五，是端阳。插艾叶，戴香囊。吃粽子，撒白糖……”歌谣一哼，该来的端午节终归是到了。在我的印记里这是一个极富味道的节日。

端午节即夏历五月初五，是我国的传统节日之一。“端午”本为“端五”，晋代周处《风土记》说:“仲夏端五，端，初也。”端午节也称端阳节、龙舟节、天中节、重午节、蒲节等，是首个被列入世界非物质文化遗产的中国传统节日。在端午节众多的别名中，还有“诗人节”和“屈原日”，这个也许才是端午节的真正内涵。

普遍认为端午节是为了纪念历史上五月初五投汨罗江的爱国诗人屈原。人们在河里竞舟，是为了寻找消失在急流中的诗人，往河里投粽子、熟鸡蛋吸引鱼虾，希望它们饱餐后不去伤害屈原的身体。后来，赛龙舟、包粽子，便演变成了端午节风俗。

今天的鲁山县张官营镇犨城遗址内有始建于东汉，被正史《后汉书》记载的中国最早的屈原庙遗迹，是后世纪念屈原的圣地。屈原是战国末期楚国人，古代鲁山长期属楚，为楚国之北陲，受渊源牵系，以端午文化、屈原文化为代表的民俗活动在鲁山当地广为传承，楚风余韵犹存，每年端午达到鼎盛。各界人士拜谒犨城，吟诗作赋传文脉；缅怀屈子，爱国兴邦励后人。2019 年端午，鲁山县被中国民间文艺家协会命名为“中国屈原文化传承基地”。

小时候，家里的鸡蛋除了到代销店换油盐酱醋、添客打“鸡蛋茶”外，端午节来临前，母亲定会将鸡蛋攒下，节日一早，和大蒜一起煮吃，这种端午习俗在中原一带最为普遍。煮鸡蛋是绝对的“宝贝蛋”，一年中能吃上的机会不多，除了过生日，大人一开恩，煮个鸡蛋当蛋糕，一长大，连这待遇也没了，想吃就得等到端午节。即便是端午，煮鸡蛋也不是由着你吃，我家五口人，通常也就煮十来个。小孩儿们见面一交谈，居然有吃三四个的，吃蛋多的一脸自豪。父亲便说，谁吃鸡蛋多，考试也得鸡蛋多，我们便哈哈大笑。熟蒜头不论数，入口即化，软香，清热，解毒，杀菌，辛辣一去，老少皆宜。

粽子不说了，到处都有。槲坠不同，是地道的鲁山特色，在央视还露过脸呢。粽子呈三棱形，槲坠为圆柱形。

坡上槲树成片，槲叶色泽青绿，大，厚，圆，是包槲坠的天然材料。揭不开锅的日子，很多家里干脆把粽子、槲坠省掉，光煮不用花钱的鸡蛋、大蒜。山上打来的槲叶是最好的笼布，蒸熟的馒头带着槲叶特有的清香。

传统习俗绝不会丢，条件一好，家家过端午少不了粽子、槲坠。去街上买的多半是懒人，大多数都是自己动手，那样才有气氛。麻利的，端午节头一晚就把槲坠煮好了。槲叶经过煮、洗、泡，柔韧性极好，糯米、糖枣、花生仁等裹进去，卷成圆柱形绑好。煮时间越长越入味，个把小时后香味便越发浓厚，整个院子，整个村庄，整个世界，仿佛都被这香笼罩了。槲坠适合凉吃，吃时蘸着白糖，糯米黏甜，糖枣扯丝，能吃出初恋般的味道。

端午节早上，煮槲坠、煮鸡蛋这都是母亲的活计。我们的活儿是跟着父亲到埂子上割艾，割菖蒲、薄荷、二花。艾，也称艾草、艾蒿，是菊科多年生草本植物，鲁山城乡尤其是丘陵地带多有野生。艾草含有挥发性芳香油，香气浓烈，有祛湿消毒、止血驱寒、镇静安神、驱赶蚊虫之功效。

割这几样东西不必东奔西跑，只要不斩草除根，踅住一个地方，年年割，年年长。大热天，一碗薄荷茶一喝，提神醒脑，凉爽宜人。薄荷叶晒干装枕头，助眠安神，好梦甜甜。“手执艾旗招百福，门悬蒲剑斩千邪。”割下的艾草、菖蒲，挑两把别于门楣两侧，清香氤氲，辟邪驱瘴，蚊蝇不近。山里生长，磕碰难免，旮旯里晒干的艾草抓一把一煮，患处经艾水一抹，立马见效。正所谓“家有三年艾，郎中不用来”。

应娘的把各种花色的碎布头巧手一缝，填进去雄黄、艾草、朱砂、茴香、薄荷等，香包成了“香饽饽”，辟邪气、保平安。孩子们白天香包戴脖子上，睡觉也不愿摘，熏陶多了，学起习来，脑瓜竟也灵光不少。

除了过年外，人们最看重的传统节日莫过于中秋节、端午节。刚订了婚的，节日搭桥，男方提前赶点集，叫上女孩子来家里一起过端午，在保守的过去，这算得上开明之举了。结婚头一年，女方家的长辈会赶在端午节前给出门的闺女“送端午”。瓷实实一“三号篮儿”油条，外加毛巾、扇子。新人成双，毛巾和扇子也是成双，图案清一色鸳鸯戏水、喜鹊登枝、牡丹花开，看着就喜气。据说新人扇了娘家送的扇子，一夏天不会中暑。“送端午”送的是清凉，是暖暖的爱意。“送端午”的习俗现在还有，时代在变，礼物在变，但心意未变。

五月初五又端阳，殷殷糯粽正传香。尽管屈原离我们越来越远，但“路漫漫其修远兮，吾将上下而求索”的绝唱我们永远铭记。每个人都在求索，都在用心酿造生活，努力把日子过成诗。

就如这端午，充满诗意，色香味俱全。

父亲

李冠华

人说父亲少年时期特别苦。1960年，生产队大锅饭揭不开锅，家里连一把粮食都没有，我爷爷、奶奶同日双双饿死在家。那年，父亲15岁。我父亲姊妹三个，我的两个姑姑早已出嫁，日子也都过得紧巴巴的。父亲一日之间成了孤儿。我能想见那一刻父亲的无助。更难的是此后伴随父亲的孤苦无依。好心的邻居们接济，东一家、西一家，父亲是吃百家饭长大的。我问过父亲，他对自己的苦难有些轻描淡写，却对左邻右舍的相助时刻铭记。父亲爱下象棋爱听戏，他亲近的棋友、戏友、聊友，大都是年长父亲不少的伯伯们，在父亲苦难的岁月里，也只有他们已成家立业，有条件帮助可怜的父亲。

我印象中，父亲啥都会干，做饭、拆洗缝补的针线活儿都能做，那是一个人为生活所迫逼出来的。父亲特别勤劳，我们家的一切都是他用力气换来的。老房失修无法居住，在村南新批了宅基地。土墙瓦房，几百车夯土，是父亲用架子车拉了三个月备齐的，其间还要按照生产队安排上工挣工分。自家老屋的胡土，父亲给生产队做粪肥，作为交换，生产队派社员出工记工分夯下主房的墙。母亲体弱，我们姊妹小，帮不上忙，院墙、厢房、灶火（厨房）都是他一个人拉土，一个人把土填抛到夯墙板里，再一个人爬上墙去，自己一小段一小段夯的。

儿时记忆里，是父亲用苦力支撑了这个家。为了多挣工分，他挑生产队最苦最累的活儿干，他说他有的是力气，要用力气使家里有饭吃。生产队箍了新窑烧砖，他就主动承担磕砖坯的活儿，后来又向郏县师傅学会了制泥瓦，这些玩泥巴的活儿在农村来说是最累的。接着学会了烧窑、炕烟。炕烟叶是在最炎热的季节，装烟叶、出炕，虽然炕房已经冷却，气温依然足有六七十摄氏度，我试着钻进去过，那温度炙烤得足以让人窒息。所有这些他都不嫌累不嫌热，为的是工分高，每天还能补助 1 斤铡草麦。铡草麦子虽然脏了些，可在父亲眼里，这些麦子就是白面馍馍、就是面条。父亲想让我们有饭吃！

父亲特别善良。包产到户后，虽然有饭吃了，但农民都不富裕。20 世纪 80 年代初，手里有了粮食的村民大多开始筹建新房，我家所在的农村，也掀起了第一轮由茅草房翻瓦房的热潮。村里三个生产队，每个生产队都有砖瓦窑。建房户都要自制砖瓦。因为父亲有这个手艺，只要别人有需要，他都热情去帮忙，从做坯、制瓦到装窑、烧窑全包了。那时邻居间相互帮忙都是无偿的，是人情。父亲养了一头牛。虽然大块地都用上了小四轮耕地，但毕竟每家每户都有许多小片地需要用牛犁，父亲整个季节都是东家西家地耕，全是无偿，顶多犁到哪家时，这家弄一盆料水饮一下牛，好保持牛的体力。父亲这样做很开心，因为他小时候得到了邻居的接济，现在尽可能回报多少算多少。

父亲特别知足感恩。我印象中，父亲无论多苦多累，总是乐观、坚强地用力气撑着。父亲 24 岁才成家，后来有了我和妹妹、弟弟，他由一个人过成了一个有生气的一家人，甭提多有干劲儿了，虽然贫穷但满脸幸福。连二姑都说：“以前回娘家，就像没有家，总是一把冰冷的铁锁挂在门上不见人，每次都伤心。现在回来，一推门见到热热闹闹一家人，真舒心。”1983 年分田到户后，有饭吃了，后来不缴税、不缴公粮还拿补贴，父亲脸上天天挂着笑，总说“这日子上哪儿找呀”，对国家政策、对党那种朴素由衷的拥护热爱溢于言表。我在部队工作，难免有些苦恼，有时甚至还有一些仕途上的追求和失落。每当和父亲谈起，他总是用那句一成不变的话来开导我：“听领导的话，好好干。现在日子多好，别想那么多。”说来也神奇，父亲的开导总能“包治百病”。无论多苦恼、多彷徨，只要跟爹诉说完，听了他那句“老话儿”，心就放下了，也踏实了。

父母总是倾尽所有为子女，还觉得对子女做得不够，儿女对父母一点好，父母总是逢人就夸子女孝顺，这大概就是天性。父亲总为几件事觉得愧疚。(让孩儿哪承受得了呀!)父亲总是念叨:“爹不中用(没本事),小时候让你们遭罪了。”为了多挣工分,除了上午、下午正常上工干活外,父亲和母亲总是加班为生产队割喂牛草,按斤折工分,往往天黑透了才回到家。我常搂着弟弟、妹妹蜷缩在门口过门石上等。父亲和娘做好晚饭,不少时候我们早已睡着了,吃饭都叫不醒。为此,父母没少自责和心疼。在鲁山一高上学时,有次周末下大雨,我无法回去拿生活费,等一周后再回家时,父亲像做错事了一样问:“这一星期没钱咋过的?我本来要去送的,可连阴雨几天,要是坐车去来回路费就花不少,再个下雨没赶集卖菜,家里也没几块钱。”我说没事,是前桌同学无意间听到我因下雨发愁时,转身夹我书本里5元钱度过一周时,父亲才如释重负地说那就好,要好好谢谢人家。

1990年,我高考落榜,回校复读,要缴360元复读费。这是平时学费的6倍。钱不够,班主任照顾我没交钱先入班复习。一个月后,父母亲带着我出去借钱,借了两家都没有。天快黑了,到了马楼姨家,她家条件稍好些,是最有希望借到的。可一进门就看到姨家院子里站了许多人,正围着新买的12寸黑白电视机调试,场面热闹得很。父亲拉着我的手,在他们的热闹声中悄悄地走了。出了姨家门不远,我不慎一脚踩到洋芋地沟里,脚也扭伤了。我再也忍不住大哭起来,大喊一声学我不上了,我去当兵去。那时天黑,看不清也没注意父亲的脸，应该比我还难过（十几年后，姨知道了此事，很过意不去，埋怨我说“傻孩子，你咋不吭一声呢？也怪姨粗心，没问问你什么事，虽然买了电视机，可我还会再想办法呀”）。其实，那时我的身体条件并不合适当兵，干瘦，才 106 斤，体检时人家差点不要，幸好是同学的父亲在县武装部当部长，在他的关照下才走的。到部队一个月后收到父亲的信，第一句没看完就以泪洗面，还是那句老话“称意（小名，我是长子，取称心如意之意’）吾儿，在那儿苦不苦？爹不中用才让你去受苦的……”

我家虽然家庭物质条件极其匮乏，但从不缺温暖，父母用大爱撑起了一片天，给了我们一个快乐的童年，也把我们都拉扯长大了，童年生活都给我们留下了难以忘怀的珍贵回忆。父亲慷慨无私、无微不至的爱都倾注在了我们身上，可他也没享到我们什么福。四年前的那个闷热闷热的酷夏，父亲走了，走得很突然。我在离家千里的解放军驻福建某部服役。家人怕我心急路上出事，没告诉我真相。当我进了大门，腿一下子瘫软在地，跪爬到父亲身前几近昏厥。抚摸着父亲拼命呼唤，可再也唤不醒父亲，当手拉着他的手时，我心里难受极了，那粗糙劳作一生的手有些扎手！这手，是拉着我小手抚养我长大的手，我对他是多么熟悉，可此时，这双手又多么陌生。印象中，儿时，父亲牵我的手，他的手特别温暖，可眼前这手竟如此粗糙。我回想一下，自从自己长大后二十多年，竟想不起来何时牵过父亲的手。我是否曾拉着他的手上过街？更不要说拉着父亲的手上公园散过步。悔恨自己对父亲的忽视和不孝！虽说忠孝难两全，我第一次探家，是在我参军四年多之后，不在父母身边，自然难以孝敬二老，但在心里始终自责和愧疚。那一刻我才懂，最大的孝敬是陪伴，用心来温暖。父亲没有给我留下一句话就走了，可我明白老父亲的牵挂。他一是放心不下母亲的身体；二是希望我们兄弟姐妹团结和睦，过好日子、做好人。

父亲大人，请您放心，这些我们一定能做到！慈爱的父亲！您这一走，我可向谁倾诉？心里没了依靠，怎不叫我伤心悲痛？！父爱如山，恩泽无边，父亲是我们永远的思念。慈爱的父亲呀，任何时候您总想着儿子，唯独没有自己！我爱您，父亲！

老话说，福是子女的，父母只享受了一个好名声。收拾父亲遗物时，我们发现了一个存折，从余额看，平时我们给他的钱他几乎没花都存了起来。姊妹们后悔当初没有多给他买些东西，所以说孝敬父母钱不如物。做子女的总是想等将来生意做多大的时候、官当多大的时候再好好孝敬父母，其实真的错了，孝敬父母不能等！趁父母健在多行孝，胜过坟前堆金山！父母走了，再多的祭品有什么用？哭得再悲也枉然！

2018 年元旦休假结束归队时，母亲在车旁送我。我望着母亲布满皱纹含泪不舍的脸，忍不住上前拥抱母亲，心疼地拭去她眼角的泪：“娘，外面天冷，您回屋吧，我春节还回来看您。”娘的脸上露出惊异和幸福的光彩！我心里颤了一下，自小娘抱着我长大，这可能是我长大后第一次拥抱娘。我希望能这样永远拥抱着她！有娘叫着，我心里就踏实、就年轻、就有依靠！这些，是父亲用他的溘然离世教给我的人生最后一堂课。

勤俭质朴的潘庄女人

刘铁僧

随着人们物质生活的提高和传统教育的缺失，即便还不算富裕的地区，前卫的女性也是“吃的讲营养，穿的比高档，只要时尚美，刀割也无妨”。于是饭菜随意丢弃，服饰露脐袒胸；美容店里润肌肤、割眼皮、丰胸、隆鼻的人络绎不绝。医生一再告诫：“高跟鞋穿坏脚，膝受寒伤关节”，可瑟瑟秋风中穿超短裙配高跟长筒靴的女性比比皆是……难怪太祖、太婆们惊呼：“这还是我们的孙女吗？”这时，我也每每想起孩提时靠勤劳节俭撑起半边天的我们潘庄女人，那时她们也正值青春年华，个个都是勤劳节俭的能手，从来没有吃闲饭的，即使相对殷实的人家，为了把日子过得再安稳些，每天忙得也是“脚不沾地”。

她们心灵手巧，不仅能织会裁，拆洗缝补更是拿手好戏，纺花抽线就更不在话下了。她们做的鞋袜“合脚”，缝的衣裳“合身”，做的帽子暖和好看。那时穿衣裳“馏旧头儿”是很普遍的，一件衣裳大人穿了孩子穿，老大穿了老二穿，正所谓“新三年，旧三年，改改缝缝又三年”的时代。可是再旧的衣裳经她们一“翻新”“收拾”，不仅看不出“补丁”，而且是那样的“得体”“打扮人”。

潘庄离县城不远。但女人们特别节俭，也特别会过日子。一粒米掉在地上也要捡起来，一块“烂铺陈”也舍不得扔，还要留着做鞋用；“宁可稀连连，不叫断炊烟”“面条省，疙瘩费，想吃‘锅盔’卖了地”，不知是哪辈子流传下来的古语，她们还一直挂在嘴边上念叨着，念叨得不敢让人放开肚皮吃顿稠饭。为了给家人做棉衣，她们用自己纺的线换成布后，不要说拿着布到染坊去染，连包“膏子”（颜料）钱都舍不得花，而是要自己去“坑布”。所谓“坑布”就是弄几斤橡壳，拿到碓杵窑上捣碎后，放到铁锅里煮，然后把布放到橡壳水里继续煮，煮好后把布捞出来拿到坑上，平摊在坑边的地上，厚厚地糊上一层从坑里挖出的污泥，让太阳晒，到太阳压山时污泥也差不多干了，龟裂成无数的小块儿块儿，弄掉布上的干泥，放到水里把布洗干净后拿回家，第二天再重复第一天的工序，如此这般几天以后，布就被染成了黑色。“坑布”往往是深秋时节的事情，这时天气已凉，为了省包儿“膏子钱”，她们的手皴得崩了“马扎口”。遇到青黄不接时，麦前她们会到自己地里揪一把麦穗，回家揉搓揉搓，一煮，用“小花磨儿”磨成“碾碾转儿”，就是一家人的一顿美餐；秋前她们会到地里掰几穗玉米，剥剥，拿到碓杵窑上捣碎，回家漱到锅里，凑合着又是一顿饭。再大的荒年，潘庄没有断炊揭不开锅的，这和女人们会过日子是绝对分不开的。

潘庄的女人特别能吃苦耐劳，也特别会惦记人。吃喝穿戴她们总是想着老的，尽着小的，挂记着男人们，“做在前头，吃在后头”已成为她们的生活习惯。男人们干重活了，她们会烙块黑馍给男人吃，自己舍不得放嘴里尝尝；有客人了，她们会烙几张“包皮馍”，熬一碗豆腐粉条菜招待客人，吃剩下了她们要留着给孩子吃。吃饭时她们总是先给男人和孩子盛，让他们吃稠点，自己喝稀的。平日里劳累一天了，男人和孩子睡下后，她们要坐在菜油灯下纺花抽线；为了让男人睡个安稳觉，夜里她们五次三番地给牲口添草撒麸；秋麦两季她们和男人一样要下地干农活，“拾麦”“拾豆”“馏玉米”“择红薯叶”这些活儿也都是女人们干的；迎冷儿“腌咸菜”“腌黄黄菜”，平日里焯锅挠灶，女人们自认为是她们分内的事，从不让男人们抬手；“听到知了叫，懒老婆吓一跳”，这时又该操劳一家人冬天的“穿戴”，就是“坐月子”，她们也会强撑着做针线活。对于潘庄女人来说，一年三百六十天，天天都有她们干不完的活儿。

潘庄女人也十分精明，她们很会讨价还价，挑挑拣拣。春天卖鸡娃儿的来了，她们一窝蜂地围上去，你一言我一语地嘁嘁喳喳说个不停，把卖鸡娃儿的缠得“丈二和尚——摸不着头脑”，云来雾去地侃上一阵子后，才会扯到

“打账”买鸡娃儿的正题上。所谓“打账”，就是先把鸡娃儿赊回家，到麦后再付钱或拿麦子顶账。那时农村谁家手头都不宽余，吃盐往往都是拿鸡蛋换的，所以，“打账”买鸡娃儿在当时是常见的事情。“不怕你漫天要价，就怕我就地还钱”，经过一再的讨价还价，潘庄女人买的鸡娃儿的确比邻村便宜了不少。不过，“南京到北京，买家没有卖家精”，潘庄女人再会“言巧儿”，可人家卖鸡娃儿的是“一嘴吃个鞋帮儿——心中有底”。

女人们也有高兴的时候，农闲时她们会端着“做活筐儿”串门子，几个人坐在一起，一边做针线，一边拉家常说笑话。她们会比谁的衣裳裁的式样好，谁的“针脚”做得密，谁的“盘头”梳得好看，谁家的孩子“收拾”得干净利落；称盐灌醋，择菜剥葱这些鸡毛蒜皮的事情也都是她们的话题。真是“三个妇女一台戏”，说得高兴时，如同“花子拾金”一般，把她们笑得前仰后合，直流眼泪。

正是勤劳节俭、朴实、宽厚的潘庄女人，撑起了潘庄街的半边天。

今天我之所以要写我孩提时的潘庄女人，不是怀念“贼来不怕客来怕”的穷日子，也不想再回到“以贫为荣”的岁月，只是因为我是在那群女人教养下长大的，她们那种吃苦耐劳、节俭为本的精神使我刻骨铭心，没齿不忘。实际上，在过去的年代里，农村妇女几乎都是这样。而今天的一些年轻人，缺乏的不正是这种精神吗？

父亲是我的旗帜

李　淮

父亲是中华人民共和国成立前我们村六名老党员之一。

我记事的时候，父亲经常出去开会，有时候和村里的几个人还背着行李，一去就是好几天。后来，慢慢懂事了才知道，父亲是党组织的人。

父亲告诉我，以前我们家是村里最穷的，没有自己的一垄地，祖祖辈辈靠租种别人的地过活。没有农活的时候，为了节约口粮，就跟着爷爷奶奶外出乞讨要饭。有一年冬天，父亲在讨饭的路上掉进被大雪封盖的深沟里，天快黑了也没有爬上来。不多会儿起了大风，沟沿边的一棵小树被大风刮得不时扑向沟里，父亲抓了几次都没抓住，几乎绝望，后来，父亲看准机会，趁小树扑向沟面的同时跳起来抓住才脱险。穷人也有自己的企盼，父亲出生的时候，爷爷为父亲起名贵生，这不仅是随了姑姑的贵字，更寄希望于以后能把穷气改改，也能过上好日子。

有一天，家里来了一位陌生人。奶奶的娘家在西乡山里，平时除了西山的亲戚，家里没有别的远方交往。看爷爷、奶奶一脸疑问，那人笑着发话了，我是过路的，口渴了讨口水喝，奶奶听说赶紧去灶房生火烧水，爷爷在屋里招呼客人。我们那儿的人淳朴厚道，不管认不认识，对过路的、讨水要饭的，甚至借宿的都会以礼相待给予恰当安置。以前交通不便，南乡的人常常带着做饭的食材赶着牛车到北乡煤矿上拉煤，在中途找人家歇息过夜。我小的时候就亲眼看到爷爷、奶奶和父母亲给借宿我们家的人找柴火帮着烧水做饭，爷爷还帮他们喂牲口。奶奶进灶房不久，父亲也回来了，和爷爷一起同陌生人寒暄。趁爷爷到灶房端开水的时候，陌生人给父亲嘀咕了几句。

父亲从一进门就觉得这人很眼熟，可就是想不起来在哪里见过，听到那人简短的几句话之后，父亲才恍然大悟。这一段时间，隔三岔五的就会有不认识的人在村里随便转悠，时不时还和村里的人搭讪闲扯，这个人就是近来在村里出现过的不认识的人之一。那人给父亲说，我们家的情况和父亲的为人他们都掌握了，父亲就是他们要依靠的人。原来，他们到村里就是秘密进行摸底调查寻找发展对象的，是党组织在为解放鲁山储蓄力量做组织准备。这些都是后来父亲给我说的。

父亲说，自那以后，他和村里另外几个人就经常被秘密组织在一起开会学习，听人家讲话，他们听得最多最后也明白了的道理就是：穷人为什么会穷，共产党就是为穷人办事的。现在看来，那是对选定的人员进行培训教育武装思想的。也许就是这段时间从不断的开会学习、听人家讲话中，父亲的心中才根植下了这样的信念：共产党人应该做什么，怎么做。1948 年 6 月，父亲和村里另五个人，通过了组织的考验，成为一名光荣的共产党员。那时候，党组织还处于不完全公开的状态，但他们跟党走的决心已定，啥也都不在乎了。成了组织的人，从心里头觉得有责任了，有荣誉感了，常常早出晚归，浑身是劲。

鲁山刚解放时，社会很不平静，尤其是匪患不断，造成局部地区社会动荡民心不稳。为了保护新生的人民政权，还人民群众翻身解放后的幸福安全感，父亲还受组织委派到我县二郎庙一带山区进行剿匪，和他同去的是我们村与父亲一同入党的陈玉山。陈玉山老人生前专门给我交谈过他们进山剿匪的事。他告诉我，当时派他们是秘密进行的。那时候本地也有党组织，组织上考虑到土匪长期在山区蛰伏活动，与当地的人熟，短时间内不能彻底清除匪患，漏网的土匪为了给同伙报仇常常采取报复行动，怕当地参加剿匪的党员骨干积极分子的安全受到威胁，就调用外乡党员骨干进山。陈玉山老人说，他们每人佩带一把“盒子炮”，根据掌握的情报，白天进行侦查，混在当地群众里面，上山砍柴，下地干活，土匪也认不出来。情况摸清之后，晚上集中行动，进行抓捕。多数土匪感到气数已尽，迫于形势威慑，在抓捕的时候基本上没有碰到剧烈的反抗。

遇到个别顽抗的土匪，还展开过枪战，有几次还相当危险。我们村与父亲同批入党的史书勤老人告诉我，他们四人被派到仓头，执行和父亲一样的任务。

随着身份的完全公开，他们都成了村里的人物。小时候常听大人们说，上面来人先找他们，开群众大会他们挨家挨户叫人，选农会主席他们动员大家挑选自己信得过的人，给各家各户分地他们拿着尺子丈量，分没收的浮财他们根据每户的情况决定多寡……一时间，会场内外，田间地头，纠纷调解，邻里说和，都是他们忙碌的身影。奶奶在世就不断给我说，父亲给公家干事了，全家人都感到光彩，邻居们的脸色也不一样了，在人前也敢腰杆直起来说话了。

父亲没有上过学，大字不识一个。但他对入党前从开会学习、听人讲话中悟出的道理始终没有忘记。父亲常给我说，穷人能翻身，是共产党为穷人办的事，是蒙了共产党的福。成组织的人了，就不能光想着光荣、优越，也要想着为群众多办事，遇事还要先让着别人。

我记事特别早，从我述说的好多事推算起来，家里人都说我两三岁就记事了。爷爷奶奶为家里盖房子的经过我记得一清二楚，坐西向东一共三间。那时，叔和大都还没有成家，爷爷奶奶住北边一间，叔和大在当门牌位桌两边各支一张床板，我们家住南边一间。爷爷去世后，奶奶搬到了当门，叔和大住进了北头的一间。土改时，村里不少人家都分得有没收的财主家的房子，为这事我问过父亲，我们家是最穷的，为啥分房子时我们没有。听了父亲的解释我才知道，我们家也分过房子，而且还是三间瓦房，就是我们村小学最早的校舍，在村北头。这处房屋共两排，有十来间屋子，还有几户也是分的这里的房子。房屋分了之后，有个问题摆在干部们面前，穷人穷就穷在不识字没文化，现在解放了得让孩子们上学，而这两排房子很适合办学校，我的小学初年级就是在这里读的。还是父亲提出自己不要了，让办学校用。后来那几户又调剂到别的地方，由于房子已经分完，我们家就与分房无缘了。爷爷奶奶对此事也曾经有过怨言，但父亲说，以后咱再慢慢盖吧，咱是党员，咱要是啥都争，以后咋在庄儿上说话。

老辈人都说，成立互助组、初级社、高级社的时候，父亲按照组织安排，到群众家中进行解释动员，是最积极的组织者和参与者，起了很好的模范带头作用。由于父亲责任心强，先后担任过具体负责工作，还在马村管理区任过职。

奶奶给我说，母亲快生我的时候，父亲正在白沙水库干活，由于工期时间紧，要求严，生产队里一时派不去劳力顶替，接到家里的信父亲也没有向工地请假。他是党员，大家都在看着他，不能因为自己耽误施工，影响整个水库的工程进度，直到生产队里调剂了人手去接替才离开工地。

我家大槐树的事是我亲眼所见。全民大炼钢铁的时候号召各家各户杀树支援，周围的村都积极地在行动，上面来我村检查，没看到我村的动静，一了解，大家不是不响应国家号召，而是都在看党员干部。检查人员到几个党员干部家里看看，都没有该杀的树，又给大家动员，但依然没动静。后来才知道，群众是在看我家的那棵树杀不杀。我家的那棵洋槐树确实粗，一个人还搂不住。我都记得清清楚楚，不但树身粗大，而且枝叶繁茂，树冠快罩满半个院子了，一到夏天，门口邻居的婆婆妈妈们都端着针线筐坐到树荫下和奶奶一起做针线活拉家常。说来也怪，这棵树上的花也比别的洋槐树的花香甜。那时候，父亲负责外村的工作，对家里的事全然不知。父亲知道之后，立即回到家里给爷爷奶奶做工作，当即找来木匠开锯问斩，绝不能为这拖全村全乡的后腿。看着陪伴了多少个春秋的洋槐树即将化为乌有，爷爷奶奶着实心疼，奶奶还掉了眼泪。但他们也是识大体的人，谁让自己的儿子是党员呢？大家一看，再也没啥说了，村里该杀的树全杀了。时过境迁，那些树该不该杀是另一回事，关键的是杀树的决策是国家做出的，父亲在众目睽睽之下以一个党员的作为让组织的号令得以落地实施，让群众看清楚的是在国家和个人利益需要抉择时共产党员的毫不犹豫。

昭平台水库的修建和后来的延续工程，在我们那里叫治水库，当时各个村分配的都有任务。母亲快生二弟的时候，正好轮着父亲该去工地。生产队长和父亲都是工作中的老友，出于关心和我家的特殊情况，在生产队的会议快结束时提出让我父亲留下照顾家里，其他劳力按排序顺延，待我母亲满月后父亲再补上。那晚是队里的全体会，各家各户都参加，我也在会场。由于工地劳动强度大，生活又不好，还得自备行李，劳力是轮换着去的，不该轮自己的时候，谁也不愿前往。再者，考虑到各家都有各家的情况，这一换每个人都得提前，还没等大家表态，父亲就给队长说，该咋轮还咋轮，这个事自己想办法，下来之后父亲找人进行了轮换。父亲有这个习惯，自己的事不给组织和领导找麻烦。

20 世纪 60 年代中期，农村家庭的经济收入主要是这几方面：生产队结算时的余粮款；粜生产队分的粮食；卖自家养的禽、蛋、牲畜。我家姊妹多，但挣工分的就父亲一人，年年缺粮。分的粮食也不够吃，常常接不住下一季的新粮。越是穷，越是没有发展的底垫，有一年，家里实在困难，该逮猪娃喂了也没有逮猪娃的几块钱。眼看着邻居家的猪娃一天天在长，再长一些时就变成钱了，父亲心里很急。就在这个时候，队里一位姓温的邻居给我家逮来一个胖乎乎的猪娃，说是看着父亲没钱买送给我家的不要钱。这个邻居和我同辈，很有经济头脑，在那个管理控制很严格的年代，也没有限制住他在外头鼓捣生意。父亲知道他的来意，说不要钱也是真心话。可父亲是党员，对他外出做生意支不支持是另外一回事，可送来的猪娃不要钱是个再明白不过的原则事，执意要他把猪娃逮走。最后推托不过，父亲让我去马村找大舅要的钱，回来后当天就把钱送还给了他。大舅是铁匠，手头活套，时常接济我们家，父亲也是有面子的人，找得多了也不好意思再去，要不是遇到这样必须立即还钱的事，父亲也不会让我急着去找大舅。这些都是我亲身经历。

在我的记忆中，父亲有一次擦肩而过的政治厄运。那是三年严重困难时期。我们村的好地都在村西、村南，村东岭上的地薄，不适宜种粮食，岭上的地就全种了红薯。那时候粮食产量低，加上自然灾害，生活更加困难，经常吃不饱，岭上的红薯还不到该挖的时候就有人偷挖填肚子。为了保护大家的口粮，让红薯长到季节成熟采挖，各个生产队都派人轮流看守，给下一个人交接的时候很认真，把自己看管的地块排着检查一遍，看看当班有没有被挖的，如和上一个人交接时少了，就追究当班人的责任。有一天晚上轮父亲值夜看守，到后半夜的时候下起了大雨，父亲披着遮雨的胶单出来查看，没走多远就看见红薯地头有个人影在活动，雨下得大还刮着风，那人对不远处查看的父亲全然不知。其实父亲已经看出是谁了。一个队里就那么几十户，平时一起干活，一起闲谈，虽然不是一个锅里吃饭，可谁家哪天吃的啥都知道，因为一到吃饭的时候都端着碗凑到一个饭市儿上边吃边闲扯，生产队里的好多会也是趁饭市儿开的。所以，听声音看举动就猜出个八九不离十。这一家是我们的近邻，家里有位七十多岁的老母亲，这些天身体不好，饿昏过去几次，也许就为这才雨夜出手。父亲又想到自己的责任，也不能任由他随意乱挖，就装作下雨着凉大声地咳嗽几下，听到声音那人拿着东西拔腿就跑。天明了雨也停了，上岭上干活的人发现丢了红薯就报告了生产队，大队也知道了，那时候饥饿灾荒严重，偷盗粮食就是大案，负责看守的父亲说不出谁偷的，大队就向县公安局报了案，当天就来人调查破案。当然，案是破不了的，除非当事者主动承认。公安人员临走给大队说，三天后要是还找不出偷红薯的人，按现在的说法就是父亲监守自盗，就把父亲带走。那几天全家都焦急万分，父亲说他也做过思想斗争。父亲的为人村里人都知道，谁也不相信父亲会做这种事，很多好心的人都到大队为父亲求情，我们队的会计苏德成有点文化，大队就让他给公安局写求情书。三天过后，公安局来的时候聚了很多人帮父亲说好话，苏德成当着众人念求情书，我也在场，有几句话我记得很清楚，说我父亲上有七十岁老母，下有几岁的孩子，还是一贯工作积极表现突出的老党员，谁干这事我父亲也不会干，请求公安局不要带走我父亲。其实公安局已经对我父亲的情况掌握得很清楚，他们也知道不是父亲干的，但父亲是看守的，找不到偷的人就得由父亲顶。看着这么多人求情，大队又有求情书，公安人员动了恻隐之心，就当着在场的人给父亲说，要不是看着大家都为你求情，今天就要把你带走。还说回去给领导汇报，让父亲等候处理。

随后再也没有来人处理这件事，父亲躲过了一场灾难。这是父亲唯一的一次没向组织说真话，他的举动在保护了一个乡亲的同时，自己也险遭不测。现在想起来都后怕，要是误打误撞假戏真做，父亲被公安局带走，我们一家人的命运将会彻底改写，就不会有后来我的参军入党政治进步了。为此事我后来问过父亲，父亲说要是指认出来，别看挖几个红薯，当时也避免不了牢狱之灾，实在是不忍心。他还说，自己是组织的人，他啥时候都相信组织不会冤枉自己。

1969年12月8号的早上，寒气袭人，冷风刺骨。换上新军服后在家已经停了两天，今天父亲要把我送到县城交给接兵部队。一路上父亲反复叮嘱，到部队要听首长的话，好好干，要争气。最后，父亲很认真地给我说，家里啥也不图，到部队后年年都当五好战士，复员时能入党就行。老人们谁不希望自己的孩子在外闯荡得有模有样风光出息，有朝一日衣锦还乡出人头地！可父亲没有这样。父亲是老党员，对政治上的要求看得很重，提出这样的要求也是情理之中的事。

好多年之后我都在咀嚼父亲的这个嘱咐，他没有要求我去了之后要干出惊天动地的事，更没有要求我到那儿以后提个干部当点什么以求光宗耀祖。父亲的要求看起来很平常，其实是非常高的，他是要求我学会做人，做个在社会上能站住脚的人。年年都当五好战士，说明在部队干得不错，家里老人就图个孩子在外上下左右都满意。而五好战士也不是好当的，有条件有标准也不是够一个评一个，即使都很优秀也还得按比例优中选优。复员时能加入党组织，说明在政治上成熟，虽然父亲在理论上不一定说出很多道道来，但他能从最朴素的情感上把握社会的走向。水往低处流人往高处走，能入党就说明在部队干得好上加好没有白去一回。父亲的期望值就这么高，现在想来父亲是多么高尚多么伟大，他给我留的后路是多么宽广，宽广到将来复员回家挣工分也平常自然一点不丢人，别人也不会看不起。试想，父亲要是不着边际地给我提出不合实际的要求，要我去了就要干出点儿名堂，那会如何？我敢肯定，要是背上这个沉重的包袱一定不会有我后来一步一个脚印的成长和进步。因为你的思想上老是被一根紧紧的弦绷着，就不可能轻松上阵，就会有后顾之忧，就甩不开膀子。这样的例子比比皆是。父亲真好！

几十年来，我填过无数的表格，尤其是在人生旅途中的重要节点更要填表：1969 年 8 月我填写入团志愿书；1969 年冬天我填写入伍青年登记表；1970 年 4 月入伍不到半年就填写入党志愿书；在部队提干部时还要向地方发函调查填写政审登记表……而表格中都有这么一栏：家庭主要成员政治面貌。每当在这一栏中填写“父亲，中共党员”时，我都格外地激动。为父亲有这样的光荣历史而自豪，也为有这样的父亲而倍感荣光骄傲。父亲常给我们说，是共产党让我们不再过逃荒要饭的苦日子，还把自己发展到组织里来，组织叫咱干啥都应该，就连我每次从部队回来探亲，该走的前两天他就提醒，生怕我不按时归队误了工作。

1979年2月，我奉命率部参加中越边境对越自卫还击作战。战前部队有规定，给家里写信经部队检查后才能发，谁也不许透漏参战的事。大家都做好了为国牺牲的准备，按照部队规定，将个人物品都标记有详细的邮寄地址和接收人，我也把领到的一个月工资的作战费和平时出差节省下来的30多斤粮票寄给了父亲。我们部队的驻地在四川，念信的人给父亲说信和汇款单是从云南寄出的，父亲就知道我要参战了。战斗打响之后，报纸上，广播里，大小会议上，都在宣传报道战况进展、英雄人物，由于多年没有进行过如此规模的作战行动，举国上下对这场战事非常关注。自从知道我参战之后，全家人都无比揪心挂念，住在邻村年近八十岁的外爷、外婆几乎每天都拄着拐杖到家里安慰母亲，外婆和母亲还在夜深人静的时候跪在院里给天地众神许下口愿：保佑我平安无事回来后给它们送一头大肥猪。家在同村的姑姑还给父母亲说，爷爷奶奶早已成仙了，他们最爱我这个大孙子，我一上战场他们就跟着我去保护我了。父亲当然是不信这些的，但也不和他们的心灵安慰较真儿。村里有人参战，邻里乡亲也都操心担忧，从作战开始对我的各种猜测议论就没有停止，而且每天都有不同的说法在传播，后来竟说我牺牲了，骨灰盒寄到了武装部，说得活灵活现。出于作战纪律，战后的规定时间内一律不让通信，战事结束了还迟迟收不到我的音信，父亲给我说，那段时间他心焦如焚，是在度日如年的煎熬里等待我的消息，甚至在心理上都做了最坏的思想准备，即使这样，在承受着巨大压力和焦虑的同时，还得撑起精神安慰家人。那些时，我成了村里议论的焦点，人们三三两两在一起我的生死就是唯一话题，可父亲走到他们身边都不说了，父亲就给他们说，“我知道你们都说哩啥，听到啥也甭瞒我，有啥信儿就给我说，打仗哪有不死人的？真要是轮到咱孩子了，咱也没啥说”。村里人都说父亲是给国家干过事儿的人，心大，儿子生死未卜还能沉住气。其实，父亲对我的安危比谁都上心，因为我是他心中的全部希望。这就是父亲，在国家大义面前，他清楚自己的身份，知道啥话不该说，说了会有啥影响。

父亲离开我们40多年了。父亲生前没有啥惊人大事非凡之举，也不会说啥大道理，但他没有给中华人民共和国成立前老党员的名号上抹黑！他的心里非常明白，自己是组织的人。他的人格作为也深深地影响熏染着我的一生。

父亲就是我的旗帜！

我的故乡半坡羊

杨朝山

我的故乡位于鲁山县城北张店乡半坡羊村，距县城25里。我于1942年出生于半坡羊村。半坡羊村名的来历是：传说村东坡原有一只神羊，夜间经常在山上跑来跑去，后来这只神羊被南蛮子盗了，半山腰上留下一块2米见方的白石头。从此村庄的名儿就叫半坡羊了。

半坡羊村最有纪念意义的是一棵古黄楝树、一眼古井和一座贞节牌坊，三位一体，组成半坡羊的一道风景线。从我记事起就知道家门前长着一棵巨大的黄楝树，可惜这棵树在1958年大炼钢铁时被砍掉，但树的模样却深深印在了我脑海里。它位于半坡羊村北街西头路南，挺拔苍翠，树干无疤，高约10米，5人方可环抱，胸围5米多粗。整个树高约28米，树干向上伸出3个大枝干，每个枝干也有一搂多粗。整棵树如一把巨伞撑在街西，为村人遮阳挡雨。每当天气晴朗，站在白象店北坡最高处，相距半坡羊10里就能隐约看到黄楝树的轮廓。根深方叶茂，主树根扎在大街上，又延伸到几家院子里。老百姓常把牛马拴在暴露在外的树根上。这棵树之所以树干完整无空洞无疤痕，主要原因在于它自身愈合能力强。常有人在树干上切一小块树皮作偏方治病，但很快会被新长的树皮包住。20 世纪 50 年代前，树根附近百姓常在树前置香炉，四面八方的老太太们，都在树下焚香祷告。

春夏来临，数十种大小鸟儿在树上筑巢，最多最大者数白鹤，有上百只之多。中午时节，成群白鹤在树梢上白云一样翩翩起舞。其次是黑色的吃本儿茶、黄色的黄鹭、灰色的沾沾及斑鸠，还有好多叫不出名的鸟儿。夏天，村北街的男女老少百余口人都会不约而同地到黄楝树下乘凉，风吹枝动，凉风飕飕，天气再热也用不着扇扇子。因了这凉爽，一到中午吃饭时，男女老少都端着饭菜到树下用餐。大家边吃边说笑话，其乐融融，树下充满欢声笑语。在饭市上，常会发生白鹤为喂雏鸟叼的小鱼、泥鳅、小蛇、青蛙等掉在树下，各种鸟粪也不时掉在树下，甚至有时凑巧会落到乘凉人身上、正在吃饭人的碗里。尽管如此，乡亲们还是争先恐后到树下欢聚，因为人们都觉得到树下用餐是一种享受。

这棵黄楝树不知何年何月何人所栽。史书上虽无记载，但都知道是杨家人栽的树。从那硕壮的树身和皱巴巴的树皮可以看出，这棵树历经沧桑。老人们都说这棵树最起码在 500 年以上。大树旁有一眼古井，井筒用砖砌就，井口用整块青石条堆成方口，井筒长满绿苔。井深20多米。这井水是天然矿泉水，清澈甘甜，村人都将这水直接饮用。世世代代，人们用辘轳牛皮井绳绞水，天气再旱也从来没有干过。也可能是先有了这口井，才栽了黄楝树，人老几辈子谁也说不清楚。

20世纪50年代，全村不足200口人，现已发展到近千口人，姓氏以杨家、狄家、赵家为最多，其次还有孙、王、刘、姬、陈、任、燕、贾、许等近10个姓。民族由汉和回两个民族组成，汉回之间团结友爱，亲如一家，各姓氏之间几乎都以表亲相称。世世代代都是和睦相处，从不排外。其家训大都是耕读传家、忠厚诚信、本分做人。所以半坡羊人违法犯罪率很低。过去杨家和狄家的先辈都出过秀才。现在不管哪一姓的村民都已人才辈出，家族复兴。

黄楝树下更为壮观的是树身偏西约3米处，在清道光年间建的一座贞节牌坊，整个牌坊都是用青石条建成，牌坊高10米以上，整个牌坊被黄楝树的茂密枝叶覆盖。牌坊名为“杨氏节孝牌坊”，不同于一般的牌坊，建筑结构独特，设计合理，构造坚固，东西走向，长约8米，宽约3米，其顶层是用两米见方的石板镶嵌搭建成屋脊式，分南北两个半坡，四角呈挑角状，石檐下四角各有两个铜铃。每到冬季北风呼啸时黄楝树刮得呼呼作响，8个铜铃叮叮当当，几乎全村都能听到铃声。牌坊屋脊之下有数个石龛，我小时候常见有几十只野鸽子在那里生儿育女。

牌坊的整体都是用长的青石条建成的骨架，其北面中间用红石精细雕刻着八仙、人物、龙凤、车马等图案。其下方用行楷横书“旌表儒童杨兰妻郜氏节孝”。右侧方书“劲节光先代”，右侧书“贞心励后人”。再向下石条上雕刻有二龙戏珠图案。中部两侧立柱上前后各有四只石狮子，雄左雌右，目视相对威风凛凛，其下刻着清道光十四年（1834），建坊于清咸丰七年（1857）。

建此牌坊的来历是乾隆年间，我爷爷的爷爷叫杨惠。在他的倡导下，由3个儿子所建。杨惠的父亲杨天锡，有三个儿子即杨兰、杨芝和杨惠，杨兰生于乾隆五十五年（1790），18岁夭折；杨芝生于乾隆六十年（1795）二月初二，17岁夭折；父亲杨天锡于杨惠不记事时就已去世。所以杨家只剩下孤儿寡母两人相依为命，当时杨惠十来岁，不听母亲管教，来回跑着玩，不读书、不上学，杨家处于即将没落的状态。

已故的杨兰和郜沟村的郜秀兰是娃娃亲，没过门。在这危急关头，19岁的郜秀兰，为了杨家的复兴，毅然嫁到了半坡羊。抱一只老公鸡拜堂成了亲。成了已故杨兰的妻子，郜秀兰扶幼弟，持家务，同婆母和小弟杨惠3口人相依为命。她把家风规范为严肃的家规家训，教育杨惠上学读书，有一天发现弟弟逃学了，晚上就让他下跪，直到他说永不再犯，嫂子才让他起来。由于嫂子郜秀兰的严加管教，和睦乡邻，吃苦耐劳，勤俭诚信，终于使杨氏家道中兴，使后代出了不少人才。杨惠及其三个儿子为了感念郜氏，加上城北广大百姓的反映，将事迹申报朝廷，道光皇帝亲题“清贞簫秀”牌匾一块，并批准立贞节牌坊，为建牌坊国家补助了30两纹银。郜秀兰是中华民族的伟大女性，是杨家的大恩人，自己做出了牺牲却挽救了杨家的一个家族，没有郜秀兰就没有我们杨家300口人的今天。令人痛惜的是，贞节牌坊在“文化大革命”“破四旧”时大部分被毁掉，至今面目全非。

砍了黄楝树，毁掉牌坊，从此大煞了半坡羊村的风景。改革开放后，尤其是近几年来，县、乡、村积极开展新农村建设，对邢沟村老街道整修改造，路旁都安装了太阳能路灯，村南统一规划区都建成两层楼房，半坡羊虽是山区农村，但已逐步向城镇化迈进。我渴望着半坡羊村不久的将来都是整齐的楼房、整洁的街道、明亮的路灯、绿树成荫、花草遍地，甚至毁坏了的古迹贞节牌坊，也会重建起来。

根魂

杨松山

根雕艺术在中国的发展可谓源远流长。早在原始社会时期，人们就已经雕刻木像做饰品，隋唐时期，根雕艺术的发展已趋完善。几经兴衰，到了近代，根雕创作更是达到一个新的水平，它是太平盛世的产物，并且它以其独具匠心、妙趣天成的艺术感染力受到越来越多人的青睐。

世间有两种东西最令人惊奇，一种是大自然的造化，另一种则是人类的思想，而根雕艺术则是伟大的自然造化和人类的思想相结合的产物。正所谓“吸天地之精华，纳灵气于神工”，根雕艺术创作的构思，必须着眼于最大限度地保护自然之形，溢自然之美，而一切人为艺术的再创造的痕迹需藏于不露之中，虽有拼接，天衣无缝；虽由人做，宛若天成，自然之美与人类思想则共同构筑了奇巧的根雕艺术。

朽木烂根本无生命，是人通过思维赋予它应有的生命。思维可以梦幻般地漫无边际地进入大千世界的宏观和微观，把自然界丰富多彩的万物，加上创造性的想象，创作出无穷无尽的艺术形象。人类充分施展智慧，把虚灵的东西与天然根材相融合，所以才有千姿百态韵味无穷的根艺作品。而思维的深度、广度和各人对生活的感受能力与知识面的宽窄、文化修养的高低有关，这直接决定了根艺品位的高低。

思维一直引领着科学的发展。人类科学的进步使人类认识自然、顺应自然、改造自然、利用自然的能力越来越强，根艺事业也得以蓬勃发展。

根艺作者如何把自己思维的丰富知识巧妙地嫁接到根材上，使根材物尽其用，达到最佳利用效果。妙用加巧工，在朽木烂根上能做出神奇的根艺精品来。这是天人合一、妙造自然、与天同创的艺术，其意境远胜于纯人为的艺术。

毛根材的形象有些已经定型，非它莫属。但大部分有可塑性，有些根材会出现几种形象。如何审根定型，这完全取决于作者的审美价值取向。清方薰在《山静居画论》中指出:“意奇则奇，意高则高，意远则远，意深则深，意古则古，庸则庸，俗则俗矣。”

艺术界有个说法叫意在笔先，用到根艺上可谓意在刀先。根艺的作者在审视某件根材时，在脑子里先出图像，就是相由心生，图像越清晰越好，也就是胸有成竹才能出好的作品。

本人愚笨。我有一件根材，观察了一年多，才定稿动刀制作。根艺作者因程度不同、思维不同，审根的角度也不同。像学生偏科一样，形成各种风格。有的擅长人物，有的擅长兽禽。搞根艺书法的看见根就往字上想。有时不免大材小用，毁优取劣，错用根材。本人就有这样的经历：一个团状根拿回来后，观察了两天，其间还有一个邻居参考，制作后，看上去勉强像个动物。又过了几天，突然发现这块料是一个很好的鹰的形象。可是已经截去了尾巴，又从废料堆里寻回尾巴，拼接后虽然留有锯痕，但还不失为一件精品佳作，算是作了补救。在根艺创作中，有些失误是无法挽回的。要惜根爱材，必须提高自己的技艺。艺无止境，学海无涯。不断丰富自己的知识，提高对大自然的感受能力，只有这样才能去掉自己的偏见，使根材对号入座，量体裁衣，才不至于把能做袍子的料做成马褂，使作品呈现更多的自然之美。

神是人类智慧的最高境界，也是作品活灵活现的灵魂。对于万物来说，有则活，无则死，它是所有书画家、艺术家始终实践和追求的最高目标，都想让自己的作品活起来，万物活起来，民族活起来，国家活起来，根艺家也不例外。朽木烂根到手就想叫它统统活起来，朽木疙瘩能活灵活现，主要靠根艺家的智慧，施以巧妙的技法和手段把它的神提出来。

艺术品若能达到传神的程度可就价值连城了。人若能达到神的程度那就是人精了，对于宇宙万事万物通达明了。佛家称为佛，儒家称为圣人，道家称为仙。我用几年时间找来根材，制作了一个根书“神”字。

一切从心开始，心想才能事成，有梦想才能成真。我们要干啥思考啥，不然人活一辈子仍然是看山是山，看水是水，看石是石，看树根只能和柴火联系在一起，和艺术品毫不相干。即使一辈子过着用艺术品烧锅做饭的奢侈生活，也不会为此感到丝毫的享受和快乐。只有那些能在大自然中提炼出艺术的人，才能使人产生愉悦，也才是最享乐、最幸福的人。

高尔基说过：一个人追求的目标越高，他的能力发展得就越快，对社会就越有益。要出精品，首先，回报大自然对我们的恩赐；其次，回报顾客对我们的期盼。一件昂贵的作品，尽量不要让顾客挑出工艺上的毛病来。根艺虽说也是一种艺术门类，可比着绘画，人们的接受能力有不小差距。

根艺作为奇巧结合的艺术，在崇尚自然的现实社会，强调天人合一和化腐朽为神奇的根雕艺术，不仅得到了文人墨客的青睐，更吸引了众多收藏家对其进行投资。人们对根艺也有了更多的了解。相信不需几多时日，根雕艺术这门独特艺苑奇葩，定能在当代社会绽放出更加耀眼的光芒。

我生活在花园里

黄兴旗

自打毕业走出中医学院的大门后，一头扎进了山区，屈指已近三十载。而今早生华发，青春已逝，不知东隅为何物矣。

工作之所，乃曰江河。其实无江，小溪很有几条。公司依山而建，山上树多。树多鸟便多。不需你养，尽可欣赏之。院中楼房数幢，员工百余，剩下的全是空旷的闲地。有花工二人，整日侍弄。数年下来，已使偌大个院子，俨然变成花园也。

春来了，柳先知。柳树的秘密我先知。尚是乍寒乍暖的早春，那几株柳树便已悄悄泛黄，万条垂下。在微风的吹拂下，婀娜起来。其实还用想吗？后院边上的蜡梅早已暗香浮动笑了整整一冬呢！后山坡处有几块油菜地，变得翠绿，闪着青青的亮光，开始长高。院子里有两行连翘，分明已在扭嘴放苞，黄花吐现。迎春花干脆就是摇摆着纤细的枝条闪现起一身的金色小花。再就是那棵榆叶梅和几棵樱桃，也便在这早春捷足先登，竞相吐蕊。我知道过不了几天，最美的一树樱花会撩得你激动不已呢。年年的此时，我总是自然地记起鲁迅那篇《藤野先生》里的一句话："东京也无非是这样，上野的樱花烂漫的时节，望去却也像绯红的轻云……"院中的樱花又何尝不是绯红呢？只道花无十日红，此花无日不春风。这是在说月季，月季花院子里栽了许多许多，整块整块的，各种花色，尽饱眼福。再就是紫薇，一种灌状小乔木，干脆就叫了百日红呢！球场边植着长长的一排。想必这种花树你是见过的。"一树红花向谁开？"去年花开的时候，吾竟这样地写。石榴五月红似火。院中那片石榴树，我要每天数次经过哩。先前我在说映山红时，就说"映山红花开的时候，就像人们在山头点燃了堆堆火焰"。它太鲜艳了，太热烈了，热烈得让你躲闪不得。是啊，映山红很是妖艳，但是总开在高山上，并非都能触摸到。可这火红的石榴花就开在目之所及的地方。倘是你正好懒惰，那么请就近欣赏吧。

院子的前后两楼间，有个长长的通道。你一定不晓得，在这个通道上，盘绕了一架极其茂盛的葛花，无限地伸展着。不用说在这个春天，它又要绽出紫白的花朵，密密麻麻，散发出一架的浓香。不必在意，你自可伸手取上一串回家，烹而食之，很是鲜美的。槐花虽寻常，妙在斯地多。可食可赏，还是不多说吧。园篱边夹杂着几墩枸杞，早已长出青芽。虽不见小花，然而到了秋天，会挂满甜甜的红果，奉献给你，好食又补身。每年的八月，还常常会使我有份意外的惊喜，桂树放香了！八月桂花遍地香。那个香啊，真叫个香！我们的院子里一共长着十棵，着实高大。它总是在你忘记它的时候，好像突然地在一夜之间放出了浓浓的花香。当你散步在晚餐后，闻到了才忽地想起，哎呀，桂花开了！晚秋，是遍野的黄菊。在山坡上，在石缝里，在荆棘间，这里，不需栽植，俯拾皆是也。到了菊花烂漫时，倘是在都城仍忙碌得焦头烂额，那是只有傻子才干的事呢！

我们的院子像花园，我生活在花园里。我只说了许多红花。但就在库房边，有一排灌木，静静地生长着。那便是也开红花的紫荆。这种花木发出一墩墩长长的枝条，从根到梢，红遍无叶。就那么不停地红着。不知会过了多久，或许它觉得将人们的眼睛照累了？便花落叶生，变成青绿。院门的前边栽着油松、玉兰和辛夷。青松若塔，针叶密布，玉兰叶润，厚实若掌。松树的花儿是不常开的，也许你会忽视。玉兰则不同。在茂密的碧叶间，就长出了荷苞般的大花，有红有白，雍容大气，令人羡也。与之相比，辛夷在寒冷的冬季，便脱落得没有一片叶子。只是没有采摘的种果，包着绒绒的纤毛悬挂在枝头，任凭风吹雪飘。然而一到春来，它就会变成花朵。开了，开了。开的是那样的鲜亮，红红白白。有几池棕榈，在风中搔首弄姿，展示着南国的情调，开出长长的黄色穗花，天天闯入你的眼帘。

多种不知名的小草，从春到夏，从夏到秋，开的或红、或紫、或黄、或白，形态各异的细碎小花，也占据着它们的位置，追逐它们各自的梦想。甚至有几种野菜在院里开花结果，生生不息。当然，你想尝鲜，索性就拔了去吧，没谁会责怪你呢！

笋竹沿江二月新，家家厨爨剥春筠。最后不能不说院子里那片可爱的竹林。它长在院子的东北角。四季常青，十分旺盛。隔着院墙，竟也蔓延过去。一片、两片地繁殖着。看吧，春来了，它又扎出了新笋，年复一年，愈生愈大。由开始的小指般细竹，渐渐变成了缸子般大竹，高高地伸向蓝天。不啻是夏天，即便寒冬，亦会令人驻足观望，欣羡不已也。

我们的院子像花园，我天天生活在花园里。上班路上，那两行蓬蓬松松，大小如一的女贞树，遮出了一道很不错的阴凉，免去夏天炎热阳光的炙烤。你舒适地走在下面，有喜鹊喳喳，迎来送往。还有多样的小鸟会为你歌唱。山中本来鸟多，人不多。山中乐园大抵首先是属于鸟儿的吧。要说不美的话，确也偶尔会有一丝人间寂寞从心中萌生。然而我却又这样写道：许多时候，当我走在这林荫小道上时，看看前后左右竟没有一个人，于是就立刻轻松散漫步起来。于是又忽然觉得，此时此刻，这路以及这大块大块的面积，简直就是我一个人的了。这里有清风作陪，有明月为伴，难道不好吗？！是的，这是一片静静的天地。蓝蓝的天空，白云悠悠；青青的大山，百鸟啾啾；潺潺的溪流，小鱼闪闪。空气清新，天然氧吧，百花吐香，沁人肺腑。住在这里，感觉不出一丝嘈杂。当然，你笑了。你说这不就是一山村嘛！应该说一点儿不错。可是在这花园式的山里，住着的是一群江河公司的“都市人”。忽地又忆起那句幽默的话：把城市建在农村！不是很好吗？难道就一定不如拥挤吵闹纷杂的都市吗？！广大的同学们，走出大学校门，到哪里都可以施展，哪里都可以做出成绩，哪里都有美丽与欢乐！重要的是永远保持一个乐观向上的心态。否则即使走在人堆里，亦会觉得寂寞无助也。

三十年如一日。我生活在花园中，耕耘在院子里。有耕耘便会有收获。而今作为一名中医主任医师，亦可谓得到了众多患者的信赖，名声遐迩。在此我多想再说一声，中医学院，谢谢了。您使我读懂了许多宝贵的中医经典。数十年来，使我始终充满自信，在理论与实践的结合中，得到升华。

啊！一个远离闹市的山间，一个花园式的院子，有一群四面八方走来的都市人，便是我朝夕相处和生活的地方，我爱你！

北后街奇特老者

陈双印

鲁山县城向阳路中段，朝东有一条小街，叫北后街。此街过去因有双辘轳井而闻名，如今因街口有高大建筑紫金城而好找。沿北后街口向南行 20 米，左侧是鲁阳影剧院，右侧是邓小平市场街。

北后街里，一直以来，人们记忆的是这里曾经有粮食供应站、粮食局、三街小学、农业局这些响亮的单位，却很少注意到这街里住着一位 90 多岁的奇特老者。

30 多年来，这老者一年四季除刮风下雨外，不是在三街小学门口摆摊，就是在鲁阳影剧院前设点，捏糖人出售。

近几年，他改行了。糖人不捏了，只是沿着北后街至影剧院这条线路，一日数次地往返行走，边走边沿途捡些废纸破烂。

在这条道上，你只要见到秋冬戴棉帽，春夏戴草帽，腰驼 90 度，左手掂个兜，右手拄着杖，沿街信步行走的老人，那准是他。

他捏一手好糖人。依稀记得，他捏的糖人有孙猴子、大公鸡、小兔子、小狗、小鸟、花卉等。那孙大圣手执金箍棒、挎着寿桃篮，活灵活现，煞是逼真。大公鸡昂首翘尾、栩栩如生。这些个小玩意儿都是当年小朋友们特别喜欢的。不仅可以观赏，更主要是能吃。因其价格低廉、奇态好玩，常常因供不应求而被小朋友们围得密不透风。过街行人也有好奇而买的，但更多是一种不了解真相而产生的同情心。因他穿着实在简陋，几近一个叫花子。

他捏糖人的行头特简单：一辆破旧自行车是运输工具。从无见他骑过，只是推着。自行车的后座外侧，挂着一个小型的三号蜂窝煤炉子（放两块煤的那种）、一个塑料篾编的偏型提篮。提篮内装一小块大理石板、一大一小两个勺子、几两白糖、一把批灰刀及竹签之类的附属材料。整个家当，按现在市价，百元不到。

他捏糖人的流程也不复杂：摆好炉子，开启微火，放大勺于炉上并倒入适量白糖；因陋就简支好石板；待白糖化为糖稀，不稀不稠时，用小勺舀起，在石板上龙飞凤舞般地绕动，淋绘成各种人物、花鸟图案；末了将一竹签趁热粘上，当一手柄；片刻用批灰刀慢慢抢起，一件精美的糖制工艺品就新鲜出炉了。

他做这些工艺品表面上在哄小孩儿，其实在哄自己取乐。他的作品很便宜，一二十年前大多是每个五分一毛的，后来最多也就两三毛钱一个，而且必是像孙猴子、大公鸡这样的大件。他推销的，更准确说是在展示他的才艺。

他从事这个“营生”，中午很少回家。饿了就买个馍、购杯水，将就着就是一餐午饭。旁边摆摊卖馍卖饭的，大多彼此相识。有时人家盛碗饭、给个馍的，他从不白吃。而是作为交换，回赠人家一个大件作品。每当此景出现，总会引来阵阵笑声。

当夜幕降临或变天时，他会慢慢仔细地收拾好行头，弓着腰，推上车子，一步一步很悠闲地顺着北后街回他的家。日复一日，年复一年……

这老者叫王玉栋，男，95 岁。是一位退休工人，居住在北后街三街小学东 50 米路南，月退休金 2600 余元。老人丧妻多年，膝下有两儿一女。长子 70 有余，原在南阳工作安家，也已退休。次子年近七旬，在宝丰铁路医院供职，退休于平顶山市区。小女已过花甲之年，嫁于本县县城，成家立业，分门另住。据街坊邻居反映，他家庭父子、父女关系稳固，儿贤女孝，子女们时常回来探视老人，整个家庭还是相当和睦的。

按王玉栋老人的个人情况和家庭背景，或进养老院养老，或随子女共同生活，总之是有条件安享晚年的。可老人为何独居生活而又如此奔波呢？带着这个疑问，我近距离地接触了这位奇特的老者。

王玉栋老人退休前在县建筑公司工作，是个油漆工。已退休 35 年，退休时有 28 年工龄。老人虽九十有五，但耳不聋眼不花，且思维清晰。他有几个爱好：首先是喜欢捏糖人；其次是下象棋，虽棋艺不精，但图娱乐而已；最后是看杂书旧报，现在仍然，只要是纸上有字，就拿起坐在那不厌其烦地翻阅。最大的爱好是闲不住，爱自在。

我见到老人时，他正坐在家里临街的过道口看书，那是本旧书，书名叫《观音菩萨传世记》。“老先生，看书呢？”我坐在他身边的台阶上搭讪道。“你想看，你看吧！”他把书递了过来。我一边粗略地翻看一边问：“书上这字恁小，你能看清吗？眼花不花？”“不花，能看清。人老了，也没啥大毛病。这年吧肯流鼻子，眼睛有点昏。先生说是白内障，停停才能动手术。”“有医保吗？”“有。不就是那个绿皮本儿？多少年了没吃过药，一直都没用过。”

那天上午，就在他家的过道口台阶上，我俩并排而坐，一问一答，就我关心和质疑的问题进行了交流。他的邻居也很热心，七嘴八舌地帮着介绍情况。其中不乏讥讽和开玩笑的味道。每遇此时，老人总是笑着说“他是胡扯，不是那种情况”。

通过座谈了解，我终于打开了老人要独居生活的奥秘和内心深处的情结：他不愿与儿女们共同生活图的是自在。在内心深处他是需要有一个属于自己的家。他闲不住，需要有他喜欢的事做，不管体面不体面，要的是自我充实。

据他说，儿女们早年也曾几次接他去住，他住不习惯。后来索性就不去了。要换新衣服，要洗澡啥的。主要是没事干，着急得慌，恋家。他多次给我重复这些话“人穿好穿赖，不冷遮体都中。人吃好吃赖，不饥不饿都中。有点事做，身体无大碍就好”。

老人的生活很有规律。晚上九点钟入睡，早上五六点起床。一日三餐自己做，伙食也极简单，粗茶淡饭，面条馒头是主要食材。做饭连电、气都不用，仍烧的柴火。用他的话说:“拾的柴火都烧不完，用电气化浪费。”

王玉栋老人钟爱的养老蹊径，余不便妄议，更不言“倡导”二字。但我崇拜他的人生观，更敬畏他的这种精神：自强不息！

采蘑菇

郝天明

今年初伏后的第三天，下了一昼夜瓢泼大雨。天亮后，雨停了，但仍是沉着脸，没有晴的意思。趁着天气清凉，我想改变口味，吃点符合现代人生活的食用菌类天然食品，就随着三三两两的人群，上山去采蘑菇。

我左手提篮，右手拿棍，用于打露水，亦用于探路，故意“打草惊蛇”，以减少不必要之麻烦。走进浅山林，一棵巴掌大的白蘑菇进入视线，我小心翼翼地采摘下来。随着视野的扩大，发现的蘑菇也多了起来。旗开得胜，我觉得这太容易了，便“择优录取”，好的采起，次的弃之！渐渐地，好像贪心不足，向林深处寻找更多更大的蘑菇！

我不停地打着蒿子上的露水，向荆棘丛中寻找，忽然发现有一片白东西在闪耀，以为蘑菇，心中暗喜；疾步观之，发觉上当。此物人称“伸腿伞”！其形如伞，薄而小，腿细长，中间有腰带，浅灰色，有毒；可食蘑菇则与其不同：蘑菇厚大，腿短粗，肥胖，颜色有白，有红，尤以红色为佳。这里除伸腿伞，没有蘑菇。我意识到走错地方了，就继续向林密处寻找。找啊找，找得有些灰心、茫然……莫非蘑菇生长于山谷溪旁？走，试试看！终于在溪旁看见野合欢丛中还有几棵。

天将晌午，已感疲累，决定打道回府。无意中回首一望，一簇杂蒿子中竟有两棵肥大的蘑菇！我两眼放光，继续向上搜寻，又见几步远杂草乱石中有黄白之物，啊！竟是一棵比蘑菇珍贵得多的天然木灵芝！莫非是当年白娘子采灵芝抢救许仙时不慎掉下来的？它正在生儿育女——身上又生出一个小灵芝。我兴奋至极，又朝着山壑继续向上搜索，咦！又一棵！就这样，由兴致产生忍耐和探索，想不到意外收获这么大，接二连三竟采到五棵大小不等的木灵芝。我深感这“回首望”的好处。我顺着来路找到最开始的地方“故地重游”，再搜寻一遍。这一遍不再局限于地表面，而是向杂草荆棘深处挖掘。果然在荆棘深处又发现不少。篮子装满了。

今天收获真是不小。仔细想想，也多亏了回头一望。看起来干什么事都要回头望望、回头想想的好。

经过妻子的细致加工，一顿鲜嫩可口的“山珍野味”摆上了餐桌，我吃得津津有味！至于木灵芝，我把它挂起来，等着卖个好价钱吧！

我爱尧山红杜鹃

王朋续

我爱尧山杜鹃花，因为杜鹃花是革命花，又是爱情花。

我认识杜鹃花是从看电影开始的。小时候，电影《杜鹃山》《闪闪的红星》在农村的麦场里放映，这两部电影，我记不清看了多少遍，电影中主人公的英雄事迹深深感染了我，画面中的杜鹃花也深深吸引了我。

杜鹃花，是一种好看的花。花开如焰，灿若云锦，风姿绰绰，竞相争艳。当电影情节达到高潮时，总是将杜鹃花特写镜头推向眼前，银幕上的杜鹃花红彤彤的，花瓣晶莹剔透，花色纯正形态优雅，每到这一幕时，我总是激动万分。

红，代表的是美好希望，代表的是革命理想；红，是无数先烈抛头颅洒热血展现的风采。

其实，一直以来，杜鹃花只是停留在电影的回忆里，我从没有见过真正的杜鹃花。一直到参加第五届尧山杜鹃节，我才知道：杜鹃花就在离我不远的尧山生长着。听说尧山的杜鹃花，不仅树龄长、面积大，而且色彩艳、花期长。

带着对杜鹃花的热爱和向往，我在杜鹃花开的时节迫不及待地走进尧山，爬通天门，登北观景台、过“曲径通幽处”、小蓬莱、水帘壁，近距离观赏了尧山的“杜鹃山”，领略了尧山杜鹃花之美。

进入五月，虽然山外已到“芳菲尽”，可尧山却是层林尽染、漫山红遍。在尧山，杜鹃花遍地开放，瑞香岭、南观景台下、白牛城中，杜鹃成林，繁花似海，是观赏杜鹃的最佳之地。我首先选择走北观景台一线，这里是红杜鹃的集中生长地。

红杜鹃，当地叫映山红、照山红。红杜鹃盛开时，满山遍野的花儿一团团、一丛丛、一簇簇、一片片，红艳艳的，将尧山映红。正如唐代著名诗人白居易对杜鹃花的赞美一样:“回看桃李都无色，映得芙蓉不是花。”

从游览线路走过，在杜鹃花丛中穿行，我欣赏着杜鹃花的美丽，感受着杜鹃花的品质。尧山石厚土薄，土壤为粗沙土、石砾土，肥力薄，保墒差，杜鹃树就生长在这样的土壤中，而且，杜鹃树还生长在高大的栎树下，只能享受树叶间隙中透过的太阳光。我不禁感叹杜鹃的顽强、坚毅！杜鹃花的这些生命特征不正是革命者不屈不挠的优秀品质吗？

有杜鹃花盛开的地方，就有革命先辈活动的踪影，尧山也如此。导游说，抗日战争时期，河南抗日军司令员王树声曾在尧山一代开辟抗日根据地，八路军豫西抗日先遣队司令员皮定军也曾在尧山一代战斗过，留下了许多可歌可泣的革命故事。

听着抗日战争故事，踏着先辈们的足迹，从一朵朵鲜红热烈的杜鹃花旁走过，我的思绪仿佛回到那个年代，不由得对革命先辈无比怀念和崇敬。那个腥风血雨的年代，他们到尧山，不是为了登山观景，而是播撒革命的种子，正是由于无数革命先辈的牺牲，才换来了我们今天的幸福生活，从某种意义上来说，杜鹃花也是革命花。

从北观景台下山，我沿着老虎笼、寿松一线至主峰，这里是树龄达千年以上的常青杜鹃林。这里的杜鹃树干径粗大，造型奇特，成群成簇，在游路两侧形成一条“杜鹃长廊”。这里的杜鹃花与北观景台的花不同，为紫色的花，称为秀雅杜鹃。在尧山，虽然红杜鹃已是盛花期，而紫杜鹃由于生长在海拔二千米的地方，还是小小的花蕾。花蕾半开半合，欲开还羞，点点娇媚，令人心醉。

看到秀雅杜鹃，我顿悟了杜鹃花为什么被称为“花中西施”的缘故了，这还不是因为紫杜鹃艳丽动人，姿容娇媚，是美女的象征？我不禁想起了白居易的“闲折二枝持在手，细看不似人间有，花中此物是西施，芙蓉芍药皆嫫母”的诗句来。看着紫杜鹃花蕾初绽，让人仿佛看到美丽的西施出现在视线里。

据说，尧山的秀雅杜鹃有一段来历。很久很久以前，山下有个曹家庄，曹家庄有个曹员外，曹员外在银洞沟开采银矿，家境殷实，其有个宝贝女儿叫秀雅，貌美如花。

一天，秀雅上山赏红杜鹃花，与王家庄的英俊青年王平一见钟情，两人花前私订终身。因曹员外嫌王平家境贫寒，又是孤儿，门不当户不对，百般阻挠这件亲事，秀雅就偷偷和王平躲藏到尧山深处。

曹员外见女儿不知去向，预料两人私奔尧山，连忙派人上山寻找。几天下来，仍不见女儿和王平踪影，曹员外估计俩人藏在尧山飞云谷，一怒之下放火烧了飞云谷，大火着了几天几夜才熄灭。

到了次年春季，在尧山半山腰，人们惊奇地发现长出了一种紫杜鹃，满山坡都是紫色的美丽花朵，一簇簇、一片片，直达天际。当地群众用杜鹃花的花、叶、嫩枝或根祛痰止咳，消肿止痛。此后，人们就亲切地叫它秀雅杜鹃。

秀雅杜鹃四季常青，白玉般的底色，晶莹皎洁，流溢的脂粉，显得清雅亮丽。秀雅杜鹃代表着清纯、优雅、洒脱的女性，它矢志不渝、四季常青，象征着伟大的爱情。杜鹃花的寓意是永远属于你，也许是人们对杜鹃花爱怜有加，才赋予了杜鹃花缠绵悱恻的故事，用花的品质诠释爱情的意义。

“何须名苑看春风，一路山花不负侬。”尧山杜鹃花，既是革命花，也是爱情花。盛花期间，穿行在杜鹃花丛中，花枝拂面，花香扑鼻，既是对革命前辈功绩的崇敬，也是一次爱情故事的洗礼。我从尧山赏花归来，对杜鹃花更加喜爱了。

五里繁花九梨情

石玉磊

一树梨花，满山春色，景色真是太美了！我正感叹着。忽然一阵急促的电话铃声响起，是领导的来电，“明天该上班了，你回来没有？”糟了，只顾看美景，把上班的事儿给忘了。离家这么远坐火车也得一天一夜，这可怎么办呢？我焦急万分，不知所措。又一阵电话铃声把我惊醒，原来是南柯一梦。人到中年，前面是孩子，背后是父母；左手是工作，右手是亲友，唯一没有自己的空间。最近，总是失眠多梦，梦见自己去了远方，而又无法按时赶回，在焦急、烦躁、纠结中被拉回现实。

“爸爸，我又咳嗽得上不成课了，你接我回家看病吧！”电话里传来女儿的哭泣声。疫情肆虐，病毒横行，从年前到年后，女儿已阳了两次。高烧好退，咳嗽却难治，上医院、进诊所，中西药吃遍也不管用。这次女儿已咳嗽半个月了也不见好转，真是头疼。

“找哪个大夫看呢？”接女儿的路上，一路繁花，春色怡人，心急火燎的我却无心观看。脑子里像过电影一样，闪过一个又一个诊所的招牌。

“兄弟，你在干啥哩，咋不接我电话勒！”是大姐的来电。

我把女儿咳嗽难耐，不知道接回来找谁看病的窘境告诉了大姐。

“多大的事儿，用找医生看？”没想到电话那边的大姐竟然若无其事地大笑起来。孩子病成那样，还说风凉话，还是不是亲姑？

大姐没顾及我的不悦，继续说:“你忘了小时候偷梨的事儿了吧？”

小时候偷梨可是我的小秘密，大姐怎么知道的？记忆又把我拉回 40 年前那个过年割五斤猪肉熬成油吃一年、做一件新衣服从老大穿到老幺、只有过年才能吃上白面馍的艰苦岁月。

那时候的记忆只有一个字“饿”。一回家就如鬼子进村，满屋子找东西吃。但家里太穷，总是一无所获。有一次，我无意中闻到一股香甜味，十分诱人。一路找寻，原来气味是从里屋一个黑色大柜子里飘出的。那柜子是娘的陪嫁品，整天铜锁锁着，任何人不能靠近。这可怎么办呢？我打量了半天，研究出了门道，小心翼翼地把柜子后面的铜柱一抽，盖子就被打开了。一股浓烈的果香扑鼻而来，馋得我口水都流出来了。里面一堆金灿灿的水果映入眼帘。当时也不知道是什么水果。像梨吧，又和我见过的梨形状不一样。后来才知道是五里岭特有的品种梨。我拿了一颗揣在怀里，怕拿多了被娘发现挨揍。把拒子恢复原状后一溜烟跑进房后的小树林，像猪八戒吃人参果一样和小伙伴狼吞虎咽地分享。那梨酥脆可口，汁多味甘。至今想起来还是满口香甜，回味悠长。从那以后，隔三岔五，我就会如法炮制偷出一颗梨躲进小树林里和哥儿几个解馋。但我自认为做得天衣无缝，没有被人发现过，大姐是怎么知道这个秘密的？

大姐似乎听出了我的疑惑，得意地说："你偷梨那事儿是咱家公开的秘密，只是大家心照不宣而已。""天啊！大家都知道？这脸丢大发了！"我羞得无地自容。

"其实，也不怪你。那梨是咱娘故意放在箱子里让你偷吃的！"

"故意让我偷吃？"我是越听越糊涂了。

沉吟片刻，大姐讲述了我小时候的故事。原来，别看我现在长得人高马大的，小时候可是个病秧子。刚出生没几个月，就得了小儿肺炎。医生看遍了，也无能为力，只能抱回家看造化。

回家后，爹跑去昭平台水库边上的五里岭，买了九颗梨。回家后娘把一颗梨洗净去皮去核，把蜂蜜、冰糖放进梨心儿里蒸熟让我吃。一天三颗梨，三天吃了九颗，我竟然奇迹般地康复了。

怕我旧病复发，每到秋冬季节，爹就会到五里岭买些梨放家里让我吃。梨虽是百果之宗，止咳化痰，但也是凉性水果，吃多了适得其反。我小时候属于吃嘴窝深的孩子，怕我贪吃坏事儿，娘就想起了把梨放箱子让我偷着吃的办法。我怕偷多了被娘发现，就不会吃过量了。由于梨的滋养，我的肺炎一直没有复发。

“当初为什么非要舍近求远跑五里岭买梨？”在我印象中，小时候邻村坡上就有梨树。

“你有所不知。五里岭的梨可是我们鲁山一宝啊。由于地处荡泽河与沙河交界处的山上，水源丰富，土质好，种出来的梨不仅汁多爽脆，醇香宜人，而且营养丰富，对治疗咳嗽、肺炎、哮喘等疾病疗效甚好。古辈子就有‘九颗梨’的单方在民间流传。这个单方不仅救过你的命，还救过咱爹的命……”大姐说。

大姐说起这件事儿，我似乎有些印象。小时候，没有空调电扇，每到夏天，一家人就睡在平房顶上纳凉。那时候，除了数星星就爱听爹讲他从前的故事。

印象最深的有两段儿。一段儿是1944年冬季，年仅12岁的爹跟随大伯所在共产党抗日组织和驻鲁国军一道在五里岭一带阻击日军向西扫荡。仗打得异常惨烈，双方死了很多人。日军没占到便宜，就灰溜溜地退回了县城。为防止日军再次出城，抗日队伍没有撤退，依然坚守在五里岭。漫天飞雪，天寒地冻，部队在岭上守了两天两夜，国民党部队撤了，共产党领导的人民武装毅然不退。爹病倒了，感冒发烧，咳嗽不止。这荒山野岭上没有人烟，上哪里找郎中呢。要是再不治疗，恐怕就有生命危险。大伯听说过葱治感冒，梨治咳嗽的土方子。于是，他就踩着积雪，翻山越岭地找野葱寻野果。功夫不负有心人，大伯终于在密林深处挖到了一把野葱，摘到了九颗梨子。他把爹背到一处破庙里，烧葱汤，熬梨茶。几天过后，爹好了。另一段儿是 1958 年冬天的事儿。爹参加了昭平台水库的施工。那时候没有机械化，全凭车（独轮小车）推肩扛，许多农民工都累倒在工地上再也没有起来。爹也累得旧病复发，口吐鲜血，晕倒在地。医生下了病危通知书，爹被人抬回了家。娘没有死心，她摸黑赶赴五里岭，从老乡家里借回了九颗梨救回了爹的命。

我那时清晰地记得，爹每次讲到动情之处，都会侧过身子偷偷地抹眼角的泪水。

五里岭、九颗梨。这六个字在我脑海里盘旋、闪耀，我的眼前豁然开朗。

我挂断了大姐的电话，飞速向学校驶去。

见到女儿，看到她咳喘不已、吐痰不断、双目无神的表情，我心疼不已。归来的路上，我直接把车开向了去五里岭的公路，我要去那里买九颗梨，治好女儿的病。

五里岭位于鲁山县董周乡政府北约两公里处，紧挨昭平台水库。听说近年来，酥梨产业发展得十分红火，年产值达 3 亿以上。特别是每到春天漫山遍野都是梨花，成了鲁山一道亮丽的风景线。我也总想带孩子们去看看，只因自己诸事纠身，又怕耽误孩子学习，一直没能成行。

汽车驶上五里岭，清新花香扑鼻而来，沁人心脾，让人顿觉神清气爽。只见公路两边尽是雪白的梨花，微风吹来，满树摇曳，落英缤纷，甚是好看，也仿佛把我们带入童话世界，马上就可以见到密林深处的白雪公主和七小矮人。

透过后视镜看女儿，她似乎也来了精神。打开车窗向外看，手舞足蹈，一改刚出校那颓废萎靡的状态。

“爸，‘忽如一夜春风来，千树万树梨花开’，这梨花开起来真的像雪花一样漂亮，太美了。怪不得古人用梨花比喻雪呢！”女儿兴奋地说。

看来带孩子出来看风景真有好处，还能加深对书本知识的理解。

“爸，你看远处的摩天轮，要是坐上面鸟瞰梨花那该多震撼啊！

“这地方还有摩天轮？”我有些不相信自己的眼睛。抬头极目远望，梨花簇拥的雪山之巅，还真有一座摩天轮直冲云霄。自从孩子上初中，为了不让她输在起跑线上。星期天、节假日天天把辅导班给她排得满满的。孩子天天坐板凳、坐车轱辘，哪里坐过什么摩天轮？我内心有些愧疚。

“只要你高兴，坐什么都行！”

“真的？你不反对让我玩了？”女儿满脸惊喜。

“既然带你来了，就痛痛快快地玩吧，爸不反对！”我大度地说。

于是，我陪着孩子玩彩虹滑梯，坐小火车，坐摩天轮。女儿似乎又恢复到上小学时的天真烂漫，像一株向日葵，阳光、开朗、花枝招展。

在摩天轮上，座舱徐徐升高，又慢慢地降低，脚下的梨花随风直飞云霄，又缓缓地飘落，不禁让人感慨万千。想想人不也一样吗？无论你再光芒四射也只是昙花一现。珍惜当下，活着就好。

“爸，你在想什么呢？”女儿的话把我从思维中拉回。

“人生在世，红尘滚滚，难免被世事纷扰，看看梨花盛开又飘落，也就豁达了，释然了！”我若有所悟说。

“是啊！我们学生也一样。在家里家长逼，在学校老师逼，心烦意乱，五火攻心，咳嗽能好吗？在这里，春暖花开，心旷神怡，心情放松了，自然就不咳嗽了！”女儿也感慨地说。我这才发现，自从上了五里岭，女儿就再也没咳嗽一声，吐过一口痰。

“爸，这次没有白来。老师布置的作文《心灵的治愈》也有着落了，我就写五里岭的梨。五里岭的梨治病，五里岭的花治愈”。女儿兴奋地说。

“梨治病，花治愈”是啊，人这一辈子除了工作生活之外，还要有诗和远方。治病更要治心，只有多看一些美丽的风景，才会治愈心灵的创伤。

这次五里岭之行，收获满满，我的心情十分舒畅。回家的路上，我买了一车的五里岭九颗梨（现在九颗梨已经成为鲁山名牌产品）。我对女儿说，等到秋天梨果飘香的时候，我们再来五里岭，采摘今年的酥梨。让我们的生活不仅有工作学习，更有瓜果飘香，满庭芬芳。

女儿也掩饰不住内心的激动。用我的手机打电话说："大姑，谢谢你的电话，我爸带我去五里岭看梨花了，我现在也不咳嗽了！"

"我说你大姑早不打电话晚不打电话，偏偏在我接你的路上打，原来是你捣的鬼呀！"我和女儿的笑声在五里繁花间飘荡。

美丽“三汤”我的家

张其龙

传说远古时期，天上突然出现十日争辉，致使大地上气温陡升，酷热难耐，禾苗枯焦，民不聊生！

上帝忧民，心急如焚。遂派后羿用“苍穹之劫”，射落了天上衍生的九个太阳，天下恢复了宁静。但被后羿射伤坠落的九只金鸟，仍在地上乱扑腾，祸害着一方百姓。于是上帝又派二郎神，担山镇压。最后的三颗太阳，二郎神一直追到鲁阳境内，尧山脚下，才把它们全压在了山底。大功毕成，二郎神人困马乏，到尧山镇老街西头时，二郎神释担歇息。这就是千古不朽的传说——“二郎担山撵太阳”……

为彰显二郎神的功绩，后人在二郎神的歇脚之处，建起了庙宇，取名“二郎庙”，并勒石纪念。尧山镇的原名，就是“二郎庙乡”。“二郎庙”的庙宇，在“文化大革命”中被毁。

这个流传千古的神话，寄托着人们美好的愿望——神仙援手，变害为宝！被二郎神镇压在尧山脚下的三个太阳，后来变成了三处温泉。因这三处温泉都在滍水岸边，鲁嵩古道上，分别间隔二三十里，故得名“上汤”“中汤”和“下汤”。

“三汤”又是三个小古镇的名字。这三个小镇，均处沙河水岸。中、下汤建镇在水阳，上汤则立于水阴。“三汤”小镇，像三个璀璨的明珠，被今天的311国道这根金线串了起来。

下汤在过去，乃鲁嵩通衢第一埠。几百年来，繁荣的工商业，积淀深厚，成就了她“中州名镇”的称号。从清朝中叶，到民国时期，下汤兴盛的造纸业，一直享誉中原。

丰厚的文化底蕴，是中汤小镇的特色。中汤，是战国时期，伟大的思想家墨子的外婆家，也是墨子少年求学的地方。在街东头，现树有墨子雕像，鲁山县文史委石随欣主任，在雕像碑文中，曾溯墨圣遗踪：“墨子幼时，尝备束脩，就学与中汤，及长于比，发明坑染之术……”故，中汤又是古代民间坑染之术的发源地。而中汤东五里朱家坟村，还是五四时期，中原文坛巨擘，徐玉诺先生的寓居地。让中汤小镇闻名全省的，还有20世纪末，为服务三线军工生产，河南省人民政府在此组建的，医疗技术和设备均居全省卫生战线一流的，“105红旗医院”。

和中、下汤相比，上汤的过去，不及其他两汤繁华。20世纪末，天瑞集团全面开发上汤，世界第一的中原大佛落成以来，上汤打就了国家5A级景区。今天，上汤的名气已领衔“三汤”。

史话“三汤”，自然当首推温泉。三汤温泉，因出水量大，水温高，水质优良，而名噪四方。千百年来，三汤温泉一直造福着家乡，并惠臻远域！

东汉的伟大天文学家张衡，曾在其《温泉赋》中道：“天气谣错，有疾病兮，温泉泊焉，以流秽兮。”又有古诗云:“人间瑶池绿荫环，恬然雅静沐浴园。八方游客慕名至，四周嘉宾仰望旋。和衣浸泡病根祛，裸身洗涤伤愈痊。无灾无病常亲沐，身康体健赛神仙！”这些古诗赋，同样是三汤温泉的写照！

温泉浴是一种自然疗法，因温泉水中富含有益于身体健康的多种矿物质，它可以改变人体皮肤的酸碱度，舒筋活血，对皮肤病、关节炎、神经衰弱、心脑血管病等疾病，都有显著疗效。

泡温泉是一种莫大的身心享受过程。冬寒时节，当你沉浸在温泉中，春息已悄然地融进了那一汪汪热腾腾的泉水里。当温泉水轻柔地按摩着你的全身，涤去你身体的垃圾，消除你一天的疲劳，愉悦着你的身心，你会物我两忘，飘然欲仙！几年前，我曾听同浴的一位中年汉子叹道:“舒服呀，舒服！给个省长也不干了！”泡温泉的愉悦也算是见之一斑了。因此几十年来，慕名到“三汤”泡温泉者，络绎不绝，很多人都是从几百里外专程赶来“三汤”沐浴，每年都有不少游客在“三汤”小住浴疗。

三汤温泉，最早建起澡堂的是上汤。上汤温泉的水源，最为充足。一个一亩左右的天然热水塘，有三个泉眼，终天“汩汩”不停地，向外冒着六十多摄氏度的热水，每分钟有几立方米的流量。

抗战时期，国民党汤恩伯的第十三兵团的一个师，退驻鲁山西部山区。当地群众称之的“姚团”，曾在上汤驻扎近两年。十三军在河南老百姓心中，口碑极差，都知道河南的四灾：“水、旱、蝗、汤。”不过，当年“姚团”在上汤，也算办了一件好事儿，那就是建了一个大澡堂。澡堂建男女两池，全用青石条砌成，水泥勾缝，注水快速，排水顺畅。一次可供几十人洗浴。据说澡堂落成时，汤恩伯曾亲临剪彩、沐浴，并大加赞赏。当时的上汤澡堂，每周定时向当地的群众免费开放。这也算是十三军聊补经常扰民之过于万一吧！这个澡堂一直使用到21世纪，天瑞集团在原址上，建造洗浴中心时才关闭。

中汤的澡堂，原来极为简易。20世纪60年代末，红旗医院建成时，中汤澡堂同时竣工（澡堂由红旗医院建造，后交给地方管理）。当时的中堂澡堂，由专人管理，除红旗医院职工、中汤村及周边两个村的群众免费外，其他人洗浴，每次两毛钱。当时的中汤澡堂，在鲁山县洗浴行业，条件当数一流，曾吸引了不少外地的浴客。

下汤在20世纪五六十年代，也建起了澡堂。设施虽不及上汤和中汤，但也可满足当地群众的洗浴。

20 世纪 80 年代前，“三汤”群众的生活十分贫困。吃粮靠通销，花钱靠贷款，虽然有着丰富优越的自然资源，但仍旧是“抱着金碗要饭吃”。

改革开放后，雨露春风四十载，“三汤”人二次翻了身。“三汤”的经济，首先是在丝棉加工、销售中起步，再是从农、林、牧种植养殖、食用菌栽培中发展，后是在旅游服务中繁荣。

20 世纪末，鲁山县委政府提出并实施“旅游强县”的攻略，“三汤”被规划为“温泉疗养线”，重点开发，并很快成为全县旅游产业的支柱。

下汤引资建成了“皇姑浴”“玉京”两个五星级宾馆，建起了水上游乐园，并开发了“万亩桃园”；中汤由省广电局接管，开发了餐饮、温泉疗养等服务项目；而上汤则由天瑞集团全面开发，

中原大佛 5A 级景区内，又建成了河南省最大的温泉洗浴游乐中心，每天游客盈门，打造了旅游行业的神话！

随着旅游业的蓬勃发展，“三汤”几百家农家乐应运而生，全天候、全方位为游客提供着一流的服务，每年上亿元的收入，拉动了家乡及鲁山全县的经济发展。

如今的“三汤”，交通便利。311 国道几经改造，已成为豫西的一条快速通道，每天有几十班客车过往。现在若从上汤乘车去鲁山县城，五六十公里的路程，一个时辰就

可打个来回。乡村公路，四通八达，村村通、组组通、户户通，一张密密的路网，覆盖了“三汤”。漂亮的柏油路、水泥道，让人们彻底告别了昔日的“水泥路”“扬灰路”，迈上了名副其实的、新时代的康庄大道。

人常说衣着看生活，房舍显贫富。现在的“三汤”人，过上了锦衣玉食的生活。“三汤”的大小市场繁荣，物价合理。镇上到处高楼林立，鳞次栉比；乡村里，茅草屋、砖瓦房全都定格在历史镜头中了！取而代之的是，一座座舒适美观的小洋楼。大小村庄里，都建起了文化广场，配套了完善的健身游乐设施。每当夜幕降临，华灯初上，每个文化广场上，都是人头攒动，欢声笑语伴着悠扬的广场舞曲，点缀着万井人烟的灿烂灯火，一派歌舞升平！现在的“三汤”人，百分之八十的家庭，都有私家小汽车。昔日的梦想生活，今天成了现实！

文化教育，医疗卫生，养老保险，环境保护，环卫清洁，“三汤”人样样优越并争先创优！

今天你若走进“三汤”，似步入仙境。沙河岸杨柳夹堤，道路旁绿树红花。国道上车流不息。大街上整洁热闹，人来人往，谦恭礼让。你看到的是笑脸，听到的是欢声。你遇难处，有人援手；你有喜悦，有人分享。这是一方净土，也是一方热土！

朋友，到下汤来，水光潋滟中你可昭平泛舟，尽情绽放你的激情；万亩桃园里，春可赏桃之夭夭，灼灼其华，畅游仙境；夏可尝西王母长生仙果，延年益寿，大饱口福。尽兴之余，下汤的“三炖”就着大锅盔，会让你食欲大振！

山色空蒙里，拜中原大佛，赏枕头山风光，可拓展你另一种精神境界！您若要请客或犒劳自己，上汤的百色农家菜、烙油馍，也热腾腾的，在恭候您的光临！

若要探墨圣及文匠遗踪，中汤是绝好去处。站在墨子像前，你会思接千载，视通万里。读着徐玉诺的诗，听着《朱家坟夜话》，你必要经历一次灵魂的洗礼！客官，莫嫌俗气，您若打尖，中汤的羊肉汤、熟食肉那可是一绝哦！

朋友，若游“三汤”，温泉浴，定是您首当的夙愿。来吧，下汤的“皇姑浴”，上汤的“温泉游乐园”，定会让您销魂山乡！若想体验家常生活，“三汤”几十家小型澡堂，大池、单间应有尽有，整洁卫生，包您满意！

无论您在“三汤”哪里洗浴，泡在温泉里的那种千般舒服，万般惬意，都会留住你的身，拽住你的心，想走都难！若戏套苏东坡的两句诗，那叫啥：日沐一次温泉浴，不辞长作“三汤”人吧！

悠悠槐树情

安彦瑾

故乡的春天姗姗而来，小山村又一次沉浸在甜香的氛围中。站在村口望去，村街两边的洋槐树上挂满了一嘟噜一嘟噜的槐花。花中点缀着片片嫩黄的绿叶，蜜蜂围着槐花嗡嗡地忙碌着。看到这情景，我便情不自禁地想到母亲，思绪便又回到了那令人难忘的孩提时代。

小时候，感受最深的就是“饿”。有一次，生产队里种芋头的社员收工刚回去，我便偷偷摸到地里，扒出芋头种，皮也不剥，就狼吞虎咽吃起来。吃午饭时，喉咙上了锁一般难受，什么东西也吃不下，母亲知道原委后，心疼得直掉眼泪。每日上学一到课间，我便一溜烟往家里奔，翻筐倒囤找吃的，但每每令我失望。偶尔能从鼠洞口扒出一两片红薯干，那就是天大的造化了。更多的时候则是舀瓢凉水一饮而尽，肚子里“咕噜咕噜”一直颠到教室门口。

那时最渴望的就是春暖花开。中午放学后，瘦猴般的我“哧溜哧溜”爬上树，采下杨树的嫩叶带回家中。母亲把它放在开水里滚几滚，浸泡在凉水中，然后捞出挤干水，用刀剁碎，再放些盐，滴几滴香油，就成了美味佳肴。尽管苦味尚存，但兄妹几个仍吃得津津有味。

槐花盛开时，我常爬到老槐树上，捋些槐花塞进嘴里，但槐花吃多了，晚上肚子胀疼得要命。母亲心疼儿子，反复叮咛：“生槐花不能吃。”可我总抵不过槐花的诱惑。于是母亲把槐花淘净，拌上玉米面，在笼上蒸熟后，泼些蒜泥，搅匀，吃着，别有一番滋味，我一家伙能吃下两大碗。看着我饥不择食的样子，欣慰和酸楚写满了母亲的脸。

15 岁那年，我成了家乡有史以来的第一位考上县高中的人，全村为之震动。父母亲脸上漾着灿烂的笑容。他们为自家出了一位“秀才”而欣慰。去学校报到那天，母亲半夜就起身做饭，又把行李粮饭拾掇妥当。当父亲肩挑行李送我走出家门时，母亲再三叮嘱：“饭要吃饱，不要仔细，睡觉要盖好，不要着凉……”母亲一直把我送到村口。

为了供我上高中，父母饱尝了生活的辛酸和磨难。为交学费，父母求遍了差不多所有的亲戚。看着父亲那愁眉紧锁的瘦削的脸，母亲背着我把外祖母遗留下的银手镯卖掉。当我双手接过带着母亲温暖的裹了一层又一层的小布包时，我的泪珠在眼眶里打转，为了不让母亲伤心，我咬紧嘴唇，让泪水默默往肚里流。

秋天，是果实成熟的季节，槐树上缀满了簇簇黑色的槐荚，风一吹，槐荚“哗啦哗啦”地响。为了能挣到几角钱，一向胆小怕事的母亲，居然能爬上门前的大槐树，手握竹竿去敲打树上的槐荚，每次，母亲的手和脚，常被槐针扎得血淋淋的。

母亲把采下的槐荚揉搓后，拣去荚皮，把槐籽兜到十里外的林场去，每次会卖七八毛钱。

曾经有一次，当母亲不顾安危，再次爬上大槐树时，恰被爷爷看见，他不问青红皂白，就大声吆喝："上恁高干啥？摔死你哩！"母亲伤心不已，哭了大半天。后来邻居告诉我后，我难过极了。我跪在母亲面前说："娘，您千万不要再上树了，您再上，我就不上学了。"母亲含泪点头，用手抹去我脸上的泪水，双手抚摸着我的头，很久，很久。

母亲活到 68 岁，可她连自己的生日都不知道，因为外婆去世早。

由于岁月的煎熬，母亲眼力很差，一到晚上看东西总是模模糊糊的。有许多次，我催促她到医院看看医生，可她总是不肯：不碍事，人老了，眼咋能跟年轻人比呢！

一转眼，母亲去世已经 15 年了。但每每想起她，就不由得泪光莹莹。

当春风又一次唤出枝头嫩芽的时候，那洁白的槐花又绽放了，那花香，那甜味，再次在小山村的上空飘溢。那曾经滋育过我的老槐树将会永远留在我心灵的深处。

童　趣

张小才

我于20世纪50年代中期出生在城北九公里的一个叫温庄的小村寨。

村西百米外有一条小河，因河小无名我们便称为西河，河水四季流水孱孱。它是我儿时去学校的必经之道。那时河面无桥，来往行人都是踩着“搭石儿”穿越。顽童顽皮，并不稀奇；我们这帮小孩通过总是连蹦带跳不安分，为此出现不少踩空落水的尴尬镜头。

那年月，尤其是夏秋季节，常发洪水（长大后方知，是上游缺少水库拦水所致），按现实说法就是进入了汛期。每到这时，我们上学时断时续。无雨踩“搭石儿”过河，中雨河水见涨，就要有老师或家长护送往返，或肩扛人背，或在大人的监护下手拉手结伴涉水通过。大雨、暴雨天就干脆停课，老师休息，学生玩耍。

当年老师和家长千叮咛万嘱咐的是防“干发水”。是年年幼不知啥是“干发水”，总认为是一种十分凶恶的现象，只好按大人的指点，过河时先看河上游的天空，若天上乌云密布，尤其是河水变浑，有漂浮物出现，就要快速通过，甚至是鞋子掉了也不能捡。有种说法更恐怖，说“干发水”下来水头几尺高，还带着“沿河风”，跑得慢就被“沿河风”吸住挣脱不了，净等被洪水吞没。是真是假，无从考究。其实“干发水”就是流域的上游突降暴雨、众多河岔的雨水汇入主河道而形成的洪水峰。那时，各种水利设施还很滞后，小型水库也相当稀少。所以一遇暴雨，洪水无遮拦，多形成灾害。“干发水”造成人畜伤亡的事例时有发生。“干发水”时上游突降暴风雨，下游干天响地，蓝天白云，“干发水”来势迅猛，防不胜防。河水陡涨，明显可见水头，且河水立马变浑。河床上遍布漂浮物，秸草、庄稼苗、瓜果蔬菜等。有时椽子、檩条、家具、牲畜、树木也顺河漂流，场景惨状不是天方夜谭。

这条小河发源于鲁山北部与石龙区交界的娘娘山谷，自北向南流经张窑、雷趴、界板、白象店，后经三里河汇入大沙河。河水清澈，碧波盈盈，河中鱼虾较多。清澈的河水不仅为沿河人们提供了充足的生产生活用水，更是我儿时的水上迪士尼。小伙伴们假期课余，多到河里抓鱼、逮虾、摸螃蟹、掏黄鳝。夏日更是洗澡戏水、摸老猴（在水相对较深的潭窝里潜水的一种游戏）。

小河两岸，多为土质，分布着众多的小洞穴。这洞穴多在河水中，恰是水生一族的避难所和栖息地。也为小伙伴捕捉它们提供了明显的目标。我们小伙伴总是很轻易地就在洞中摸到一些鱼、虾、螃蟹、鳝鱼之类。那时生活困难，这些战利品又是充饥的佳肴。因此，我们在河里玩耍嬉戏，家长并不十分地反对。

当年在小河逮鱼玩耍，最忌讳两件事。首先是怕碰到长虫（鲁山方言，学名蛇）。蛇很凶狠，咬人且多带毒性，据大人讲蛇在水中并不咬人。不管怎样说大家仍是害怕，每当在洞里或草丛中摸到长长的、软绵绵的东西时，都是极速缩手，不敢再摸。哪怕它是大的黄鳝或泥鳅。其次是怕碰到王八（鲁山方言老鳖，学名元鱼、甲鱼），王八多晚间觅食，白天潜伏在水边细沙下面或杂草丛中，属两栖动物。虽然它也咬人，但最主要的是民间传说遇到了它很臊气（倒霉）。更有说法它很“可恶”，白天它若咬到人手指头，就立即将头缩到肚里，只有到了晚上星星出来时，它才会伸出头松口。鲁山人评价某人做事绝情，常用“可恶”喻之。

小河的上、下游，有许多的小河汊，这小河汊里，最容易寄生鱼虾之类。我们儿时除了在小河岸边洞穴摸鱼外，河汊口筑坝排水逮鱼更是别出心裁。

这筑坝逮鱼的方法是：先将小河汊的上下游出入水口处用泥沙（或沙石）作坝闸住，不让小河汊之水上下流动，人工形成一个死水塘，这样塘中鱼儿必成瓮中之鳖。接下来用双手、脸盆等器皿将塘中水舀干，鱼虾自然束手就擒。小的水塘是这样，大一点的我们则用飞桶舀水。这飞桶的效率就大多了，说夸张话，若四人轮流不间断地用稍大一点的飞桶舀水，其取水速度不亚于一台二寸水泵。

飞桶是劳动人民在长期的生产生活实践中，发明的一种简便有效的起水方法。它的制作材料是木桶或铁桶和绳索。制作方法是用两条绳子（短绳则用四条）在桶口和桶底处固定好，桶两侧上下留出的绳头长度大体一致。留出的四条绳头长度一般依水坑的宽度决定，实践中一般在两米以内。操作时，两人分别站在取水点的两侧，双手抓紧两条绳子，动作协调一致。游荡起水，抛出，反复进行。妙诀在于起水时前绳同时放低，游动中后绳降低，抛水时后绳再抬高。两人必须配合默契。飞桶起水，效率高，更是累活儿，两人坚持不了太久，四人轮换作业是最佳配制。

记忆犹新的是：我们家当时刚买了一对铁水桶，上面印有“北京市丰台区黄土岗五金农具厂制造”字样，也算是我家的主要家当。我和年长两岁的哥哥常偷拿水桶做飞桶，到河里擢水逮鱼。曾不慎被父亲发现，险些挨揍。应对办法：三十六计跑为上策。

光棍儿不吃眼前亏，识时务者为俊杰。父亲为什么如此惜桶？说到底是当时家里穷，买对新桶不容易。这些事我那时虽年龄小，也懂得、理解。你想啊，铁桶与沙石不停摩擦，自然漆掉发亮，易生锈，减少使用寿命。再者，有时桶口碰着石头，也会使铁桶变形。尽管如此，由于小孩的天性，这些都丝毫没有影响当时下河捞鱼的兴趣。一是感觉很有意思，二是能饱饱口福。毕竟小鱼小虾胜过萝卜咸菜，即便是盐水清煮也相当满足。每当想起这些，我心中总是太多的感慨，太多的思绪。它已成为历史，化作记忆，永远封存在我们这一代人的脑海中。

春蕾

康　平

这个夏天格外热。可天再热，也挡不住南开博士程传景回家的脚步。自从考上大学后，本科，研究生，博士，她一路读下去，今年准备报考博士后。学业再忙，每年的寒暑假她都要回到这个生养她的小山村，和家人团聚一段时间。因为疫情，她已经一年多没有回来了。好不容易有了假期，她归心似箭。

程传景的家在河南省鲁山县熊背乡李沟村的一处农家小院里，父母都是李沟村土生土长的农民。提起在外上学的孩子，夫妻两个除了憨厚地笑笑，也说不出什么成才有道的高深理论。不过是孩子自己努力，家长多督促，村里学习氛围好之类的话。

话说得谦虚，可也都是实话。

李沟村有自己的小学校，条件当然没有城里好。可学校离家近，方便照顾，所以，村里的孩子大多在本村读小学。中学在乡里，距离村子不足三公里远。只有上了高中，孩子们才算正式离开家。他们童年和少年时期的生活，几乎很少远离这个宁静古朴的山村。

这个不足千人的山乡小村，十余年来走出了近百名大学生。从大专到本科，从研究生到博士生，学校的名字如雷贯耳。只一个百余人的北沟村民组，就走出了二十多个大学生。村子也因此出了名，成了远近闻名的“大学生示范村”，被誉为“人才的摇篮”。

是天资？是神助？还是有科学宝典？很多家长慕名而来，探寻其中的渊源。

有人说，是李沟村风水好。千年古刹龙泉寺近在咫尺，楚长城隐约可见，鲁阳关直通宛城，进可隐居，出则通衢，这块天然的盆地有灵气。

其实，这些都是村子得天独厚的自然风貌。说起渊源，村里那棵千年树龄的皂角树比谁都清楚。那不是神话故事，也不是什么传说，是李沟村崇文尚学，人才辈出的根儿。

20 世纪 30 年代，五四诗人、教育家徐玉诺，深感乱世之中乡村教育的重要性，逐渐远离主流文坛，转而积极地投入开办新学，教书育人的事业当中去。

那一年，先生在豫西南寻找新的校址时，曾登上鲁山县熊背乡的老虎岭向四周眺望。山下李沟村那一株古老的皂角树吸引了他的目光。皂角树盘龙卧虎般的身躯像一把巨大的伞，笼罩着树下的小山村。这个世外桃源般的村子正是办学的好地方。玉诺先生一锤定音，鲁山县第五区大同中学的校址便在这里落地生根。

大同中学的生源有熊背、让河、鸡冢、赵村等附近几个乡村的学生，有鲁山周边方城、南召、云阳等地的优秀学子。玉诺先生还亲自推荐了洛阳、南阳、漯河等地的名人子弟来到这儿读书。当年曾在大同中学接受启蒙教育的学子，解放后都成为各行各业的佼佼者，有省、地、市一级的国家干部、国家级优秀教师、少将师长等，影响深远。

学校门口的那棵皂角树更苍老了。当年的大同中学早已因世事变化迁往别处，只留下一处旧址和一块字迹模糊的残碑诉说着昔日的辉煌。

温暖的风终将带来春的消息。改革开放后，人们纷纷从山村走出去，用打工的钱盘活了日子。再往后了，脱贫攻坚、乡村振兴，国家一再加大对农业农村的扶持力度，全面铺开了建设美丽乡村的蓝图。

村子还是那个村子，经济富裕了，环境也更美了。人还是那些人，尊师重教的传承却从来没有丢下过。

周尚珂，上海社科院研究生；王世诚，中国医科大学研究生；曹旭，北京邮电大学研究生……这些骄傲的名字，都是从这个平凡的小山村里走出去的孩子们。有的刚刚踏上各自的工作岗位，有的仍在读更高的专业。他们的父母或者祖辈都曾与当年的大同中学有着千丝万缕的关联。办学捐款的名单中，他们的名字排在前面。建校修路，一砖一瓦上都留有他们辛勤的汗水。

校园里晨读晚诵的读书声不知道沁润了多少幼童渴望求知的梦。文化传播的种子在这里被深深种下，早已渗透到这块土地的角角落落，蔓延出蓬勃的根系。

村里的孩子们从小就知道，他们的叔伯兄姐们一个接一个地从这里出发，去了更广阔的天地。周家兄长去了上海，隔壁妹妹便学着哥哥的样子努力读书，考去了天津。村头程家女孩上了南开，这边曹家老二正备考北邮……对他们来说，学习不是苦读，动力始于榜样。

李沟村的家长们把孩子读书的事看得比什么都重要，村子里也把教育这件事当作头等大事来做。对村子里走出去的优秀学子们，从生活到学习，尽可能地提供支持和扶助，不使一个孩子因为家庭原因而拖了学习的后腿。

李沟村的周书记常常喜欢站在大同中学的旧址上往远处眺望。如今的李沟村，家家有树，户户有花，比城市公园更多了一些大自然的美。集体经济也有了一定的提高，人们追求的不再仅仅是生活安逸，更希望子孙后代都能像一颗颗春蕾一样，从这里成长，终有一日欣然怒放。

（原载《郑州日报》2022年9月5日）

守望

马 凌

沿鲁山北环通往梁洼方向走约5公里，就是远近闻名的网红打卡地——鹁鸽吴村。

我是在一个烟雨蒙蒙的午后走进了鹁鸽吴村。

临路是新村，整齐的农家小院是崭新的二层小洋楼，门前规划整齐，开放的院门前停放着小车，高大的门楼上挂起了红灯笼。屋舍前的小花墙下，茵茵绿草在雨中更是清新而晶莹。满院秋色掩不住，半树石榴出墙来，不禁让人羡慕起农家日子的安然与惬意。

游园就在新村的一侧，初秋时节，红色已褪去大半，还余半园的翠绿，早已淘汰的农耕用具，在糊了新泥的墙头沉默着，当年盛装食粮的瓦缸成了创意花盆，红与灰组合成一道雅致的风景。古老的石磨与老井、瓷器作坊与缫丝作坊将你带向岁月深处遥遥的想念。

再往前走，古老的鹁鸽崖就等在那里。

这是从碧绿的一池秋水里拔地而起的一壁山崖，长100

多米，高 20 多米。远远望去崖面陡峭壁立、怪石交错，宛若经过大师墨染的一幅国画。据明代嘉靖《鲁山县志》记载:“鹁鸽崖在县北大浪河之畔，崖常有鹁鸽巢雏，故以名。”鹁鸽崖的自然景观，和崖上绵延十里的桃花是鲁山县古八大景之一。

鹁鸽即鸽子，在艺术作品里，它们口衔橄榄枝，是和平的使者和象征。而在寻常百姓家，它们的勤劳与友善，常被寓意富足与安宁。

此时，灰的、白的鸽子已从午间的梦里醒来，在石壁上跳跃飞翔，有的“咕咕”地叫着，越过水面，落在老屋的房脊上去了。

这条绕村而过的河叫大浪河，改造之后有一个洋气的新名字——玉带河，寓意它像一条绿丝带缠绕着这个富有诗意的村落。

玉带河从村西北环绕而来，在这里被蓄成一个河中小湖，建了青石堤岸，临近鹁鸽崖的地方，为了方便欣赏崖上的景观，用硕大的青石板修建了一条过水小路，远远望去，块块板石像是散落在水面上的青石棋子，别有情致。

从盛夏走来的河水丰盈而纯净，秋雨点点斜入水面，水与水的碰撞就演绎出无数有趣的涟漪。

临河的半爿村落是石头的世界，它在午后氤氲的水汽里半梦半醒着，朱红色的宫灯倒映在河里，与斜风细雨一起向远处延伸过去。

村子就是鹁鸽吴村，相传在明初年间，一户吴姓人家从山西洪洞县的大槐树下辗转落户到此，见这里山水呼应，绿树成荫，又有鹁鸽在此栖息，视为祥瑞之地，于是取遍地石材为原料，建起石屋、石院，取村名“鹁鸽吴”。勤劳的鹁鸽吴人，男耕女织，生息繁衍出这一处美丽的家园。先后建成并保留下来的有明、清及民国时期风格的居民建筑 100 多所。2016 年，鹁鸽吴村成功申报为中国传统村落。

在村里漫步，红尘的繁华渐渐退去，田园的宁静围拢而来，在这里，现代的时尚元素与古朴的乡村气息完美结合。培植的月季树与抽穗的玉米比肩而立，新栽的五角红枫，早有野生的牵牛花缠绕而上，恣意地开出数朵紫色的喇叭花。古色古香的路灯下是爬满节节草的田埂。粗粝的青石墙下，开满了太阳菊和格桑花。

新村建成后，老屋成了空屋，却老而不旧，勤劳的鹁鸽吴人在老屋的房前屋后种上了各色菜蔬，使老村充满了生活的味道。路旁的一簇烧汤花，依然开得沸沸扬扬。一株狗尾草从石头的缝隙里钻出来，惬意地摇了摇毛茸茸的花冠。在古老的牛屋前静静地聆听，仿佛还有老牛咀嚼青草时牛铃的“叮当”声。那条悠闲的老狗，是我小时候养过的老黄吧。懒惰的猫咪藏在丝瓜架下，呼呼酣睡。一座石屋的大门上还张贴着红红的对联和门神，仿佛主人并没走远，只是趁闲去串了个门。

这是那条诗意的江南小巷吗？湿漉漉的青石板，错落堆垒起的石墙，石缝里葱茏的花草，都如油画一般，呼应着檐下的钩牙和滴水。午后的时光如停滞一般安静，让人想在巷口痴痴地等待，等待那个丁香一样的姑娘浣衣归来，然后娇羞地回眸一笑。

沿一条石阶拾级而上，偶遇一棵百年老树，树上结着皂荚。石桌、石凳依然在，树下静坐的老人说，这里曾是村里的饭场，他在这里听过《西游记》《三国演义》，还听过他的先人吴镜堂投身革命的故事。

吴镜堂，1896 年出生，少年时期目睹兵荒马乱的世道给老百姓带来的苦难，立志寻求一条报国救民的光明之路。于是在 1926 年加入中国共产党，投身革命。1929 年，领导创建鲁山第一个党小组，建立中共鲁山特别支部并担任书记。从此，鲁山人民革命斗争的历史掀开了崭新的一页。

因为武装暴动的失败，吴镜堂于 1929 年 10 月被捕，12 月 31 日在鲁山县城箭道街，吴镜堂高喊:“中国共产党万岁！”壮烈牺牲，年仅 33 岁。

几只白色的鸽子飞过来，在老人的脚下觅食，老人从沉重的讲述里抽出思绪，从衣袋里抓出一把玉米撒向鸽子，鸽子围拢着他，“咕咕”地叫着，彼此十分亲昵。

老人说，早年人们日子过得艰辛，鸽子渐渐飞走了，崖上荒草野蜂遍布，鹁鸽崖成了一座空崖。如今，在国家扶贫政策的引导下，勤劳的鹁鸽吴人在村干部的带领下，利用鹁鸽吴村得天独厚的自然资源优势，争取上级资金，引进亿利生态修复项目进行生态修复和乡村改造，修旧如旧，古村焕发新颜，鸽子又飞回来了，鹁鸽崖成了名副其实的鹁鸽的乐园。

老人还说 2022 年春节期间，村里家家户户门前挂起了红灯笼，鹁鸽崖前搭起了戏台子，办起了庙会。会上有剪纸、各色小吃，还有威风锣鼓，县里还进行了网络和电视直播。鹁鸽吴村一时风光无限，名声大振。

雨渐渐停了。整个村庄笼罩在一片清亮之中。游人渐渐多了。

在吴镜堂的祠堂里，村里的书记刘军旗正在给前来洽谈的客人介绍着村里的建设规划——悬挂民宿、古村落步行街、研学基地、房车营地、红色教育。这个年轻人目光炯炯，一幅乡村振兴的图画，正在他面前铺展开来。

老人凝望着吴镜堂的雕像说:“地上一个人，天上一颗星。人死了，就变成了天上的星星。”

我相信老人的话，吴镜堂烈士早已化作了一颗最亮的星，日夜守望着他的家园。

如今，烈士的故居也被作为“红色教育基地”修葺开放。烈士的故事被人们学习和传颂。

藏青瓦，雕花窗，会收藏下一段惨烈的过往。也会铭记住今天的兴旺。

站在新村与老村的路口，村庄的前世与今生一眼看过，不禁感慨万千。

向左是过往，向右是未来，乡村振兴的路，是一代又一代人深情守望的梦想。

（“我眼中的新鲁山”征文获奖作品）

夏至日长情亦长

孙红梅

农村的傍晚是懒散、悠闲的，三三两两的人沿着田间的水泥路迤逦而行，大声说笑或喁喁低语，原野的风时而木讷时而狂野，主导着行人的心情也时而清凉时而烦闷。芒种过后，颗粒归仓。久旱无雨之下，靠土地生存的农人抗旱浇地、抢种玉米、打药除草，农忙之后夏天就真正到来了。

夏至时节，气温达到了一定的高度，夏至是太阳的转折点，夏至这天，白天最长，夜间最短。这天过后，白天的时间逐渐缩短，白天愈加炎热，夏夜则变得舒爽。来不及许愿，流星就一闪而过，银河双星、北斗七星闪耀东方，浩瀚的太空更缥缈、更隽永。老人坐在月光里，家长里短唠着闲嗑，孩子啃着西瓜，弄得满脸都是，惹得小狗摇着尾巴紧紧盯着，见无人搭理，又无趣地趴在地上。

鲁山沙河桥东的河滩上有一方池塘，鱼儿在吐着水泡，漾起层层的涟漪，塘边筑一小屋，养了些鸡鸭，荷花开得清丽脱俗，荷叶上滚动的晨露如琉璃、如珍珠。我常常徒步沙河，这里水草肥美，牛羊成群，水鸟在草地盘桓，满眼的绿晕染了天地。“绿树阴浓夏日长，楼台倒影入池塘”，这种闲情，是炎炎夏日的一剂凉药，一份超然。真正的大心境，是灵魂的安静。疏影落在眼中，夜色深了，风掠过发梢，连萤火虫都睡了，我独自徘徊于月下，那一池藕荷，在月亮的温情里柔柔绽放，莲若梵音，月若轻纱。融化了柔情点点，满池塘的莲，涤除了内心的浊气，清凉了整个夏季。

稻田的秧苗已经拔节，田间水分管理上要湿润灌浆，干干湿湿，既满足水稻结实和对水分的需求，又能透气养根，保证成活率，提高籽粒产量。俗话说：“夏种不让晌”，夏播工作要抓紧扫尾，已播的要加强管理，力争全苗。出苗后应及时定苗，移栽补缺。夏至时节各种农田杂草和庄稼一样生长很快，不仅与农作物争水争肥争阳光，而且是多种病菌和害虫的寄主，因此农谚说：“夏至不锄根边草，如同养下毒蛇咬”。锄草也要阳光正盛的时候，这样杂草才会被晒死，一次根除。

“夏至夏至，麦饼尽吃。”夏收完毕，新麦上市，有吃面尝新的习俗，夏至饼就是其中一个传统美食，用新麦做成面皮，可以包裹各种馅料，可甜可咸，祭祖后食用。有时候麦子打下来，正好赶上阴雨天，来不及晾晒，麦子就会生芽，母亲会挑好点的存放，严重的磨成面做各种面食，打包子、蒸卷煎、炸韭菜盒子，在我的记忆里，芽麦面虽然颜色发暗，但吃起来却有丝丝的甜味在里面，蒸的热馒头配上醋爆青辣椒、自家做的臭豆腐淋上小磨油，那味道真的绝了。

母亲种菜是一把好手，做饭更是一流，她能把普通的菜肴做出唇齿留香、意犹未尽的效果。我们家大人、小孩都爱吃母亲做的菜，我也很纳闷，不管我们怎么学，同样的食材，同样的作料，却没有母亲做得好吃，这大概就是母亲的味道吧。母亲吃素，也不是特意忌斋，就是单纯的不喜欢，吃过鸡鸭鱼肉会难受。每到春节，饺子馅、丸子都是荤素两种，而我更喜欢母亲用韭菜、鸡蛋调制的素馅饺子，萝卜豆腐丸子。

母亲烙的烫面葱油饼，越放越软、酥、香，先把拿捏不起的面团拽下一剂，撒上面粉，用小擀杖儿推得又圆又薄，撒上葱花，淋上菜油，用猪油更有味，只是现在都不吃大油了。四角划开，折叠、推圆，平底锅抹上油，翻至两面金黄，就可以出锅了，就着腌制的糖蒜，地里薅的小葱，吃着真叫一个爽。

他乡纵有当头月，不及家乡一盏灯。以时光作绳，牵引岁月的温情，烟火的味道，才是生活的底色。

（原载《平顶山日报》2022年6月28日）

我和我的老师

李玲哲

八九月间的天光云影在校园里肆意徜徉，满树飘香的丹桂在枝头嘤嘤细语，引人遐思无限，忽如一夜春风，吹皱心湖净水。

是的，每一个日子都在起舞里意义非凡。多劫的 2020 年，一度搅扰了太多人的生活和心灵，转瞬已然是学校开始迎新、开始喧闹的大好时光。我，一个初中教师，竟然走过了 26 年的教书生涯！

当记忆的时光回流，在我懵懂的校园生活之初，有一位老师曾轻轻拨动我的心弦。她瘦瘦高高的，据说是我们街上的媳妇。印象里她的打扮是最标准的老师形象，深色的衣裤，齐齐的短发刚好跟下颌持平，没有刘海儿，用黑棍儿发卡分别卡在耳后。带着褐色框架的眼镜，镜片是那种玻璃瓶底的厚度，圆圆的眼睛像极了警惕的猫头鹰，薄薄的嘴唇不苟言笑。说起话来声音沙哑，速度极快，好像也很严厉，是学校出名的好老师，也是村上叫得响的好媳妇，她叫刘淑贤。

那时候我们上学特别积极，小学一年级就自发上起了“早自习”。特别是冬天的早上，校园里乌漆麻黑的，没有电灯，也没有定闹钟的条件，常常估摸着时辰上学，去得早，就在校园里等天亮了再进教室读书。我记得在校园操场中间，挂着圆形大钟的大树下是我们集体等天亮的集结地。有一次，刚到树下，就发现有一个齐发戴眼镜的侧影，在给学生梳头，她一手握着女孩儿的发束，一手拿着一把小梳子仔细地从女孩儿的发根梳到发梢，嘴里噙着卡子……待我走近，听到她沙沙的音调绵软亲切，好像在教导女孩儿们要干净、整洁之类的，可能是因为咬着发卡吧，语速慢了许多，音调也低了不少。就这样，一个梳完了接着下一个，被刘老师梳完头的同学分外精神，格外骄傲。唉！懊恼我从来短发，恨不得“拔苗助长”立马满头长发，就可以偎在老师怀里，聆听她的絮语，感受她梳头的爱意……

岁月走过二十载，同样的初秋，一样的桂花香满人间。在母校高大的白杨树下，县教研室语文教研员韩香玲老师与我相对而立。

“多好啊，玲哲！你的课堂基本功很好，尤其是语言精练没有废话，语音又那么好听，普通话很准。课堂节奏张弛有度，你这才上班几年，可是不赖……好好干吧，咱又不打算转行不是？这么好的机会，就参加县里的优质课评选吧……”

韩老师面带赞赏的微笑，宛若清泉的眼睛像是灯塔，让迷航的我开始有了航行的方向、扬帆的动力。又一个20年后的今天，时常回望这个让我思绪缠绕的时刻，那个有风在耳边唱歌的秋日操场，阳光透过树叶，在韩老师的短发上“描山画水”，老师齐耳的短发随风舞动，小小的身躯仿佛熠熠生辉，或许是身高的缘故，我好像被她这样仰视着，但是内心却没有惭愧，反而尽是暖暖的满足，丝丝的悸动:“我真的这么好吗？我真的可以吗？”

接着，我真的参加了优质课的评选。从学校初评到乡教育办的选拔，我一路通关。再接着韩老师多次到学校听评课，每一次都是电话约定第几节课，自己坐上从县城开来的中巴客车，听课、评析、再准备、再听评……每一次都是行色匆匆，谆谆教诲；每一次都没来得及好好喝一杯水，吃一顿饭。她总说，还要去某某学校，要听评某某老师的课。

真诚的投入让时间格外出彩。之后的几年间，我不仅成为县、市优质课教师，我所带的班级语文成绩持续优异，全年级的语文成绩在全县的质量评估中摘得第一名的桂冠……在掌声和赞扬里，有一个秋日树下的剪影渐渐隐去，她不言不语，悄声匿迹，若鸿雁从头顶掠过，一次回眸，洒脱前行。而这一回眸将是我一生至宝，一世情牵。

“哲，回来拿点儿嫩玉米吧，再不吃都老了，这时令可是不等人……”父亲的电话总是伴着收获与自然之道，在生命智慧这个学科上，他永远是我最敬业的老师。

父亲出生在20世纪50年代，70年的人世浮沉一点点弯曲他曾经挺拔的身形，也点亮他一个个生命的宝藏。

最喜欢听他讲故事：第一次因为饥饿“偷麦子”，被队长强行要求吞掉带着麦芒的麦穗；第一次考上县最高学府“二中”，徒步带上咸菜、干粮踏上求学之路；第一次骑上同学的自行车，风驰电掣差点撞人；第一次跟老师同学一起串联去北京看毛主席，跑烂了鞋子，用“刨丝”缝上继续走；第一次发现老师把他要穿化掉的白衬衫，从里面缝上一块米白的补丁，晚上洗净白天穿；第一次为年幼的我能吃上饱饭，在山里背木材，在村寨间穿行叫卖贩猪娃儿……讲故事的他沉浸其中，时而感慨，时而歌唱“毛主席的书我最爱读，千遍那个万遍呦下功夫”“太阳最红毛主席最亲，你的光辉思想永远照我心”“解放区的天是明朗天，解放区的人民好喜欢”……

还记得2019年春节前后，90岁的奶奶住院40多天，父亲总是骑着他的那台旧电车，无论其他的六个兄弟姐妹在与不在，他总是在。有时候我会心疼父亲，甚至会为父亲鸣不平。劝他可以偷个懒，甚至是为自己争取更多的“公平”。父亲要么默不作声，继续家里、医院来回跑，要么就会缓缓地说：“不管别人咋想、咋做，我只做自己该做、能做、想做的事情……”

看着白发苍苍的父亲，给同样白发苍苍的奶奶端水、喂饭、按摩、擦洗……

时光仿佛倒流，世界格外宁静。从小我就知道，父亲是一个很公正的村干部，是一个不善言谈，却可以用行动赢得父老乡亲认可的一名老党员。更多的时候，他总是默默的劳作。不言有声，不怒自威。有一段时间，我甚至觉得，跟父亲之间的关系是疏离的。也就是最近两三年，父亲更愿意跟我们姐弟三人一起唠家常，说到伤心的地方，也会红了双眼，甚至是掩面而泣。

印象里，父亲始终有自己的信仰、自己的节律，就像是四季轮回、日月更迭一样自然、自在。就那样一直劳作，一直真诚，一直公正，一直热爱，一直只做自己认定的事情，不管别人怎么讲，不管别人怎么做。

我开始明白自己的坚守是怎么来的！

海海人生，悠悠师心。

当我缓缓步入中年，为人师表几十载，当历练成为常态，无常变得经常。我和我的老师的生命轨迹或偶然重合、片刻交汇，或深情相伴、不离不弃。在生命里，我始终仰望你们留给我的真爱、启迪和陪伴，让它们就这样慢慢地拼凑，拼凑成一个渐渐清晰的“我”，一个像极了你们又完全独立清明的我自己。

（原载《平顶山晚报》2020 年 9 月 8 日）

端午的水

汪玉泓

端午的水清澈透亮，端午的水包治百病。

月宫里的玉兔捣了一年的药，在端午节这天，她把药撒在露珠上，撒在山泉里，撒在小溪流，撒在大河，撒在大江……

族人这样说，奶奶这样说，娘也这样说，就这样一辈辈传承着，他们深信不疑。

端午节的头天晚上，母亲对我们说：“明天一清早早点起来，去大河洗脸，一年不得病，自己起来，甭让我喊，要不就不灵了。”

天没亮，父亲就挑起水桶，去担井水。

偌大的村子，端午节那天的第一桶井水一定是属于我家的。

我们没动静，母亲急了，跑到床边，晃动着，“快起来，去河里洗脸，鸡子都叫了两遍了。”

睁开惺忪的睡眼，我和妹妹一起向大河走去。

伸开双手，小草叶上的露珠，猫猫眼上的露珠，艾蒿上的露珠一颗一颗全落在掌心，妹妹摇我接，我摇妹妹接，把露珠涂在眼睛上，清凉无比，眼睛顿时透亮许多，把露珠涂在脸上，神清气爽。

大河里的水清澈见底，鹅卵石一粒粒清晰可见，鱼儿自由自在游来游去。

掬几捧水，噗啦啦把脸洗了几遍，端午节的早上，河水还有点凉，是醒着的，刚刚好，提精神。

自此，我养成了早起的好习惯。

小侄女儿，几个月大，端午节这天，娘张罗着给她洗澡。

把艾蒿蒜辫子扔到大铁锅里，水烧开，滚几滚，艾蒿蒜辫子水起出来，倒在大盆子里，兑点井水，水不热不凉，想必是很舒服的，小娃娃在水里，两只小手拍着水，嘴里“哦，哦”欢快地叫着，母亲双手撩着水，轻柔地洒在小娃娃身上，水浸润着小娃娃的每一寸肌肤。

洗洗，不淹。娘说，我的婴幼儿时期的每个端午节，都是这样洗过来的。

任我努力搜索，也捕捉不到一丝丝这样的记忆，但我知道我一定和小侄女一样让母亲呵护得无微不至。

娘打开她的针线盒子，抽出五根不同颜色的线，把它们搓在一起，系在小侄女儿、我和妹妹、弟弟的手脖上，脚脖上。

到六月六这天，娘解下五色线，系在门前菜园里的茄棵上，嘴里念叨着，“五色线，人娃儿戴，人娃戴了茄娃儿戴，大灾小病茄娃儿害”。

说来奇怪，洗了端午的澡，戴了端午的五色线，采了端午的露珠，用了端午大河里的水，我们姊妹几个我的侄辈们一路走来，无病无灾，茁壮成长。

读初中的时候，一个要好的朋友要我去她家玩，正是串友疯玩的时节，娘不阻拦，只是说，到别人家，有点眼色，和自己家不一样，明儿个是端午节，记着早点起来，去河里洗脸。我随口应允，雀跃着和朋友一起朝着她家的方向狂奔。

朋友的母亲比我娘年长，脸上布满了慈祥的皱纹，佝偻着腰，许是多日未见，思念的缘故，见到我们，乐开了花，给我们做了一大堆好吃的。临睡前，她来到我们床前，柔柔地说:“红儿，明儿五月端午，恁俩早点起来，去泉眼边洗脸，啊……”

母亲的心都是一样的！

后来，我去县城读高中，去省城读大学，在城市工作，端午节的河水，泉水，露珠，就只存在我的记忆里了。

后来，我知道了屈原……

端午节的水是清澈的，洗涤着世间的混浊。

端午节的柔波，刻着母亲的爱。

端午节的柔波，刻着屈原的傲骨。

端午的水包治百病，对此，我亦深信不疑……

（原载《平顶山晚报》2022 年 6 月 1 日）

又见栀子花开

南　红

周日傍晚回到家乡，在父亲的果园遛达。一股股香甜味扑鼻而来，寻香望去，是满眼的栀子花，一排排，一簇簇，美丽至纯。我不禁醉于山野，醉于这花香了。

栀子树，在荆棘丛中，山坡野岭，乱石丛中生长，没有呵护，不用施肥，不用浇灌，扎根贫瘠的山地，任凭太阳暴晒，风吹雨打，依然健强生长，且枝繁叶茂。不怕旱，不怕涝，根系发达，向周围均衡蔓延，形成圆形枝蔓，开花结果，甚是好看。花是白色，立枝头如雪，释放甘甜。这种甘甜、清香超过任何花朵，不浓不妖，沁人心脾，闻过她的花香，喝过花茶绝对是享受，感到生命为此而美丽，见此而应长寿。难怪栀子花的花语是："坚强，永恒的爱，一生的守候。"她高雅的香气使人无法忽视她的存在。她美丽的花，从春天到夏天都有，栖身山野，是坚强而美丽的化身。

而她的果，呈椭圆形，像小棒槌，头像小喇叭。由青到黄，摘了入药，沏茶，祛热。有凉血解毒，降压去火，利胆解黄等作用。是传统的中药。由于她浑身是宝，且雅美之至，容易成活，通常也被作为盆景。

父亲果园的栀子树满山遍野，绝不是野生，是父亲20年前辛勤劳动的结晶。那时，我刚大学毕业在县城上班，父亲在改造的稻田里育了半亩栀子苗。由于苗圃紧挨大坝，浇灌方便，长势很好，然而杂草也多，且密密麻麻，穿插苗中。母亲总是拿个小凳子，坐着用手拔草。每到周日，我从县城回家，便也随母亲拔草。开始看着青青的栀子苗，一片绿野，很是兴奋，便也坐下拔了起来。然而过不了多久，便腰酸脖子疼，再加头顶烈日，实在受不了，即使打着伞也热得难受。而母亲天天在用手拔草，操劳家务，从没说过累。待树苗长得能卖时，正好乡里买栀子苗，父亲刨了苗用架子车带到乡里，卖了满满一车，得了十元钱。后来父亲听说是林业局买树苗，五分钱一棵。后来的几车，由乡里工作人员估个数，我到县林业局直接开了票，帮父亲领了钱。总共领了400多元，交了40多元的税，回去交给父亲。父亲当即把钱拿到储蓄所，还了我上大学时的高利贷利息。

这一年正好是全县发展栀子的大好时光。父亲和其他乡亲贱卖的栀子苗，由各村从乡里领走栽植。我们县东西两岭都栽上了栀子苗，一年之后，满山遍野，青翠盎然，成了远近有名的栀子基地。我父亲承包的荒山和退耕还林地也不例外。每到春夏，栀子花开，香甜四飘，枝头白雪，景色宜人。每到秋冬，母亲都会经受长达两月的采摘栀子时光。每年年底，就会看到我家满屋成袋的黄黄的栀子。栀子由贵到便宜，到无人问津。直到前几年，父亲伐了一大部分，改种其他果木，只剩半个坡头。谁知近两年，栀子又有人收了，且价格还可以，刚摘的青果3元至5元每斤。每到秋冬，采摘栀子的老年人络绎不绝。留守家乡的老人一边打发着时光，一边自食其力，美丽而又能入药的栀子花和栀子，增添他们生存的希冀。

居住城市，时刻想到家乡的栀子花，想念醇厚的甘甜，佩服那顽强的毅力以及美丽的容颜。

夜游鲁山中心公园

王朋朋

三月的尾巴，春意正浓，西边的落日大约十分留恋这烂漫的一切，扭扭捏捏总是不愿下山，探头探脑地在地平线上驻足徘徊，悄然无形地拉长了白天的时光，侵占去大部分的夜。

夜！受了委屈，只得拉出星星月亮出来诉说，在这静谧的春夜里，将那因为春日的纷争，嫉妒的委屈，并不属于人间红尘的罗愁绮恨，娓娓道来。

天上如此，人间如何？

我读小学的时候，常与父亲去漯河。

那里是我的老家，所以我父亲每年闲暇之时，总是回到漯河走动走动，拜访久不相见的亲戚朋友。吃饭、喝酒、品茶叙旧搓麻将，大约这便是全天下重温亲情的统一作业吧。

叙旧的时候倒不是端坐着如同开大会，比如各自发言，互表思念之情等等，而是一干人马浩浩荡荡走出家门。许是那时候漯河也不曾有超市，多是鸡鸭鱼以及鞋帽袜市场。我的父亲往往在这时候，会给我的母亲与我购买一些物美价廉的穿戴。然而这些新鲜的穿戴，原本应是属于我那个年龄的欢乐，可是在几次春天到达漯河后，便被彻底地打破。

春天的漯河，是个花的海洋。放眼沙河的两岸，花红柳绿，五彩缤纷！在一个十多岁少年的眼中，简直就是一方神圣的仙境。倘若如今去悉数那份具体的美，大约也不能说出十分的理由来，因为不曾有水泥路、砖铺路、霓虹路灯、广场舞等，总是有种沉寂的繁华。一场春雨满脚黄泥，两条裤管皆是黄土。不曾见过更加高档的公园，并不觉得有什么不好，总觉得花园嘛，本该如此。所以每去一次总是感慨万千,十分羡慕。

后来父亲去漯河的次数渐渐少了，我便时常询问父亲怎么不去了。父亲有时候显得十分不耐烦，有时候又十分耐心地讲解不去的原因，并且询问我是不是想买衣服了？有一次我便很认真地告诉父亲，我并不是喜欢漯河的衣服，我是喜欢漯河的沙河公园，并且仔细地罗列了喜欢的原因。父亲一听便笑了，父亲说，那条沙河就是我们鲁山流过去的，并且我们鲁山也要建公园了，以后建好在家可以陪我天天逛公园。

我兴奋异常，于是每天生活在期盼之中，对于漯河的欲望，也随着时光的流逝，渐而淡忘，而对于鲁山公园的盼望，愈加强烈！

然而世事难料，父亲并不曾等到公园的兴建，便撒手去了！他曾经对我的安慰与承诺，瞬间化为乌有。父亲承诺得太多，许多的许多，终于化为一场春梦，梦醒了，已是落叶的季节。父亲去了，家道中落，辍学的我北上打工，南下流浪。在渐渐走出父亲去世的阴影后，又开始留意外面的公园。南方的槟榔，北方的白杨，虽然不是花红柳绿，却是顶天立地，终究使我懂得了浮夸与淡然的区别。欣赏南国的大海，我想到了昭平湖，站在泰山顶一览众山的时候，我知道家乡还有尧山！太多的留恋，太多的回忆，太多的思念。

年少无知是短暂的，等到轻狂的尽头，家乡便是最终的归宿！

我不曾料到，短短的几年，母亲的双鬓一如白雪，苍老的面容使我心酸！

母亲说，咱家也有公园了，在花园路一个，南环路一个。你回来就别走了，在家寻个工作，下班了，陪我逛逛公园散散心。

家乡的故土总是被热恋的，人生的归宿总是故乡的。我听取了母亲的挽留，毅然告别那风雨之中的异乡漂泊。

鲁山的公园，不曾有奇花异草的装饰，却有朴实的父老乡亲！鲁山的公园，不曾有游鱼飞瀑，却有响彻云霄的戏曲笑声！鲁山的公园，不曾有霓虹闪烁的繁华，却有谈情说爱的时尚亮丽！鲁山的公园，不曾有文人骚客的题词赞美，却能够承载起90多万人民的休闲步履。

也无非是这样一个平凡的公园，她默默地为我提供了恋爱的静谧，使我成了家。也无非是这样一个平凡的公园，她无私地为我的家庭提供了欢声笑语。也无非是这样一个平凡的公园，她悄然无声地感动了我对于故土的留恋。也无非是这样一个平凡的公园，她用她平凡的身躯，为家乡人民造就了时代的伟大梦想！

只身静坐在春夜的凉亭下，左侧的小湖已被水草覆盖，昏黄的路灯摇曳着水中倒影，似乎是夜的摇篮，安睡着她所祝福的人们。唱戏的跳舞的，唱歌的散步的，健身的聊天的，早已落下今夜的帷幕，大抵休养一夜之后，为明天的精彩而养精蓄锐。

我寻了理由使我的母亲妻子早些入睡，自己仿如朱自清的《荷塘夜色》一般，在这月夜之下生出许多感慨。垂柳丝丝，如同一把偌大的拂尘，荡起记忆的万缕千丝。拱桥弯弯，诠释着面朝黄土背朝天的弯曲脊梁，已被时代的步伐踩踏脚下。一簇虚心劲节的翠竹，演绎着家乡人民那份傲然的骨气。荷叶不曾露头，却有了阵阵蛙声，一声一声诉说着鲁山几代人的梦想。如今，在全县人民的齐心努力之下，荣膺国家级卫生城市也指日可待。父亲的夙愿，早已实现，或许他也早已知晓，他终于看到我与母亲悠闲在鲁山的公园里，笑声忘却了悲伤，笑声盖过了记忆，笑声诉说着一份未来的展望！

展望着我们的甜蜜，展望着我们鲁山公园的步步绚烂！

步行记

李晓周

太阳慢慢地沉入山坳，但县城并没有因傍晚的来临而增添一丝凉爽。路旁的树梢纹丝不动，像是与老天暗地里较劲儿。

出了老城，走进新城。早茬儿玉米在最鲜嫩时被农民掰下，拉到集市上、大街上叫卖。城里人早已习惯了尝鲜，郊区的农民也习惯了种上早茬儿玉米，在最炎热的季节里赚个流汗钱。

郊区变成了新城，原来的县城成了老城。新城楼高路宽，绿化别致大气，再加上两个先后落成的公园，渐渐地就有了城市的雏形。每到傍晚时分，人们便三五成群，从结构错杂、狭窄拥堵老城街道中出现，向新城涌来。新城与老城在时光变幻中慢慢连成了一片。

与往年不同的是，今年夏天，农民可以大摇大摆地到街上叫卖嫩玉米。受疫情影响，摆地摊的商贩不用担心因影响市容而被城管“严肃批评”，连一些城里人也会选个热闹的路段张罗着各种小生意，城乡联动之下，地摊经济搞得如火如荼。20 年没有见过这样的热闹场景了，久违的热闹也让这个县城夏夜变得更有烟火气。

绿化带里的花花草草争相吐艳，向行人展示它们的妩媚或青翠，天色暗了下来，西边那最后一抹红晕也渐渐地被夜幕吞噬，两旁的路灯几乎是在同一时刻“唰”地亮了，在夜已来临的黑暗中勾勒出一条光明大道。路旁的人慢慢多了起来。大车、小车拉着各种物品在人行道旁摆展开来。卖唱片的、卖玩具的、卖衣服的，敲架子鼓的、唱歌唱戏跳广场舞的。有放着音乐、踏着鼓点声势浩大的酷走队，有像我一样汗流浃背的步行者，有带着孩子出来纳凉的——虽然街上一点也不比家里凉快。

我放慢脚步，耳畔回荡着各种不一样的声音，在不专注的运动中，感受着这个小县城跳动的脉搏！

黑夜幽怨地望着那两排撕破它身体的光，以及在光线下流动的人和东西。

我依然在光亮中行走，与其他人擦肩而过，或被行人疾步超越。口罩上面的眼神，既熟悉又陌生。他们和我一样匆匆地走在这人世间，我不知道他们在想些什么，正如他们也不知道我在想什么。想到此，我不觉哑然失笑。

很多时候，我的内心是矛盾的。在嘈杂的世界里，我在寻觅，寻觅一丝纯净，寻觅一丝清雅。希望掬一捧甘泉，煮一杯香茶，在山涧中观一尾游鱼，在沟壑间看一株小花。

然而，独处时，却又期望三五好友围坐一台，美酒佳酿，谈古论今，欢声笑语，快意人生！就这样，寂寞中的幼稚和清欢在矛盾中伴我走过了一个又一个春夏秋冬！

当听到自己沙沙的脚步声时，我才发觉自己已回到老城。新城的宽广和秀美原来是可以淹没一种声音的，不光如此，也淹没了白日里的疲惫与纠结。不知不觉中，我走进了自留的那方心灵空间。豁然走出时，又跌进了风云变幻中的滚滚红尘。

晚上8点，出老城的人依然比回来的多，那里到底有什么吸引着他们的脚步呢？微风乍起，空气涌动，那久违的凉爽使我的精神为之振奋起来。心中突然升起一股莫名的感动，我把口罩去掉，下意识地做了个深呼吸，身体像是被某种幸福包围着。